张爱玲 全集

倾城之恋

北京出版集团公司
北京十月文艺出版社

青马（天津）文化有限公司
出　品

凡　例

一、本全集收录张爱玲一九三九年至一九九五年间的作品。

二、作品按体裁分为中短篇小说、长篇小说、散文、论著、方言小说国语本、剧作和译作。

三、中短篇小说、散文、剧作和译作，按写作时间排列，时间未明者按发表时间排列。各篇篇末，注明最初发表时间、报刊及首次收集情况（截止于作者逝世时）。

四、收录作品，以作者生前最后改定的《张爱玲全集》（一九九一年至一九九五年台湾皇冠版）为底本，并据首发报刊及各单行本参校；台湾皇冠版《张爱玲全集》未收及作者身后面世者，依作者手稿或原载报刊。

五、本全集为简体字版，对文内提到的书籍和文章加了书名号，明显错字予以订正。作者特殊的用字习惯，方言用法，以及人、地、物之旧时译名则未作改动。

本全集由止庵编订。陈子善等学者对发掘、整理张爱玲作品贡献颇多，本全集因此获益，谨致谢忱。

目 录

第一炉香

请您寻出家传的霉绿斑斓的铜香炉，点上一炉沉香屑，听我说一支战前香港的故事，您这一炉沉香屑点完了，我的故事也该完了。

在故事的开端，葛薇龙，一个极普通的上海女孩子，站在半山里一座大住宅的走廊上，向花园里远远望过去。薇龙到香港来了两年了，但是对于香港山头华贵的住宅区还是相当的生疏。这是第一次，她到姑母家里来。姑母家里的花园不过是一个长方形的草坪，四周绕着矮矮的白石卍字阑干，阑干外就是一片荒山。这园子仿佛是乱山中凭空擎出的一只金漆托盘。园子里也有一排修剪得齐齐整整的长青树，疏疏落落两个花床，种着纤丽的英国玫瑰，都是布置谨严，一丝不乱，就像漆盘上淡淡的工笔彩绘。草坪的一角，栽了一棵小小的杜鹃花，正在开着，花朵儿粉红里略带些黄，是鲜亮的虾子红。墙里的春天，不过是虚应个景儿，谁知星星之火，可以燎原，墙里的春延烧到墙外去，满山轰轰烈烈开着野杜鹃，那灼灼的红色，一路摧枯拉朽烧下山坡子去了。杜鹃花外面，就是那浓蓝的海，海里泊着白色的大船。这里不单是色彩的强烈对照给予观者一种眩晕的不真实的感觉——处处都是对照，各种不调和的地方背景，时代气氛，全是硬生生地给搀揉在一起，造成一种奇幻的境界。

山腰里这座白房子是流线形的，几何图案式的构造，类似最摩登的电影院。然而屋顶上却盖了一层仿古的碧色琉璃瓦。玻璃窗也是绿的，配上鸡油黄嵌一道窄红的边框。窗上安着雕花铁栅栏，喷上鸡油黄的漆。屋子四周绕着宽绰的走廊，地下铺着红砖，支着巍峨的两三丈高一排白石圆柱，那却是美国南部早期建筑的遗风。从走廊上的玻璃门里进去是客室，里面是立体化的西式布置，但是也有几件雅俗共赏的中国摆设。炉台上陈列着翡翠鼻烟壶与象牙观音像，沙发前围着斑竹小屏风，可是这一点东方色彩的存在，显然是看在外国朋友们的面上。英国人老远的来看看中国，不能不给点中国给他们瞧瞧。但是这里的中国，是西方人心目中的中国，荒诞、精巧、滑稽。

葛薇龙在玻璃门里瞥见她自己的影子——她自身也是殖民地所特有的东方色彩的一部份，她穿着南英中学的别致的制服，翠蓝竹布衫，长齐膝盖，下面是窄窄裤脚管，还是满清末年的款式；把女学生打扮得像赛金花模样，那也是香港当局取悦于欧美游客的种种设施之一。然而薇龙和其他的女孩子一样的爱时髦，在竹布衫外面加上一件绒线背心，短背心底下，露出一大截衫子，越发觉得非驴非马。

薇龙对着玻璃门扯扯衣襟，理理头发。她的脸是平淡而美丽的小凸脸，现在，这一类"粉扑子脸"是过了时了。她的眼睛长而媚，双眼皮的深痕，直扫入鬓角里去。纤瘦的鼻子，肥圆的小嘴。也许她的面部表情稍嫌缺乏，但是，惟其因这呆滞，更加显出那温柔敦厚的古中国情调。她对于她那白净的皮肤，原是引为憾事的，一心想晒黑它，使它合于新时代的健康美的标准。但是她来到香港之后，眼中的粤东佳丽大都是橄榄色的皮肤。她在南英中学读书，物以稀为贵，倾倒于她的白的，大不乏人；曾经有人下过这样的考语：如果湘粤一带深目削颊的美人是糖醋排骨，上海女人就是粉蒸肉。薇龙端相着自己，这句"非礼之言"蓦地兜上心来。她把眉毛一皱，掉过身子去，将背倚在玻璃门上。

姑母这里的娘姨大姐们，似乎都是俏皮人物，糖醋排骨之流，一个个拖着木屐，在走廊上踢托踢托地串来串去。这时候听到一个大姐娇滴滴地叫道："睇睇，客厅里坐的是谁？"睇睇道："想是少奶娘家的人。"听那睇睇的喉咙，想必就是适才倒茶的那一个，长脸儿，水蛇腰；虽然背后一样的垂着辫子，额前却梳了虚笼笼的鬈头。薇龙肚里不由得纳罕起来，那"少奶"二字不知指的是谁？没听说姑母有子嗣，哪儿来的媳妇？难不成是姑母？姑母自从嫁了粤东富商梁季腾做第四房姨太太，就和薇龙的父亲闹翻了，不通庆吊，那时薇龙还没出世呢。但是常听家人谈起，姑母年纪比父亲还大两岁，算起来是年逾半百的人了，如何还称少奶，想必那女仆是伺候多年的旧人，一时改不过口来？正在寻思，又听那睇睇说道："真难得，我们少奶起这么一大早出门去！"那一个鼻子里哼了一声道："还不是乔家十三少爷那鬼精灵，说是带她到浅水湾去游泳呢！"睇睇哦了一声道："那，我看今儿指不定什么时候回来呢。"那一个道："可不是，游完水要到丽都去吃晚饭，跳舞。今天天没亮就催我打点夜礼服，银皮鞋，带了去更换。"睇睇悄悄地笑道："乔家那小子，呕人也呕够了！我只道少奶死了心，想不到她那样机灵人，还是跳不出他的手掌心去！"那一个道："罢了！罢了！少嚼舌头，里面有人。"睇睇道："叫她回去罢。白叫人家呆等着，作孽相！"那一个道："理她呢？你说是少奶娘家人，想必是打抽丰的，我们应酬不了那么多。"睇睇半天不作声。然后细着嗓子笑道："还是打发她走罢，一会儿那修钢琴的俄罗斯人要来了。"那一个听了，格格地笑了起来，拍手道："原来你要腾出这间屋子来和那亚历山大·阿历山杜维支鬼混！我道你为什么忽然婆婆妈妈的，一片好心，不愿把客人干搁在这里。果然里面大有道理！"睇睇赶着她便打，只听得一阵劈拍，那一个尖声叫道："君子动口，小人动手！"睇睇也嗳唷连声道："动手的是小人，动脚的是浪蹄子！……你这蹄子，真踢起人来了！真踢起人来了！"一语未完，门开处，一只朱漆描金折枝梅的玲珑木屐的溜溜地飞了进来，不偏不倚，恰巧打中薇龙的膝盖，痛得薇龙弯了腰直揉腿，再抬头看时，一个黑里俏的丫头，金鸡独立，一步步跳了进来，踏上那木屐，扬长自去了，正眼也不看薇龙一看。

薇龙不由得生气，再一想："阎王好见，小鬼难当。""在他檐下过，怎敢不低头？"这就是求人的苦处。看这光景，今天是无望了，何必赖在这里讨人厌？只是我今天大远的跑上山来，原是扯了个谎，在学校里请了假来的，难道明天再逃一天学不成？明天又指不定姑母在家不在。这件事，又不是电话里可以约好面谈的！踌躇了半响，方道："走就走罢！"出了玻璃门，迎面看见那睇睇斜倚在石柱上，搂起裤脚来捶腿肚子，踢伤的一块还有点红红的。那黑丫头在走廊尽头探了一探脸，一溜烟跑了。睇睇叫道："睨儿你别跑！我找你算账！"睨儿在那边笑道："我那么多的工夫跟你胡闹？你爱动手动脚，等那俄国鬼子来跟你动手动脚好了。"睇睇虽然喃喃骂着小油嘴，也掌不住笑了；掉转脸来瞧见薇龙，便问道："不坐了？"薇龙含笑点了点头道："不坐了，改天再来；难为你陪我到花园里去开一开门。"

两人横穿过草地，看看走进了那盘花绿漆的小铁门。香港地气潮湿，富家宅第大都建筑在三四丈高的石基上，因此出了这门，还要爬下螺旋式的百级台阶，方才是马路。睇睇正在抽那门闩，底下一阵汽车喇叭响，睨儿不知从哪儿钻了出来，斜刺里掠过薇龙睇睇二人，蹬蹬蹬跑下石级去，口中一路笑嚷："少奶回来了！少奶回来了！"睇睇耸了耸肩冷笑道："芝麻大的事，也值得这样舍命忘身的，抢着去拔个头筹！一般是奴才，我却看不惯那种下贱相！"一扭身便进去了。丢下薇龙一个人呆呆站在铁门边；她被睨儿乱哄哄这一阵搅，心里倒有些七上八下的发了慌。扶了铁门望下去，汽车门开了，一个娇小个子的西装少妇跨出车来，一身黑，黑草帽沿上垂下绿色的面网，面网上扣着一个指甲大小的绿宝石蜘蛛，在日光中闪闪烁烁，正爬在她腮帮子上，一亮一暗，亮的时候像一颗欲坠未坠的泪珠，暗的时候便像一粒青痣。那面网足有两三码长，像围巾似的兜在肩上，飘飘拂拂。开车的看不清楚，似乎是个青年男子，伸出头来和她道别，她把脖子一僵，就走上台阶来了。睨儿早满面春风迎了上去问道："乔家十三少爷怎么不上来喝杯啤酒？"那妇人道："谁有空跟他歪缠？"睨儿听她声气不对，连忙收起笑容，接过她手里的小藤箱，低声道："可该累着了！回来得倒早！"那妇人回头看汽车已经驶开了，便向地上重重的啐了一口，骂道："去便去了，你可别再回来！我们是完了！"睨儿看她是真动了火气，便不敢再插嘴，那妇人瞅了睨儿一眼，先是不屑对她诉苦的神气，自己发了一会楞，然后鼻子里酸酸的笑了一声道："睨儿你听听，巴巴的一大早请我到海边去，原来是借我做幌子呢。他要约玛琳赵，她们广东人家规矩严，怕她父亲不答应，有了长辈在场监督，赵家的千金就有了护身符。他打的这种主意，亏他对我说得出口！"睨儿忙不迭跺脚叹息，骂姓乔的该死。那妇人并不理会她，透过一口气来接下去说道："我替人拉拢是常事，姓乔的你不把话说明白了，作弄老娘。老娘眼睛里瞧过的人就多了，人人眼睛里有了我就不能有第二个人。唱戏唱到私订终身后花园，反正轮不到我去扮奶妈！吃酒，我不惯做陪客！姓乔的你这小杂种，你爸爸巴结英国人弄了个爵士衔，你妈可是来历不明的葡萄牙婊子，澳门摇摊场子上数筹码的。你这猴儿崽子，胆大包天，到老娘面前捣起鬼来了！"一面数落着，把面纱一掀，掀到帽子后头去，移步上阶。

薇龙这才看见她的脸，毕竟上了几岁年纪，白腻中略透青苍，嘴唇上一抹紫黑色的胭脂，是这一季巴黎新拟的"桑子红"。薇龙却认识那一双似睡非睡的眼睛，父亲的照相簿里珍藏着一张泛了黄的"全家福"照片，里面便有这双眼睛。美人老去了，眼睛却没老。薇龙心里一震，脸上不由热辣辣起来，再听睨儿跟在姑母后面问道："乔家那小子再俏皮也俏皮不过您。难道您真陪他去把赵姑娘接了出来不成？"那妇人这才眉飞色舞起来，道："我不见得那么傻！他在汽车上一提议，我就说：'好罢，去接她，但是三个人怪僵的，你再去找一个人来。'他倒赞成，可是他主张先接了玛琳赵再邀人，免得二男二女，又让赵老爷瞎疑心。我说：'我们顺手牵羊，拉了赵老太爷来，岂不是好？我不会游泳，赵老太爷也不会，躺在沙滩上晒晒太阳，也有个伴儿。'姓乔的半天不言语，末了说：'算了罢！还是我们两个人去清静些。'我说：'怎么啦？'他只闷着头开车，我看看快到浅水湾了，推说中了暑，逼着他一口气又把车开了回来，累了他一身大汗，要停下来喝瓶汽水，我也不许，总算出了一口气。"睨儿拍手笑道："真痛快！少奶摆布得他也够了，只是一件，明儿请客，想必他那一份帖子是取消了，还是另找人补缺罢？请少奶的示。"那妇人偏着头想了一想道："请谁呢？这批英国军官一来了就算计我的酒，可是又不中用，喝多了就烂醉如泥。哦？你给我记着，那陆军中尉，下次不要他上门了，他喝醉了尽黏着睞睞胡调，不成体统！"睞儿连声笑应着。那妇人又道："乔诚爵士有电话来没有？"睞儿摇了摇头笑道："我真是不懂了，从前我们爷在世，乔家老小三代的人，成天电话不断，鬼鬼祟祟地想尽方法，给少奶找麻烦，害我们底下人心惊肉跳，只怕爷知道了要恼，如今少奶的朋友都是过了明路的了，他们反而一个个拿班做势起来！"那妇人道："有什么难懂的？贼骨头脾气罢了！必得偷偷摸摸的，才有意思！"睞儿道："少奶再找个合适的人嫁了，不怕他们不眼红！"那妇人道："呸！又讲呆话了。我告诉你——"说到这里，石级走完了，见铁门边有生人，便顿住了口。

薇龙放胆上前，叫了一声姑妈，她姑妈梁太太把下巴腮儿一抬，眯着眼望了她一望。薇龙自己报名道："姑妈，我是葛豫琨的女儿。"梁太太劈头便问道："葛豫琨死了么？"薇龙道："我爸爸托福还在。"梁太太道："他知道你来找我么？"薇龙一时答不出话来。梁太太道："你快请罢，给他知道了，有一场大闹呢！我这里不是你走动的地方，没的沾辱了你好名好姓的！"薇龙陪笑道："不怪姑妈生气，我们到了香港这多时，也没有来给姑妈请安，实在是该死！"梁太太道："哟！原来你今天是专程来请安的！我太多心了，我只当你们无事不登三宝殿，想必有用得着我的地方。我当初说过这话：有一天葛豫琨寿终正寝，我乖乖的拿出钱来替他买棺材。他活着一天，别想我借一个钱！"被她单刀直入这么一说，薇龙到底年轻脸嫩，再也敷衍不下去了。原是浓浓的堆上一脸笑，这时候那笑便冻在嘴唇上。

睨儿在旁，见她窘得下不了台，心有不忍，笑道："人家还没有开口，少奶怎么知道人家是借钱来的？可是古话说的，三年前被蛇咬了，见了条绳子也害怕！葛姑娘您有所不知，我们公馆里，一年到头，川流不息的有亲戚本家同乡来打抽丰，少奶是把胆子吓细了。姑娘你别性急，大远的来探亲，娘儿俩也说句体己话儿再走，你且到客厅坐一会，让我们少奶歇一歇，透过这口气来，我自会来唤你。"梁太太淡淡的一笑道："听你这丫头，竟替我赔起礼来了。你少管闲事罢！也不知你受了人家多少小费！"睨儿道："呵哟！就像我眼里没见过钱似的！你看这位姑娘也不像是使大钱的人，只怕还买不动我呢！"睨儿虽是一片好意给薇龙解围，这两句话却使人难堪，薇龙勉强微笑，脸上却一红一白，神色不定。睨儿又凑在梁太太耳朵边唧唧哝哝说道："少奶，你老是忘记，美容院里冯医生嘱咐过的，不许皱眉毛，眼角容易起鱼尾纹。"梁太太听了，果然和颜悦色起来。睨儿又道："大毒日头底下站着，仔细起雀斑！"一阵风把梁太太撮哄到屋里去了。

薇龙一个人在太阳里立着，发了一会呆，腮颊晒得火烫；滚下来的两行珠泪，更觉得冰凉的，直凉进心窝里去，抬起手背来揩了一揩，一步懒似一步的走进回廊，在客室里坐下。心中暗想：姑妈在外面的名声原不很干净，我只道是造谣言的人有心糟蹋寡妇人家，再加上梁季腾是香港数一数二的阔人，姑妈又是他生前的得意人儿，遗嘱上特别派了一大注现款给她，房产在外，眼红的人多，自然更说不出好话来。如今看情形，竟是真的了！我平白来搅在混水里，女孩子家，就是跳到黄河里也洗不清！我还得把计画全盘推翻，再行考虑一下，可是这么一来，今天受了这些气，竟有些不值得！把方才那一幕细细一想，不觉又心酸起来。

葛家虽是中产之家，薇龙却也是娇养惯的，哪里受过这等当面抢白，自己正伤心着，隐隐地听得那边屋里有人高声叱骂，又有人摔门，又有人抽抽咽咽地哭泣，一个小丫头进客厅来收拾喝残了的茶杯，另一个丫头便慌慌张张跟了进来，扯了扯她的袖子，问道："少奶和谁发脾气？"这一个笑道："骂的是睇睇，要你吓得这样做什么？"那一个道："是怎样闹穿的？"这一个道："不仔细。请乔诚爵士请不到，查出来是睇睇陪他出去过几次，人家乐得叫她出去，自然不必巴巴的上门来挨光了。"她们叽叽咕咕说着，薇龙两三句中也只听到了一句。只见两人端了茶碗出去了。

　　薇龙一抬眼望见钢琴上面，宝蓝磁盘里一棵仙人掌，正是含苞欲放，那苍绿的厚叶子，四下里探着头，像一窠青蛇；那枝头的一捻红，便像吐出的蛇信子。花背后门帘一动，睨儿笑嘻嘻走了出来。薇龙不觉打了个寒噤。睨儿向她招了招手，她便跟着走进穿堂，睨儿低声笑道："你来得不巧，紧赶着少奶发脾气。回来的时候，心里就不受用，这会儿又是家里这个不安分的，犯了她的忌，两面夹攻，害姑娘受了委屈。"薇龙笑道："姐姐这话说重了！我哪里就受了委屈？长辈奚落小孩子几句，也是有的，何况是自己姑妈，骨肉至亲？就打两下也不碍什么。"睨儿道："姑娘真是明白人。"一引把她引进一间小小书房里，却是中国旧式布置，白粉墙，地上铺着石青漆布，金漆几案，大红绫子椅垫，一色大红绫子窗帘，那种古色古香的绫子，薇龙这一代人，除了做被面，却是少见。地上搁着一只二尺来高的景泰蓝方樽，插的花全是小白唒嘟，粗看似乎晚香玉，只有华南住久的人才认识是淡巴菰花。

　　薇龙因为方才有那一番疑虑，心里打算着，来既来了，不犯着白来一趟，自然要照原来计画向姑母提出要求，依不依由她，她不依，也许倒是我的幸运。这么一想，倒坦然了。四下一看，觉得这间屋子，俗却俗得妙。梁太太不端不正坐在一张交椅上，一条腿勾住椅子的扶手，高跟织金拖鞋荡悠悠地吊在脚趾尖，随时可以啪的一声掉下地来。她头上的帽子已经摘了下来，家常扎着一条鹦哥绿包头，薇龙忍不住要猜测，包头底下的头发该是什么颜色的，不知道染过没有？薇龙站在她跟前，她似乎并不知道，只管把一把芭蕉扇子磕在脸上，仿佛是睡着了。

薇龙踟蹰着脚，正待走开，梁太太却从牙缝里迸出两个字来道："你坐！"以后她就不言语了，好像等着对方发言。薇龙只得低声下气说道："姑妈是水晶心肝玻璃人儿，我在你跟前扯谎也是白扯。我这都是实话：两年前，因为上海传说要有战事，我们一家大小避到香港来，我就进了这儿的南英中学。现在香港生活程度一天一天的涨，我爸爸的一点积蓄，实在维持不下去了。同时上海时局也缓和了下来，想想还是回上海。可是我自己盘算着，在这儿书念得好好的，明年夏天就能够毕业了，回上海，换学堂，又要吃亏一年。可是我若一个人留在香港，不但生活费要成问题，只怕学费也出不起了。我这些话闷在肚子里，连父母面前也没讲；讲也是白讲，徒然使他们发愁。我想来想去，还是来找姑妈设法。"

梁太太一双纤手，搓得那芭蕉柄的溜溜地转，有些太阳从芭蕉筋纹里漏进来，在她脸上跟着转。她道："小姐，你处处都想到了，就是没替我设身处地想一想。我就是愿意帮忙，也不能帮你的忙；让你爸爸知道了，准得咬我诱拐良家女子。我是你家什么人？——自甘下贱，败坏门风，兄弟们给我找的人家我不要，偏偏嫁给姓梁的做小，丢尽了我娘家那破落户的脸。嚇！越是破落户，越是茅厕里的砖头，又臭又硬。你生晚了，没赶上热闹，没听得你爸爸当初骂我的话哩！"薇龙道："爸爸就是这书呆子脾气，再劝也改不了。说话又不知轻重，难怪姑妈生气。可是事隔多年，姑妈是宽宏大量的，难道还在我们小孩子身上计较不成？"梁太太道："我就是小性儿！我就是爱嚼这陈谷子烂芝麻！我就是忘不了他说的那些话！"她那扇子偏了一偏，扇子里筛入几丝金黄色的阳光，拂过她的嘴边，就像一只老虎猫的须，振振欲飞。

薇龙陪笑道："姑妈忘不了，我也忘不了，爸爸当初做了口舌上的罪过，姑妈得给我一个赎罪的机会。姑妈把我教育成人了，我就是您的孩子，以后慢慢的报答您！"梁太太只管把手去撕芭蕉扇上的筋纹，撕了又撕。薇龙猛然省悟到，她把那扇子挡着脸，原来是从扇子的漏缝里钉眼看着自己呢！不由得红了脸。梁太太的手一低，把扇子徐徐叩着下颏，问道："你打算住读？"薇龙道："我家里搬走了，我想我只好住到学校里去。我打听过了，住读并不比走读贵许多。"梁太太道："倒不是贵不贵的话。你跟着我住，我身边多个人，陪着我说说话也好，横竖家里有汽车，每天送你上学，也没有什么不便。"薇龙顿了一顿方道："那是再好也没有了！"梁太太道："只是一件，你保得住你爸爸不说话么？我可担不起这离间骨肉的罪名。"薇龙道："我爸爸若有半句不依，我这一去就不会再回来见姑妈。"梁太太格格笑道："好罢！我随你自己去编个谎哄他。可别圆不了谎！"薇龙正在分辩说不打算扯谎，梁太太却岔开问道："你会弹钢琴么？"薇龙道："学了两三年，可是手笨，弹得不好。"梁太太道："倒也不必怎样高明，拣几支流行歌曲练习练习，人人爱唱的，能够伴奏就行了。英国的大人家小姐都会这一手，我们香港行的是英国规矩。我看你爸爸那老古董式的家教，想必从来不肯让你出来交际。他不知道，就是你将来出了阁，这点应酬功夫也少不了的，不能一辈子不见人。你跟着我，有机会学着点，倒是你的运气。"她说一句，薇龙答应一句。梁太太又道："你若是会打网球，我练习起来倒有个伴儿。"薇龙道："会打。"梁太太道："你有打网球的衣服？"薇龙道："就是学校里的运动衣。"梁太太道："噢！我知道，老长的灯笼裤子，怪模怪样的。你拿我的运动衣去试试尺寸，明天裁缝来了，我叫他给你做去。"便叫睨儿去寻出一件鹅黄丝质衬衫，鸽灰短裤，薇龙穿了觉得太大，睨儿替她用别针把腰间摺了起来。梁太太道："你的腿太瘦了一点，可是年轻的女孩子总是瘦的多。"薇龙暗暗担着心事，急欲回家告诉父母，看他们的反应如何，于是匆匆告了辞，换了衣服，携了阳伞，走了出来，自有小丫头替她开门。睨儿特地赶来，含笑挥手道："姑娘好走！"那一份儿殷勤，又与前不同了。

薇龙沿着路往山下走，太阳已经偏了西，山背后大红大紫，金丝交错，热闹非凡，倒像雪茄烟盒盖上的商标画。满山的棕榈、芭蕉，都被毒日头烘焙得干黄松鬈，像雪茄烟丝。南方的日落是快的，黄昏只是一刹那，这边太阳还没有下去，那边，在山路的尽头，烟树迷离，青溶溶地，早有一撇月影儿。薇龙向东走，越走，那月亮越白，越晶亮，仿佛是一头肥胸脯的白凤凰，栖在路的转弯处，在树桠杈里做了窠。越走越觉得月亮就在前头树深处，走到了，月亮便没有了。薇龙站住了歇了一会儿脚，倒有点惘然。再回头看姑妈的家，依稀还见那黄地红边的窗棂，绿玻璃窗里映着海色。那巍巍的白房子，盖着绿色的琉璃瓦，很有点像古代的皇陵。

薇龙自己觉得是《聊斋志异》里的书生，上山去探亲出来之后，转眼间那贵家宅第已经化成一座大坟山；如果梁家那白房子变了坟，她也许并不惊奇。她看她姑母是个有本领的女人，一手挽住了时代的巨轮，在她自己的小天地里，留住了满清末年的淫逸空气，关起门来做小型慈禧太后。薇龙这么想着："至于我，我既睁着眼走进了这鬼气森森的世界，若是中了邪，我怪谁去？可是我们到底是姑侄，她被面子拘住了，只要我行得正，立得正，不怕她不以礼相待。外头人说闲话，尽他们说去，我念我的书。将来遇到真正喜欢我的人，自然会明白的，决不会相信那些无聊的流言。"她那天回去仔细一盘算，父亲面前，谎是要扯的，不能不和母亲联络好了，上海方面埋个伏线，声气相通，谎话戳穿的机会少些。主意打定，便一五一十告诉了母亲，她怎样去见了姑母，姑母怎样答应供给学费，并留她在家住，却把自己所见所闻梁太太的家庭状况略过了。

她母亲虽然不放心让她孤身留在香港，同时也不愿她耽误学业。姑太太从前闹的那些话柄子，早已事过境迁，成为历史上的陈迹，久之也就为人淡忘了。如今姑太太上了年纪，自然与前不同，这次居然前嫌冰释，慷慨解囊，资助侄女儿读书，那是再好也没有的事。薇龙的母亲原说要亲身上门去道谢，薇龙竭力拦住了，推说梁太太这两天就要进医院割治盲肠，医生吩咐静养。姑嫂多年没见过，一旦会晤，少不得有一番痛哭流涕，激动了情感，恐怕于病体不宜。葛太太只得罢了，在葛豫琨跟前，只说薇龙因为成绩优良，校长另眼相看，为她募捐了一个奖学金，免费住读。葛豫琨原是个不修边幅的名士脾气，脱略惯了，不像他太太一般的讲究礼数，听了这话，只夸赞了女儿两句，也没有打算去拜见校长，亲口谢他造就人才的一片苦心。

葛家老夫妇归心似箭，匆匆整顿行装，回掉了房子，家里只有一个做菜的老妈子，是在上海用了多年的，依旧跟着回上海去。另一个粗做的陈妈是在香港雇的，便开销了工钱打发她走路。薇龙送了父母上船，天已黑了下来，陈妈陪着她提了一只皮箱，向梁太太家走去。

那是个潮湿的春天的晚上，香港山上的雾是最有名的。梁家那白房子黏黏地融化在白雾里，只看见绿玻璃窗里晃动着灯光，绿幽幽地，一方一方，像薄荷酒里的冰块。渐渐的冰块也化了水——雾浓了，窗格子里的灯光也消失了。梁家在这条街上是独门独户，柏油山道上空落落，静悄悄地，却排列着一行汽车。薇龙暗道："今天来得不巧。姑妈请客，哪里有时间来招呼我？"一路拾级上阶，只有小铁门边点了一盏赤铜攒花的仿古宫灯。人到了门边，依然觉得门里鸦雀无声，不像有客，侧耳细听，方才隐隐听见清脆的洗牌声，想必有四五桌麻将。

香港的深宅大院，比起上海的紧凑，摩登，经济空间的房间，又另有一番气象，薇龙正待揿铃，陈妈在背后道："姑娘仔细有狗！"一语未完，真的有一群狗齐打伙儿一递一声叫了起来。陈妈着了慌。她身穿一件簇新蓝竹布罩褂，浆得挺硬。人一窜便在蓝布褂里打旋磨，擦得那竹布淅沥沙啦响。她和梁太太家的睇睇和睨儿一般的打着辫子，她那根辫子却扎得杀气腾腾，像武侠小说里的九节钢鞭。薇龙忽然之间觉得自己并不认识她，从来没有用客观的眼光看过她一眼——原来自己家里做熟了的佣人是这样的上不得台盘！因道："陈妈你去罢！再耽搁一会儿，山上走路怪怕的。这儿两块钱给你坐车。箱子就搁在这儿，自有人拿。"把陈妈打发走了，然后揿铃。

小丫头通报进去，里面八圈牌刚刚打完，正要入席。梁太太听说侄小姐来了，倒踌躇了一下。她对于银钱交易，一向是仔细的，这次打算在侄女儿身上大破悭囊，自己还拿不定主意，不知道这小妮子是否有出息，值不值得投资？这笔学费，说大不大，说小也不小，好在钱还没有过手，不妨趁今晚请客的机会，叫这孩子换件衣裳出来见见客，俗语道："真金不怕火烧。"自然立见分晓。只是一件，今天在座的男女，都是配好了搭子的，其中布置，煞费苦心。若是这妮子果真一鸣惊人，雏凤清于老凤声，势必引起一番骚动，破坏了均衡。若是薇龙不济事的话，却又不妙，盛会中夹着木头似的孩子，更觉扫兴；还有一层，眼馋的人太多了。梁太太瞟一瞟迎面坐着的那个干瘦小老儿，那是她全盛时代无数的情人中硕果仅存的一个，名唤司徒协，是汕头一个小财主，开有一家搪瓷马桶工厂。梁太太交游虽广，向来偏重于香港的地头蛇，带点官派的绅士阶级，对于这一个生意人之所以恋恋不舍，却是因为他知情识趣，工于内媚。二人相交久了，梁太太对于他竟有三分怕惧，凡事碍着他，也略存顾忌之心。司徒协和梁太太，二十年如一日，也是因为他摸熟了自己的脾气，体贴入微，并且梁太太对于他虽然不倒贴，却也不需他破费，借她地方请客，场面既漂亮，应酬又周到，何乐而不为。今天这牌局，便是因为司徒协要回汕头去嫁女儿，梁太太为他饯行。他若是看上了薇龙只怕他就回不了汕头，引起种种枝节。梁太太因低声把睨儿唤了过来，吩咐道："你去敷衍敷衍葛家那孩子，就说我这边分不开身，明天早上再见她。问她吃过了晚饭没有？那间蓝色的客房，是拨给她住的，你领她上去。"睨儿答应着走了出来。她穿上一件雪青紧身袄子，翠蓝窄脚裤，两手抄在白地平金马甲里面，还是《红楼梦》时代的丫环的打扮。惟有那一张扁扁的脸儿，却是粉黛不施，单抹了一层清油，紫铜皮色，自有妩媚处。一见了薇龙，便抢步上前，接过皮箱，说道："少奶成日惦念着呢，说您怎么还不来。今儿不巧有一大堆客，"又附耳道："都是上了年纪的老爷太太们，少奶怕你跟他们谈不来，僵得慌，叫给姑娘另外开一桌饭，在楼上吃。"薇龙道："多谢，我吃过了饭来的。"睨儿道："那么我送您到房间里去罢。夜里饿了，您尽管揿铃叫人送夹心面包上来，厨房里直到天亮不断人的。"

薇龙上楼的时候，底下正入席吃饭，无线电里乐声悠扬。薇龙那间房，屋小如舟，被那音波推动着，那盏半旧红纱壁灯似乎摇摇晃晃，人在屋里，飘飘荡荡，心旷神怡。薇龙拉开了珍珠罗帘幕，倚着窗台望出去，外面是窄窄的阳台，铁阑干外浩浩荡荡的雾，一片濛濛乳白，很有从甲板上望海的情致。薇龙打开了皮箱，预备把衣服腾到抽屉里，开了壁橱一看，里面却挂满了衣服，金翠辉煌；不觉咦了一声道："这是谁的？想必是姑妈忘了把这橱腾空出来。"她到底不脱孩子气，忍不住锁上了房门，偷偷的一件一件试穿着，却都合身，她突然省悟，原来这都是姑妈特地为她置备的。家常的织锦袍子，纱的绸的、软缎的、短外套、长外套、海滩上用的披风、睡衣、浴衣、夜礼服、喝鸡尾酒的下午服、在家见客穿的半正式的晚餐服，色色俱全。一个女学生哪里用得了这么多？薇龙连忙把身上的一件晚餐服剥了下来，向床上一抛，人也就膝盖一软，在床上坐下了，脸上一阵一阵的发热，低声道："这跟长三堂子里买进一个人，有什么分别？"坐了一会，又站起身来把衣服一件一件重新挂在衣架上，衣服的胁下原先挂着白缎子小荷包，装满了丁香花末子，薰得满橱香喷喷的。

薇龙探身进去整理那些荷包，突然听见楼下一阵女人的笑声，又滑又甜，自己也掌不住笑了起来道："听那睨儿说，今天的客都是上了年纪的老爷太太。老爷们是否上了年纪，不得而知，太太们呢，不但不带太太气，连少奶奶气也不沾一些！"楼下吃完了饭，重新洗牌入局，却分了一半人开留声机跳舞。薇龙一夜也不曾阖眼，才阖眼便恍惚在那里试衣服，试了一件又一件；毛织品，毛茸茸的像富于挑拨性的爵士舞；厚沉沉的丝绒，像忧郁的古典化的歌剧主题曲；柔滑的软缎，像《蓝色的多瑙河》，凉阴阴地匝着人，流遍了全身。才迷迷糊糊盹了一会，音乐调子一变，又惊醒了。楼下正奏着气急呼吁的伦巴舞曲，薇龙不由想起壁橱里那条紫色电光绸的长裙子，跳起伦巴舞来，一踢一踢，淅沥沙啦响。想到这里，便细声对楼下的一切说道："看看也好！"她说这话，只有嘴唇动着，并没有出声，然而她还是探出手来把毯子拉上来，蒙了头，这可没有人听见了。她重新悄悄说道："看看也好！"便微笑着入睡。

第二天，她是起早惯了的，八点钟便梳洗完毕下楼来。那时牌局方散，客室里烟气花气人气，混沌沌地。睨儿监督着小丫头们收拾糖果盆子。梁太太脱了鞋，盘腿坐在沙发上抽烟，正在骂睨睨呢。睨睨斜身靠在牌桌子边，把麻将牌吞吞地捯了起来，有一搭没一搭地丢在紫檀盒子里，唏哩哗啦一片响。梁太太扎着夜蓝绉纱包头；耳边露出两粒钻石坠子，一闪一闪，像是挤着眼在笑呢；她的脸却铁板着。见薇龙进来，便点了一个头，问道："你几点钟上学去？叫车夫开车送你去。好在他送客刚回来，还没睡。"薇龙道："我们春假还没完呢。"梁太太道："是吗？……不然，今儿咱们娘儿俩好好的说会子话，我这会子可累极了。睨儿，你给姑娘预备早饭去。"说完了这话，便只当薇龙不在跟前，依旧去抽她的烟。

睨睨见薇龙来了，以为梁太太骂完了，端起牌盒子就走。梁太太喝道："站住！"睨睨背向着她站住了。梁太太道："从前你和乔琪的事，不去说它了。骂过多少回了，只当耳边风！现在我不准那小子上门了，你还偷偷摸摸的去找他。打谅我不知道呢！你就这样贱，这样的迁就他！天生的小丫头胚子！"睇睇究竟年纪轻，当着薇龙的面，一时脸上下不来，便冷笑道："我这样的迁就他，人家还不要我呢！我不是丫头胚子，人家还是不敢请教。我可不懂为什么！"梁太太跳起身来，刷的给了她一个巴掌，睇睇索性撒起泼来，嚷道："还有谁在你跟前捣鬼呢？无非是乔家的汽车夫。乔家一门子老的小的，你都一手包办了，他家七少奶奶新添的小少爷，只怕你早下了定了。连汽车夫你都放不过。你打我！你只管打我！可别叫我说出好的来了！"梁太太坐下身来，反倒笑了，只道："你说！你说！说给新闻记者听去。这不花钱的宣传，我乐得塌个便宜。我上没有长辈下没有儿孙，我有的是钱，我有的是朋友，我怕谁？你趁早别再糊涂了，我当了这些年的家，不见得就给一个底下人叉住了我。你当我这儿短不了你么？"

睇睇翻身向薇龙溜了一眼，撇嘴道："不至于短不了我哇！打替工的早来了。这回子可称了心了，自己骨血，一家子亲亲热热的过活罢，肥水不落外人田。"梁太太道："你又拉扯上旁人做什么？嘴里不干不净的！我本来打算跟你慢慢的算账，现在我可太累了，没有精神跟你歪缠。你给我滚！"睇睇道："滚就滚！在这儿做一辈子也没有出头之日！"梁太太道："你还打算有出头之日呢！只怕连站脚的地方也没有了！你以为你在我这里混过几年，认得几个有大来头的人，有了靠山了。我叫你死了这条心！港督跟前我有人；你从我这里出去了，别想在香港找得到事。谁敢收容你！"睇睇道："普天下就只香港这豆腐干大一块地方？"梁太太道："你跑不了！你爹娘自会押你下乡去嫁人。"睇睇哼了一声道："我爹娘管得住我么？"梁太太道："你娘又不傻。她还有七八个儿女求我提拔呢。她要我照应你妹妹们,自然不敢不依我的话,把你带回去严加管束。"睇睇这才呆住了,一时还不体会到梁太太的意思;呆了半晌,方才顿脚大哭起来。睨儿连忙上前半推半拉把她赶出了房,口里数落道:"都是少奶把你惯坏了,没上没下的!你知趣些;少奶气平了,少不得给你办一份嫁妆。"

睨儿与睇睇出了房,小丫头便蹑手蹑脚钻了进来,送拖鞋给梁太太,低声道:"少奶的洗澡水预备好了。这会子不早了,可要洗了澡快上床歇歇?"梁太太跋上了鞋,把烟卷向一盆杜鹃花里一丢,站起身来便走。那杜鹃花开得密密层层的。烟卷儿窝在花瓣子里,一霎时就烧黄了一块。

薇龙一个人在那客室里站了一会,小丫头来请她过里间去吃早饭;饭后她就上楼回到自己的卧室里去,又站在窗前发呆。窗外就是那块长方形的草坪,修剪得齐齐整整,洒上些晓露,碧绿的,绿得有些牛气。有只麻雀,一步一步试探着用八字脚向前走,走了一截子,似乎被这愚笨的绿色大陆给弄糊涂了,又一步一步走了回来。薇龙以为麻雀永远是跳着的,想不到它还会踱方步,倒看了半晌。也许那不是麻雀?正想着,花园的游廊里走出两个挑夫,担了一只朱漆箱笼,哼哼呵呵的出门去了,后面跟着一个身穿黑拷绸衫袴的中年妇女,想是睇睇的娘。睇睇也出来了,立在当地,似乎在等着屋里其他的挑夫;她的眼睛哭得又红又肿,脸上薄薄的抹上一层粉,变为淡赭色。薇龙只看见她的侧影,眼睛直瞪瞪的一点面部表情也没有,像泥制的面具。看久了方才看到那寂静的面庞上有一条筋在那里缓缓地波动,从腮部牵到太阳心——原来她在那里吃花生米呢,红而脆的花生米衣子,时时在嘴角掀腾着。

薇龙突然不愿意看下去了,掉转身子,开了衣橱,人靠在橱门上。衣橱里黑沉沉的，丁香末子香得使人发晕。那里面还是悠久的过去的空气，温雅、幽闲、无所谓时间。衣橱里可没有窗外那爽朗的清晨，那板板的绿草地，那怕人的寂静的脸，嘴角那花生衣子……那肮脏、复杂，不可理喻的现实。

薇龙在衣橱里一混就混了两三个月，她得了许多穿衣服的机会；晚宴、茶会、音乐会、牌局，对于她，不过是炫弄衣服的机会罢了。她暗自庆幸，梁太太只拿她当个幌子，吸引一般青年人，难得带她到上等舞场去露几次脸，总是家里请客的次数多。香港大户人家的小姐们，沾染上英国上层阶级传统的保守派习气，也有一种骄贵矜持的风格，与上海的交际花又自不同。对于追求薇龙的人们，梁太太挑剔得很厉害，比皇室招驸马还要苛刻。便是那侥幸人选的七八个人，若是追求得太热烈了，梁太太却又奇货可居，轻易不容他们接近薇龙。一旦容许他接近了，梁太太便横截里杀将出来，大施交际手腕，把那人收罗了去。那人和梁太太攀交情，原是醉翁之意不在酒，末了总是弄假成真，坠入情网。这样的把戏，薇龙也看惯了，倒也毫不介意。

这一天，她催着睨儿快些给她梳头发，她要出去。梁太太特地拨自己身边的得意人儿来服侍薇龙；睨儿不消多时，早摸熟了薇龙的脾气。薇龙在香港举目无亲，渐渐的也就觉得睨儿为人虽然刻薄些，对自己却处处热心指导，也就把睨儿当个心腹人。这时睨儿便道："换了衣服再梳头罢。把袍子从头上套上去，又把头发弄乱了。"薇龙道："拣件素净些的。我们唱诗班今天在教堂里练习，他们教会里的人，看了太鲜艳的衣料怕不喜欢。"睨儿依然寻出一件姜汁黄朵云绉的旗袍，因道："我又不懂了。你又不信教，平白去参加那唱诗班做什？一天到晚的应酬还忙不过来，夜里补上时间念书念到天亮。你看你这两个礼拜忙着预备大考，脸上早瘦下一圈来了！何苦作践自己的身体！"薇龙叹了一口气，低下头来，让睨儿给她分头路，答道："你说我念书太辛苦了。你不是不知道的，我在外面应酬，无非是碍在姑妈面上，不得不随和些。我念书，那是费了好大的力，才得到这么个机会，不能不念出点成绩来。"睨儿说："不是我说扫兴的话，念毕了业又怎样呢？姑娘你还是中学，香港统共只有一个大学，大学毕业生还找不到事呢！事也有，一个月五六十块钱，在修道院办的小学堂里教书，净受外国尼姑的气。那真犯不着！"薇龙道："我何尝没有想到这一层呢？活到哪里算哪里罢！"睨儿道："我说句话，你可别生气。我替你打算，还是趁这交际的机会，放出眼光来拣一个合适的人。"薇龙冷笑道："姑妈这一帮朋友里，有什么人？不是浮滑的舞男似的年轻人，就是三宫六嫔的老爷。再不然，就是英国兵。中尉以上的军官，也还不愿意同黄种人打交道呢！这就是香港！"睨儿噗哧一笑道："我明白了，怪不得你饶是排不过时间来还去参加唱诗班；听说那里面有好些大学生。"薇龙笑了一笑道："你同我看着玩不要紧，可别认真告诉姑妈去！"睨儿不答。薇龙忙推她道："听见了没有？可别搬弄是非！"睨儿正在出神，被她推醒了，笑道："你拿我当作什么人了？这点话也搁不住？"眼珠子一转，又悄悄笑道："姑娘你得留神，你在这里挑人，我们少奶眼快手快，早给自己挑中了个。"薇龙猛然抬起头来，把睨儿的手一磕磕飞了，问道："她又看上了谁？"睨儿道："就是你们唱诗班里那个姓卢的，拍网球很出些风头；是个大学生罢？对了，叫卢兆麟。"薇龙把脸胀得通红，咬着嘴唇不言语，半晌才道："你怎么知道她……"睨儿道："哟！我怎么不知道？要不然，你加入唱诗班，她早就说了话了。她不能让你在外面单独的交朋友；就连教堂里大家一齐唱唱歌也不行。那是这里的规矩。要见你的人，必得上门来拜访，人进了门，就好办了。这回她并不反对，我就透着奇怪。上两个礼拜她嚷嚷着说要开个园会，请请你唱诗班里的小朋友们，联络联络感情。后来那姓卢的上马尼拉去赛球了，这园会就搁了下来。姓卢的回来了，她又提起这话了。明天请客，里头的底细，你敢情还蒙在鼓里呢！"薇龙咬着牙道："这个人，要是禁不起她一撮哄就入了她的圈套，也就不是靠得住的人了。我早早瞧破了他。倒也好。"睨儿道："姑娘傻了。天下老鸦一般的黑，男人就爱上这种当。况且你那位卢先生年纪又轻，还在念书呢，哪里见过大阵仗。他上了当，你也不能怪他。你同他若是有几分交情，趁早给他个信儿，让他明天别来。"薇龙淡淡的一笑道："交情！八字还没有一撇呢！"当下也就罢了。

次日便是那园会的日子。园会一举，还是英国十九世纪的遗风。英国难得天晴，到了夏季风和日暖的时候，爵爷爵夫人们往往喜欢在自己的田庄上举行这种半正式的集会，女人们戴了颤巍巍的宽帽沿的草帽，佩了过时的绢花，丝质手套长过肘际，斯斯文文，如同参与庙堂大典。乡下八十里圆周内略具身分的人们都到齐了，牧师和牧师太太也陪末座。大家衣冠楚楚，在堡垒遗迹，瓦砾场中踱来踱去，僵僵地交换谈话。用过茶点之后，免不了要请上几位小姐们，弹唱一曲《夏天最后的玫瑰》。香港人的园会，却是青出于蓝。香港社会处处模仿英国习惯，然而总喜欢画蛇添足，弄得全失本来面目。梁太太这园会，便渲染着浓厚的地方色彩。草地上遍植五尺来高福字大灯笼，黄昏时点上了火，影影绰绰的，正像好莱坞拍摄《清宫秘史》时不可少的道具。灯笼丛里却又歪歪斜斜插了几把海滩上用的遮阳伞，洋气十足，未免有点不伦不类。丫头老妈子们，一律拖着油松大辫，用银盘子颤巍巍托着鸡尾酒、果汁、茶点，弯着腰在伞柄林中穿来穿去。

梁太太这一次请客，专门招待唱诗班的少年英俊，请的陪客也经过一番谨慎选择，酒气醺醺的英国下级军官，竟一个也没有；居然气象清肃。因为唱诗班是略带宗教性质的，她又顺便邀了五六个天主教的尼姑。香港的僧尼向来也是在交际场上活动惯的，交接富室，手段极其圆活。只是这几位师太不是其中的佼佼者，只会说法文与拉丁文；梁太太因薇龙在学校里有法文这一课，新学会了几句法文，便派定薇龙去应酬她们。

薇龙眼睁睁看着卢兆麟来了，梁太太花枝招展的迎了上去，拉了他的手，在太阳里眯缝着眼，不知说些什么。卢兆麟一面和她拉着手，眼光却从她头上射过来，四下的找薇龙。梁太太眼快，倒比他先瞧见了薇龙；一双眼睛，从卢兆麟脸上滑到薇龙脸上，又从薇龙脸上滑到卢兆麟脸上，薇龙向卢兆麟勉强一笑。那卢兆麟是个高个子，阔肩膀，黄黑皮色的青年；他也就向薇龙一笑，白牙齿在太阳里亮了一亮。那时候，风恰巧向这面吹，薇龙依稀听得梁太太这样说："可怜的孩子，她难得有机会露一露她的法文；我们别去打搅她，让她出一会儿风头。"说着，把他一引引到人丛里，便不见了。

薇龙第二次看见他们俩的时候，两人坐在一柄蓝白条纹的大阳伞下，梁太太双肘支在藤桌子上，嘴里衔着杯中的麦管子，眼睛衔着对面的卢兆麟。卢兆麟却泰然地四下里看人。他看谁，薇龙也跟着看谁。其中惟有一个人，他眼光灼灼看了半晌，薇龙心里便像汽水加了柠檬汁，咕嘟咕嘟冒酸泡儿。他看的是一个混血女孩子，年纪不过十五六岁；她那皮肤的白，与中国人的白又自不同，是一种沉重的，不透明的白。雪白的脸上，淡绿的鬼阴阴的大眼睛，稀朗朗的漆黑的睫毛，墨黑的眉峰，油润的猩红的厚嘴唇，美得带点肃杀之气；那是香港小一辈的交际花中数一数二的周吉婕。据说她的宗谱极为复杂，至少可以查出阿拉伯、尼格罗、印度、英吉利、葡萄牙等七八种血液，中国的成分却是微乎其微。周吉婕的年纪虽小，出山出得早，地位稳固，薇龙是香港社交圈中后起之秀，两人虽然不免略含敌意，还算谈得来。

这会子薇龙只管怔怔的打量她，她早觉得了，向这边含笑打了个招呼，使手势叫薇龙过来。薇龙丢了个眼色，又向尼姑们略努努嘴。尼姑们正絮絮叨叨告诉薇龙，她们如何如何筹备庆祝修道院长的八十大庆；忽然来了个安南少年，操着流利的法语，询问最近为孤儿院捐款的义卖的盛况。尼姑们一高兴，源源本本把港督夫人驾临的大典有声有色的描摹给他听，薇龙方得脱身，一径来找周吉婕。

周吉婕把手指着鼻子笑道："谢谢我！"薇龙笑道："救命王菩萨是你差来的么？真亏你了！"正说着，铁栅门外起了一阵小小的骚动，只见睨儿笑盈盈的拦着一个人，不叫他进来，禁不住那人三言两语，到底让他大踏步冲了进来了。薇龙忙推周吉婕道："你瞧，你瞧，那是令兄么？我倒没有知道，你还有个哥哥。"吉婕狠狠的瞅了她一眼，然后把眉毛一耸，似笑非笑的说道："我顶不爱听人说我长得像乔琪乔。我若生着他那一张鬼脸子，我可受不了！趁早嫁个回教的人，好终年蒙着面幕！"薇龙猛然记起，听见人说过，周吉婕和乔琪乔是同母异父的兄妹，这里面的详情，又是"不可说，不可说"了。难怪吉婕讳莫如深。于是自悔失言，连忙打了个岔，混了过去。

谁知吉婕虽然满口的鄙薄乔琪乔，对于他的行动依然是相当的注意。过不了五分钟，她握着嘴格格的笑了起来，悄悄的向薇龙道："你留神看，乔琪老是在你姑妈跟前转来转去，你姑妈越是不理他，他越是有意的在她面前卖俏，这下子老太太可真要恼了！"薇龙这一看，别的还没有看见，第一先注意到卢兆麟的态度大变，显然是和梁太太谈得渐渐入港了。两个人四颗眼珠子，似乎是用线穿成一串似的，难解难分。卢兆麟和薇龙自己认识的日子不少了，似乎还没有到这个程度。薇龙忍不住一口气堵住喉咙口，噎得眼圈子都红了，暗暗骂道："这笨虫！这笨虫！男人都是这么糊涂么？"再看那乔琪乔果然把一双手抄在裤袋里，只管在梁太太面前穿梭似的踱来踱去，嘴里和人说着话，可是全神凝注在梁太太身上，把那眼风一五一十的送了过来。引得全体宾客联带的注意到梁太太与卢兆麟。他们三个人，眉毛官司打得热闹，旁观者看得有趣，都忍不住发笑。梁太太尽管富有涵养，也有点踧踖不安起来。她把果子汁的杯子一推，手搭在椅背上，远远的向薇龙使了个眼色，薇龙向乔琪乔看看，梁太太便微微点了点头。薇龙只得抛下了周吉婕，来敷衍乔琪乔。

　　她迎着他走去，老远的就含笑伸出手来，说道："你是乔琪么？也没有人给我们介绍一下。"乔琪乔和她握了手之后，依然把手插在裤袋里，站在那里微笑着，上上下下的打量她。薇龙那天穿着一件磁青薄绸旗袍，给他那双绿眼睛一看，她觉得她的手臂像热腾腾的牛奶似的，从青色的壶里倒了出来，管也管不住，整个的自己全泼出来了；连忙定了一定神，笑道："你瞧着我不顺眼么？怎么把我当眼中钉似的，只管瞪着我！"乔琪乔道："可不是眼中钉！这颗钉恐怕没有希望拔出来了。留着做个永远的纪念罢。"薇龙笑道："你真会说笑话。这儿太阳晒得怪热的，到那边阴凉些的地方去走走罢。"

两人一同走着路，乔琪轻轻的叹了一口气道："我真该打，怎么我竟不知道香港有你这么个人？"薇龙道："我住到姑妈这儿来之后，你没大来过。我又不常出去玩。不然，想必没有不认识你的道理。你是在外面非常活动的，我知道。"乔琪乔道："差一点我就错过了这机会。真的，你不能想像这事够多么巧！也许我们生在两个世纪里，也许我们生在同一个世纪里，可是你比我们早生了二十年。十年就够糟的了。若是我比你早生二十年，那还许不要紧。我想我老不至于太讨人厌的，你想怎样？"薇龙笑道："说说就不成话了。"

她再向他看了一眼，试着想像他老了之后是什么模样。他比周吉婕还要没血色，连嘴唇都是苍白的，和石膏像一般。在那黑压压的眉毛与睫毛底下，眼睛像风吹过的早稻田，时而露出稻子下的水的青光，一闪，又暗了下去了。人是高个子，也生得停匀，可是身上衣服穿得那么服贴、随便，使人忘记了他的身体的存在。和他一比，卢兆麟显得粗蠢了许多。薇龙正因为卢兆麟的缘故，痛恨着梁太太。乔琪乔是她所知道的唯一能够抗拒梁太太的魔力的人，她这么一想，不免又向乔琪乔添了几分好感。

乔琪问知她是上海来的，便道："你喜欢上海还是喜欢香港？"薇龙道："风景自然香港好。香港有名的是它的海岸，如果我会游泳，大约我会更喜欢香港。"乔琪道："慢慢的我教你——如果你肯的话。"又道："你的英文说得真好。"薇龙道："哪儿的话？一年前，我在学校课室以外从来不说英文的，最近才跟着姑妈的朋友们随口说两句；文法全不对。"乔琪道："你没说惯，有些累，是不是？我们别说英文了。"薇龙道："那么说什么呢？你又不懂上海话，我的广东话也不行。"乔琪道："什么都别说。你跟那班无聊的人应酬了半天，也该歇一歇了。"薇龙笑道："被你这一说，我倒真觉得有点吃力了。"便拣了一张长椅坐下，乔琪也跟着坐下了。隔了一会儿，薇龙噗嗤一笑道："静默三分钟，倒像致哀似的。"乔琪道："两个人一块儿坐着，非得说话不可么？"一面说，一面把手臂伸了过来，搭在薇龙背后的椅靠上。薇龙忙道："我们还是谈谈话的好。"乔琪道："你一定要说话，我说葡萄牙话给你听。"当下低低的说了起来，薇龙侧着头，抱着膝盖，听了半响，笑道："我又不懂你在说些什么。多半你在骂我呢！"乔琪柔声道："你听我的口气是在骂你么？"薇龙突然红了脸，垂下头。乔琪道："我要把它译成英文说给你听，只怕我没有这个胆量。"薇龙掩住耳朵道："谁要听？"便立起身来向人丛中走去。

那时天色已经暗了，月亮才上来，黄黄的，像玉色缎子上，刺绣时弹落了一点香灰，烧糊了一小片。薇龙回头见乔琪跟在后面，便道："这会子我没有工夫跟你缠了，你可不要再去搅扰我姑妈。谢谢你！"乔琪道："你不知道，我就想看你姑妈发慌。她是难得发慌的。一个女人，太镇静过分了，四平八稳的，那就欠可爱。"薇龙啐了一声，再三叮嘱他不要去招姑妈的讨厌。乔琪轻轻的笑道："你姑妈是难得失败的，但是对于我，她失败了。今天她正在志得意满的时候，偏偏看见了我，处处提醒她上次的失败，也难怪她生气。"薇龙道："你再满嘴胡说，我也要生气了。"乔琪道："你要我走开，我就走。你得答应我明天我们一块儿去吃饭。"薇龙道："我不能够。你知道我不能够！"乔琪道："我要看见你，必得到这儿来么？你姑妈不准我上门呢！今天是因为这儿人多，她下不了面子，不然，我早给轰出去了。"薇龙低头不语。正说着，恰巧梁太太和卢兆麟各人手里擎着一杯鸡尾酒，泼泼洒洒的，并肩走了过来，两人都带了七八分酒意了。梁太太看见薇龙，便道："你去把吉婕找来，给我们弹琴。趁大家没散，我们唱几支歌，热热闹闹。"薇龙答应着，再看乔琪乔，早一溜烟不知去向了。

薇龙四处寻不到周吉婕，问娘姨们，回说在楼上洗脸呢。薇龙上了楼，只见姑母的浴室里点着灯，周吉婕立在镜子前面，用小方块的棉纸蘸了净肤膏擦去了脸上的浮油。薇龙道："他们请你下去弹琴呢。"吉婕道："又不知道是谁要露一露金嗓子了！我没有那么大的耐心去伴奏。"薇龙笑道："没有谁独唱，大家唱几支流行歌凑凑热闹。"吉婕把棉纸捻成一团，向镜子上一掷，说道："热闹倒够热闹的。那班人，都是破竹嗓子，每个人一开口就像七八个人合唱似的。"薇龙噗哧一笑，斜倚在门框上道："你醉了！"吉婕道："可不是？给他们灌的。"她喝了几杯酒，脸上更是刷白的，只是眼圈儿有点红。薇龙道："今天这些人，你仿佛都很熟。"吉婕道："华南大学的学生，我原认识不少，他们逢时遇节举行茶舞会或是晚餐舞，或是野宴，总爱拉扯上我们姊妹，去年我姊姊进了华南大学，自然更少不了我们一份儿了。"薇龙道："明年毕了业，打算进华南么？"吉婕道："依我的意思，我恨不得远走高飞，到澳洲或是檀香山去进大学，在香港待得腻死了。"薇龙道："那乔琪乔，也在华南大学念书么？"吉婕道："他！他在乔家可以算是出类拔萃的不成材才！五年前他考进了华大，念了半年就停了。去年因为我姊姊吉妙的缘故，他又进了华大，闹了许多话柄子。亏得他老子在兄弟中顶不喜欢他，不然早给他活活气死了。薇龙你不知道，杂种的男孩子们，再好的也是脾气有点阴沉沉的，带点丫头气。"薇龙有一句话到口头又咽了下去，向吉婕笑了一笑。吉婕连忙说道："是呀！我自己也是杂种人，我就吃了这个苦。你看，我们的可能的对象全是些杂种的男孩子。中国人不行，因为我们受的外国式的教育，跟纯粹的中国人搅不来。外国人也不行！这儿的白种人哪一个不是种族观念极深的？就使他本人肯了，他们的社会也不答应。谁娶了东方人，这一辈子的事业就完了。这个年头儿，谁是那个罗曼蒂克的傻子？"薇龙倒想不到她竟和自己深谈起来了，当下点点头，啃着手指甲笑道："真的！我从来没有想到这一层。原来你们选择的范围这么窄！"吉婕道："就为了这个，吉妙也是一心的希望能够离开香港。这儿殖民地的空气太浓厚了；换个地方，种族的界限该不会这么严罢？总不见得普天下就没有我们安身立命的地方。"说着，眼圈儿上的红晕更深了一层。薇龙笑道："你真醉了，好端端的伤起心来！"顿了一顿，又含笑问道："后来呢？"吉婕不懂，问道："后来？"薇龙道："乔琪乔和你姊姊。"吉婕道："哦，你说的是他们。后来可笑的事多着呢！把姊姊气得不得了，你不知道乔琪那张嘴够多么坏，在外头造了多大的谣言……"一语未完，睨儿敲门进来，说底下在催请了。吉婕只得草草收拾完毕，和薇龙一同下楼，一路走，一路说着话。

两人在客厅里一露面，大家就一阵拍手，迫着薇龙唱歌。薇龙推辞不得，唱了一支《缅甸之夜》；唱完了，她留心偷看梁太太的神色，知道梁太太对于卢兆麟还不是十分拿得稳，自己若是风头出得太足，引起过分的注意，只怕她要犯疑心病，因此执意不肯再唱了。这园会本来算是吃下午茶的，玩到了七八点钟，也就散了。梁太太和薇龙只顾张罗客人，自己却不曾吃到东西，这时便照常进膳。梁太太因为卢兆麟的事，有点心虚，对薇龙加倍的亲近体贴。

两人一时却想不出什么话来说；梁太太只说了一句："今天的巧克力蛋糕做得可不好，以后你记着，还是问乔家借他们的大司务来帮一天忙。"薇龙答应着，梁太太手里使刀切着冷牛舌头，只管对着那牛舌头微笑。过了一会，她拿起水杯来喝水，又对着那玻璃杯怔怔的发笑。伸手拿胡椒瓶的时候，似乎又触动了某种回忆，嘴角的笑痕更深了。

薇龙暗暗的叹了一口气，想道："女人真是可怜！男人给了她几分好颜色看，就欢喜得这个样子！"梁太太一抬头瞥见了薇龙，忽然含笑问道："你笑什么？"薇龙倒呆住了，答道："我几时笑来？"梁太太背后的松木碗橱上陈列着一张大银盾，是梁太太捐助皇家医学会香港支会基本金所得的奖牌，光可鉴人，薇龙一瞧银盾里反映的自己的脸，可不是笑微微的，连忙正了一正脸色。梁太太道："赖什么！到底小孩子家，一请客，就乐得这样！"说完了，她又笑吟吟的去吃她的牛舌头，薇龙偶一大意，嘴角又向上牵动着，笑了起来，因皱着眉向自己说道："你这是怎么了？你有生气的理由，怎么一点儿不生气？古时候的人'敢怒不敢言'，你连怒都不敢么？"可是她的心，在梁太太和卢兆麟身上，如蜻蜓点水似的，轻轻一掠，又不知飞到什么地方去了。姑侄二人这一顿饭，每人无形中请了一个陪客，所以实际上是四个人一桌，吃得并不寂寞。

晚餐后，薇龙回到卧室里来，睨儿正在那儿铺床，把一套月白色的睡衣摺好了，摊在枕头上。一见薇龙，便笑道："那乔琪乔，对你很注意呀！"薇龙冷笑道："真是怪了，这姓乔的也不知是什么了不得的人，谁都看不得他跟我多说了两句话！"睨儿道："这个人……虽然不是了不得的人，可是不好惹。"薇龙耸了一耸肩膀道："谁惹他来着！"睨儿道："你不惹他，他来惹你，不是一样的么？"薇龙一面向浴室里走，一面道："好，好了，不用你说，刚才周吉婕已经一五一十把他的劣迹报告了一遍，想必你在门外面早听清楚了。"说着，便要关浴室的门。睨儿夹脚跟了进来，说道："姑娘你不知道，他在外面尽管胡闹，还不打紧，顶糟的一点就是：他老子不喜欢他。他娘嫁过来不久就失了宠，因此手头并没有攒下钱。他本人又不肯学好，乔诚爵士向来就不爱管他的事。现在他老子还活着，他已经拮据得很，老是打饥荒。将来老子死了，丢下二十来房姨太太，十几个儿子，就连眼前的红人儿也分不到多少家私，还轮得到他？他除了玩之外，什么本领都没有，将来有得苦吃呢。"薇龙默然，向睨儿眼睁睁瞅了半晌，方笑道："你放心，我虽傻，也傻不到那个地步。"

她既然说出了这句话，果然以后寸步留心。乔琪乔并没有再度闯入梁宅，但是每逢她出去应酬，不论是什么集会，总有他在座。薇龙对于他便比初见面时冷淡了许多。她这一向格外在外面应酬得忙碌；梁太太舍得放她出去，却是因为嫌她在家里碍眼。梁太太正与卢兆麟打得火热，知道薇龙和卢兆麟是有过一点特别的感情的，猜度着薇龙心里不免存着芥蒂，因此巴不得她暂时离了眼前，免卢兆麟分了心。谁知好事多磨，梁太太的旧欢司徒协忽然回香港来了。那司徒协虽然年纪不小了，性情却比少年人还要毛躁，又爱多心。梁太太不愿为了一时的欢娱，得罪了多年的朋友，因将卢兆麟捺过一边，聚精会神的来敷衍司徒协。

这一天，薇龙和梁太太同赴一个晚宴，座中嘉宾济济，也有乔琪乔，也有司徒协。席散后梁太太邀司徒协到她家里来看看浴室墙上新砌的樱桃红玻璃砖；司徒协原是汕头搪瓷业巨头，她愿意得到内行的批评。当下她领了薇龙，乘司徒协的汽车一同回家，半路上下起倾盆大雨来。那时正是初夏，黄梅季节的开始。黑郁郁的山坡上，乌沉沉的风卷着白辣辣的雨，一阵急似一阵，把那雨点儿挤成车轮大的团儿，在汽车头上的灯光的扫射中，像白绣球似的滚动。遍山的肥树也弯着腰缩成一团；像绿绣球，跟在白绣球的后面滚。

三个人在汽车里坐着，梁太太在正中；薇龙怕热，把身子扑在面前的座位的靠背，迎着湿风，狂吹了一阵，人有点倦了，便把头枕在臂弯里。这姿势，突然使她联想到乔琪乔有这么一个特别的习惯，他略微一用脑子的时候，总喜欢把脸埋在臂弯里，静静的一会，然后抬起头来笑道："对了，想起来了！"那小孩似的神气，引起薇龙一种近于母性爱的反应。她想去吻他的脑后的短头发，吻他的正经地用力思索着的脸，吻他的袖子手肘处弄绉了的地方；仅仅现在这样回忆起来那可爱的姿势，便有一种软溶溶，暖融融的感觉，泛上她的心头，心里热着，手脚却是冷的，打着寒战。这冷冷的快乐的逆流，抽搐着全身，紧一阵，又缓一阵；车窗外的风雨也是紧一阵，又缓一阵。

薇龙在这种状态中，哪里听得见梁太太和司徒协的对话。梁太太推了她一推，笑道："你看，你看！"说时，把一只玉腕直送到她脸上来，给她赏鉴那一只三寸来阔的金刚石手镯。车厢里没有点灯，可是那镯子的灿烁精光，却把梁太太的红指甲都照亮了。薇龙呵哟了一声。梁太太道："这是他送给我的。"又掉过脸去向司徒协撇撇嘴笑道："没看见这么性子急的人，等不得到家就献宝似的献了出来！"薇龙托着梁太太的手，只管啧啧称赏，不想喀啦一声，说时迟，那时快，司徒协已经探过手来给她戴上了同样的一只金刚石镯子，那过程的迅疾便和侦探出其不意地给犯人套上手铐一般。薇龙吓了一跳，一时说不出话，只管把手去解那镯子，偏偏黑暗中摸不到那门笋的机括。她急了，便使劲去抹那镯子，想把它硬褪下来。司徒协连忙握住了她的手，笑道："薇龙小姐，你不能这样不赏脸。你等等，你等等！我说来由给你听。这东西有一对，我不忍拆散了它；那一只送了你姑妈，这一只不给你给谁？送了你姑妈，将来也是你的，都是一样。你别！你别！你不拿，暂时给姑妈收着也好。"薇龙道："这样贵重的东西，我不敢收。"梁太太便道："长辈赏你的东西，拿着也不碍事，谢一声就完了！"又轻轻踢了她一脚，凑在她耳朵边上骂道："说你没见过世面，越发的小家子气起来了！"薇龙忍住了气，向司徒协笑道："真是谢谢您了，可是我还是——"司徒协连连说道："不必谢！不必谢！都是自己人。"说着，把她的手摇撼了几下，便缩回手去，自和梁太太说笑起来。薇龙岔不进嘴去，一时没了主意。

汽车转眼间已经到了梁宅，那雨越发下得翻山倒海。梁太太等没有带雨衣，只得由汽车夫揿着喇叭，叫佣人撑了伞赶下台阶来，一个一个接了上去。梁太太和薇龙的镂空白皮鞋，拖泥带水，一迈步便咕吱咕吱的冒泡儿。薇龙一进门，便向楼上奔，梁太太叮嘱道："你去洗了脚，换了鞋，下来喝点白兰地，不然仔细伤风。"薇龙口里答应着，心里想："夜深陪你们喝酒，我可没吃豹子胆！"她进了房，就把门锁上了，一面放水洗澡，一面隔了门打发人下去，说她招了点凉，睡下了。接着就来了晛儿，蓬蓬的敲门，送了阿斯匹灵来；薇龙借着热水龙头的水响，只做不听见。她这一间房，可以说是"自成一家"，连着一个单人的浴室，还有一个小阳台。她上床之前，觉得房间里太闷了，试着开了一扇玻璃门，幸而不是这一面的风，雨点儿溅得不太厉害。紧对着她的阳台，就是一片突出的山崖，仿佛是那山岭伸出舌头舐着那阳台呢。在黄梅雨中，满山醉醺醺的树木，发出一蓬一蓬的青叶子味；芭蕉、栀子花、玉兰花、香蕉树、樟脑树、菖蒲、凤尾草、象牙红、棕榈、芦苇、淡巴菰，生长繁殖得太快了，都有点杀气腾腾，吹进来的风也有点微微的腥气。空气里水分过于浓厚了，地板上、木器上全凝着小水珠儿。

薇龙躺在床上，被褥黏黏的，枕头套上似乎随时可以生出青苔来。她才洗过澡，这会子恨不得再洗一个，洗掉那潮气，在床上翻来覆去，烦躁得难受。她追想以前司徒协的神色，果然有异；他始终对于她相当的注意，只是碍着梁太太，不曾有过明白的表示。他今天有这一举，显然是已经和梁太太议妥了条件。无缘无故送她这样一份厚礼？他不是那样的人！想到这里，她瞥见梳妆台上那只手镯，是她脱了下来搁在那儿的，兀自在小台灯底下熠熠放光。薇龙一骨碌坐了起来，想道："快把它好好收了起来罢？无论如何，我得想法子还给他，丢了可不是玩的。"她开了衣橱，取出一只小皮箱，把手镯珍重藏起。那衣橱是嵌在墙壁中的，里面安着一排一排强烈的电灯胆，雨季中日夜照耀着，把衣服烘干了，防止它们发霉。

薇龙这一开壁橱，不由得回忆到今年春天，她初来的那天晚上，她背了人试穿新衣服，那时候的紧张的情绪。一晃就是三个月，穿也穿了，吃也吃了，玩也玩了，交际场中，也小小的有了点名了；普通一般女孩子们所憧憬着的一切，都尝试到了。天下有这么便宜的事么？如此看来，像今天的这一类事，是不可避免的。梁太太牺牲年轻的女孩子来笼络司徒协，不见得是第一次。她需要薇龙做同样的牺牲，也不见得限于这一次。唯一的推却的方法是离开了这儿。

薇龙靠在橱门上，眼看着阳台上的雨，雨点儿打到水门汀地上，捉到了一点灯光的，溜溜地急转，银光直泼到尺来远，像足尖舞者银白色的舞裙。薇龙叹了一口气；三个月的工夫，她对于这里的生活已经上了瘾了。她要离开这儿，只能找一个阔人，嫁了他。一个有钱的，同时又合意的丈夫，几乎是不可能的事。单找一个有钱的罢，梁太太就是个榜样。梁太太是个精明人，一个彻底的物质主义者；她做小姐的时候，独排众议，毅然嫁了一个年逾耳顺的富人，专候他死。他死了，可惜死得略微晚了一些——她已经老了；她永远不能填满她心里的饥荒。她需要爱——许多人的爱——但是她求爱的方法，在年轻人的眼光中看来是多么可笑！薇龙不愿意自己有一天变成这么一个人。

这时候，她又想起乔琪来。经过了今天这一番波折，她在这心绪不宁的情形下，她觉得她和她心里的乔琪的一场挣扎，她已经筋疲力尽了，无力再延长下去，她对爱认了输。也许乔琪的追求她不过是一时高兴；也许他对任何女孩子都是这样的。但是如果他向她有诚意的表示的话，她一定会答应他。的确，在过去，乔琪不肯好好地做人，他太聪明了，他的人生观太消极，他周围的人没有能懂得他的，他活在香港人中间，如同异邦人一般。幸而现在他还年轻，只要他的妻子爱他，并且相信他，他什么事不能做？即使他没有钱，香港的三教九流各种机关都有乔家的熟人，不怕没有活路可走。

薇龙的主张一变，第二次看见了乔琪的时候，自然辞色间流露了出来，乔琪立刻觉得了。那天是一伙青年人到山顶去野宴；薇龙走累了，乔琪陪着她在道旁歇息着，约好了待会儿和大家在山顶上会齐。雨下了多天，好容易停了，天还是阴阴的，山峰在白雾中冒出一点青顶儿。薇龙和乔琪坐在汽车道的边缘上，脚悬在空中，望下看过去，在一片空白间，隐隐现出一带山麓，有两三个蓝衣村妇，戴着宝塔顶的宽沿草帽，在那里拣树枝。薇龙有一种虚飘飘的不真实的感觉，再加上乔琪那一天也是特别的安静老实，只悄悄的挨着她坐着，更觉恍恍惚惚，似乎在梦境中。薇龙穿着白裤子，赤铜色的衬衫，洒着锈绿圆点子，一色的包头，被风吹得褪到了脑后，露出长长的微鬈的前刘海来。她把手拔着身下的草，缓缓地问道："乔琪，你从来没有做过未来的打算么？"乔琪笑道："怎么没有？譬如说，我打算来看你，如果今天晚上有月亮的话。"薇龙变了脸，还没有说出话来，乔琪接下去说道："我打算来看你，有要紧话和你说。我想知道你关于婚姻的意见。"薇龙心里一震。乔琪又道："我是不预备结婚的。即使我有结婚的能力，我也不配。我在五十岁以前，不能做一个令人满意的丈夫。薇龙，我把这种话开诚布公的向你说，因为你是个女孩子，你从来没在我跟前耍过手段。薇龙，你太好了。你这样为你姑妈利用着，到底是为谁辛苦为谁忙呢？你疲倦了，憔悴了的时候，你想她还会留下你么？薇龙，你累了。你需要一点快乐。"说着，便俯下头来吻她，薇龙木着脸。乔琪低声说："薇龙，我不能答应你结婚，我也不能答应你爱，我只能答应你快乐。"

这和薇龙原来的期望相差太远了，她仿佛一连向后猛跌了十来丈远，人有点眩晕。她把手按在额角上，背过脸去，微微一笑道："好吝啬的人！"乔琪道："我给你快乐。世上有比这个更难得的东西吗？"薇龙道："你给我快乐！你磨折我，比谁都厉害！"乔琪道："我磨折你么？我磨折你么？"他把手臂紧紧兜住了她，重重地吻她的嘴，这时候，太阳忽然出来了，火烫的晒在他们的脸上。乔琪移开了他的嘴唇，从袴袋里掏出他的黑眼镜戴上了，向她一笑道："你看，天晴了！今天晚上会有月亮的。"薇龙抓住了他的外衣的翻领，抬着头，哀恳似的注视着他的脸。她竭力地在他的黑眼镜里寻找他的眼睛，可是她只看见眼镜里反映的她自己的影子，缩小的，而且惨白的。她呆瞪瞪的看了半晌，突然垂下了头。乔琪伸出手去揽住她的肩膀，她就把额角抵在他胸前，他觉得她颤抖得厉害，连牙齿也震震作声，便柔声问道："薇龙，你怕什么？你怕什么？"薇龙断断续续的答道："我……我怕的是我自己！我大约是疯了！"说到这里，她哇的一声哭了起来。乔琪轻轻的摇着她，但是她依旧那么猛烈地发着抖，使他抱不牢她。她又说道："我可不是疯了！你对我说这些无理的话，我为什么听着？……"

香港有一句流行的英文俗谚："香港的天气，香港的女孩子。"两般两列，因为那海岛上的女孩子，与那阴霾炎毒的气候一样的反覆无常，不可捉摸。然而那天气似乎也和女孩子一般的听乔琪的话。当天晚上，果然有月亮。乔琪趁着月光来，也趁着月光走。月亮还在中天，他就从薇龙的阳台上，攀着树桠枝，爬到对过的山崖上。丛林中潮气未收，又湿又热，虫类唧唧地叫着，再加上蛙声阁阁，整个的山洼子像一只大锅，那月亮便是一团蓝阴阴的火，缓缓的煮着它，锅里水沸了，咕嘟咕嘟的响。这崎岖的山坡子上，连采樵人也不常来。乔琪一步一步试探着走。他怕蛇，带了一根手杖，走一步，便拨开了荒草，用手电筒扫射一下，疾忙又捻灭了它。有一种草上生有小刺，纷纷的钉在乔琪袴脚上，又痒又痛。正走着，忽然听见山深处"呼呕……"的一声凄长的呼叫，突然而来，突然的断了，仿佛有谁被人叉住了喉咙，在那里求救。乔琪明明知道是猫头鹰，依旧毛骨悚然，站住了脚，留神谛听。歇了一会，又是"呼呕……"一声，乔琪脚下一滑，差一点跌下山去。他撑在一棵柠檬树上，定了一定神，想道："还是从梁家的花园里穿过去罢。他们的花匠要等天亮才出现，这会子离天亮还远呢。"他攀藤附葛，顺着山崖向下爬。他虽然不是一个运动家，却是从小顽皮惯了的，这一点困难却是应付自如。爬到离平地一丈高的地方，便耸身一跳，正落在梁家后院子的草地上。

他沿着走廊一转，便转到宅前的草坪上。那小铁门边，却倚着一个人。乔琪吃了一惊。那人的背影，月光下看得分明，穿着白夏布衫子，黑香云纱大脚裤，因为热，把那灵蛇似的辫子盘在头顶上，露出衣领外一段肉唧唧的粉颈。小小的个子，细细的腰，明显的曲线，都是乔琪平日看在眼里，记在心里的——不是睨儿是谁呢。乔琪想道："梁宅前面，这条山道，是有名的恋人街，一到了夏天，往往直到天亮都不断人。这丫头想必是有一个约会。"他稍稍踌躇了一下，便蹑手蹑脚向她走来。不想睨儿感官异常敏锐，觉得背后有人，霍地掉过身来，正和乔琪打了个照面。乔琪倒退了一步笑道："吓了我一跳！"睨儿拍着胸脯，半晌方说出话来道："这话该是我说的！……嗳呀，你这人！魂都给你吓掉了！"她眯着眼打量了乔琪好一会，嘿嘿的冷笑了两声道："我知道你来干什么的。"乔琪涎着脸笑道："你们少奶叫我来，没告诉你么？"睨儿道："少奶叫你来，光明正大的，自然要留你过了夜去，你这会子干嘛鬼鬼祟祟往外溜？"乔琪伸手去触了一触她脑后的头发，说道："辫子没有扎紧要散了。"说着，那只手顺势往下移，滑过了她颈项，便到了她的脊梁骨。睨儿一面闪躲，一面指着他摇头，长长的叹了口气道："我待要嚷起来，又怕少奶那霹雳火脾气，不分好歹的大闹起来，扫了我们姑娘的面子。"乔琪笑道："扫了姑娘的面子还犹可，扫了你的面子，那就糟了。这里头还碍着你呢！我的大贤大德的姐姐，你深更半夜的在园子里做什么？"睨儿并不理睬他这话，只管狠狠的瞅着他，接着数说下去道："你这事也做得太过分些了，你跟梁家的人有什么过不去，害了睇睇还不罢休，又害了她！人家可不能同睇睇打比！"乔琪道："不好了，你打算给她们报仇么？黑夜里拦住了我的去路，敢是要谋财害命？"睨儿啐了一声道："你命中有多少财？我希罕你的！"转身便走。乔琪连忙追了上去，从她背后揽住了她的腰，笑道："好姐姐，别生气。这儿有点小意思，请你收下了。"说着便把闲着的那只手伸到自己裤袋里去，掏出一卷钞票，想塞进她的衣袋去。可是他在她的白夏布衫里面寻来寻去，匆忙中竟寻不到那衣袋。睨儿啪一声把他的手打了一下，叱道："算了，算了，难不成我真要你的买路钱！"可是这时候，即使乔琪真要褪出手来，急切间也办不到——睨儿的衫子太紧了。忙了半晌，总算给乔琪拔出了他的手。睨儿扣着钮子，咕噜着，又道："我可要失陪了。我们粗人，比不得你们公子小姐，有这闲情逸致在露天里赏月。"便向屋子里走。乔琪在后面跟着，趁她用钥匙打开那扇侧门的时候，便黏在她背上，把脸凑在她颈窝里。睨儿怕吵醒了屋里的人，因而叫喊不得，恨得咬牙切齿，伸起右脚来，死命的朝后一踢，踢中了乔琪的右膝。乔琪待叫"嗳哟"，又缩住口。睨儿的左脚又是一下，踢中了左膝，乔琪一松手，睨儿便进门去了。乔琪随后跟了进来，抬头看她袅袅的上楼去了；当下就着穿堂里的灯光，拿出手帕子来，皱着眉，拍一拍膝盖上的黑迹子，然后掩上了门，跟着她上了楼。

在楼头的另一角，薇龙侧身躺在床上，黑漆漆的，并没有点灯。她睡在那里，一动也不动，可是身子仿佛坐在高速度的汽车上，夏天的风鼓蓬蓬的在脸颊上拍动。可是那不是风，那是乔琪的吻。薇龙这样躺着也不知道过了多少时辰，忽然坐起身来，趿上了拖鞋，披上了晨衣，走到小阳台上来。虽然月亮已经落下去了，她的人已经在月光里浸了个透，淹得遍体通明。她静静的靠在百叶门上，那阳台如果是个乌漆小茶托，她就是茶托上镶嵌的罗钿的花。她诧异她的心地这般的明晰，她从来没有这样的清醒过。她现在试着分析她自己的心理，她知道她为什么这样固执地爱着乔琪。这样自卑地爱着他，最初，那当然是因为他的吸引力，但是后来，完全为了他不爱她的缘故。也许乔琪根据过去的经验，早已发现了这一个秘诀可以征服不可理喻的妇人心。他对她说了许多温柔的话，但是他始终没吐过一个字说他爱她。现在她明白了，乔琪是爱她的。当然，他的爱和她的爱有不同的方式——当然，他爱她不过是方才一刹那。——可是她自处这么卑下，她很容易地就满足了。今天晚上乔琪是爱她的。这一点愉快的回忆是她的，谁也不能够抢掉它。梁太太、司徒协、其他一群虎视眈眈的人，随他们爱怎样就怎样吧，她有一种新的安全，新的力量，新的自由。她深幸乔琪没跟她结婚。她听说过，有一个人逛了庐山回来，带了七八只坛子，里面装满了庐山驰名天下的白云，预备随时放一点出来点缀他的花园。为了爱而结婚的人，不是和把云装在坛子里的人一样的傻么！乔琪是对的，乔琪永远是对的。她伏在阑干上，学着乔琪，把头枕在胳膊弯里，那感觉又来了，无数小小的冷冷的快乐，像金铃一般在她的身体的每一部份摇颤，她紧紧地抱住了她的手臂。她还想抱住别的东西，便轻轻的吹了一声口哨，房里跑出一只白狮子狗来，摇着尾巴。薇龙抱着它，喃喃地和它说着话。

那时已是上午四点钟左右，天上还有许多星，只是天色渐渐地淡了，像一幅青色的泥金笺。对面山上，虫也不叫了，越发鸦雀无声。忽然阳台底下一阵脚步响，走来了一个人。薇龙想道："这花匠好勤快，天没亮就起来了。"她那时候心府轻快，完全和孩子似的顽皮，便伸出一只手来指着那个人，把嘴凑在狗耳朵边低声笑问道："你看那是谁？你看那是谁？"狗便汪汪叫了起来。薇龙仔细再向那人一看，吓得心里扑通扑通跳——花匠哪儿有这么臃肿？热带地方的天，说亮就亮，天一白，楼下那模模糊糊的肥人的影子便清晰起来，原来是两个人紧紧的偎在一起走路，粗看好像一个人。那两个人听见楼上狗叫，一抬头望见了薇龙，不及躲避，早给她认清了乔琪和睨儿的脸。薇龙的一只手，本来托着小狗的下颏儿，猛然指头上一使劲，那狗喉咙管里透不过气来，便拚命一挣，挣脱了薇龙的臂膀，跳下地去，一路尖叫着，跑进屋去了。薇龙也就跟着它跌跌撞撞跑进去；进了房，站在当地，两条手臂直僵僵的垂在两边，站了一会，她向前倒在床上，两只手依旧直挺挺地贴在身上，脸跌在床上，重重的撞了一下，也不觉得痛。她就这样脸朝下躺，躺了一夜，姿势从没改过。脸底下的床单子渐渐的湿了，冰凉的水晕子一直浸到肩膀底下。第二天她爬起身来的时候，冻得浑身酸痛，脑门子直发胀。屋里的钟已经停了，外面太阳晒得黄黄的，也不知道是上午是下午。她在床沿上坐了一会，站起身来就去找睨儿。

睨儿正在楼下的浴室里洗东西，小手绢子贴满了一墙，苹果绿、琥珀色、烟蓝、桃红、竹青，一方块一方块的，有齐齐整整的，也有歪歪斜斜，倒很有点画意。睨儿在镜子里望见了薇龙，脸上不觉一呆，正要堆上笑来，薇龙在脸盆里捞出一条湿淋淋的大毛巾，迎面打了过来，刷的一声，睨儿的脸上早着了一下，溅了一身的水。睨儿嗳哟了一声，偏过头去，抬起手来挡着，手上又着了一下，那厚毛巾吸收了多量的水，分外沉重，震得满臂酸麻。薇龙两只手捏紧了毛巾，只管没头没脑的乱打，睨儿只顾躲闪，也不还手，也不辩白，也不告饶。可是浴室里免不得有些声响，小丫头跑来看见了，吓得怔住了，摸不着头脑。有两个看得不服气起来，便交头接耳的说道："正经主子，且不这么作践我们；这是哪一门子的小姐，这样大的脾气！睨儿姐姐，你平时也是不肯让人的人，今儿你是怎么了？"睨儿叹了一口气道："由她去罢！她也够可怜的！"这句话正戳到薇龙的心里去。她狠命的再抽了睨儿一下，把毛巾一丢，人一软，就瘫到浴盆边上去，捧着脸，呜呜的哭了起来。

这一场闹，早惊动了梁太太，梁太太到场的时候，睨儿正蹲在地上，收拾那磁砖上一汪一汪的水。一面擦地，她自己衣襟上的水兀自往下滴。梁太太喝道："这是怎么回事？"睨儿不答。再问薇龙，哪里问得出一句话来。旁观的小丫头们也回说不知姑娘为什么生气。梁太太当时也不再追问下去，只叫人把薇龙扶上楼去休息，然后把睨儿唤到密室里，仔细盘问。睨儿无法隐瞒，只得吞吞吐吐说出姑娘怎样约了乔琪来，自己怎样起了疑，听见姑娘房里说话的声音，又不敢声张，怕闹出是非来，只得在园子里守着，想趁那人走的时候，看一个究竟。不料被姑娘发现了，怕我监督她的行动，所以今天跟我发脾气。梁太太听了，点头不语，早把实情揣摩出了八九分，当下把睨儿喝退了，自己坐着，越想越恼，把脸都气紫了。本来在剔着牙齿的，一咬牙，牙签也断了，她嗤的一声吐掉了牙签头儿，心里这么想着：这乔琪乔真是她命宫里的魔星，几次三番的拿她开玩笑。她利用睇睇来引他上钩，香饵是给他吞了，他还是优游自在，不受羁束。最后她下了决心，认个吃亏，不去理他了。为了他的捣乱，她势不能留下睇睇。睇睇走了，她如失左右手，一方面另起炉灶，用全力去训练薇龙，她费了一番心血，把薇龙捧得略微有些资格了，正在风头上，身价十倍的时候，乔琪乔又来坐享其成。这还不甘心，同时又顺手牵羊吊上了睨儿。梁太太陪了夫人又折兵。身边出色人材，全被他一网打尽了，如何不气？

但是梁太太到底是个识大体的人，沉吟了半晌，竟按下了一肚子火，款款的走到薇龙房里来。薇龙脸朝墙睡着，梁太太便在床沿上坐下，沉默了一会，然后颤声说道："薇龙，你怎么对得起我？"说着，便抽出手绢子来揉眼睛。薇龙不言语。梁太太又道："你叫我在你爸爸面上怎么交代得过去？照说，你住在我这儿，你的行动，我得负责任，就怪我太相信你了，疏忽了一点，就出了乱子。……咳！你这可坑坏了我！"薇龙自己知道被她捉住了把柄，自然由得她理直气壮，振振有词。自己该懊悔的事，也懊悔不了这许多，把心一横，索性直截了当的说道："我做错了事，不能连累了姑妈。我这就回上海去，往后若有什么闲言闲语，在爹妈的跟前，天大的罪名，我自己担下，决不至于发生误会，牵连到姑妈身上。"梁太太手摸着下巴颏儿道："你打算回去，这个时候却不是回去的时候。我并不是阻拦你回家。依我意思，恨不得双手把你交还了你爸爸，好卸了我的责任，也少担一份心。可是你知道世人的嘴多么坏，指不定你还没到家，风里言，风里语，倒已经吹到你爸爸耳朵里去了。他那暴躁脾气你是晓得的。你这一回去，正证实了外边的谣言。你这一向身体就不大好，哪里禁得住你爸爸零零碎碎逐日给你受气！"薇龙不作声。梁太太叹道："怪来怪去，都怪你今天当着丫头们使性子，也不给你自己留一点余地！这么大的人了，还是一味小孩子脾气，不顾脸面，将来怎么做人呢？"薇龙红了脸，酸酸的一笑道："姑妈要原谅我，我年纪小，脱不了毛躁的脾气。等我到了姑妈的岁数，也许我会斯斯文文的谈恋爱，也未可知！"梁太太冷笑道："等你到了我的岁数，你有谈恋爱的机会，才怪呢！你看普通中等以下人家的女人，一过三四十岁，都变了老太太。我若不是环境好，保养得当心，我早老了。你呀——你这么不爱惜你的名誉，你把你的前途毁了，将来你不但嫁不到上等阶级的人，简直不知要弄到什么田地！"这一席话，刺耳惊心，薇龙不由自主的把双手扪着脸，仿佛那粉白黛绿的姿容已经被那似水流年洗褪了色。

梁太太一歪身，把胳膊撑在薇龙的枕头上，低声道："一个女人顶要紧的是名誉。我所谓的名誉和道学家所谓的名誉，又有些分别。现在脑筋新一些的人，倒是不那么讲究贞节了。小姐家在外面应酬应酬，总免不了有人说两句闲话。这一类的闲话，说的人越多，越热闹，你的名望只有更高，对于你的未来，并没有什么妨碍。惟有一桩事是最该忌讳的，那就是：你爱人家而人家不爱你，或是爱了你而把你扔了。一个女人的骨架子，哪儿禁得起这一扔？像你今天这一回子事，知道内情的人，说你是孩子脾气，想到哪里做到哪里。给外面嘴头子刻毒的人说起来，说你为了乔琪乔同一个底下的人呕气。这该多么难听？"薇龙叹了一口气道："那我管不了这许多。反正我是要回去的。我今生今世再也不要看见香港了！"梁太太皱眉道："又来了！你动不动就说回上海，仿佛回家去就解决了一切似的。问题不是那么简单。我随你呵——你有你的自由！可是我替你发愁，回家去，你爸爸不会给你好日子过。这不是赌气的事。你真要挣回这口气来，你得收服乔琪乔。等他死心塌地了，那时候，你丢了他也好，留着他解闷儿也好——那才是本领呢！你现在这么一跑，太便宜了他了！"薇龙微微一笑道："姑妈，我同乔琪，早完了。"梁太太道："你觉得这件事太没有希望？那是因为你对他的态度，根本从头起就不对。你太直爽了。他拿稳了你心里只有他一个人，所以他敢那么随随便便的，不把你当桩事看待。你应当匀出点时候来，跟别人亲近亲近，使他心里老是疑疑惑惑的。他不希罕你，希罕你的人多着呢！"薇龙见她远兜远转，原来仍旧是在那里替司徒协做说客。忍不住，差一点噗哧一笑，她觉得她糊涂的地方就多了，可是糊涂到这个地步，似乎还不至于。她上了乔琪的当，再去上了司徒协的当，乔琪因此就会看得起她么？她坐起身来，光着脚，踏在地板上，低着头，把两只手拢着蓬松的鬓发，缓缓的朝后推过去，说道："谢谢姑妈，你给我打算得这么周到。但是我还是想回去。"梁太太也随着她坐起身来，问道："你主意打定了？"薇龙低低的应了一声。梁太太站了起来，把两只手按在她肩膀上，眼睛直看到她的眼睛里去，道："你来的时候是一个人。你现在又是一个人。你变了，你的家也得跟着变。要想回到原来的环境里，只怕回不去了。"薇龙道："我知道我变了。从前的我，我就不大喜欢，现在的我，我更不喜欢。我回去，愿意做一个新的人。"梁太太听了，沉默了一会，弯下腰来，郑重的在薇龙额角上吻了一下，便走出去了。她这充满了天主教的戏剧化气氛的举动，似乎没有给予薇龙任何影响。薇龙依旧把两只手插在鬓发里，出着神，脸上带着一点笑，可是眼睛却是死的。

　　梁太太一出去，就去打电话找乔琪，叫他来商谈要紧的事。乔琪知道东窗事发了，一味的推托，哪里肯来。梁太太便把话吓他道：

"薇龙哭哭啼啼，要回上海去了，她父母如何肯罢休，上海方面自然要找律师来和你说话，这事可就闹大了！你老子一生气，管叫你吃不了兜着走。我是因为薇龙是在我这里认识你的，说出去，连我面子上也不好看，所以忙着找我想补救的方法。谁知道你到底这么舒坦——皇帝不急，急煞了太监！"乔琪虽来了，依然笑嘻嘻地，道："我虽然不是中国通，对于中国人这一方面的思想习惯倒下过一点研究。薇龙的家庭如果找到我说话，无非迫着我娶她罢了！他们决不愿意张扬出去的。"梁太太盯了他一眼道："娶她！你肯娶她么？"乔琪道："薇龙有薇龙的好处。"梁太太道："你老老实实答一句罢：你不能够同她结婚。"乔琪笑道："你这不是明知故问么？——我没有婚姻自主权。我没有钱，又享惯了福，天生的是个招驸马的材料。"梁太太把指尖戳了他一下，骂道："我就知道你是个拜金主义者！"两人商议如何使薇龙回心转意。乔琪早猜着这件事引起法律纠葛的危机，一大半是梁太太故甚其辞。若要釜底抽薪，第一先得把自己的行动对梁太太略加解释，剖明心迹。两人谈了一晚上，梁太太终于得到了她认为满意的答覆。

第二天，乔琪接二连三的向薇龙打电话，川流不息的送花，花里藏着短信。薇龙忙着下山到城里去打听船期，当天就买了票。梁太太表示对她的去留抱不干涉态度，因此一切都不闻不问。薇龙没有坐家里的汽车，走下山去搭了一截公共汽车，回来的时候，在半山里忽然下起倾盆大雨来。峻峭的煤屑路上，水滔滔的直往下冲，薇龙一面走一面拧她的旗袍，绞干了，又和水里捞起的一般。她前两天就是风寒内郁，再加上这一冻，到家就病倒了，由感冒转成肺炎；她发着烧，更是风急火急的想回家。在老家生了病，房里不会像这么堆满了朋友送的花，可是在她的回忆中，比花还美丽的，有一种玻璃球，是父亲书桌上用来镇纸的，家里人给她捏着，冰那火烫的手。扁扁的玻璃球里面嵌着细碎的红的蓝的紫的花，排出俗气的齐整的图案。那球抓在手里很沉。想起它，便使她想起人生中一切厚实的，靠得住的东西——她家里，她和妹妹合睡的那黑铁床，床上的褥子，白地红柳条；黄杨木的旧式梳妆台；在太阳光里红得可爱的桃子式的磁缸，盛着爽身粉；墙上钉着的美女月份牌，在美女的臂上，母亲用铅笔浓浓的加上了裁缝、荐头行、豆腐浆、舅母、三阿姨的电话号码……她把手揪着床单，只想回去，回去、回去……越急，病越好得慢。等到这病有了起色，香港那霪雨连绵的夏季早经结束，是萧爽的秋天了。

薇龙突然起了疑窦——她生这场病，也许一半是自愿的；也许她下意识地不肯回去，有心挨延着……说着容易，回去做一个新的人……新的生命……她现在可不像从前那么思想简单了。念了书，到社会上去做事，不见得是她这样的美而没有特殊技能的孩子的适当的出路。她自然还是结婚的好。那么，一个新的生命，就是一个新的男子……一个新的男子？可是她为了乔琪，已经完全丧失了自信心，她不能够应付任何人。乔琪一天不爱她，她一天在他的势力下。她明明知道乔琪不过是一个极普通的浪子，没有甚么可怕，可怕是他引起的她那不可理喻的蛮暴的热情。她躺在床上，看着窗子外面的天。中午的太阳煌煌地照着，天却是金属品的冷冷的白色，像刀子一般割痛了眼睛。秋深了，一只鸟向山巅飞去，黑鸟在白天上，飞到顶高，像在刀口上刮了一刮似的，惨叫了一声，翻过山那边去了。

薇龙闭上了眼睛。啊，乔琪！有一天他会需要她的，那时候，她生活在另一个家庭的狭小的范围里太久了；为了适应环境，她新生的肌肉深深的嵌入了生活的栅栏里，拔也拔不出，那时候，他再要她回来，太晚了。她突然决定不走了——无论怎样不走。从这一刹那起，她五分钟换一个主意——走！不走！走！不走！在这两个极端之间，她躺在床上滚来滚去，心里像油煎似的。因为要早早结束这个痛苦，到得她可以出门了，就忙着去订船票。订了船票回家，天快晚了，风沙啦沙啦吹着矮竹子，很有些寒意。竹子外面的海，海外面的天，都已经灰的灰、黄的黄，只有那丈来高的象牙红树，在暮色苍茫中，一路上高高下下开着碗口大的红花。

薇龙正走着，背后开来一辆汽车，开到她跟前就停下了。薇龙认得是乔琪的车，正眼也不向他看，加紧了脚步向前走去，乔琪开着车缓缓的跟着，跟了好一截子。薇龙病才好，人还有些虚弱，早累出了一身汗，只得停下来歇一会儿脚，那车也停住了。薇龙猜着乔琪一定趁着这机会，有一番表白，不料他竟一句话也没有，不由得看了他一眼。他把一只手臂横搁在轮盘上，人就伏在轮盘上，一动也不动。薇龙见了，心里一牵一牵地痛着，泪珠顺着脸直淌下来，连忙向前继续走去，乔琪这一次就不再跟上来了。薇龙走到转弯的地方，回头望了一望，他的车依旧停在那儿。天完全黑了，整个的世界像一张灰色的耶诞卡片，一切都是影影绰绰的，真正存在的只有一朵一朵顶大的象牙红，简单、原始的、碗口大、桶口大。

薇龙回到了梁宅，问知梁太太在小书房里，便寻到书房里来。书房里只在梁太太身边点了一盏水绿小台灯，薇龙离着她老远，在一张金漆椅子上坐下了，两人隔了好些时都没有开口。房里满是那类似杏仁露的强烈的蔻丹的气味，梁太太正搽完蔻丹，尖尖的翘着两只手，等它干。两只雪白的手，仿佛才上过拶子似的，夹破了指尖，血滴滴地。薇龙脸不向梁太太，慢慢的说道："姑妈，乔琪不结婚，一大半是因为经济的关系吗？"梁太太答道："他并不是没有钱娶亲。乔家至不济也不会养不活一房媳妇。就是乔琪有这心高气傲的毛病，总愿意两口子在外面过得舒服一点，而且还有一层，乔家的家庭组织太复杂，他家的媳妇岂是好做的？若是新娘子自己有点钱，也可以少受点气，少看许多怪嘴脸。"薇龙道："那么，他打算娶个妆奁丰厚的小姐。"梁太太不作声，薇龙垂着头，小声道："我没有钱，但是……我可以赚钱。"梁太太向她瞟了一眼，咬着嘴唇，微微一笑。薇龙被她激得红了脸，辩道："怎么见得我不能赚钱？我并没问司徒协开口要什么，他就给了我那只镯子。"梁太太格格的笑将起来，一面笑，一面把一只血滴滴的食指点住了薇龙，一时却说不出话来；半响方道："瞧你这孩子，这会子就记起司徒协来了！当时人家一片好意，你那么乱推乱挡的，仿佛金刚钻要咬手似的，要不是我做好做歹，差一点得罪了人。现在你且试试看，开口问他要东西去。他准不知道送你糖好，还是玫瑰花好——只怕小姐又嫌礼太重了，不敢收！"薇龙低着头，坐在暗处，只是不言语。梁太太又道："你别以为一个人长得有几分姿色，会讲两句场面上的话，又会唱两句英文歌，就有人情情愿愿的大把的送钱给你花。我同你是自家人，说句不客气的话，你这个人呀，脸又嫩，心又软，脾气又大，又没有决断，而且一来就动了真感情，根本不是这一流的人才。"薇龙微微的叹了一口气道："你让我慢慢的学呀！"梁太太笑道："你该学的地方就多了！试试也好。"

薇龙果然认真的学习起来。因为她一心向学的缘故，又有梁太太在旁随时的指拨帮衬，居然成绩斐然。耶诞节前后，乔琪乔和葛薇龙正式订婚的消息，在南华日报上发表了。订婚那天，司徒协送了一份隆重的贺礼不算，连乔琪乔的父亲乔诚爵士也送了薇龙一只白金嵌钻手表。薇龙上门去拜谢，老头儿一高兴，又给她买了一件玄狐披风。又怕梁太太多了心去，买了一件白狐的送了梁太太。乔琪对于这一头亲事还有几分犹疑，梁太太劝他道："我看你将就一点罢！你要娶一个阔小姐，你的眼界又高，差一点的门户，你又看不上眼。真是几千万家财的人家出身的女孩子，骄纵惯了的，哪里会像薇龙这么好说话？处处地方你不免受了拘束。你要钱的目的原是玩，玩得不痛快，要钱做什么？当然，过了七八年，薇龙的收入想必大为减色。等她不能挣钱养家了，你尽可以离婚。在英国的法律上，离婚是相当困难的，唯一合法的理由是犯奸。你要抓到对方犯奸的证据，那还不容易？"一席话说得乔琪心悦诚服，他们很快的就宣布结婚，在香港饭店招待来宾，自有一番热闹。

　　香港的公寓极少，两个人租一幢房子嫌太贵。与人合住又嫌耳目混杂。梁太太正舍不得薇龙，便把乔琪招赘了进来，拨了楼下的三间房给他们住。倒也和独门独户的公寓差不多。从此以后，薇龙这个人就等于卖了给梁太太和乔琪乔，整天忙着，不是替乔琪乔弄钱，就是替梁太太弄人。但是她也有快乐的时候，譬如说，阴历三十夜她和乔琪两个人单独的到湾仔去看热闹。湾仔那地方原不是香港的中心区，地段既偏僻，又充满了下等的娱乐场所，惟有一年一度的新春市场，类似北方的庙会，却是在那里举行的。届时人山人海，很多的时髦人也愿意去挤一挤，买些零星东西。薇龙在一档古玩摊子上看中了一盆玉石梅花，乔琪挤上前去和那伙计还价。那人蹲在一层一层的陈列品的最高层上，穿着紧身对襟柳条布棉袄，一色的裤子，一顶呢帽推在脑后，街心悬挂着的汽油灯的强烈的青光正照在他那广东式的硬线条的脸上，越显得山陵起伏，丘壑深沉。他把一只手按着膝盖上，一只手打着手势，还价还了半晌，只是摇头。薇龙拉了乔琪一把道："走罢走罢！"她在人堆里挤着，有一种奇异的感觉。头上是紫黝黝的蓝天，天尽头是紫黝黝的冬天的海，但是海湾里有这么一个地方，有的是密密层层的人，密密层层的灯，密密层层的耀眼的货品——蓝磁双耳小花瓶、一卷一卷葱绿堆金丝绒、玻璃纸袋装着"巴岛虾片"、琥珀色的热带产的榴莲糕、拖着大红穗子的佛珠、鹅黄的香袋、乌银小十字架、宝塔顶的凉帽；然而在这灯与人与货之外，还有那凄清的天与海——无边的荒凉，无边的恐怖。她的未来，也是如此——不能想，想起来只有无边的恐怖。她没有天长地久的计画。只有在这眼前的琐碎的小东西里，她的畏缩不安的心，能够得到暂时的休息。

这里脏虽脏，的确有几分狂欢的劲儿。满街乱糟糟地花炮乱飞，她和乔琪一面走一面缩着身子躲避那红红绿绿的小扫帚星。乔琪突然带着笑喊道："喂！你身上着了火了！"薇龙道："又来骗人！"说着，扭过头去验看她的后襟。乔琪道："我几时骗过你来！快蹲下身来，让我把它踩灭了。"薇龙果然屈膝蹲在地上，乔琪也顾不得鞋底有灰，两三脚把她的旗袍下摆的火踩灭了。那件品蓝小银寿字织锦缎的棉袍上已经烧了一个洞。两个人笑了一会，继续向前走去。乔琪隔了一会，忽然说道："真的，薇龙，我是个顶爱说谎的人，但是，从来没对你说过一句谎，自己也觉得纳罕。"薇龙笑道："还在想着这个！"乔琪迫着她问道："我从来没对你说过谎，是不是？"薇龙叹了一口气道："从来没有。你明明知道一句小小的谎可以使我多么快乐，但是——不！你懒得操心。"乔琪笑道："你也用不着我来编谎给你听。你自己会哄自己。总有一天，你不得不承认我是多么可鄙的一个人。那时候，你也要懊悔你为我牺牲了这许多！一气，就把我杀了，也说不定！我简直害怕！"薇龙笑道："我爱你，关你什么事，千怪万怪，也怪不到你身上去。"乔琪道："无论如何，我们现在权利与义务的分配，太不公平了。"薇龙把眉毛一扬，微微一笑道："公平？人与人之间的关系里，根本谈不到公平两个字。我倒要问了，今天你怎么忽然这样的良心发现起来？"乔琪笑道："因为我看你这么一团高兴的过年，跟孩子一样。"薇龙笑道："你看着我高兴，就非得说两句使人难受的话，不叫我高兴下去？"

两人一路走一路看着摊子上的陈列品，这儿什么都有，可是最主要的还是卖的是人。在那惨烈的汽油灯下，站着成群的女孩子，因为那过分夸张的光与影，一个个都有着浅蓝的鼻子，绿色的面颊，腮上大片的胭脂，变成了紫色。内中一个年纪顶轻的，不过十三四岁模样，瘦小身材，西装打扮，穿了一件青莲色薄呢短外套，系着大红细摺绸裙，冻得发抖。因为抖，她的笑容不住的荡漾着，像水中的倒影，牙齿忔楞楞的打在下唇上，把嘴唇皮都咬破了。一个醉醺醺的英国水手从后面走过来拍了她的肩膀一下，她扭过头去向他飞了一个媚眼——倒是一双水盈盈的吊眼梢，眼角直插到鬓发里去，可惜她的耳朵上生着鲜红的冻疮。她把两只手合抱着那水兵的膀臂，头倚在他身上；两人并排走不了几步，又来了一个水兵，两个人都是又高又大，夹持着她。她的头只齐他们的肘弯。

后面又拥来一大帮水兵，都喝醉了，四面八方的乱掷花炮。瞥见了薇龙，不约而同的把她做了目的物，那花炮像流星赶月似的飞过来。薇龙吓得撒腿便跑，乔琪认准了他们的汽车，把她一拉拉到车前，推了进去，两人开了车，就离开了湾仔。乔琪笑道："那些醉泥鳅，把你当做什么人了？"薇龙道："本来嘛，我跟她们有什么分别？"乔琪一只手管住轮盘，一只手掩住她的嘴道："你再胡

52

说——"薇龙笑着告饶道："好了好了！我承认我说错了话。怎么没有分别呢？她们是不得已的，我是自愿的！"车过了湾仔，花炮拍啦拍啦炸裂的爆响渐渐低下去了，街头的红绿灯，一个赶一个，在车前的玻璃里一溜就黯然灭去。汽车驶入一带黑沉沉的街衢。乔琪没有朝她看，就看也看不见，可是他知道她一定是哭了。他把自由的那只手摸出香烟夹子和打火机来，烟卷儿衔在嘴里，点上火。火光一亮，在那凛冽的寒夜里，他的嘴上仿佛开了一朵橙红色的花。花立时谢了。又是寒冷与黑暗……

这一段香港故事，就在这里结束……薇龙的一炉香，也就快烧完了。

一九四三年四月

*初载一九四三年五月、六月、七月上海《紫罗兰》第二期、第三期、第四期，收入一九四四年八月上海杂志社《传奇》。原题《沉香屑 第一炉香》，《张爱玲全集》中改为此名。

第二炉香

　　克荔门婷兴奋地告诉我这一段故事的时候，我正在图书馆里阅读马卡德耐爵士出使中国谒见乾隆的记载。那乌木长台，那影沉沉的书架子，那略带一点冷香的书卷气，那些大臣的奏章，那象牙签、锦套子里装着的清代礼服五色图版，那阴森幽寂的空气；与克荔门婷这爱尔兰女孩子不甚谐和。

　　克荔门婷有顽劣的稻黄色头发，烫得不大好，像一担柴似的堆在肩上。满脸的粉刺，尖锐的长鼻子底下有一张凹进去的小薄片嘴，但是她的小蓝眼睛是活泼的，也许她再过两年会好看些。她穿着海绿的花绸子衣服，袖子边缘钉着浆硬的小白花边。她翻弄着书，假装不介意的样子，用说笑话的口气说道："我姊姊昨天给了我一点性教育。"我说："是吗？"克荔门婷道："是的。……我说，真是……不可能的！"除了望着她微笑之外，似乎没有第二种适当的反应。对于性爱公开地表示兴趣的现代女孩子很多很多，但是我诧异克荔门婷今天和我谈论到这个，因她同我还是顶生疏的朋友。她跟下去说："我真吓了一跳！你觉得么？一个人有了这种知识之后，根本不能够谈恋爱。一切美的幻想全毁了！现实是这么污秽！"我做出漠然的样子说："我很奇怪，你知道得这么晚！"

她是十九岁。我又说："多数的中国女孩子们很早就晓得了，也就无所谓神秘。我们的小说书比你们的直爽，我们看到这类书的机会也比你们多些。"

说到秽亵的故事，克荔门婷似乎正有一个要告诉我，但是我知道结果那一定不是秽亵的，而是一个悲哀的故事。人生往往是如此——不彻底。克荔门婷采取了冷静的，纯粹客观的，中年人的态度，但是在那万紫千红的粉刺底下，她的脸也微红了。她把胳膊支在《马卡德耐使华记》上面，说："有一件事，香港社交圈里谈论得很厉害的。我先是不大懂，现在我悟出来了。"……一个脏的故事，可是人总是脏的；沾着人就沾着脏。在这图书馆的昏黄的一角，堆着几百年的书——都是人的故事，可是没有人的气味，悠长的年月，给它们薰上了书卷的寒香；这里是感情的冷藏室。在这里听克荔门婷的故事，我有一种不应当的感觉，仿佛云端里看厮杀似的，有点残酷。但是无论如何，请你点上你的香，少少的撮上一点沉香屑；因为克荔门婷的故事是比较短的。

起先，我们看见罗杰安白登在开汽车。也许那是个晴天，也许是阴的；对于罗杰，那是个淡色的，高音的世界，到处是光与音乐。他的庞大的快乐，在他的烧热的耳朵里正像夏天正午的蝉一般，无休无歇地叫着："吱……吱……吱……"一阵阵清烈的歌声，细，细得要断了；然而震得人发聋。罗杰安白登开着汽车横冲直撞，他的驾驶法简直不合一个四十岁的大学教授的身分，可是他深信他绝对不会出乱子，他有一种安全感觉。今天，他是一位重要人物，谁都得让他三分，因为今天下午两点钟，他将和世界上最美丽的女人结婚了。

他的新娘的头发是轻金色的，将手放在她的头发里面，手背上仿佛吹过沙漠的风，风里含着一蓬一蓬的金沙，干爽的、温柔的，扑在人身上痒痒地。她的头发的波纹里永远有一阵风，同时，她那蜜合色的皮肤又是那么澄净，静得像死。她叫愫细——愫细蜜秋儿。罗杰啃着他的下嘴唇微笑着。他是一个罗曼蒂克的傻子——在华南大学教了十五年的化学物理，做了四年的理科主任与舍监，并不曾影响到他；归根究底，他还是一个罗曼蒂克的傻子。为什么不用较近现实的眼光去审察他的婚姻呢？他一个月挣一千八百元港币，住宅由学校当局供给；是一个相当优美的但是没有多大前途的职业。愫细年纪还轻得很，为她着想，她应当选择一个有未来的丈夫。但是她母亲蜜秋儿太太早年就守了寡，没有能力带她的三个女儿回国去。在香港这一隅之地，可能的丈夫不多；罗杰，这安静而平凡的独身汉，也是不可轻视的。于是蜜秋儿太太容许罗杰到她们家里来；很容易地，愫细自以为她爱上了他。和她玩的多数是年轻的军官，她看不起他们，觉得她自己的智力年龄比他们高，只有罗杰是比众不同的。后来她就答应嫁给罗杰……罗杰不愿意这么想。这是他对于这局面的合理的估计，但是这合理的估计只适用于普通的人。愫细是愫细啊！直到去年她碰见了罗杰，爱上了他，先前她从来没有过结婚的念头。

蜜秋儿太太的家教是这么的严明，愫细虽然是二十一岁的人了，依旧是一个纯洁的孩子，天真得使人不能相信。她姊姊靡丽笙在天津结婚，给了她一个重大的打击，她舍不得她姊姊。靡丽笙的婚姻是不幸的，传说那男子是个反常的禽兽，靡丽笙很快的离了婚。因为天津伤心的回忆太多了，她自己愿意离开天津，蜜秋儿太太便带了靡丽笙和底下的两个女儿，移到香港来。现在，愫细又要结婚了。也许她太小了；由于她的特殊的环境，她的心理的发育也没有成熟，但是她的惊人的美貌不能容许她晚婚。

罗杰紧紧地踏着马达，车子迅速地向山上射去。他是一个傻子，娶这么一个稚气的夫人！傻就傻罢，人生只有这么一回！他爱她！他爱她！在今天下午行礼之前，无论如何要去探望她一次。她好好地在那里活着么？她会在礼拜堂里准时出现么？蜜秋儿太太不会让他见到愫细的，因为办喜事的这一天，婚礼举行之前，新郎不应当看见新娘的，看见了就不吉利。而且他今天上午已经和蜜秋儿家里通过两次电话了，再去，要给她们笑话。他得找寻一点藉口，那不是容易的事。新房里的一切早已布置完备了，男傧相女傧相都活活泼泼地没有丝毫生病的象征，结婚戒指没有被失落，行过婚礼后他们将在女家招待亲友，所以香槟酒和茶点完全用不着他来操心……哦，对了，只有一件；新娘和女傧相的花束都已订购，但是他可以去买半打贵重的热带兰花送给蜜秋儿太太和靡丽笙佩戴。照理，他应当打电话去询问她们预备穿什么颜色的衣服，可是他觉得那种白色与水晶紫的兰花是最容易配颜色的，冒昧买了，决没有大错。于是在他的车子经过"山顶缆车"的车站的时候，他便停下来了，到车站里附属的花店里买了花，挟着盒子，重新上了车，向"高街"驶来。这"高街"之所以得名，是因为街身比沿街的房屋高出数丈，那也是香港地面崎岖的特殊现象之一。

蜜秋儿太太住的是一座古老的小红砖房屋，二层楼的窗台正对着街沿的毛茸茸的绿草。窗户里挑出一根竹竿来，正好搭在水泥路上，竹竿上晾着褥单，橙红的窗帘，还有愫细的妹妹凯丝玲的学生制服，天青裙子，生着背带。凯丝玲正在街心溜冰，老远的就喊："罗杰！罗杰！"罗杰煞住了车，向她挥了挥手，笑道："哈啰，凯丝玲！"凯丝玲嗤啦嗤啦摇摇摆摆向这边滑了过来，今天下午她要做提花篮的小女孩，早已打扮好了，齐齐整整地穿着粉蓝薄纱的荷叶边衣裙，头上系着蝴蝶结。罗杰笑道："你小心把衣服弄脏了，她们不让你进礼拜堂去！"凯丝玲撇了撇嘴道："不让我进去！少了我，她们结不成婚！"罗杰笑了，因问道："她们在做什么？忙得很吧？"凯丝玲悄悄说道："快别进去。她们在哭呢！"罗杰惊道："愫细在哭么？"凯丝玲道："愫细也哭，妈妈也哭，靡丽笙也哭。靡丽笙是先哭的，后来愫细也哭了，妈妈也给她们引哭了。只有我不想哭，在里面待着，有点不好意思，所以我出来了。"罗杰半晌不言语。凯丝玲弯下腰去整理溜冰鞋的鞋带，把短裙子一掀掀到脖子背后去，露出裤子上面一截光脊梁，脊梁上稀稀地印着爽身粉的白迹子。

罗杰望着那冷落的街衢，街那边，一个印度女人，兜着玫瑰紫的披风，下面露出柠檬黄的莲蓬式裤脚管，走进一带灰色的破烂洋房里去了。那房子背后，一点遮拦也没有，就是藕色的天与海。天是热而闷，说不上来是晴还是阴的。罗杰把胳膊支在车门上，手托住了头……哭泣！在结婚的日子！当然，那是在情理之中。一个女孩子初次离开家庭与母亲……微带一些感伤的气氛，那是合适的，甚至于是必须的。但是发乎情，止乎礼，这样的齐打伙儿举起哀来，似乎过分了一些。无论如何，这到底不是初民社会里的劫掠婚姻，把女儿嫁到另一个部落里去，生离死别永远没有再见面的机会了！他一面这样想着，一面却深深觉得自己的自私。蜜秋儿太太是除了这三个女儿之外，一无所有的人。她们母女间的关系，自然分外密切。现在他要把愫细带走了，这最后数小时的话别，他还吝于给她们么？然而他是一个英国人，对于任何感情的流露，除非是绝对必要的，他总觉得有点多余。他怕真正的，血与肉的人生。不幸，人是活的，但是我们越少提起这件事越好。不幸，他爱愫细，但是他很知道那是多么傻的一回事。只有今天，他可以纵容他自己这么傻——如他刚才告诉自己的话一般，傻就傻罢！一生只有这么一天！屋里的女人们哭尽管哭，他得去问候愫细一下，即使不能够见她一面，也可以得到她的一些消息。

他跳下车来，带了花，走下一截迂长的石级，去揿蜜秋儿家门上的铃，仆欧给他开了门。为了要请客，那间阴暗宽绰的客厅今天是收拾清楚了，狗和孩子都没有放进来过，显得有点空洞洞地。瓶里插了苍兰与百合，穿门那边的餐室里，放着整台的雪亮的香槟酒杯，与一叠叠的五彩盘龙碟子，大盘里的夹心面包用爱尔兰细麻布的罩子盖得严严地。罗杰在他常坐的那张绿漆藤椅上坐下了。才坐下，蜜秋儿太太就进来了；大热天，根本就不宜动感情；如果人再胖一些，那就更为吃力。蜜秋儿太太口上满是汗，像生了一嘴的银白胡子渣儿。她的眼圈还是红红的，两手互握着，搁在心口上，问道："罗杰，你怎么这个时候跑来了？出了什么事么？"罗杰站起身来笑道："没有什么，买了点花送来给你和靡丽笙，希望颜色不犯冲；早点儿想着就好了！"他向来不大注意女人穿的衣服的，但是现在特地看了蜜秋儿太太一眼。她已经把衣服穿好了，是一件枣红色的，但是蜜秋儿太太一向穿惯了黑，她的个性里大量吸入了一般守礼谨严的寡妇们的黑沉沉的气氛，随便她穿什么颜色的衣服，总似乎是一身黑，胖虽胖，依然楚楚可怜。她打开了花盒子，哟了一声道："瞧你这浪费的孩子！"说着，便过来吻了他一下，眼圈儿更红了。罗杰道："愫细觉得怎么样？还好么？"蜜秋儿太太勉强笑道："她在收拾头发呢。我看你，不必在这里多坐了，她这会子心里乱得很，那里匀得出工夫来应酬你？就有工夫，也不成；那是规矩如此。如果你已经吃过了午饭，也就可以去换衣服了。"罗杰被她一句话提醒，依稀记得，在正午十二点至一点半的时候，普通人似乎是有这么一个吃饭的习惯。便道："我不饿，我早上才吃过东西。"蜜秋儿太太道："可了不得！你连饭也不要吃了，那可不行！"罗杰只得拿起他的帽子道："我这就到饭馆子里去。"蜜秋儿太太道："我不相信你真会去。我亲爱的罗杰，你把人饿虚了，神经过度紧张，在礼拜堂要失仪的。你还是在这儿等一会，我去弄点冷的给你吃。"便匆匆的出去了。

被她这一张罗，罗杰忽然觉得他的神经的确有松弛一下的必要；他靠在藤椅子上，把腿伸直了，两只手插在裤袋里，轻轻的吹着口哨。吹了一半，发现他吹的是婚礼的进行曲，连忙停住了。只见门一开，靡丽笙抱着一只电风扇走了进来。靡丽笙大约是不知道客厅里有人，脸上湿浔浔的还挂着泪珠儿，赤褐色的头发乱蓬蓬的披在腮颊上。身上穿着一件半旧的雪青绉纱挖领短衫，象牙白山东绸裙。也许在一部份人的眼光里看来，靡丽笙是和愫细一样的美，只是她的脸庞过于瘦削。她和愫细一般的有着厚沉沉的双眼皮，但是她的眼角微微下垂，别有一种凄楚的韵致。罗杰跳起身来笑道："早安，靡丽笙。"靡丽笙站住了脚道："啊，你来了！"她把电风扇搁在地上，迅疾地向他走来，走到他跟前，她把一只手按在她袒露的咽喉上，低低的叫了一声："罗杰！"罗杰感到非常的不安，他把身背后的藤椅子推开了一些，人就跟着向后让了一让，问道："靡丽笙，你有些不舒服么？"靡丽笙突然扳住了他的肩膀，另一只手捧住了脸，呜咽地说道："罗杰，请你好好的当心愫细！"罗杰微笑道："你放心，我爱她，我不会不当心她的！"一面说，一面轻轻的移开了她搁在他肩头的那只手，自己又向藤椅的一旁退了一步。靡丽笙颓然地把手支在藤椅背上，人也就摇摇晃晃的向藤椅子上倒了下来。罗杰急了，连声问道："你怎么了？你怎么了？靡丽笙？"靡丽笙扭过身子，伏在椅背上，放声哭了起来，一头哭，一头说。罗杰听不清她说些什么，只得弯下腰去柔声道："对不起，靡丽笙，你再说一遍。"靡丽笙抬起头来，睁开了一双空落落的蓝灰的大眼睛，入了迷似的凝视着地上的电风扇，断断续续说道："你爱她……我的丈夫也是爱我的，但是他……他待我……他待我的态度，比禽兽……还不如！他简直不拿我当人看，因为……他说是因为他爱我……"罗杰站直了身子，背过脸去道："靡丽笙，你不应当把这些话告诉我。我没有资格与闻你的家庭秘密。"靡丽笙道："是的，我不应当把这种可耻的事说给你听，使你窘。凭什么你要给我同情？"罗杰背对着她，皱了眉毛，捏紧了两只拳头，轻轻的互击着，用庄重的，略微有点僵僵的声音说道："我对于你的不幸，充分的抱着同情。"靡丽笙颤声道："你别误会了我的意思；我……我并不是为了要你的同情而告诉你。我是为愫细害怕。男人……都是一样的——"罗杰满心不快地笑了一声，打断她的话道："这一点，你错了；像你丈夫那么的人，很少很少。"靡丽笙把她那尖尖的下巴颏儿抵在手背上，惨惨戚戚地瞅着他，道："你怎么知道你不是少数中的一个？我的丈夫外表是一个极正常的人。你也许还没有发觉你和旁人有什么不同；这是你第一次结婚。"罗杰对于自己突然失去了控制力，他掉过身来，向靡丽笙大声道："是的，这是我第一次结婚！请你记得，再过两小时，我就要结婚了！你这些丧气话，什么时候不可以对我讲，偏偏要拣在今天？"靡丽笙哭道："请你原谅我，我都是为了愫细——"罗杰道："为了愫细，即使我是一个最正常的人，也要给你逼疯了！你这是为愫细打算么？"靡丽笙抽噎着答道："我是为愫细害怕……"罗杰猛力摇撼着她的肩膀，嗄声道："愫细知道你的离婚的实情么？"靡丽笙被他摇得泪花四溅，答不出话来。罗杰道："你说！你说！你把这些话告诉过你妹妹没有？"那该在愫细的脑子里留下多么坏的印象！他怎么能够克服愫细的恐怖呢！靡丽笙叫道："罗杰，快住手，我受不了。"罗杰松了她的肩膀，把她砰的一声摔在椅背上，道："你告诉我：你的事，你母亲自然是知道得很清楚，你妹妹呢？"靡丽笙疲乏地答道："她不知道。你想我母亲会容许她知道么？连我们所读的报纸，也要经母亲检查过才让我们看的。"罗杰一口气渐渐缓了过来，他也觉得异常的疲倦。他抓起帽子想走，趁着还有时候，他要回去喝两杯威士忌，提一提神，然后换上礼服。他早已忘了他在这儿等些什么。

正在这当儿，蜜秋儿太太系着一条白地滚红边的桃花围裙，端着一只食盘，颤巍巍地进来了；一眼看见靡丽笙，便是一怔。罗杰干咳了一声，解释道："靡丽笙送了风扇下来，忽然发起晕来，不会是中了暑罢？"蜜秋儿太太叹了一声道："越是忙，越是给人添出麻烦来，你快给我上去躺一会儿罢。"她把靡丽笙扶了起来，送到门口，靡丽笙道："行了，我自己能走。"便娇怯怯的上楼去了。这里蜜秋儿太太逼着罗杰吃她给他预备的冷牛肝和罐头芦笋汤。罗杰吃着，不作声。蜜秋儿太太在一旁坐下，慢慢的问道："靡丽笙和你说了些什么？"罗杰拿起饭巾来揩了揩嘴答道："关于她的丈夫的事。"这一句话才出口，屋子里仿佛一阵阴风飒飒吹过，蜜秋儿太太半晌没说话。罗杰把那饭巾狠狠地团成一团，放在食盘里，看它渐渐地松开了，又伸手去把它团绉了，捏得紧紧地不放。蜜秋儿太太轻轻的把手搁在他手背上，低声下气道："她不该单拣今天告诉你这个，可是，我想你一定能够懂得，今天，她心里特别的不好受……愫细同你太美满了，她看着有点刺激。你知道的，她是一个伤心人……"罗杰又把饭巾拿起来，扯了一角，擦了擦嘴，淡淡的一笑。当然，靡丽笙是可怜的，蜜秋儿太太也是可怜的；愫细也是可怜的，这样的姿容，这样的年纪，一辈子埋没在这阴湿、郁热、异邦人的小城里，嫁给他这样一个活了半世无功无过庸庸碌碌的人。他自己也是可怜，爱她爱得那么厉害，他们在一起的时候，他老是怕自己做出一些非英国式的傻事来，也许他会淌下眼泪来，吻她的手，吻她的脚。无论谁，爱到那个地步，总该是可怜的……人，谁不是可怜的，可怜不了那么许多！他应当对蜜秋儿太太说两句同情的、愤慨的话，靡丽笙等于是他的姊妹，自己的姊妹为人欺负了，不能不表示痛心疾首，但是他不能够。今天，他是一个自私的人，他是新郎，一切人的注意的集中点。谁都应当体谅他、安慰他、取笑他、贺他、吊他失去的自由。为什么今天他尽遇着自私的人，人人都被包围在他们自身的悲剧空气里？

哪！蜜秋儿太太又哭了，她说："为什么我这孩子也跟我一样的命苦！谁想得到……索性像了我倒也罢了。蜜秋儿先生死了，丢下三个孩子，跟着我千辛万苦的过日子，那是人间常有的事，不比她这样……希奇的变卦！说出去也难听，叫靡丽笙以后怎样做人呢？"她扭过身去找手绢子，罗杰看着她，她腋下汗湿了一大片，背上也汗透了，枣红色的衣衫变了黑的。眼泪与汗！眼泪与汗！阴阴的，炎热的天——结婚的一天，他突然一阵恶心。无疑地，蜜秋儿太太与靡丽笙两人都有充分的悲哀的理由。罗杰安白登就是理由之一。为了他，蜜秋儿太太失去了愫细。为了愫细和他今天结婚，靡丽笙触动了自己的心事。罗杰应当觉得抱歉、心虚，然而对她们只有极强烈的憎厌。谁不憎厌他们自己待亏了的人？罗杰很知道他在这一刹那是一个野蛮的、无理可喻的动物。他站起身来，戴上了帽子就走。出了房门，方才想起来，重新探头进去说了一句："我想我该去了。"蜜秋儿太太被泪水糊满了眼睛，像盲人似的摸索着手绢子，鼻子里吸了两吸，沙声道："去罢，亲爱的，愿你幸福！"罗杰道："谢谢你。"他到外边，上了车，街上有一点淡淡的太阳影子。凯丝玲站在一个卖木瓜的摊子前面，背着手闲看着，见他出来了，向他喊："去了么，罗杰？"罗杰并不向她看，只挥了一挥手，就把车子开走了。

一个多钟头后，在教堂里，他的心境略趋平和。一排一排的白蜡烛的火光，在织金帐幔前跳跃着。风琴上的音乐，如同洪大的风，吹得烛火直向一边飘。圣坛两旁的长窗，是紫色的玻璃。主教站在上面，粉红色的头皮，一头雪白的短头发桩子，很像蘸了糖的杨梅，窗子里反映进来的紫色，却给他加上了一匝青莲色的顶上圆光。一切都是欢愉的、合理化的。罗杰愿意他的母亲在这儿；她年纪太大了，不然他也许会把她从英国接来，参加这婚礼。……音乐的调子一变，惏细来了。他把身子略微侧一侧，就可以看见她。用不着看；她的脸庞和身段上每一个微细的雕镂线条，他都是熟悉的——熟悉的；同时又有点渺茫，仿佛她是他前生画的一张图——不，他想画而没画成的一张图。现在，他前生所做的这个梦，向他缓缓的走过来了；裹着银白的纱，云里雾里，向他走来了。走过玫瑰色的窗子，她变了玫瑰色；走过蓝色的窗子，她变了蓝色；走过金黄色的窗，她和她的头发燃烧起来了。……随后就是婚礼中的对答，主教的宣讲，新郎新娘和全体证人到里面的小房间里签了字。走出来，宾客向他们抛撒米粒和红绿纸屑。去拍照时，他同惏细单独坐一辆车；这时耳边没有教堂的音乐与喧嚣的人声，一切都静了下来了，他又觉得不安起来。愫细隔着喜纱向他微笑着，像玻璃纸包扎着的一个贵重的大洋娃娃，窝在一堆鬈曲的小白纸条里。他问道："累了么？"愫细摇摇头，他凑近了些，低声道："如果你不累，我希望你回答我的一句话。"愫细笑道："又来了！你问过我多少遍了？"罗杰道："是的，这是最后一次我问你。现在已经太晚了一点，可是……还来得及。"愫细把两只手托住他的脸，柔声道："滑稽的人！"罗杰道："愫细，你为什么喜欢我？"愫细把两只食指顺着他的眉毛慢慢的抹过去，道："因为你的眉毛……这样。"又顺着他的眼眶慢慢抹过去，道："因为你的眼睛……这样。"罗杰抓住她的手吻了一下，然后去吻她的嘴。过了一会，他又问道："你喜欢我到和我结婚的程度么？我的意思是……你确实知道你喜欢我到这个程度么？"她重复了一句道："滑稽的人！"他们又吻了。再过了一会，愫细发觉罗杰仍旧在那里眼睁睁的望着她，若有所思，便笑着，撮尖了嘴唇，向他的眼睛里吹了一口气，罗杰只得闭上了眼睛。两人重新吻了起来。他们拍了照片，然后到蜜秋儿住宅里去招待贺客，一直闹到晚上，人方才渐渐散去；他们回到罗杰的寓所的时候，已近午夜了。

罗杰因为是华南大学男生宿舍的舍监，因此他的住宅与宿舍距离极近，便于照应一切。房屋的后部与学生的网球场相通，前门临着倾斜的、窄窄的汽车道；那条水泥路，两旁沿着铁阑干，迂回曲折地下山去了。那时候，夜深了，月光照得地上碧清，铁阑干外，挨挨挤挤长着墨绿的木槿树；地底下喷出来的热气，凝结成了一朵朵多大的绯红的花，木槿花是南洋种，充满了热带森林中的回忆——回忆里有眼睛亮晶晶的黑色的怪兽，也有半开化的人们的爱。木槿树下面，枝枝叶叶，不多的空隙里，生着各种的草花，都是毒辣的黄色、紫色、深粉红——火山的涎沫。还有一种背对背开的并蒂莲花，白的，上面有老虎黄的斑纹。在这些花木之间，又有无数的昆虫，蠕蠕地爬动，唧唧地叫唤着。再加上银色的小四脚蛇，阁阁作声的青蛙，造成一片怔忡不宁的庞大而不彻底的寂静。

忽然水泥路上一阵脚步响，一个人踏着拖鞋，啪嗒啪嗒地往下狂奔，后面又追来了一个人，叫道："愫细！愫细！"愫细的拖鞋比人去得快，她赤着一只脚，一溜溜下一大截子路；在铁阑干转弯的地方，人赶上了鞋，给鞋子一绊，她急忙抱住了阑干，身子往下一挫，就不见了。罗杰吓呆了，站住了脚，站了一会，方才继续跑下去。到了转弯的地方，找不到她；一直到路的尽头，连一个人影子也没有。他一阵阵的冒汗，把一套条纹布的睡衣全湿透了。他站在一棵树底下，身边就是一个自来水井，水潺潺的往地道里流。他明知这井里再也淹不死人，还是忍不住要弯下腰向井里张望，月光照得里面雪亮，明明藏不了人。这一定是一个梦——一个噩梦！他也不知道自己在那里站了多少时候。他听见马路上有人说着话，走上山来了，是两个中国学生。他们知道舍监今天才结婚，没有人管束他们，所以玩得这么晚才回宿舍来。罗杰连忙一闪，闪在阴影里，让他们走过；如果他让他们看见了，他们一定诧异得很，加上许多推测，沸沸扬扬地传说开去。他向来是小心谨慎爱惜名誉的一个人。他们走过了，他怕后面还有比他们回来得更晚的，因此他也就悄悄跟着上来，回到他自己的屋子里去了。

华南大学的学生，并不是个个都利用舍监疏防的机会出去跳舞的。有一个医科六年生，是印度人，名唤摩兴德拉，正在那里孜孜矻矻预备毕业考试，漆黑的躺在床上，开了手电筒看书。忽然听见有人敲门。他正当神经疲倦到了极点的时候，禁不起一点震动，便吓得跳起身来，坐在枕头上问道："谁啊？"门呀的一声开了，显然有人走了进来。摩兴德拉连忙把手电筒扫射过去，那电筒笔直的一道光，到了目的物的身上，突然融化了，成为一汪一汪的迷糊的晶莹的雾，因为它照耀着的形体整个是软的、酥的、弧线的、半透明的；是一个女孩子紧紧把背贴在门上。她穿着一件晚礼服式的精美睡衣，珠灰的"稀纺"，肩膀裸露在外面；松松一头的黄头发全搅乱了，披在前面。她把脖子向前面紧张地探着，不住的打着干噎，白肩膀一耸一耸，撞在门上，格登格登的响。摩兴德拉大吃一惊，手一软，手里的电筒骨碌碌跌下地去，滚得老远。他重新问道："你是谁？"愫细把头发向后一摔，露出脸来，看了他一看，又别转头去，向门外张了一张，仿佛是极端恐怖的样子，使劲咽下一口气，嗄声叫道："对不起——对不起——你必得帮我的忙！"一面说，一面朝他奔了过来。摩兴德拉慌得连爬带跌离了床，他床上吊着圆顶珠罗纱蚊帐，愫细一把揪住了那帐子，顺势把它扭了几扭，绞得和石柱一般结实；她就昏昏沉沉的抱住了这柱子。究竟帐子是悬空的，禁不起全身的重量这一压，她就跟着帐子一同左右的摇摆着。摩兴德拉扎煞着两只手望着她。他虽然没有去参加今天舍监的婚礼，却也认得愫细，她和他们的舍监的罗曼史是学生们普遍的谈话资料，他们的订婚照片也在《南中国日报》上登载过。摩兴德拉战战兢兢地问道："你——你是安白登太太？"这一句话，愫细听了，异常刺耳，她那里禁得住思前想后一下，早已号啕大哭起来，一面哭，一面蹬脚。脚上只有一只金缎拖鞋，那一只光着的脚划破了许多处，全是血迹子。

她这一闹，便惊动了左邻右舍；大批的学生，趿上鞋子，睡眼惺忪的拥到摩兴德拉的房门口来，一开门，只见屋里暗暗的，只有书桌底下一只手电筒的光，横射出来，照亮了一个女人的轻纱睡衣里面两只粉嘟嘟的玉腿，在擂鼓一般跳动。离她三尺来远，站着摩兴德拉的两条黑腿，又瘦又长，踏在姜黄色的皮拖鞋里。门口越发人声嘈杂起来，有一个人问道："摩兴德拉，我们可以进来么？"摩兴德拉越急越张口结舌的，答不出话来。有一个学生伸手捻开了电灯，摩兴德拉如同见了亲人一般，向他们这边飞跑过来，叫道："你们看，这是怎么一回事？安白登太太……"有人笑道："怎么一回事？我们正要问你呢？"摩兴德拉急得要动武道："怎么要问我？你——不要血口喷人！"旁边有一个人劝住了他道："又没有说你什么。"摩兴德拉把手插在头发里一阵搔，恨道："这不是闹着玩的！你们说话没有分寸不要紧，我的毕业文凭也许要生问题！我念书念得正出神，安白登太太撞进来了，进来了就哭！"众人听了，面面相觑。内中有一个提议道："安白登先生不知道哪儿去了？我们去把他找来。"愫细听了，脸也青了，把牙一咬，顿脚道："谁敢去找他？"没有人回答。她又提高了喉咙尖叫道："谁敢去找他？"大家沉默了一会，有一个学生说道："安白登太太，您要原谅我们不知道里面的细情，不晓得应该怎么样处置……"愫细把脸埋在帐子里，呜呜咽咽哭了起来道："我求你们不要问我……我求你们！但是，你们答应我别去找他。我不愿意见他；我受不了。他是个畜生！"众人都怔住了，半晌不敢出声。他们都是年轻的人，眼看着这么一个美丽而悲哀的女孩子，一个个心酸起来，又不知如何是好，只得去端了一只椅子来，劝道："您先坐下来歇歇！"愫细一歪身坐下了，上半身兀自伏在摩兴德拉的帐子上，哭得天昏地黑，腰一软，椅子坐不稳，竟溜到地上去，双膝跪在地上。众学生商议道："这时候几点钟了？……横竖天也快要亮了，我们可以去把校长请来，或是请教务主任。"摩兴德拉只求卸责，忙道："我们快快就去；去晚了，反而要被他们见怪。"愫细伸出一只委顿的手来，摆了一摆，止住了他们；良久，她才挣出了一句话道："我要回家！"摩兴德拉追问道："您家里电话号码是几号？要打电话叫人来接么？"愫细摇头拭泪道："方才我就打算回去的，我预备下山去打电话，或是叫一辆车子。后来，我又想：不，我不能够……我母亲……为了我……累了这些天……这时好容易忙定了，我还不让她休息一晚？……我可怜的母亲，我将怎样告诉她呢？"有一个学生嘴快，接上去问道："安白登先生他……"愫细叫道："不要提起他的名字！"一个架着玳瑁边眼镜的文科学生冷冷的叹了一口气道："越是道貌岸然的人，私生活越是不检点。我早觉得安白登这个人太规矩了，恐怕要发生变态心理。"有几个年纪小些的男孩子们，七嘴八舌的查问，被几个大的撺出去了，说他们不够资格与闻这种事。一个足球健将扠着腰，义愤填胸的道："安白登太太，我们陪您见校长去，管教他香港立不住脚！"大家哄然道："这种人，也配做我们的教授，也配做我们的舍监！"一齐怂恿着愫细，立时就要去找校长。还是那文科学生心细，说道："半夜三更的，把老头子喊醒了，他纵然碍在女太太面上，不好意思发脾气，决不会怎样热心的帮忙。我看还是再待几个钟头，安白登太太可以在这里休息一下，摩兴德拉到我那屋子里去睡好了。"那体育健将皱着眉毛，向他耳语道："让她一个人在这里，不大妥当；看她那样子，刺激受得很深了，我们不能给她一个机会寻短见。"那文科学生便向愫细道："如果您不反对的话，我们留四五个人在这屋里照顾着，也给您壮壮胆。"愫细低声道："谢谢你们；请不要为了我费事。"学生们又商议了一会，把愫细安置在一张藤椅子上，他们公推了四个人，连摩兴德拉在内，胡乱靠在床上，睡了几个钟头。

愫细坐在藤椅上，身上兜了一条毛巾被，只露出一张苍白的脸，人一动也不动，眼睛却始终静静的睁着。摩兴德拉的窗子外面，斜切过山麓的黑影子，山后头的天是冻结了的湖的冰蓝色。大半个月亮，不规则的圆形，如同冰破处的银灿灿的一汪水。不久，月亮就不见了，整个的天空冻住了；还是淡淡的蓝色，可是已经是早晨。夏天的早晨温度很低，摩兴德拉借了一件白外套给愫细穿在睡衣外面，但是愫细觉得这样去见校长，太不成模样，表示她愿意回到安白登宅里去取一件衣服来换上。就有人自告奋勇到那儿去探风声。他走过安白登的汽车间，看见两扇门大开着，汽车不见了，显然安白登已经离开了家。那学生绕到大门前去揿铃，说有要紧事找安白登先生；仆欧回说主人还没有起来，那学生坚执着说有急事；仆欧先是不肯去搅扰安白登，讨个没趣，被他磨得没法，只得进去了。过了一会，满面惊讶的出来了，反问那学生究竟有什么事要见安白登先生。那学生看这情形，知道安白登的确不在家，便随意扯了个谎，搪塞了过去，一溜烟奔回宿舍来报信。这里全体学生便护送着愫细，浩浩荡荡向安宅走来；仆欧见了愫细，好生奇怪，却又摸不着头脑，愫细也不睬他，自去换上了一件黑纱绸便服，又用一条黑色"蕾丝"网巾，束上她的黄头发。学生们陪着她爬山越岭，抄近路来到校长宅里。

愫细回身来向他们做了一个手势，仿佛预备要求他们等在外面，让她独自进去。学生们到了那里，本来就有点胆寒，不等她开口，早就在台阶上坐了下来；这一等就等了几个钟头。愫细再出来的时候，太阳黄黄的照在门前的藤萝架上，架上爬着许多浓蓝色的牵牛花，紫色的也有。学生们抬起头来静静的望着她，急于要听她叙说校长的反应。愫细微微张着嘴，把一只手缓缓摸着嘴角，沉默了一会。她说话的时候，声音也很平淡，她说："巴克先生也很同情我，很同情我，但是他劝我回到罗杰那儿去。"她采了一朵深蓝色的牵牛花，向花心吹了一口气。她记起昨天从教堂里出来的时候，在汽车里，他那样的眼睁睁的看着她，她向他的眼睛里吹了一口气，使他闭上了眼。罗杰安白登的眼睛是蓝的——虽然很少人注意到这件事实。其实并不很蓝，但是愫细每逢感情冲动时，往往能够幻想它们是这朵牵牛花的颜色。她又吹吹那朵花，笑了一笑，把它放在手心里，两只手拍了一下，把花压扁了。

有一个学生咳了一声道："安白登平时对巴克拍马屁，显然是拍到家了！"又有一个说道："巴克怕闹出去于学校的名誉不好听。"愫细掷去了那朵扁的牵牛花。学校的名誉！那么个破学堂！毁了它又怎样？罗杰——他把她所有的理想都给毁了。"你们的教务主任是毛立士？"学生们答道："是的。"愫细道："我记得他是个和善的老头子，顶爱跟男女孩子们说笑话。……走，我们去见他去。"学生们道："现在不很早了，毛立士大约已经到学校里去了，我们可以直接到他的办公室里去。"

这一次，学生们毫无顾忌地拥在两扇半截的活络的百叶门外面，与闻他们的谈话，连教务主任的书记在内。听到后来，校役、花匠、医科工科文科的办公人员，全来凑热闹。愫细和毛立士都把喉咙放得低低的，因此只听见毛立士一句句的问，愫细一句半句的答，问答的内容却听不清楚。问到后来，愫细不回答了，只是哽咽着。

毛立士打了个电话给蜜秋儿太太，叫她立刻来接愫细。不多一刻，蜜秋儿太太和靡丽笙两人慌慌张张，衣冠不整的坐了出差汽车赶来了。毛立士把一只手臂兜住愫细的肩膀，把她珍重地送了出来，扶上了车。学生们见了毛立士，连忙三三五五散了开去，自去谈论这回事。他们目前注意的焦点，便是安白登的下落，有的说他一定是没脸见人，躲了起来；有的说他是到湾仔去找能够使他满足的女人去了；有的说他隐伏在下意识内的神经病发作了；因为神经病患者的初期病征之一，往往是色情狂。

罗杰安白登自己痛苦固然痛苦，却没有想像到这么许多人关心他。头一天晚上，他悄悄地回到他的卧室里，坐在床上看墙上挂着的愫细的照片。照片在暗影里，看不清。他伸手把那盏旧式的活动挂灯拉得低低的，把光对准了照片的镜架。灯是旧的，可是那嵌白暗龙仿古的磁灯罩子，是愫细新近给他挑选的，强烈的光射在照片的玻璃上，愫细的脸像浮在水面上的一朵白荷花。他突然发现他自己像一个孩子似的跪在衣橱上，怎样会爬上去的，他一点也不记得。双手捧着照相框子，吻着愫细的面。隔在他们中间的只有冰凉的玻璃。不，不是玻璃，是他的火烫的嘴唇隔开了他们。愫细和他是相爱的，但是他的过度的热情把他们隔绝了。那么，是他不对？不，不，还有一层……他再度躺到床上去的时候，像轰雷掣电一般，他悟到了这一点：原来靡丽笙的丈夫是一个顶普通的人！和他一模一样的一个普通的人！他仰面睡着，把两只手垫在头颈底下，那盏电灯离他不到一尺远，七十五支光，正照在他的脸上，他觉也不觉得。

天亮了，灯光渐渐的淡了下去。他一骨碌坐起身来。他得离开这里，快快的。他不愿意看见仆欧们；当然他用不着解释给他们听为什么他的新太太失踪了，但是……他不愿意看见他们。他匆匆的跑到汽车间里，在黎明中把车子开了出来。愫细……黑夜里在山上乱跑，不会出了什么事罢？至少他应当打电话到蜜秋儿宅里去问她回了家没有。如果没有，他应当四面八方到亲友处去探访消息，报告巡捕房，报告水上侦缉队，报告轮船公司……他迎着风笑了。应当！在新婚的第一个早晨，她应当使他这么痛苦么？

　　一个觉得比死还要难受的人，对于随便谁都不负任何的责任。他一口气把车子开了十多里路，来到海岸上，他和几个独身的朋友们共同组织的小俱乐部里。今天不是周末，朋友们都工作着，因此那简单的绿漆小木屋里，只有他一个人。他坐在海滩上，在太阳，沙，与海水的蒸热之中，过了一个上午，又是一个下午。整个的世界像一个蛀空了的牙齿，麻木木的，倒也不觉得什么，只是风来的时候，隐隐的有一点酸痛。

　　等到他自己相信他已经恢复了控制力的时候，他重新驾了车回来，仆欧们见了他，并不敢问起什么。他打电话给蜜秋儿太太。蜜秋儿太太道："啊！你是罗杰……"罗杰道："愫细在你那儿么？"蜜秋儿太太顿了一顿道："在这儿。"罗杰道："我马上就来！"蜜秋儿太太又顿了一顿道："好，你来！"罗杰把听筒拿在手里且不挂，听见那边也是静静的把听筒拿在手里，仿佛是发了一会子怔，方才啪的一声挂断了。

　　罗杰坐车往高街去，一路想着，他对于这件事，看得太严重了，怕羞是女孩子的常态，愫细生长在特殊的环境下，也许比别人更为糊涂一些；他们的同居生活并不是没有成功的希望。目前的香港是昨天的愉快的回忆的背景，但是他们可以一同到日本或是夏威夷度蜜月去，在那遥远的美丽的地方，他可以试着给她一点爱的教育。爱的教育！那一类的肉麻的名词永远引起他的反感。在那一刹那，他几乎愿望他所娶的是一个较近人情的富有经验的坏女人，一个不需要"爱的教育"的女人。

他到了高街，蜜秋儿太太自己来开了门，笑道："这个时候才来，罗杰！把我们急坏了。你们两个人都是小孩子脾气，闹得简直不像话！"罗杰问道："愫细在哪儿？"蜜秋儿太太道："在后楼的阳台上。"她在前面引路上楼。罗杰觉得她虽然勉强做出轻快的开玩笑的态度，脸上却红一阵白一阵，神色不定。她似乎有一点怕他，又仿佛有点儿不乐意，怪他不道歉。罗杰把嘴唇抿紧了，凭什么他要道歉？他做错了什么事？到了楼梯口，蜜秋儿太太站住了脚，把一只手按住罗杰的手臂，迟疑地道："罗杰……"罗杰道："我知道！"他单独的向后楼走去。蜜秋儿太太手扶着楼梯笑道："愿你运气好！"罗杰才走了几步路，猛然停住了。昨天中午，在行婚礼之前，像咒诅似的，她也曾经为他们祝福……他皱着眉，把眼睛很快的闭了一下，又睁开了。他没有回过头来，草草的说了一声："谢谢你！"就进了房。

那是凯丝玲的卧室，暗沉沉的没点灯，空气里飘着爽身粉的气味。玻璃门开着，愫细大约是刚洗过澡，披着白绸的晨衣，背对着他坐在小阳台的铁阑干上。阳台底下的街道，地势倾斜，拖泥带草猛跌下十来丈去，因此一眼望出去，空无所有；只看见黄昏的海，九龙对岸，一串串碧绿的汽油灯，一闪一闪地雾着眼睛。罗杰站在玻璃门口，低低的叫了一声："愫细。"愫细一动也不动，可是她管不住她的白绸衫被风卷着豁喇喇拍着阑干，罗杰也管不住他的声音，抖得不成样子。他走到愫细背后，想把手搁在她肩膀上，可是两手在空中虚虚的比画了一下，又垂了下来。他说："愫细，请你原宥我！"他违反了他的本心说出了这句话，因为他现在原宥了她的天真。

憷细扭过身来，捉住了他的手，放在她的腮边，哭道："我原宥你！我原宥你！呵，罗杰，你为什么不早一点给我一个机会说这句话？我恨了你一整天！"罗杰道："亲爱的！"她把身子旋过来就着他，很有滑下阑干去的危险。他待要凑近一点让她靠住他，又仿佛……更危险。他踌躇了一会，从阑干底下钻了过去，面朝里坐在第二格阑干上。两个人跟孩子似的面对面坐着。罗杰道："我们明天就度蜜月去。"憷细诧异道："你不是说要等下一个月，大考结束之后么？"罗杰道："不，明天，日本、夏威夷、马尼拉，随你拣。"憷细把他的手握得更紧了一些。昨天罗杰对她的态度是不对的，但是，经过了这一些波折，他现在知道忏悔了。这是她给他的"爱的教育"的第一步。日本，夏威夷……在异邦的神秘的月色下，她可以完成她的"爱的教育"。她说："你想他们肯放你走么？"罗杰笑道："他们管得了我么？无论如何，我在这里做了十五年的事，这一点总可以通融。"憷细道："我们可以去多久？六个礼拜？两个月？"罗杰道："整个的暑假。"憷细又把他的手紧了一紧。天暗了，风也紧了。罗杰坐的地位比较低，憷细的衣角，给风吹着，直窜到他的脸上去。她笑着用两只手去护住他的脸颊；她的食指又徐徐地顺着他的眉毛抹过去，顺着他的眼皮抹过去。这一次，她没说什么，但是他不由得记起了她的温馨的言语。他说："我们该回去了罢？"她点点头。他们挽着手臂，穿过凯丝玲的房间，走了出来。

蜜秋儿太太依旧立在她原来的地方，在楼上的楼梯口。楼下的楼梯口，立着靡丽笙，赤褐色的头发乱蓬蓬披着，脸色雪白，眼眶底下有些肿，头抬着，尖下巴极力向前伸出，似乎和楼上的蜜秋儿太太有过一番激烈的争辩。罗杰道："晚安，靡丽笙！"靡丽笙不答，她直直地垂着两只手臂，手指搠开了又团紧了。蜜秋儿太太蹬蹬三步并做两步赶在他们前面奔下楼去，拖住了靡丽笙，直把她向墙上推，仿佛怕她有什么举动似的。罗杰看见这个情形，不禁变色。愫细把头靠在他的手臂上，细声说道："夏威夷……"是的，明天他们要到夏威夷去了，远远的离开了靡丽笙、蜜秋儿太太、仆欧……知道他们的事的人多虽不多，已经够使人难堪的。当然，等他们旅行回来之后，依旧要见这些人，但是那时候，他们有了真正的密切的结合，一切的猜疑都泯灭了，他们谁也不怕了。

罗杰向愫细微微一笑，两个人依旧挽着手走下楼去。走过靡丽笙前面，虽然是初夏的晚上，温度突然下降，罗杰可以觉得靡丽笙呼吸间一阵阵的白气，喷在他的颈项上。他回过头去向蜜秋儿太太说道："再会，妈！"愫细也说："妈，明天见！"蜜秋儿太太道："明天见，亲爱的！"靡丽笙轻轻的哼了一声，也不知道她是笑还是呻吟。她说："妈，到底愫细比我勇敢。我后来没跟佛兰克在电话上说过一句话。"她提到她丈夫佛兰克的名字的时候，薄薄的嘴唇向上一掀，露出一排小小的牙齿来，在灯光下，白得发蓝，小蓝牙齿……罗杰打了个寒噤。蜜秋儿太太道："来，靡丽笙，我们到阳台上乘凉去。"

罗杰和愫细出门上了车，在车上很少说话。说的都是关于明天买船票的种种手续。愫细打算一到家就去整理行装。到了家，罗杰吩咐仆欧们预备晚饭。仆欧们似乎依旧有些皇皇然，失魂落魄似的，卧室也没有给他们收拾过。那盏灯还是扯得低低的，离床不到一尺远，罗杰抬头望了一望愫细的照片，又低头望了一望愫细，简直不能相信，她真的在这间屋子里。他把手扶着灯罩子，对准了光，直向她脸上照过来。愫细睁不开眼睛，一面笑一面锐叫道："喂，喂，你这是做什么？"她把两只手掩住了眼睛，头向后仰着，笑的时候露出一排小小的牙齿，白得发蓝。……小蓝牙齿！但是多么美！灯影里飘着她的松松的淡金色的头发。长着这样轻柔的头发的人，脑子里总该充满着轻柔的梦罢？梦里总该有他罢？

他丢开了那盏灯，灯低低地摇晃着，满屋子里摇晃着他们的庞大的黑影。他想吻她，她说："现在你先吻我的腮，待会儿，我们说晚安的时候，也许我让你吻我的嘴。"后来，他预备将灯推上去，归还原处，她说："不，让它去，我喜欢这些影子。"罗杰笑道："影子使我有点发慌，我们顶小的动作全给它们放大了十倍，在屋顶上表演出来。"愫细道："依我说，放得还不够大。呵，罗杰，我要人人都知道，我多么爱你。我要人人都知道你是多么可爱的一个人！"罗杰又想吻她。仆欧敲门进来报告道："巴克先生来了。"愫细嘟着嘴道："你瞧，你还没有去向校长请假，他倒先来拦阻你了！"罗杰笑道："那有这样的事？他来得正好，省得我明天去找他。"便匆匆的到客室里来。

巴克背着手，面向着外，站在窗前。他是个细高个子，背有点驼，鬓边还留着两撮子雪白的头发，头顶正中却只余下光荡荡的鲜红的脑勺子，像一只喜蛋。罗杰笑道："晚上好，巴克先生，我正要找你呢。我们明天要到夏威夷去，虽然学校里还没有放假，我想请你原谅我先走一步了。麦菲生可以代替我批批考卷，宿舍里的事，我想你可以交给兰勃脱。"巴克掉转身来看着他，慢慢的说道："哦……你要到夏威夷去。……你太太预备一同去吗？"罗杰打了个哈哈，笑道："照普通的习惯，度蜜月的时候，太太总是跟着去的罢？不见得带烧饭的仆欧一同去！"巴克并不附和着他笑，仍旧跟下去问道："你太太很高兴去么？"罗杰诧异地望着他，换了一副喉咙答道："当然！"巴克胀红了脸，似乎生了气，再转念一想，叹了一声道："安白登，你知道，她还是个孩子……一个任性的孩子……"罗杰不言语，只睁着眼望着他。巴克待要说下去，似乎有点侷促不安，重新背过身子，面对着窗子，轻轻的咳嗽了一下，道："安白登，我们一起工作，已经有十五年了。在这十五年里，我认为你的办事精神，种种方面使我们满意。至于你的私生活，我们没有权利干涉，即使在有限的范围内我们有干涉的权利，我们也没有可以挑剔的地方……"罗杰走到窗口，问道："到底这是怎么一回事，巴克？请你直截了当地对我说，我们这么熟的朋友，还用得着客气么？"巴克对他的眼睛里深深地看了一眼，仿佛是疑心他装傻。罗杰粗声道："到底是怎么一回事？"巴克又咳嗽了一声，咬文嚼字的道："我觉得你这一次对于你自己的情感管束得欠严一些，对于你太太的行动也管束得欠严一些，以致将把柄落在与你不睦的人手里……"罗杰从牙齿缝里进出一句话来道："你告诉我，巴克，到底是怎么一回事？"巴克道："昨天晚上两点钟，你太太跑到男生宿舍里，看样子是……受了点惊吓。她对他们讲得不多，但是……很够做他们胡思乱想的资料。今天早上，她来看我，叫我出来替她做主。我自然很为难，想出了几句话把她打发走了。想不到她一不做，二不休，就去找毛立士。你知道毛立士为了上次开除那两个学生的事，很有点不高兴你。他明知她没有充分的离婚理由，可是他一口答应为她找律师，要把这件事闹大一点。下午，你的岳母带了女儿四下里去拜访朋友，尤其是你的同事们。现在差不多香港中等以上的英国人家，全都知道了这件事。"

罗杰听了这些话，脸青了，可是依旧做出很安闲的样子，人靠在窗口上，两只大拇指插在裤袋里，露在外面的手指轻轻地拍着大腿。听到末一句，他仿佛是忍不住了，失声笑了起来道："这件事？……我还要问你，这件事……究竟是怎么一回事？我犯了法么？"巴克躲躲闪闪的答道："在法律上……自然是……当然是没有法律问题……"罗杰的笑的尾声，有一点像呜咽。他突然发现他是有口难分；就连对于最亲爱的朋友，譬如巴克，他也没有法子解释那误会。至于其他的人，香港中等以上的英国社会，对于那些人，他有什么话可说呢？那些人，男的像一只一只白铁小闹钟，按着时候吃饭、喝茶、坐马桶、坐公事房，脑筋里除了钟摆的滴答之外什么都没有……也许因为东方炎热的气候的影响，钟不大准了，可是一架钟还是一架钟。女的，成天的结绒线，白茸茸的毛脸也像了拉毛的绒线衫……他能够对这些人解释怵细的家庭教育的缺陷么？罗杰自己喜欢做一个普通的人。现在，环境逼迫他，把他推到大众的圈子外面去了，他才感觉到圈子里面的愚蠢——愚蠢的残忍……圈子外面又何尝不可怕，小蓝牙齿，庞大的黑影子在头顶上晃动，指指戳戳……许许多多冷酷的思想像新织的蛛丝网一般的飘黏在他的脸上，他摇摇头，竭力把那网子摆脱了。

他把一只手放在巴克的肩上，道："我真是抱歉，使你这样的为难。我明天就辞职！"巴克道："你打算上哪儿去？"罗杰耸了耸肩道："可去的地方多着呢。上海、南京、北京、汉口、厦门、新加坡，有的是大学校。在中国的英国人，该不会失业罢？"巴克道："上海我劝你不要去，那里的大学多半是教会主办的，你知道他们对于教授的人选是特别的苛刻……我的意思是，你知道他们习常的偏见。至于北京之类的地方，学校里教会的气氛也是相当的浓厚……"罗杰笑道："别替我担忧了，巴克，你使我更加的过意不去。那么，明天见罢，谢谢你来告诉我这一切。"巴克道："我真是抱歉，但是我想你一定懂得我的不得已……"罗杰笑道："明天见！"巴克道："十五年了，安白登……"罗杰道："明天见！"

　　巴克走了之后，罗杰老是呆木木地，面向着窗外站着，依然把两只大拇指插在裤袋里。其余的手指轻轻地拍着大腿。跟着手上的节奏，脚跟也在地上磕笃磕笃敲动。他借着这声浪，盖住了他自己断断续续的抽噎。他不能让他自己听见他自己哭泣！其实也不是哭，只是一口气一时透不过来。他在这种情形下不过一两分钟，后来就好了。他离开香港了——香港，昨天他称呼它为一个阴湿、郁热、异邦人的小城；今天他知道它是他唯一的故乡。他还有母亲在英国，但是他每隔四五年回家去一次的时候，总觉得过不惯。可是，究竟东方有什么值得留恋的？不是他的工作。十五年前他初到华南大学来教书的时候，他是一个热心爱着他的工作的年轻人，工作的时候，他有时也用脑子思索一下。但是华南大学的空气不是宜于思想的。春天，满山的杜鹃花在缠绵雨里红着，簌落簌落，落不完地落，红不断地红。夏天，他爬过黄土陇子去上课，夹道开着红而热的木槿花，像许多烧残的小太阳。秋天和冬天，空气脆而甜润，像夹心饼干。山风、海风，呜呜吹着棕绿的、苍银色的树。你只想带着几头狗，呼啸着去爬山，做一些不用脑子的剧烈的运动。时间就这样过去了。十五年来，他没有换过他的讲义。物理化学的研究是日新月异地在那里进步着，但是他从来不看新的教科书。二十年前他在英国读书的时候听读的笔记，他仍旧用做补充教材。偶然他在课室里说两句笑话，那也是十五年来一直在讲着的。炭气的那一课有炭气的笑话，轻气有轻气的笑话，养气有养气的笑话。这样的一个人，只要他懂得一点点幽默，总不能够过分的看得起自己罢？他不很看得起自己，对于他半生所致力的大学教育，也没有多少信心。但是，无论如何，把一千来个悠闲的年轻人聚集在美丽的环境里，即使你不去理会他们的智识与性灵一类的麻烦的东西，总也是一件不坏的事。好也罢，坏也罢，他照那个方式活了十五年了，他并没有碍着谁，他只是一个安分守己的人。为什么愫细，那黄头发的女孩子，不让他照这样子活下去？

想到愫细，他就到房里去找愫细。她蹲在地上理着箱子，膝盖上贴着挖花小茶托，身边堆着预备化装跳舞时用的中国天青缎子补服与大红平金裙子。听见他的脚步响，她抬起头来，但她的眼睛被低垂的灯盏照耀得眩晕了，她看不见他。她笑道："去了那么久！"他不说话，只站在门口，他的巨大的影子罩住了整个的屋顶。愫细以为他又像方才那么渴望地凝视着她，她决定慷慨一点。她微微偏着头，打了个呵欠，蓝阴阴的双眼皮，迷濛地要阖下来，笑道："我要睡了。现在你可以吻我一下，只一下！"罗杰听了这话，突然觉得他的两只手臂异常沉重，被气力充满了，坠得酸痛。他也许真的会打她，他没有，当然他没有，他只把头向后仰着，嘿嘿地笑了起来，他的笑声像一串鞭炮上面炸得稀碎的小红布条子，跳在空中蹦回到他脸上，抽打他的面颊。愫细吃了一惊，身子蹲不稳，一坐坐在地上，愕然地望着他。好容易他止住了笑，仿佛有话和她说，向她一看，又笑了起来，一路笑，一路朝外走。那天晚上，他就宿在旅馆里。

第二天，他到校长的办公室去交呈一封辞职的书信。巴克玩弄着那张信纸，慢慢的问道："当然，你预备按照我们原来的合同上的约定，在提出辞职后，仍旧帮我们一个月的忙？"罗杰道："那个……如果你认为那是绝对必要的……我知道，这一个月学校里是特别的忙，但是，麦菲生可以代我批考卷，还有兰勃脱，你也表示过你觉得他是相当的可靠……"巴克道："无论他是怎样的可靠，这是大考的时候，你知道这儿少不了你。"罗杰不语。经过了这一番捣乱，他怎么能够管束宿舍里的学生？他很知道他们将他当做怎么的一个下流胚子！巴克又道："我很了解你这一次的辞职是有特殊的原因。在这种情形下，我不能够坚持要求你履行当初的条件。但是我仍旧希望你肯在这儿多待三个礼拜，为了我们多年的交情……我昨天已经说过了，今天我愿意再说一遍：这回的事，我是万分的对你不起。种种的地方委屈了你，我真是说不出的抱歉。也许你觉得我不够朋友。如果为了这回事我失去了你这么一个友人，那么我对我自己更感到抱歉了。但是，安白登，我想你是知道的，为了职务而对不起自己，我这已经不是第一次了。"罗杰为他这几句话说动了心。他是巴克特别赏识的人。在过去的十五年，他办事向来是循规蹈矩，一丝不乱的，现在他应当有始有终才对。他考虑了一会，决定了道："好罢，我等考试完毕，开过了教职员会议再走。"巴克站起身来和他握了握手道："谢谢你！"罗杰也站起身来，和他道了再会，就离开了校长室。

他早就预料到他所担任下来的不是一件容易的事，可是事实比他的理想还要复杂。他是理科主任兼舍监。在大考期间，他和学生之间极多含有个人性质的接触。考试方面有口试，实验；在宿舍里，他不能容许他们有开夜车等等越轨行动；精神过分紧张的学生们，往往会为了一点小事争吵起来，闹到舍监跟前去；有一部份学生提前考完，心情一经松弛，必定要有猛烈的反应，罗杰不能让他们在宿舍里举行狂欢的集会，搅扰了其他的人。罗杰怕极了这一类的交涉，因为学生们都是年少气盛的，不善于掩藏他们的内心。他管理宿舍已经多年，平时得罪他们的地方自然不少，他们向来对于他就没有好感，只是在积威之下，不敢做任何表示。现在他自己行为不端，失去了他的尊严，他们也就不顾体面，当着他的面出言不逊，他一转身，便公开地嘲笑他。罗杰在人丛中来去总觉得背上汗湿了一大块，白外套稀皱的黏在身上。至于教职员，他们当然比较学生们富于涵养，在表面上不但若无其事，而且对于他特别的体贴，他们从来不提及他的寓所的迁移，仿佛他这些年来一直住在旅馆里一般。他们不谈学校里的事，因为未来的计画里没有他，也许他有些惘然。他们避免一切道德问题。小说与电影之类的消闲品沾着男女的关系太多了，他们不能当着他加以批评或介绍。他们也不像往常一般交替着说东家长西家短，因为近来教职员圈内唯一的谈资就是他的婚姻。连政治与世界大局他们也不敢轻易提起，因为往往有一两个脾气躁的老头子会气喘吁吁地奉劝大家不要忘了维持白种人在殖民地应有的声望，于是大家立刻寂然无声，回味罗杰安白登的丑史。许许多多的话题，他们都怕他嫌忌讳，因而他们和他简直没有话说，窘得可怜。他躲着他们，一半也是出于恻隐之心，同时那种过于显著的圆滑，也使他非常难堪。然而他最不能够忍耐的，还是一般女人对于他的态度。女秘书、女打字员、女学生、教职员的太太们，一个个睁着牛一般的愚笨而温柔的大眼睛望着他，把脸吓得一红一白，怕他的不健康的下意识突然发作，使他做出一些不该做的事来。她们鄙视他、憎恶他，但是同时她们畏畏缩缩地喜欢一切犯罪的人，残暴，野蛮的，原始的男性。如果他在这儿待得久了，总有一天她们会把他逼成这么样的一个人。因为这个，他更急于要离开香港。

他把两天的工作并在一天做。愫细和他的事，他知道是非常的难于解决。英国的离婚律是特别的严峻，双方协议离婚，在法律上并不生效；除非一方面犯奸、疯狂、或因罪入狱，才有解约的希望。如果他们仅仅立约分居的话，他又不得不养活她。在香港不能立足，要到别处去混饭吃，带着她走，她固然不情愿，连他也不情愿；不带着她走，他怎么有能力维持两份家？在目前这种敌视的局面下，愫细和她的母亲肯谅解他的处境的艰难么？但是她们把他逼疯了，于她们也没有什么好处。他相信蜜秋儿总有办法；她是一个富有经验的岳母，靡丽笙和她丈夫不是很顺利地离了婚么？

愫细早回家去了，蜜秋儿太太几次三番打电话和托人来找罗杰，罗杰总是设法使人转达，说他正在忙着，无论有什么事，总得过了这几天再讲。眼前这几天，要他冷静地处置他的婚姻的纠纷，根本是不可能的事。这一个礼拜六的下午，考试总算告了个小段落。麦菲生夫妇和巴克的长子约他去打网球，他们四个人结伴打网球的习惯已经有了许多年的历史了；他们现在不能不照常的邀请他，是因为不愿他觉得和往日有什么异样。然而异样总有些异样的；麦菲生太太一上场便心不在焉，打了几盘就支持不住，歇了手，巴克的儿子陪她坐在草坪边长椅上，看罗杰和麦菲生单打。罗杰正在往来奔驰着，忽然觉得球场外麦菲生太太身边多了一个女人，把手搭在眉毛上，凝神看着他，一面看一面对麦菲生太太说一些话，笑得直不起腰来。麦菲生太太有些侷促不安的样子。他觉得他自己是动物园里的一头兽，他再也打不下去了，把网拍一丢，向麦菲生道："我累了，让巴克陪你来几盘罢。"麦菲生笑道："你认输了，"麦菲生太太道："人家肯认输，不像你。我看你早就该歇歇了。巴克给他父亲叫去有事。天也晚了，我们回去吧。"罗杰和麦菲生一同走出了球场。

罗杰认得那女人是哆玲姐，毛立士教授的填房太太。哆玲姐是带有犹太血液的英国人，一头鬈曲的米色头发，浓得不可收拾，高高地堆在头上；生着一个厚重的鼻子，小肥下巴向后缩缩着。微微凸出的浅蓝色大眼睛，只有笑起来的时候，眯紧了，有些妖娆。据说她从前在天津曾经登台卖过艺，有一身灵活的肉；但是她现在穿着一件宽大的葱白外衣，两只手插在口袋里，把那件外衣绷得笔直，看不出身段来。毛立士为了娶哆玲姐，曾经引起华南大学一般舆论的不满，在罗杰闹出这件事之前，毛立士的婚姻也就是数一数二的耸人听闻的举动了。罗杰自己就严格地批评过毛立士，他们两个人的嫌隙，因此更加深了；而现在毛立士的报复，也就更为香甜。

哆玲姐自从搬进了华南大学的校区内，和罗杰认识了已经两三年，但是她从来没有对他那么注意过。她向罗杰和麦菲生含笑打了个招呼之后，便道："我说，今天晚上请你们三位过来吃饭。我丈夫待会儿要带好些朋友回来呢，大家凑个热闹。"麦菲生太太淡淡的道："对不起，我有点事，怕不能来了！"哆玲姐向麦菲生道："你呢？我告诉你：我丈夫新近弄到一瓶一八三〇年的白兰地，我有点疑心他是上了当，你来尝尝看是真是假？"又向麦菲生太太笑道："这些事只有他内行，你说是不是？"麦菲生太太不答，麦菲生笑道："谢谢，我准到。几点钟？"哆玲姐道："准八点。"麦菲生道："要穿晚礼服么？"哆玲姐道："那用不着，安白登教授，你今天非来不可！你好久没到我们那儿去过了。"罗杰道："真是抱歉，我知道得晚了一些，先有了个约……"他们一路说着话，一路走下山丛中的石级去。哆玲姐道："不行，早知道也得来，晚知道也得来！"

她走在罗杰后面，罗杰忽然觉得有一只手在他肩膀上拍了两下，他满心憎厌着，浑身的肌肉起了一阵细微的颤栗。回过头去一看，却不是她的手，是她脖子上兜着的苔绿绸子围巾，被晚风卷着，一舐一舐地翻到他身上来。他不由得联想到憷细的白绸浴衣，在蜜秋儿家的阳台上……黄昏的海，九龙对岸的一长串碧绿的汽油灯，一闪一闪地霎着眼睛……现在，又是黄昏了，又是休息的时候，思想的时候，记得她的时候……他怕。无论如何他不能够单独一个人待在旅馆里。他向哆玲姐微笑道："我跟毛立士教授的朋友又谈不到一堆去；他们都是文人。"麦菲生插嘴道："对了，今天轮到他们的文艺座谈会，一定又是每个人都喝得醉醺醺的，你怎么偏拣今天请客？"哆玲姐噗哧一笑道："他们不是喝醉了来，也要喝醉了走，有什么分别？安白登教授，你不能不来看看毛立士吃醉了的神气，怪可笑的！"罗杰想了一想：大伙儿一同喝醉了，也好。便道："好罢，谢谢你，我来！"哆玲姐穿着高跟鞋走那碎石铺的阶级，人摇摇晃晃的，不免胆寒，便把手搭在罗杰肩上。罗杰先以为是她的围巾，后来发现是她的手，连忙用手去搀麦菲生太太，向麦菲生道："你扶一扶毛立士太太。天黑了，怕摔跤。"哆玲姐只得收回了她的手，兜住麦菲生的臂膀。四个人一同走到三叉路口，哆玲姐和麦菲生夫妇分道回家，罗杰独自下山，开了汽车回旅馆，换了衣服，也就快八点了，自去毛立士家赴宴。

毛立士和他们文艺座谈会的会员们，果然都是带着七八分酒意，席间又灌了不少下去。饭后，大家围着电风扇坐着，大着舌头，面红耳赤地辩论印度独立问题，眼看着就要提起"白种人在殖民地应有的声望"那一节了。罗杰悄悄的走开了，去捻上了无线电。谁知这架无线电需要修理了，一片"波波波，噗噗噗，嘘嘘嘘"的怪响，排山倒海而来。罗杰连忙啪的一声把它关上了，背着手踱到窗子跟前，靠窗朝外放着一张绿缎子沙发，铺着翠绿织花马来草席，席子上搁着一本杂志，翻开的那一页上，恰巧有一张填字游戏图表。罗杰一歪身坐了下来，在里襟的口袋上拔下了一管自来水笔，就一个字一个字填了起来。正填着，哆玲姐走来笑道："你一个人躲在这儿做什么？"罗杰突然觉得他这样的举动，孤芳自赏，有点像一个幽娴贞静的老处女，不禁满面羞惭，忙不迭的把那本杂志向右首的沙发垫子下一塞，却还有一半露在外面。哆玲姐早已看得分明，在他的左首坐下了，笑道："我顶喜欢这玩意儿。来，来，来，让我看看；你该填得差不多了罢？"便探过身子来拿这本杂志，身子坐在罗杰的左首，手掌心支在罗杰的右首，禁不起轻轻一滑，人就压在罗杰身上。她穿着一件淡墨银皮绉的紧身袍子，胸口的衣服里仿佛养着两只小松鼠，在罗杰的膝盖上沉重地摩擦着。罗杰猛然站起身来，她便咕咚一声滚下地去。罗杰第一要紧便是回过头来观察屋子里的人有没有注意到他们，幸而毛立士等论战正酣，电风扇呜呜转动，无线电又有人开了，在波波波噗噗噗之中，隐隐传来香港饭店的爵士乐与春雷一般的彩声。罗杰揩了一把汗，当着毛立士的面和他太太勾搭，那岂不是证实了他是一个色情狂患者，不打自招，变本加厉。

他低下头来看看哆玲姐，见她伏在地上，一动也不动，可是他知道她并不是跌伤了或是晕厥过去。她是在思想着。想些什么？这贪婪粗俗的女人，她在想些什么？在这几秒钟内，他怕她怕到了极点。他怕她回过脸来；他怕得立在那里一动也不敢动。她终于支撑着翻过身来，坐在地上，把头枕在沙发沿上，抬起脸来凝视着他。在这昏暗的角落里，她的润泽的脸庞上，眉眼口鼻的轮廓全都镀上了一层光，像夜明表。她用她那微带沙哑的喉咙低低说道："不要把你自己压制得太厉害呀，我劝你！"但是他几时压制过他自己来着？他不但不爱哆玲姐，她对于他连一点单纯的性吸引力都没有。他不喜欢她那一派的美。可是他怎么知道他没有压制过他自己呢？关于他的下意识的活动，似乎谁都知道得比他多！经过了这些疑惧和羞耻的经验以后，他还能够有正常的性生活么！哆玲姐又说了："压制得太厉害，是危险的。你知道佛兰克丁贝是怎样死的？"罗杰失声道："佛兰克丁贝！靡丽笙的丈夫——死了么？"哆玲姐嗤的一声笑了，答道："他自杀了！我碰见他的时候，在天津，他找不到事——"罗杰道："他找不到事……"哆玲姐道："他找到事又怎样？他还是一样的不会享受人生。可怜的人——他有比别人更强烈的欲望，但是他一味压制着自己。结果他有点疯了。你听见了没有，亲爱的？"她伸手兜住他的膝盖："亲爱的，别苦了你自己！"她这下半截子话，他完全没有听懂。他心里盘来盘去只有一句话："靡丽笙的丈夫被他们迫死了！靡丽笙的丈夫被他们迫死了！"不知道为什么，他突然感到一阵洋溢的和平，起先他仿佛是点着灯在一间燠热的小屋里，睡不熟，颠颠倒倒做着怪梦，蚊子蠓虫绕着灯泡子团团急转像金的绿的云。后来他关上了灯，黑暗，从小屋里暗起，一直暗到宇宙的尽头，太古的洪荒——人的幻想，神的影子也没有留过踪迹的地方，浩浩荡荡的和平与寂灭。屋里和屋外打成了一片，宇宙的黑暗进到他屋子里来了。

他哆嗦了一下，身子冷了半截。哆玲姐攀住他的腿，他觉也不觉得。跟跟跄跄地向外走，哆玲姐被他出其不意的一扯，上半个身子又扑倒在地上。罗杰从人丛里穿过去，并没有和主人告别，一直走出门去了。众人一齐瞪着眼望着他。毛立士摇头道："刚才喝的并不多，何至于醉得这个样！"兰勃脱道："去了也罢了。这个人……喝多了酒，说不定会做出什么事来，吓着了女太太们，倒反而不好!"哆玲姐这时候已经爬起身来,走到人前,看见一张椅子上正放着罗杰的帽子,便弹了一弹她的额角,笑道:"帽子也忘了拿!咳,我看这个人,病越发深了,只怕是好不了!"她抓起了帽子,就跑出门去,在阶前追上了罗杰,喊道:"安白登教授,哪,你的帽子!"把一顶帽子的溜溜地飞掷过来,恰巧落在罗杰的头上。罗杰似乎是不大明白这是怎么一回事,且不回过身来,站定了,缓缓的伸手去捏揣帽檐,然后两只手扶着帽子,把它转、转、转,兜了整整的两个圈子,又摸索了半日,觉得戴合适了,便掉转身,摘下了帽子,向哆玲姐僵僵地微微鞠了一躬,哆玲姐把那两只粗壮的胳膊合抱在胸前,缩着肩膀向他一笑,便进去了。

罗杰并不下山去找他的汽车回旅馆去,却顺着山道,向男生的宿舍走来。这一条路,就是新婚的那晚上,他的妻子愫细跑出去,他在后面追着喊着的那条路;那仿佛是几百年前的事了。这又是一个月夜,山外的海上浮着黑色的岛屿,岛屿上的山,山外又是海,海外又是山。海上、山上、树叶子上,到处都是呜呜咽咽笛子似的清辉。罗杰却只觉得他走到那里,暗到那里。路上他遇到几批学生,他把手触了一触帽檐,向他们点点头,他们是否跟他打招呼,他却看不清楚。也许他们根本不能够看见他。他像一个回家托梦的鬼,飘飘摇摇地走到他的住宅的门口,看看屋里漆黑的,连仆人房里也没有灯,想必是因为他多天没有回家,仆欧们偷空下乡去省亲去了。

他掏出钥匙来开了门进去,捻开了电灯。穿堂里挂满了尘灰吊子,他摘下了帽子,挂在钩子上,衣帽架上的镜子也是昏昏的。他伸出一只食指来在镜子上抹了一抹,便向厨房里走来。厨房里的灯泡子不知为什么,被仆人摘了下去,他只得开了门,借着穿堂里的一点灯光,灌上了一壶水,在煤气炉子上烧着。在这烧沸一壶水的时间内，他站在一边，只管想着他的心事。水快沸了，他把手按在壶柄上，可以感觉到那把温热的壶，一耸一耸地摇撼着，并且发出那呜呜的声音。仿佛是一个人在那里哭。他站在壶旁边只管发呆，一蓬热气直冲到他脸上，脸上全湿了。

水沸了，他把水壶移过一边，煤气的火光，像一朵硕大的黑心的蓝菊花，细长的花瓣向里拳曲着。他把火渐渐关小了，花瓣子渐渐的短了，短了，快没有了，只剩下一圈齐整的小蓝牙齿，牙齿也渐渐地隐去了，但是在完全消灭之前，突然向外一扑，伸为一两寸长的尖利的獠牙，只一刹那，就"拍"的一炸，化为乌有。他把煤气关了，又关了门，上了闩，然后重新开了煤气，但是这一次他没有擦火柴点上火。煤气所特有的幽幽的甜味，逐渐加浓，同时罗杰安白登的这一炉香却渐渐的淡了下去。沉香屑烧完了。火熄了，灰冷了。

一九四三年五月

*初载一九四三年八月、九月《紫罗兰》第五期、第六期，收入《传奇》。原题《沉香屑 第二炉香》，《张爱玲全集》中改为此名。

茉莉香片

　　我给您沏的这一壶茉莉香片，也许是太苦了一点。我将要说给您听的一段香港传奇，恐怕也是一样的苦——香港是一个华美的但是悲哀的城。

　　您先倒上一杯茶——当心烫！您尖着嘴轻轻吹着它。在茶烟缭绕中，您可以看见香港的公共汽车顺着柏油山道徐徐的驶下山来。开车的身后站了一个人，抱着一大捆杜鹃花。人倚在窗口，那枝枝桠桠的杜鹃花便伸到后面的一个玻璃窗外，红成一片。后面那一个座位上坐着聂传庆，一个二十上下的男孩子。说他是二十岁，眉梢嘴角却又有点老态。同时他那窄窄的肩膀和细长的脖子，又似乎是十六七岁发育未完全的样子。他穿了一件蓝绸夹袍，捧着一叠书，侧着身子坐着，头抵在玻璃窗上，蒙古型的鹅蛋脸，淡眉毛、吊梢眼，衬着后面粉霞缎一般的花光，很有几分女性美。惟有他的鼻子却是过分的高了一点，与那纤柔的脸庞犯了冲。他嘴里衔着一张桃红色的车票，人仿佛是盹着了。

　　车子突然停住了。他睁开眼一看，上来了一个同学，言教授的女儿言丹朱。他皱了一皱眉毛，他顶恨在公共汽车碰见熟人，因为车子轰隆轰隆开着，他实在没法听见他们说话。他的耳朵有点聋，是给他父亲打坏的。

言丹朱大约是刚洗了头发，还没干，正中挑了一条路子，电烫的发梢不很鬈了，直直的披了下来，像美国漫画里的红印第安小孩。滚圆的脸，晒成了赤金色。眉眼浓秀，个子不高，可是很丰满。她一上车就向他笑着点了个头，向这边走了过来，在他身旁坐下，问道："回家去么？"传庆凑到她跟前，方才听清楚了，答道："嗳。"

卖票的过来要钱，传庆把手伸到袍子里去掏皮夹子，丹朱道："我是月季票。"又道："你这个学期选了什么课？"传庆道："跟从前差不多，没有多大变动。"丹朱道："我爸爸教的文学史，你还念吗？"传庆点点头。丹朱笑道："你知道么？我也选了这一课。"传庆诧异道："你打算做你爸爸的学生？"丹朱噗哧一笑道："可不是！起先他不肯呢！他弄不惯有个女儿在那里随班听讲，他怕他会觉得窘。还有一层，他在家里跟我们玩笑惯了的，上了堂，也许我倚仗着是自己家里人，照常的问长问短，跟他唠叨，他又板不起脸来！结果我向他赌神罚咒说：上他的课，我无论有什么疑难的地方，绝对不开口，他这才答应了。"传庆微微的叹了一口气道："言教授……人是好的！"丹朱笑道："怎么？他做先生，不好么？你不喜欢上他的课？"传庆道："你看看我的分数单子，就知道他不喜欢我。"丹朱道："哪儿来的话？他对你特别的严，因为你是上海来的，国文程度比香港的学生高。他常常夸你来着，说你就是有点懒。"

传庆掉过头去不言语，把脸贴在玻璃上。他不能老是凑在她跟前，用全副精神听她说话。让人瞧见了，准得产生某种误会。说闲话的人已经不少了，就是因为言丹朱总是找着他。在学校里，谁都不理他。他自己觉得不得人心，越发的避着人，可是他躲不了丹朱。

丹朱——他不懂她的存心,她并不短少朋友。虽然才在华南大学读了半年书,已经在校花队里有了相当的地位。凭什么她愿意和他接近?他斜着眼向她一瞟。一件白绒线紧身背心把她的厚实的胸脯子和小小的腰塑成了石膏像。他重新别过头去,把额角在玻璃上揉擦着。他不爱看见女孩子,尤其是健全美丽的女孩子,因为她们使他对于自己分外的感到不满意。

丹朱又说话了。他拧着眉毛勉强笑道:"对不起,没听见。"她提高了声音又说了一遍,说了一半,他又听不仔细了。幸而他是沉默惯了的,她得不到他的答覆,也就恬然不以为怪。末后她有一句话,他却凑巧听懂了。她低下头去,只管把绒线背心往下扯,扯下来又缩上去了。她微笑说道:"前天我告诉你的关于德荃写给我的那封信,请你忘掉它罢。只当我没有说过。"传庆道:"为什么?"丹朱道:"为什么?……那是很明显的。我不该把这种事告诉人。我太孩子气了,肚子里搁不住两句话!"传庆把身子往前探着,两肘支在膝盖上,只是笑。丹朱也跟着他向前俯着一点,郑重的问道:"传庆,你没有误会我的意思罢?我告诉你那些话,决不是夸耀。我——我不能不跟人谈谈,因为有些话闷在心里太难受了……像德荃,我拒绝了他,就失去了他那样的一个朋友。我爱和他做朋友,我爱和许多人做朋友。至于其他的问题,我们年纪太小了,根本谈不到。可是……可是他们一个个的都那么认真。"

隔了一会,她又问道:"传庆,你嫌烦么?"传庆摇摇头。丹朱道:"我不知为什么,这些话我对谁也不说,除了你。"传庆道:"我也不懂为什么。"丹朱道:"我想是因为……因为我把你当作一个女孩子看待。"传庆酸酸的笑了一声道:"是吗?你的女朋友也多得很,怎么单拣中了我呢?"丹朱道:"因为只有你能够守秘密。"传庆倒抽了一口冷气道："是的，因为我没有朋友，没有人可告诉。"丹朱忙道："你又误会了我的意思！"

两人半晌都没作声。丹朱叹了口气道："我说错了话，但是……但是，传庆，为什么你不试着交几个朋友？玩儿的时候，读书的时候，也有个伴。你为什么不邀我们上你家里去打网球？我知道你们有个网球场。"传庆笑道："我们的网球场，很少有机会腾出来打网球。多半是晾满了衣裳，天暖的时候，他们在那里煮鸦片烟。"丹朱顿住了口，说不下去了。

传庆回过头去向着窗外。那公共汽车猛地转了一个弯，人手里的杜鹃花受了震，簌簌乱飞。传庆再看丹朱时，不禁咦了一声道："你哭了！"丹朱道："我哭做什么？我从来不哭的！"然而她终于凄哽地质问道："你……你老是使我觉得我犯了法……仿佛我没有权利这么快乐！其实，我快乐，又不碍着你什么！"

传庆取过她手里的书，把上面的水渍子擦了一擦，道："这是言教授新编的讲义吗？我还没有买呢。你想可笑么，我跟他念了半年书，还不知道他的名字。"丹朱道："我喜欢他的名字。我常常告诉他，他的名字比人漂亮。"传庆在书面上找到了，读出来道："言子夜……"他把书搁了下来，偏着头想了一想，又拿起来念了一遍道："言子夜……"这一次，他有点犹疑，仿佛不大认识这几个字。丹朱道："这名字取得不好么？"传庆笑道："好，怎么不好！知道你有个好爸爸！什么都好，就是把你惯坏了！"丹朱轻轻地啐了一声，站起身来道："我该下去了。再见罢！"

她走了，传庆把头靠在玻璃窗上，又仿佛盹着了似的。前面站着的抱着杜鹃花的人也下去了，窗外少了杜鹃花，只剩下灰色的街。他的脸换了一幅背景，也似乎是黄了，暗了。

车再转了个弯。棕榈树沙沙的擦着窗户，他跳起身来，拉了拉铃，车停了，他就下了车。

他家是一座大宅。他们初从上海搬来的时候，满院子的花木，没两三年的工夫，枯的枯、死的死、砍掉的砍掉，太阳光晒着，满眼的荒凉。一个打杂的，在草地上拖翻了一张藤椅子，把一壶滚水浇了上去，杀臭虫。

屋子里面，黑沉沉的穿堂，只看见那朱漆楼梯的扶手上，一线流光，回环曲折，远远的上去了。传庆蹑手蹑脚上了楼，觑人不见，一溜烟向他的卧室里奔去。不料那陈旧的地板吱吱格格一阵响，让刘妈听见了，迎面拦住道："少爷回来了！见过了老爷太太没有？"传庆道："待会儿吃饭的时候总要见到的，忙什么？"刘妈一把揪住他的袖子道："又来了！你别是又做了什么亏心事？鬼鬼祟祟的躲着人！趁早去罢，打个照面就完事了。不去，又是一场气！"传庆忽然年纪小了七八岁，咬紧了牙，抵死不肯去。刘妈越是拉拉扯扯，他越是退退避避。

刘妈是他母亲当初陪嫁的女佣。在家里，他憎厌刘妈，正如在学校憎厌言丹朱一般。寒天里，人冻得木木的，倒也罢了，一点点的微温，更使他觉得冷得彻骨酸心。

他终于因为憎恶刘妈的缘故，只求脱身，答应去见他父亲与后母。他父亲聂介臣，汗衫外面罩着一件油渍斑斑的雪青软缎小背心。他后母蓬着头，一身黑，面对面躺在烟铺上。他上前招呼了："爸爸，妈！"两人都似理非理的哼了一声。传庆心里一块石头方才落了地，猜着今天大约没有事犯到他们手里。

他父亲问道："学费付了？"传庆在烟榻旁边一张沙发椅上坐下，答道："付了。"他父亲道："选了几样什么？"传庆道："英文历史，十九世纪英文散文——"他父亲道："你那个英文——算了罢！跷腿驴子跟马跑，跑折了腿，也是空的！"他继母笑道："人家是少爷脾气。大不了，家里请个补课先生，随时给他做枪手。"他父亲道："我可没那个闲钱给他请家庭教师。还选了什么？"传庆道："中国文学史。"他父亲道："那可便宜了你！唐诗、宋词，你早读过了。"他后母道："别的本事没有，就会偷懒！"

传庆把头低了又低，差一点垂到地上去。身子向前伛偻着，一只手握着鞋带的尖端的小铁管，在皮鞋上轻轻刮着。他父亲在烟炕上翻过身来，捏着一卷报纸，在他颈子上刷地敲了一下，喝道："一双手，闲着没事干，就会糟蹋东西！去，去，去罢！到那边去烧几个烟泡。"

传庆坐到墙角里一只小凳上，就着矮茶几烧烟。他后母今天却是特别的兴致好，拿起描金小茶壶喝了一口茶，抿着嘴笑道："传庆，你在学校里有女朋友没有？"他父亲道："他呀，连男朋友都没有，也配交女朋友！"他后母笑道："传庆，我问你，外面有人说，有个姓言的小姐，也是上海来的，在那儿追求你。有这话没有？"传庆红了脸，道："言丹朱——她的朋友多着呢！哪儿就会看上了我？"他父亲道："谁说她看上你来着？还不是看上了你的钱！看上你！就凭你？三分像人，七分像鬼——"传庆想道："我的钱？我的钱？"

总有一天罢，钱是他的，他可以任意的在支票簿上签字。他从十二三岁起就那么盼望着，并且他曾经提早练习过了，将他的名字歪歪斜斜，急如风雨地写在一张作废的支票上，左一个，右一个，"聂传庆，聂传庆，"英俊地，雄赳赳地，"聂传庆，聂传庆。"可是他爸爸重重的打了他一个嘴巴子，劈手将支票夺了过来搓成团，向他脸上抛去。为什么？因为那触动了他爸爸暗藏着的恐惧。钱到了他手里，他会发疯似的胡花么？这畏葸的阴沉的白痴似的孩子。他爸爸并不是有意把他训练成这样的一个人。现在他爸爸见了他，只感到愤怒与无可奈何，私下里又有点怕。他爸爸说过的："打了他，倒是不哭，就那么瞪大了眼睛朝人看着。我就顶恨他朝人瞪着眼看——见了就有气！"这时候，传庆手里烧着烟，忍不住又睁大了那惶恐的眼睛，呆瞪瞪望着他父亲看。总有一天……那时候，是他的天下了，可是他已经被作践得不像人。奇异的胜利！

烟签上的鸦片淋到烟灯里去。传庆吃了一惊，只怕被他们瞧见了，幸而老妈子进来报说许家二姑太太来了，一混就混了过去。他爸爸向他说道："你趁早给我出去罢！贼头鬼脑的，一点丈夫气也没有，让人家笑你，你不难为情，我还难为情呢！"他后母道："这孩子，什么病也没有，就是骨瘦如柴，叫人家瞧着，还当我们亏待了他！成天也没有见他少吃少喝！"

传庆垂着头出了房，迎面来了女客。他一闪闪在阴影里，四顾无人，方才走进他自己的卧室，翻了一翻从学校里带回来的几本书。他记起了言丹朱屡次劝他用功的话，忽然兴起，一鼓作气的打算做点功课。满屋子雾腾腾的，是隔壁飘过来的鸦片烟香。他生在这空气里，长在这空气里，可是今天不知道为什么，闻了这气味就一阵阵的发晕，只想呕。还是楼底下客室里清净点。他夹了书向下跑，满心的烦躁。客室里有着淡淡的太阳与灰尘。霁红花瓶里插着鸡毛帚子。他在正中的红木方桌旁边坐下，伏在大理石桌面上。桌面冰凉的，像公共汽车上的玻璃窗。

窗外的杜鹃花，窗里的言丹朱……丹朱的父亲是言子夜。那名字，他小时候，还不大识字，就见到了。在一本破旧的《早潮》杂志封里的空页上，他曾经一个字一个字吃力地认着："碧落女史清玩。言子夜赠。"他的母亲的名字叫冯碧落。

他随手拖过一本教科书来，头枕在袖子上，看了几页。他仿佛又回到了那从前不大识字的年龄，一个字一个字吃力地认，也不知道念的是什么。忽见刘妈走了进来道："少爷，让开点。"她取下肩上搭着的桌布，铺在桌上，桌脚上缚了带。传庆道："怎么？要打牌？"刘妈道："三缺一，打了电话去请舅老爷去了。"说着，又见打杂的进来提上一只一百支光的电灯泡子。传庆只得收拾了课本，依旧回到楼上来。

他的卧室的角落里堆着一只大藤箱，里面全是破烂的书。他记得有一叠《早潮》杂志在那儿。藤箱上面横缚着一根皮带，他太懒了，也不去褪掉它，就把箱子盖的一头撬了起来，把手伸进去，一阵乱掀乱翻。突然，他想了起来，《早潮》杂志在他们搬家的时候早已散失了，一本也不剩。

他就让两只手夹在箱子里，被箱子盖紧紧压着。头垂着，颈骨仿佛折断了似的。蓝夹袍的领子竖着，太阳光暖烘烘的从领圈里一直晒进去，晒到颈窝里，可是他有一种奇异的感觉，好像天快黑了——已经黑了。他一人守在窗子跟前，他心里的天也跟着黑下去。说不出来的昏暗的哀愁……像梦里面似的，那守在窗子前面的人，先是他自己，一刹那间，他看清楚了，那是他母亲。她的前刘海长长地垂着，俯着头，脸庞的尖尖的下半部只是一点白影子。至于那隐隐的眼与眉，那是像月亮里的黑影。然而他肯定地知道那是他死去的母亲冯碧落。

他四岁上就没有了母亲，但是他认识她，从她的照片上。她婚前的照片只有一张，她穿着古式的摹本缎袄，有着小小的蝙蝠的暗花。现在，窗子前面的人像渐渐明晰，他可以看见她的秋香色摹本缎袄上的蝙蝠。她在那里等候一个人，一个消息。她明知道这消息是不会来的。她心里的天，迟迟地黑了下去。……传庆的身子痛苦地抽搐了一下。他不知道那究竟是他母亲还是他自己。

至于那无名的磨人的忧郁，他现在明白了，那就是爱——二十多年前的，绝望的爱。二十多年后，刀子生了锈了，然而还是刀。在他母亲心里的一把刀，又在他心里绞动了。

传庆费了大劲，方始抬起头来。一切的幻像迅速地消灭了。刚才那一会儿，他仿佛是一个旧式的摄影师，钻在黑布里为人拍照片，在摄影机的镜子里瞥见了他母亲。他从箱子盖底下抽出他的手，把嘴凑上去，怔怔地吮着手背上的红痕。

关于他母亲，他知道得很少。他知道她没有爱过他父亲。就为了这个，他父亲恨她。她死了，就迁怒到她的孩子身上。要不然，虽说有后母挑拨着，他父亲对他不会这样刻毒。他母亲没有爱过他父亲——她爱过别人吗？……亲戚圈中恍惚有这么一个传说。他后母嫁到聂家来，是亲上加亲，因此他后母也有所风闻。她当然不肯让人们忘怀了这件事，当着传庆的面她也议论过他母亲。任何的话，到了她嘴里就不大好听。碧落的陪嫁的女佣刘妈就是为了不能忍耐她对于亡人的诬蔑，每每气急败坏地向其他的仆人辩白着。于是传庆有机会听到了一点他认为可靠的事实。

用现代的眼光看来，那一点事实是平淡得可怜。冯碧落结婚的那年是十八岁，在定亲以前，她曾经有一个时期渴想着进学校读书。在冯家这样守旧的人家，那当然是不可能的。然而她还是和几个表姊妹背背地偷偷地计画着。表妹们因为年纪小得多，父母又放纵些，终于如愿以偿了。她们决定投考中西女塾，请了一个远房亲戚来补课。言子夜辈分比她们小，年纪却比她们长，在大学里已经读了两年书。碧落一面艳羡着表妹们的幸运，一面对于进学校的梦依旧不甘放弃，因此对于她们投考的一切仍然是非常的关心。在表妹那儿她遇见了言子夜几次。他们始终没有单独地谈过话。

言家挽了人出来说亲。碧落的母亲还没有开口回答，她祖父丢下的老姨娘坐在一旁吸水烟，先格吱一笑，插嘴道："现在提这件事，可太早了一点！"那媒人陪笑道："小姐年纪也不小了——"老姨娘笑道："倒不是指她的年纪！常熟言家再强些也是个生意人家。他们少爷若是读书发达，再传个两三代，再到我们这儿来提亲，那还有个商量的余地。现在……可太早了！"媒人见不是话，只得去回掉了言家。言子夜辗转听到了冯家的答覆，这一气非同小可，便将这事搁了下来。

然而此后他们似乎还会面过一次。那绝对不能够是偶然的机缘，因为既经提过亲，双方都要避嫌疑了。最后的短短的会晤，大约是碧落的主动。碧落暗示子夜重新再托人在她父母跟前疏通，因为她父母并没有过斩钉截铁的拒绝的表示。但是子夜年少气盛，不愿意再三地被斥为"高攀"，使他的家庭蒙受更严重的侮辱。他告诉碧落，他不久就打算出国留学。她可以采取断然的行动，他们两个人一同走。可是碧落不能这样做。传庆回想到这一部份不能不恨他的母亲，但是他也承认，她有她的不得已。二十年前是二十年前呵！她得顾全她的家声，她得顾全子夜的前途。

子夜单身出国去了。他回来的时候，冯家早把碧落嫁给了聂介臣，子夜先后也有几段罗曼史。至于他怎样娶了丹朱的母亲，一个南国女郎，近年来怎样移家到香港，传庆却没有听见说过。

关于碧落的嫁后生涯，传庆可不敢揣想。她不是笼子里的鸟。

笼子里的鸟，开了笼，还会飞出来。她是绣在屏风上的鸟——悒郁的紫色缎子屏风上，织金云朵里的一只白鸟。年深月久了，羽毛暗了，霉了，给虫蛀了，死也还死在屏风上。

她死了，她完了，可是还有传庆呢？凭什么传庆要受这个罪？碧落嫁到聂家来，至少是清醒的牺牲。传庆生在聂家，可是一点选择的权利也没有。屏风上又添上了一只鸟，打死他也不能飞下屏风去。他跟着他父亲二十年，已经给制造成了一个精神上的残废，即使给了他自由，他也跑不了。

跑不了！跑不了！索性完全没有避免的希望，倒也死心塌地了。但是他现在初次把所有的零星的传闻与揣测，聚集在一起，拼凑成一段故事，他方才知道：二十多年前，他还没有出世的时候，他有脱逃的希望。他的母亲有嫁给言子夜的可能性，差一点，他就是言子夜的孩子，言丹朱的哥哥，也许他就是言丹朱。有了他，就没有她。

第二天，在学校里，上到中国文学史那一课，传庆心里乱极了，他远远的看见言丹朱抱着厚沉沉的漆皮笔记夹子，悄悄的溜了进来，在前排的左偏，教授的眼光射不到的地方，拣了一个座位，大概是惟恐引起了她父亲的注意，分了他的心，她掉过头来，向传庆微微一笑。她身边还有一个空位，传庆隔壁的一个男学生便推了传庆一下，怂恿他去坐在她身旁。传庆摇摇头。那人笑道："就有你这样的傻子，你是怕折了你的福还是怎么着？你不去，我去！"说罢，刚刚站起身来，另有几个学生早已一拥而前，其中有一个捷足先登，占了那座位。

那时虽然还是晚春天气，业已暴热，丹朱在旗袍上加了一件长袖子的白纱外套。她侧过身来和旁边的人有说有笑的，一手托着腮。她那活泼的赤金色的脸和胳膊，在轻纱掩映中，像玻璃杯里潋潋的琥珀酒。然而她在传庆眼中，并不仅仅引起一种单纯的美感。他在那里想：她长得并不像言子夜。那么，她一定是像她的母亲，言子夜所娶的那南国姑娘。言子夜是苍白的，略微有点瘦削。大部份的男子的美，是要到三十岁以后方才更为显著，言子夜就是一个例子。算起来他该过了四十五岁吧？可是看上去要年轻得多。

言子夜进来了，走上了讲台。传庆仿佛觉得以前从来没有见过他一般。传庆这是第一次感觉到中国长袍的一种特殊的萧条的美。传庆自己为了经济的缘故穿着袍褂，但是像一般的青年，他是喜欢西装的。然而那宽大的灰色绸袍，那松垂的衣褶，在言子夜身上，更加显出了身材的秀拔。传庆不由地幻想着：如果他是言子夜的孩子，他长得像言子夜么？十有八九是像的，因为他是男孩子，和丹朱不同。

言子夜翻开了点名簿："李铭光、董德荃、王丽芬、王宗维、王孝贻、聂传庆……"传庆答应了一声，自己疑心自己的声音有些异样，先把脸急红了。然而言子夜继续叫了下去："秦德芬、张师贤……"一只手撑在桌面上，一只手悠闲地擎着点名簿——一个经过世道艰难，然而生命中并不缺少一些小小的快乐的人。

传庆想着，在他的血管中，或许会流着这个人的血。呵，如果……如果该是什么样的果子呢？该是淡青色的晶莹多汁的果子，像荔枝而没有核，甜里面带着点辛酸。如果……如果他母亲当初略微任性、自私一点，和言子夜诀别的最后一分钟，在情感的支配下，她或者会改变了初衷，向他说："从前我的一切，都是爹妈做的主。现在你……你替我做主罢！！你说怎样就怎样。"如果她不是那么瞻前顾后——顾后！她果真顾到了未来么？她替她未来的子女设想过么？她害了她的孩子！传庆并不是不知道他对于他母亲的谴责是不公平的。她那时候到底是一个十七八岁的女孩子，有那么坚强的道德观念，已经是难得的了。任何人遇到难以解决的问题，也只能够"行其心之所安"罢了。他能怪他的母亲么？

言教授背过身去在黑板上写字，学生都沙沙地抄写着，可是传庆的心不在书上。

吃了一个"如果"，再剥一个"如果"：譬如说，他母亲和言子夜结了婚，他们的同居生活也许并不是悠久的无瑕的快乐。传庆从刘妈那里知道碧落是一个心细如发的善感的女人，丹朱也曾经告诉他：言子夜的脾气相当的"梗"，而且也喜欢多心，相爱着的人又是往往的爱闹意见，反而是漠不相干的人能够互相容忍。同时，碧落这样的和家庭决裂了，也是为当时的社会所不容许的，子夜的婚姻，不免为他的前途上的牵累。近十年来，一般人的观念固然改变了，然而子夜早已几经蹉跎，减了锐气。一个男子，事业上不得意，家里的种种小误会与口舌更是免不了的。那么，这一切对于他们的孩子有不良的影响么？

不，只有好！小小的忧愁与困难可以养成严肃的人生观。传庆相信，如果他是子夜和碧落的孩子，他比起现在的丹朱，一定较为深沉，有思想。同时，一个有爱情的家庭里面的孩子，不论生活如何的不安定，仍旧是富于自信心与同情——积极、进取、勇敢。丹朱的优点他想必都有，丹朱没有的他也有。

他的眼光又射到前排坐着的丹朱身上。丹朱凝神听着言教授讲书，偏着脸，嘴微微张着一点，用一支铅笔轻轻叩着小而白的门牙。她的脸庞侧影有极流丽的线条，尤其是那孩子气的短短的鼻子。鼻子上亮莹莹地略微有点油汗，使她更加像一个喷水池里湿漉的铜像。

她在华南大学专攻科学，可是也匀出一部份的时间来读点文学史什么的。她对于任何事物都感到广泛的兴趣，对于任何人也感到广泛的兴趣。她对于同学们的一视同仁，传庆突然想出了两个字的评语：滥交。她跟谁都搭讪，然而别人有了比友谊更进一步的要求的时候，她又躲开了，理由是他们都在求学时代，没有资格谈恋爱。那算什么？毕了业，她又能做什么事？归根究底还不是嫁人！传庆越想越觉得她浅薄无聊。如果他有了她这么良好的家庭背景，他一定能够利用机会，做一个完美的人。总之，他不喜欢丹朱。

他对于丹朱的憎恨，正像他对于言子夜的畸形的倾慕，与日俱增。在这种心理状态下，当然他不能够读书。学期终了的时候，他的考试结果，样样都糟，惟有文学史更为凄惨，距离及格很远。他父亲把他大骂了一顿，然而还是托了人去向学校当局关说，再给他一个机会，秋季开学后让他仍旧随班上课。

传庆重新到学校里来的时候，精神上的病态，非但没有痊愈，反而加深了。因为其中隔了一个暑假，他有无限的闲暇，从容地反省他的痛苦的根源。他和他父亲聂介臣日常接触的机会比以前更多了。他发现他有好些地方酷肖他父亲，不但是面部轮廓与五官四肢，连步行的姿态与种种小动作都像。他深恶痛嫉那存在于他自身内的聂介臣。他有方法可以躲避他父亲，但是他自己是永远寸步不离的跟在身边的。

整天他伏在卧室角落里那只藤箱上做着"白日梦"。往往刘妈走过来愕然叫道："那么辣的太阳晒在身上，觉也不觉得？越大越糊涂，索性连冷热也不知道了！还不快坐过去！"他懒得动，就坐在地上，昏昏地把额角抵在藤箱上，许久许久，额上满是嶙嶙的凸凹的痕迹。

快开学的时候，他父亲把他叫去告诫了一番道："你再不学好，用不着往下念了！念也是白念，不过是替聂家丢人！"他因为不愿意辍学，的确下了一番苦功。各种功课倒潦潦草草可以交代得过去了，惟有他父亲认为他应当最有把握的文学史，依旧是一蹶不振，毫无起色。如果改选其他的一课，学分又要吃亏太多，因此没奈何只得继续读下去。

照例耶诞节和新年的假期完毕后就要大考了。耶诞节的前夜，上午照常上课。言教授想要看看学生们的功课是否温习得有些眉目了，特地举行了一个非正式的口试。叫到了传庆，连叫了他两三声，传庆方才听见了，言教授先就有了三分不悦，道："关于七言诗的起源，你告诉我们一点。"传庆乞乞缩缩站在那里，眼睛不敢望着他，嗫嚅道："七言诗的起源……"满屋子静悄悄地。传庆觉得丹朱一定在那里看着他——看着他丢聂家的人。不，丢他母亲的人！言子夜夫人的孩子，看着冯碧落的孩子出丑。他不能不说点什么，教室里这么静。他舐了舐嘴唇，缓缓地说道："七言诗的起源……七言诗的起源……呃……呃……起源诗的七言！"

背后有人笑。连言丹朱也忍不住噗哧一笑。有许多男生本来没想笑，见言丹朱笑了，也都心痒痒地笑起来。言子夜见满屋子人笑成一片，只当作传庆有心打趣，便沉下了脸，将书重重的向桌上一掷，冷笑道："哦，原来这是个笑话！对不起，我没领略到你的幽默！"众人一个个的渐渐敛起了笑容，子夜又道："聂传庆，我早就注意到你了。从上学期起，你就失魂落魄的。我在讲台上说的话，有一句进你的脑子去没有？你记过一句笔记没有？——你若是不爱念书，谁也不逼着你念，趁早别来了，白耽搁了你的同班生的时候，也耽搁了我的时候！"

传庆听他这口气与自己的父亲如出一辙，忍不住哭了。他用手护着脸，然而言子夜还是看见了。子夜生平最恨人哭，连女人的哭泣他都觉得是一种弱者的要挟行为，至于淌眼抹泪的男子，那更是无耻之尤，因此分外的怒上心来，厉声喝道："你也不难为情！中国的青年都像了你，中国早该亡了！"

这句话更像锥子似的刺进传庆心里去，他索性坐下身来，伏在台上放声哭了起来。子夜道："你要哭，到外面哭去！我不能让你搅扰了别人。我们还要上课呢！"传庆的哭，一发不可复制，呜咽的声音，一阵比一阵响。他的耳朵又有点聋，竟听不见子夜后来说的话。子夜向前走了一步，指着门，大声道："你给我出去！"传庆站起身，跌跌冲冲走了出去。

当天晚上，华南大学在半山中的男生宿舍里举行圣诞夜的跳舞会。传庆是未满一年的新生，所以也照例被迫购票参加。他父亲觉得既然花钱买了票，不能不放他去，不然，白让学校占了他们一个便宜，因此就破天荒地容许他单身赴宴。传庆乘车来到山脚下，并不打算赴会，只管向丛山中走去。他预备走一晚上的路，消磨这狂欢的耶诞夜。在家里，他知道他不能够睡觉，心绪过于紊乱了。

香港虽说是没有严寒的季节，耶诞节夜却也是够冷的。满山植着矮矮的松杉，满天堆着石青的云，云和树一般被风嘘溜溜吹着，东边浓了，西边稀了，推推挤挤，一会儿黑压压拥成了一团，一会儿又化为一蓬绿气，散了开来。林子里的风，呜呜吼着，像猘犬的怒声，较远的还有海面上的风，因为远，就有点凄然，像哀哀的狗哭。

传庆双手筒在袖子里，缩着头，急急的顺着石级走上来。走过了末了一盏路灯，以后的路是漆黑的，但是他走熟了，认得出水门汀道的淡白的边缘。并且他喜欢黑，在黑暗中他可以暂时遗失了自己。脚底下的沙石切擦切擦的响，是谁？是聂传庆么？"中国的青年都像了他，中国就要亡了"的那个人？就是他？连自己也不知道是不是。太黑了，瞧不清。

他父亲骂他为"猪，狗，"再骂得厉害些也不打紧，因为他根本看不起他父亲。可是言子夜轻轻的一句话就使他痛心疾首，死也不能忘记。

他只顾往前走，也不知走多少时辰，摸着黑，许是又绕回来了。一转弯，有一盏路灯。一群年轻人说着笑着，迎面走了过来。跳舞会该是散了罢？传庆掉过头来就朝着相反的方向走。他听见丹朱的嗓子在后面叫："传庆！传庆！"更加走得快。丹朱追了他几步，站住了脚，又回过身来，向她的舞伴们笑道："再会罢！我要赶上去跟我们那位爱闹别扭的姑娘说两句话。"众人道："可是你总得有人送你回家！"丹朱道："不要紧，我叫传庆送我回去，也是一样的！"众人还有些踌躇，丹朱笑道："行！行！真的不要紧！"说着，提起了她的衣服，就向传庆追来。

传庆见她真来了，只得放慢了脚步。丹朱跑得喘吁吁的，问道："传庆，你怎么不来跳舞？"传庆道："我不会跳。"丹朱又道："你在这里做什么？"传庆道："不做什么。"丹朱道："你送我回家，成么？"传庆不答，但是他们渐渐向山巅走去，她的家就在山巅。路还是黑的，只看见她的银白的鞋尖在地上一亮一亮。

丹朱再开口的时候，传庆觉得她说话从来没有这么的艰涩迟缓。她说："你知道吗？今天下课后我找了你半天，你已经回去了。

你家的住址我知道,可是你一向不愿意我们到你那儿去……"传庆依旧是不赞一词。丹朱又道:"今天的事,你得原谅我父亲。他……他做事向来是太认真了,而华南大学的情形使一个认真教书的人不能不灰心——香港一般学生的中文这么糟,可是还看不起中文,不肯虚心研究,你叫他怎么不发急。只有你一个人,国文的根基比谁都强,你又使他失望。你……你想……你替他想想……"传庆只是默然。

丹朱道:"他跟你发脾气的原因,你现在明白了罢?……传庆,你若是原谅了他,你就得向他解释一下,为什么你近来这样的失常。你知道我爸爸是个热心人,我相信他一定肯尽他的能力来帮助你。你告诉我,让我来转告他,行不行?"

告诉丹朱?告诉言子夜,他还记得冯碧落吗?记也许记得,可是他是见多识广的男子,一生的恋爱并不止这一次,而碧落只爱过他一个人……从前的女人,一点点小事便放在心上,辗转,辗转,辗转思想着,在黄昏的窗前,在雨夜,在惨淡的黎明。呵,从前的人,……

传庆只觉得胸头充塞了吐不出来的冤郁。丹朱又逼紧了一步,问道:"传庆,是你家里的事么?"传庆淡淡的笑道:"你也太好管闲事了!"

丹朱并没有生气,反而跟着他笑了。她绝对想不到传庆当真在那里憎嫌她,因为谁都喜欢她。风刮下来的松枝子打到她头上来,她"哟!"了一声,向传庆身后一躲,趁势挽住了传庆的臂膀,柔声道:"到底为什么?"传庆洒开了她的手道:"为什么!为什么!我倒要问问你:为什么你老是缠着我?女孩子家,也不顾个脸面!也不替你父亲想想!"丹朱听了这话,不由得倒退了一步。他在前面走，她在后面跟着，可是两人距离着两三尺远。

她幽幽地叹了口气道："对不起，我又忘了，男女有别！我老是以为我年纪还小呢！我家里的人都拿我当孩子看待。"传庆又跳了起来道："三句话离不了你的家！谁不知道你有个模范家庭！就可惜你不是一个模范女儿！"丹朱道："听你的口气，仿佛你就是熬不得我似的！仿佛我的快乐，使你不快乐。——可是，传庆，我知道你不是那样的人。你到底——"

传庆道："到底为什么？还不是因为我妒忌你——妒忌你美，你聪明，你有人缘！"丹朱道："你就不肯同我说一句正经话！传庆，你知道我是你的朋友，我要你快乐——"传庆道："你要分点快乐给我，是不是？你饱了，你把桌上的面包屑扫下来喂狗吃，是不是？我不要，我不要！我宁死也不要！"

山路转了一个弯，豁然开朗，露出整个的天与海。路旁有一片悬空的平坦的山，围了一圈半圆形的铁阑干，传庆在前面走着，一回头，不见丹朱在后面，再一看，她却倚在阑干上。崖脚下的松涛，奔腾澎湃，更有一种耐冷的树，叶子一面儿绿一面儿白。大风吞着。满山的叶子掀腾翻覆，只看见点点银光四溅。云开处，冬天的微黄的月亮出来了，白苍苍的天与海在丹朱身后张开了云母石屏风。她披着翡翠绿天鹅绒的斗篷，上面连着风兜，风兜的里子是白色天鹅绒。在严冬她也喜欢穿白的，因为白色和她黝暗的皮肤的鲜明的对照。传庆从来没有看见她这么盛装过，风兜半褪在她脑后，露出高高堆在顶上的鬈发，背着光，她的脸看不分明，只觉得她的一双眼睛，灼灼地注视着他。

传庆垂下了眼睛，反剪了手，直挺挺站着，半晌，他重新抬起头来，简截地问道："走不走？"

她那时已经掉过身去，背对着他。风越发猖狂了，把她的斗篷胀得圆鼓鼓地，直飘到她头上去。她底下穿着一件绿阴阴的白丝绒长袍。乍一看，那斗篷浮在空中仿佛一柄偌大的降落伞，伞底下飘飘荡荡坠着她莹白的身躯——是月宫里派遣来的伞兵么？

　　传庆徐徐走到她身旁。丹朱在那里恋爱着他么？不能够罢？然而，她的确是再三地谋与他接近。譬如说今天晚上，深更半夜她陪着他在空山里乱跑，平时她和同学们玩是玩，笑是笑，似乎很有分寸，并不是一味放荡的人。为什么视他为例外呢？他再将她适才的言行回味了一番。在一个女孩子，那已经是很明显的表示了罢？

　　他恨她，可是他是一个无能的人，光是恨，有什么用？如果她爱他的话，他就有支配她的权力，可以对于她施行种种纤密的精神上的虐待。那是他唯一的报复的希望。

　　他颤声问道："丹朱，你有点儿喜欢我么？……一点儿？"

　　她真不怕冷。赤裸着的手臂从斗篷里伸出来，搁在阑干上。他双手握住了它，偃下头去，想把脸颊偎在她的手臂上，可是不知道为什么，他在半空中停住了，眼泪纷纷地落下来。他伏在阑干上，枕着手臂——他自己的。

　　她有点爱他么？他不要报复，只要一点爱——尤其是言家的人的爱。既然言家和他没有血统关系，那么，就是婚姻关系也行。无论如何，他要和言家有一点连系。

　　丹朱把飞舞的斗篷拉了下来，紧紧地箍在身上，笑道："不止一点儿，我不喜欢你，怎么愿意和你做朋友呢？"传庆站直了身子，咽了一口气道："朋友！我并不要你做我的朋友。"丹朱道："可是你需要朋友。"传庆道："单是朋友不够。我要父亲跟母亲。"丹朱愕然望着他。他紧紧抓住了铁阑干，仿佛那就是她的手，热烈地说道："丹朱，如果你同别人相爱着，对于他，你不过是一个爱人。可是对于我，你不单是一个爱人，你是一个创造者，一个父亲，母亲，一个新的环境，新的天地。你是过去与未来。你是神。"丹朱沉默了一会，悄然道："恐怕我没有那么大的奢望。我如果爱上了谁，至少我只能做他的爱人与妻子。至于别的，我——我不能那么自不量力。"

一阵风把传庆堵得透不过气来。他偏过脸去，双手加紧地握着阑干，小声道："那么，你不爱我。一点也不。"丹朱道："我从来没有考虑过。"传庆道："因为你把我当一个女孩子。"丹朱道："不！不！真的……但是……"她先是有点窘，突然觉得烦了，皱着眉毛，疲乏地咳了一声道："你既然不爱听这个话，何苦逼我说呢？"传庆背过身去，咬牙道："你拿我当一个女孩子。你——你——你简直不拿我当人！"他对于他的喉咙失去了控制力，说到末了，简直叫喊起来。

丹朱吃了一惊，下意识地就三脚两步离开了下临深谷的阑干边，换了一个较安全的地位。跑过去之后，又觉得自己神经过敏得可笑。定了一定神，向传庆微笑道："你要我把你当作一个男子看待，也行。我答应你，我一定试着用另一副眼光来看你。可是你也得放出点男子气概来，不作兴这么动不动就哭了，工愁善病的——"——传庆嘿嘿笑了几声道："你真会哄孩子！'好孩子别哭！多大的人了，不作兴哭的！'哈哈哈哈……"他笑着，抽身就走，自顾自下山去了。

丹朱站着发了一会楞。她没有想到传庆竟会爱上了她。当然，那也在情理之中。他的四周一个亲近的人也没有，惟有她屡屡向他表示好感。她引诱了他（虽然那并不是她的本心），而又不能给予他满足。近来他显然是有一件事使他痛苦着。就是为了她么？那么，归根究底，一切的烦恼还是由她而起？她竭力的想帮助他，反而害了他！她不能让他这样疯疯癫癫走开了，若是闯下点什么祸，她一辈子也不能够饶恕她自己。

他的自私，他的无礼，他的不近人情处，她都原宥了他，因为他爱她。连这样一个怪僻的人也爱着她——那满足了她的虚荣心。丹朱是一个善女人，但是她终是一个女人。

他已经走得很远了，然而她毕竟追上了他，一路喊着："传庆！你等一等，等一等！"传庆只做不听见。她追到了他的身边，一时又觉得千头万绪，无从说起。她一面喘着气，一面道："你告诉我……你告诉我……"传庆从牙齿缝里迸出几句话来道："告诉你，我要你死！有了你，就没有我。有了我，就没有你，懂不懂？"

他用一只手臂紧紧挟她的双肩，另一只手就将她的头拚命地向下按，似乎要她的头缩回到腔子里去。她根本不该生到这世上来，他要她回去。他不知道从那儿来的蛮力，不过他的手脚还是不够利落。她没有叫出声来，可是挣扎着，两人一同骨碌碌顺着石阶滚下去。传庆爬起身来，抬腿就向地下的人一阵子踢。一面踢，一面嘴里流水似的咒骂着。话说得太快了，连他自己也听不清，大概似乎是："你就看准了我是个烂好人！半夜里，单身和我在山上……换了一个人，你就不那么放心罢？你就看准了我不会吻你、打你、杀你，是不是？是不是？聂传庆——不要紧的！'不要紧，传庆可以送我回家去！'……你就看准了我！"

第一脚踢下去，她低低的嗳了一声，从此就没有声音了。他不能不再狠狠的踢两脚，怕她还活着。可是，继续踢下去，他也怕。

踢到后来，他的腿一阵阵的发软发麻。在双重的恐怖的冲突下，他终于丢下了她，往山下跑。身子就像在梦魇中似的，腾云驾雾，脚不点地，只看见月光里一层层的石阶，在眼前兔起鹘落。

跑了一大段路，他突然停住了。黑山里一个人也没有——除了他和丹朱。两个人隔了七八十码远，可是他恍惚，可以听见她咻咻的艰难的呼吸声。在这一刹那间，他与她心灵相通。他知道她没有死。知道又怎样？有这胆量再回去，结果了她？

他静静站着，不过两三秒钟，可是他以为是两三个钟头。他又往下跑。这一次，他一停也不停，一直奔到了山下的汽车道，有车的地方。

家里冷极了，白粉墙也冻得发了青。传庆的房间里没有火炉，空气冷得使人呼吸间鼻子发酸。然而窗子并没有开，长久没开了，屋子里闻得见灰尘与头发的油腻的气味。

传庆脸朝下躺在床上。他听见隔壁父亲对他母亲说："这孩子渐渐的心野了。跳舞跳得这么晚才回来！"他后母道："看这样子，该给他娶房媳妇了。"

传庆的眼泪直淌下来，嘴部掣动了一下，仿佛想笑，可是动弹不得，脸上像冻上了一层冰壳子。身上也像冻上了一层冰壳子。

丹朱没有死。隔两天开学了，他还得在学校里见到她。他跑不了。

一九四三年六月

---

*初载一九四三年七月上海《杂志》第十一卷第四期，收入《传奇》。

心　经

许小寒道："绫卿，我爸爸没有见过你，可是他背得出你的电话号码。"

她的同学段绫卿诧异道："怎么？"

小寒道："我爸爸记性坏透了，对于电话号码却是例外。我有时懒得把朋友的号码写下来，就说：爸爸，给我登记一下。他就在他脑子里过了一过，登了记。"

众人一齐笑了。小寒高高坐在白宫公寓屋顶花园的水泥阑干上，五个女孩子簇拥在她下面，一个小些的伏在她腿上，其余的都倚着阑干。那是仲夏的晚上，莹澈的天，没有星，也没有月亮，小寒穿着孔雀蓝衬衫与白裤子，孔雀蓝的衬衫消失在孔雀蓝的夜里，隐约中只看见她的没有血色的玲珑的脸，底下什么也没有，就接着两条白色的长腿。她人并不高，可是腿相当长，从阑干上垂下来，格外的显得长一点。她把两只手撑在背后，人向后仰着。她的脸是神话里的小孩的脸，圆鼓鼓的腮帮子，小尖下巴，极长极长的黑眼睛，眼角向上剔着。短而直的鼻子。薄薄的红嘴唇，微微下垂，有一种奇异的令人不安的美。

她坐在阑干上，仿佛只有她一个人在那儿。背后是空旷的蓝绿色的天，蓝得一点渣子也没有——有是有的，沉淀在底下，黑漆漆、亮闪闪、烟烘烘、闹嚷嚷的一片——那就是上海。这里没有别的，只有天与上海与小寒。不，天与小寒与上海，因为小寒所坐的地位是介于天与上海之间。她把手撑在背后，压在粗糙的水泥上，时间久了，觉得痛，便坐直了身子，搓搓手心，笑道："我爸爸成天闹着说不喜欢上海，要搬到乡下去。"

一个同学问道："那对于他的事业，不大方便罢？"

小寒道："我说的乡下，不过是龙华江湾一带。我爸爸这句话，自从我们搬进这公寓的时候就说起，一住倒住了七八年了。"

又一个同学赞道："这房子可真不错。"

小寒道："我爸爸对于我们那几间屋子很费了一点心血哩！单为了客厅里另开一扇门，不知跟房东打了多少吵子！"

同学们道："为什么要添一扇门呢？"

小寒笑道："我爸爸别的迷信没有，对于阳宅风水倒下过一点研究。"

一个同学道："年纪大的人……"

小寒打断她的话道："我爸爸年纪可不大，还不到四十呢。"

同学们道："你今天过二十岁生日……你爸爸跟妈一定年纪很小就结了婚罢？"

小寒扭过身去望着天，微微点了个头。许家就住在公寓的最高层，就在屋顶花园底下。下面的阳台有人向上喊："小姐，这儿找您哪！您下来一趟！"小寒答应了一声，跳下阑干，就蹬蹬下楼去了。

她同学中有一个，见她去远了，便悄悄的问道："只听见她满口的爸爸长爸爸短。她母亲呢？还在世吗？"

另一个答道："在世。"

那一个又问道："是她自己的母亲么？"

这一个答道："是她自己的母亲。"

另一个又追问道："你见过她母亲没有？"

这一个道："那倒没有，我常来，可是她母亲似乎是不大爱见客……"

又一个道："我倒见过一次。"

众人忙问："是怎样的一个人？"

那一个道："不怎样，胖胖的。"

正在喊喊喳喳，小寒在底下的阳台上喊道："你们下来吃冰淇淋！自己家里摇的！"

众人一面笑，一面抓起吃剩下来的果壳向她掷去。小寒弯腰躲着，骂道："你们作死呢！"众人格格笑着，鱼贯下楼，早有仆人开着门等着。客室里，因为是夏天，主要的色调是清冷的柠檬黄与珠灰。不多几件桃花心木西式家具，墙上却疏疏落落挂着几张名人书画。在灯光下，我们可以看清楚小寒的同学们，一个戴着金丝脚的眼镜，紫棠色脸，嘴唇染成橘黄色的是一位南洋小姐邝彩珠。一个顾长洁白，穿一件樱桃红鸭皮旗袍的是段绫卿。其余的三个是三姐妹，余公使的女儿，波兰、芬兰、米兰；波兰生着一张偌大的粉团脸，朱口黛眉，可惜都挤在一起，偪促的地方太偪促了，空的地方又太空了。芬兰米兰和她们的姐姐眉目相仿，只是脸盘子小些，便秀丽了许多。

米兰才跨进客室，便被小寒一把揪住道："准是你干的！你这丫头，活得不耐烦了是怎么着？"米兰摸不着头脑，小寒抓着她一只手，把她拖到阳台上去，指着地上一摊稀烂的杨梅道："除了你，没有别人！水果皮胡桃壳摔下来不算数，索性把这东西的溜溜望我头上抛！幸而没有弄脏我衣服，不然，仔细你的皮！"

众人都跟了出来，帮着米兰叫屈。绫卿道："屋顶花园上还有几个俄国孩子。想是他们看我们丢水果皮，也跟着凑热闹，闯了祸。"小寒叫人来扫地。彩珠笑道："闹了半天，冰淇淋的影子也没有看见。"

小寒道："罚你们，不给你们吃了。"

正说着，只见女佣捧着银盘进来了。各人接过一盏冰淇淋，一面吃，一面说笑。女学生们聚到了一堆，"言不及义"，所谈的无非是吃的、喝的、电影、戏剧与男朋友，波兰把一只染了胭脂的小银匙点牢了绫卿，向众人笑道："我知道有一个人，对绫卿有点特别感情。"

小寒道："是今年的新学生么？"

波兰摇头道："不是。"

彩珠道："是我们的同班生罢？"

波兰兀自摇头。绫卿道："波兰，少造谣言罢！"

波兰笑道："别着急呀！我取笑你，你不会取笑我么？"

绫卿笑道："你要我取笑你，我偏不！"

小寒笑道："嗳，嗳，嗳，绫卿，别那么着，扫了大家的兴。我来，我来！"便跳到波兰跟前，羞着她的脸道："呦！呦！……波兰跟龚海立，波兰跟龚海立……"

波兰抿着嘴笑道："你打哪儿听见的？"

小寒道："爱尔兰告诉我的。"

众人愕然道："爱尔兰又是谁？"

小寒道："那是我给龚海立起的绰号。"

117

波兰忙啐了她一口。众人哄笑道："倒是贴切！"

彩珠道："波兰，你不否认？"

波兰道："随你们编派去，我才不在乎呢！"说了这话，又低下头去笑吟吟吃她的冰淇淋。

小寒拍手道："还是波兰大方！"

芬兰米兰却满心的不赞成她们姐姐这样的露骨表示，觉得一个女孩子把对方没有拿稳之前，绝对不能承认自己爱恋着对方，万一事情崩了，徒然自己贬了千金身价。这时候，房里的无线电正在低低的报告新闻。米兰搭讪着去把机钮拨了一下，转到了一家电台，奏着中欧民间音乐。芬兰叫道："就这个好！我喜欢这个！"两手一拍，便跳起舞来。她因为骑脚踏车，穿了一条茶青褶绸裙，每一个褶子里衬着石榴红里子，静静立着的时候看不见；现在，跟着急急风的音乐，人飞也似的旋转着，将裙子抖成一朵奇丽的大花。众人不禁叫好。

在这一片喧嚣声中，小寒却竖起了耳朵，辨认公寓里电梯"工隆工隆"的响声。那电梯一直开上八层楼来。小寒道："我爸爸回来了。"

不一会，果然门一开，她父亲许峰仪探头来望了一望。她父亲是一个高大身材，苍黑脸的人。

小寒噘着嘴道："等你吃饭，你不来！"

峰仪笑着向众人点了个头道："对不起，我去换件衣服。"

小寒道："你瞧你，连外衣都汗潮了！也不知道你怎么忙来着！"

峰仪一面解外衣的钮子，一面向内室走去。众人见到了许峰仪，方才注意到钢琴上面一对暗金攒花照相架里的两张照片，一张是小寒的，一张是她父亲的。她父亲那张照片的下方，另附着一张着色的小照片，是一个粉光脂艳的十五年前的时装妇人，头发剃成男式，围着白丝巾，苹果绿水钻盘花短旗袍，手里携着玉色软缎钱袋，上面绣了一枝紫罗兰。

彩珠道："这是伯母从前的照片么？"

小寒把手圈住了嘴，悄悄的说道："告诉你们，你们可不准对我爸爸提起这件事！"又向四面张了一张，方才低声道："这是我爸爸。"

众人一齐大笑起来，仔细一看，果然是她父亲化了装。

芬兰道："我们这么大呼小叫的，伯母爱清静，不嫌吵么？"

小寒道："不要紧的。我母亲也喜欢热闹。她没有来招待你们，一来你们不是客，二来她觉得有长辈在场，未免总有些拘束，今儿索性让我们玩得痛快些！"

说着，她父亲又进来了。小寒奔到他身边道："我来给你们介绍。这是段小姐，这是邝小姐，这是三位余小姐。"又挽住了峰仪的胳膊道："这是我爸爸。我要你们把他认清楚了，免得……"她格吱一笑接下去道："免得下次你们看见他跟我在一起，又要发生误会。"

米兰不懂道："什么误会？"

小寒道："上次有一个同学，巴巴的来问我，跟你去看国泰的电影的那个高高的人，是你的男朋友么？我笑了几天——一提起来就好笑！这真是……哪儿想起来的事！"

众人都跟她笑了一阵，峰仪也在内。小寒又道："谢天谢地，我没有这么样的一个男朋友！我难得过一次二十岁生日，他呀，礼到人不到！直等到大家饭也吃过了，玩也玩够了，他才姗姗来迟，虚应个卯儿，未免太不够交情了。"

峰仪道："你请你的朋友们吃饭，要我这么一个老头儿搅得在里面算什么？反而拘得慌！"

小寒白了他一眼道："得了！少在我面前搭长辈架子！"

峰仪含笑向大家伸了伸手道："请坐！请坐！冰淇淋快化完了。请用罢！"

小寒道："爸爸，你要么？"

峰仪坐下身来，带笑叹了口气道："到我这年纪，你就不那么爱吃冰淇淋了。"

小寒道："你今天怎么了？口口声声倚老卖老！"

峰仪向大家笑道："你们瞧，她这样兴高采烈的过二十岁，就是把我们上一代的人往四十岁五十岁上赶呀！叫我怎么不寒心呢？"又道："刚才我回来的时候，好像听见里面有拍手的声音。是谁在这里表演什么吗？"

绫卿道："是芬兰在跳舞。"

彩珠道："芬兰，再跳一个！再跳一个！"

芬兰道："我那点本事，实在是见不得人，倒是绫卿唱个歌给我们听罢！上个月你过生日那天唱的那调子就好！"

峰仪道："段小姐也是不久才过的生日么？"

绫卿含笑点点头。米兰代答道："她也是二十岁生日。"

芬兰关上了无线电，又过去掀开了钢琴盖道："来，来，绫卿，你自己弹，你自己唱。"绫卿只是推辞。

小寒道："我陪你，好不好？我们两个人一齐唱。"

绫卿笑着走到钢琴前坐下道："我嗓子不好，你唱罢，我弹琴。"

小寒道："不，不，不，你得陪着我。有生人在座，我怯场呢！"说着，向她父亲瞟了一眼，握着嘴一笑，跟在绫卿后面走到钢琴边，一只手撑在琴上，一只手搭在绫卿肩上。绫卿弹唱起来，小寒嫌灯太暗了，不住的弯下腰去辨认琴谱上印的词句，头发与绫卿的头发揉擦着。峰仪所坐的沙发椅，恰巧在钢琴的左偏，正对着她们俩。唱完了，大家拍手，小寒也跟着拍。

峰仪道："咦？你怎么也拍起手来？"

小寒道："我没唱，我不过虚虚的张张嘴，壮壮绫卿的胆罢了！……爸爸，绫卿的嗓子怎样？"

峰仪答非所问，道："你们两个人长得有点像。"

绫卿笑道："真的么？"两人走到一张落地大镜前面照了一照，绫卿看上去凝重些，小寒仿佛是她立在水边，倒映着的影子，处处比她短一点，流动闪烁。

众人道："倒的确有几分相像！"

小寒伸手拨弄绫卿戴的樱桃红月牙式的耳环子，笑道："我要是有绫卿一半美，我早欢喜疯了！"

波兰笑道："算了罢！你已经够疯的了！"

老妈子进来向峰仪道："老爷，电话！"

峰仪走了出去。波兰看一看手表道："我们该走了。"

小寒道："忙什么？"

芬兰道："我们住得远，在越界筑路的地方。再晚一点，太冷静了，还是趁早走罢。"

彩珠道："我家也在越界筑路那边。你们是骑自行车来的么？"

波兰道："是的。可要我们送你回去？你坐在我背后好了。"

彩珠道："那好极了。"她们四人一同站起来告辞，叮嘱小寒："在伯父跟前说一声。"

小寒向绫卿道："你多坐一会儿罢，横竖你家就在这附近。"

绫卿立在镜子前面理头发，小寒又去抚弄她的耳环道："你除下来让我戴戴试试。"

绫卿褪了下来，替她戴上了，端详了一会道："不错——只是使你看上去大了几岁。"

小寒连忙从耳上摘了下来道："老气横秋的！我一辈子也不配戴这个。"

绫卿笑道："你难道打算做一辈子小孩子？"

小寒把下颏一昂道："我就守在家里做一辈子孩子，又怎么着？不见得我家里有谁容不得我！"

绫卿笑道："你是因为刚才喝了那几杯寿酒罢？怎么动不动就像跟人拌嘴似的！"

小寒低头不答。绫卿道："我有一句话要劝你：关于波兰……你就少逗着她罢！你明明知道龚海立对她并没有意思。"

小寒道："哦，是吗？他不喜欢她，他欢喜谁？"

绫卿顿了一顿道："他喜欢你。"

小寒笑道："什么话？"

绫卿道："别装佯了。你早知道了！"

小寒道："天晓得，我真正一点影子也没有。"

绫卿道："你知道不知道，倒也没有多大关系，反正你不喜欢他。"

小寒笑道："你怎么知道我不喜欢他？"

绫卿道："人家要你，你不要人家，闹得乌烟瘴气，这也不是第一次了。"

小寒道："怎么独独这一次，你这么关心呢？你也有点喜欢他罢？"

绫卿摇摇头道：“你信也罢，不信也罢。我要走了。”

小寒道：“还不到十一点呢！伯母管得你这么严么？”

绫卿叹道：“管得严，倒又好了！她老人家就坏在当着不着的，成天只顾抽两筒烟，世事一概都不懂，耳朵根子又软，听了我嫂子的挑唆，无缘无故就找岔子跟人呕气！”

小寒道：“年纪大的人就是这样。别理她就完了！”

绫卿道：“我看她也可怜。我父亲死后，她辛辛苦苦把我哥哥抚养成人，娶了媳妇，偏偏我哥哥又死了。她只有我这一点亲骨血，凡事我不能不顺着她一点。”

说着，两人一同走到穿堂里，绫卿从衣架上取下她的白绸外套，小寒陪着她去揿电梯的铃，不料揿了许久，不见上来。小寒笑道：“糟糕！开电梯的想必是盹着了！我送你从楼梯上走下去罢。”

楼梯上的电灯，可巧又坏了。两人只得摸着黑，挨呀挨的，一步一步相偎相傍走下去。幸喜每一家门上都镶着一块长方形的玻璃，玻璃上也有糊着油绿描金花纸的，也有的罩着粉荷色绉褶纱幕，微微透出灯光，照出脚下仿云母石的砖地。

小寒笑道：“你觉得这楼梯有什么特点么？”

绫卿想了一想道：“特别的长……”

小寒道：“也许那也是一个原因。不知道为什么，无论谁，单独的上去或是下来，总喜欢自言自语。好几次，我无心中听见买菜的回来的阿妈与厨子，都在那里说梦话。我叫这楼梯‘独白的楼梯’。”

绫卿笑道：“两个人一同走的时候，这楼梯对于他们也有神秘的影响么？”

小寒道：“想必他们比寻常要坦白一点。”

绫卿道："我就坦白一点。关于龚海立……"

小寒笑道："你老是忘不了他！"

绫卿道："你不爱他，可是你要他爱你，是不是？"

小寒失声笑道："我自己不能嫁给他，我又霸着他——天下也没有这样自私的人！"

绫卿不语。

小寒道："你完全弄错了。你不懂得我，我可以证明我不是那样自私的人。"

绫卿还是不作声。小寒道："我可以使他喜欢你，我也可以使你喜欢他。"

绫卿道："使我喜欢他，并不难。"

小寒道："哦？你觉得他这么有吸引力么？"

绫卿道："我倒不是单单指着他的。任何人……当然这'人'字是代表某一阶级与年龄范围内的未婚者……在这范围内，我是'人尽可夫'的！"

小寒睁大了眼望着她，在黑暗中又看不出她的脸色。

绫卿道："女孩子们急于结婚，大半是因为家庭环境不好，愿意远走高飞。我……如果你到我家里来过，你就知道了。我是给迫急了……"

小寒道："真的？你母亲，你嫂嫂——"

绫卿道："都是好人，但是她们是寡妇，没有人，没有钱，又没有受过教育。我呢，至少我有个前途。她们恨我哪，虽然她们并不知道。"

小寒又道："真的？真有这样的事？"

绫卿笑道："谁都像你呢，有这么一个美满的家庭！"

小寒道："我自己也承认，像我这样的家庭，的确是少有的。"

她们走完了末一层楼。绫卿道："你还得独自爬上楼去？"

小寒道："不，我叫醒开电梯的。"

绫卿笑道："那还好。不然，你可仔细点，别在楼梯上自言自语的，泄漏了你的心事。"

小寒笑道："我有什么心事？"

两人分了手，小寒乘电梯上来，回到客室里，她父亲已经换了浴衣拖鞋，坐在沙发上看晚报。小寒也向沙发上一坐，人溜了下去，背心抵在坐垫上，腿伸得长长的，两手塞在袴袋里。

峰仪道："你今天吃了酒？"小寒点点头，峰仪笑道："女孩子们聚餐，居然喝得醉醺醺的，成何体统？"

小寒道："不然也不至于喝得太多——等你不来，闷得慌。"

峰仪道："我早告诉过你了，我今天有事。"

小寒道："我早告诉过你了，你非来不可。人家一辈子只过一次二十岁的生日！"

峰仪握着她的手，微笑向她注视着道："二十岁了。"沉默了一会，他又道："二十年了……你生下来的时候，算命的说是克母亲，本来打算把你过继给三舅母的，你母亲舍不得。"

小寒道："三舅母一直住在北方……"

峰仪点头笑道："真把你过继出去，我们不会有机会见面的。"

小寒道："我过二十岁生日，想必你总会来看我一次。"峰仪又点点头，两人都默然。半晌，小寒细声道："见了面，像外姓人似的……"如果那时候，她真是把她母亲克坏了……不，过继了出去，照说就不克了，然而……"然而"怎样？他究竟还是她的父亲，她究竟还是他的女儿，即使他没有妻，即使她姓了另外一个姓。他

125

们两人同时下意识地向沙发的两头移了一移,坐远了一点。两人都有点羞惭。

峰仪把报纸摺叠起来,放在膝盖上,人向背后一靠,缓缓的伸了个懒腰,无缘无故说道:"我老了。"

小寒又坐近了一点:"不,你累了。"

峰仪笑道:"我真的老了。你看,白头发。"

小寒道:"在哪儿?"峰仪低下头来,小寒寻了半日,寻到了一根,笑道:"我替你拔掉它。"

峰仪道:"别替我把一头头发全拔光了!"

小寒道:"哪儿就至于这么多?况且你头发这么厚,就拔个十根八根,也是九牛一毛。"

峰仪笑道:"好哇!你骂我!"

小寒也笑了,凑在他头发上闻了一闻,皱着眉道:"一股子雪茄味!谁抽的?"

峰仪道:"银行里的人。"

小寒轻轻用一只食指沿着他鼻子滑上滑下,道:"你可千万别抽上了,不然,就是个标准的摩登老太爷!"

峰仪拉住她的手笑,将她向这边拖了一拖,笑道:"我说,你对我用不着时时刻刻装出孩子气的模样,怪累的!"

小寒道:"你嫌我做作?"

峰仪道:"我知道你为什么愿意永远不长大。"

小寒突然扑簌簌落下两行眼泪,将脸埋在他肩膀上。

峰仪低声道:"你怕你长大了,我们就要生疏了,是不是?"

小寒不答,只伸过一条手臂去兜住他的颈子。峰仪道:"别哭。别哭。"

这时夜深人静,公寓里只有许家一家,厨房里还有哗啦啦放水洗碗的声音,是小寒做寿的余波。穿堂里一阵脚步响,峰仪道:"你母亲来了。"

他们两人仍旧维持着方才的姿势,一动也不动,许太太开门进来,微笑望了他们一望,自去整理椅垫子,擦去钢琴上茶碗的水渍,又把所有的烟灰都折在一个盘子里。许太太穿了一件桃灰细格子绸衫,很俊秀的一张脸,只是因为胖,有点走了样。眉心更有极深的两条皱纹。她问道:"谁吃烟来着?"

小寒并不回过脸来,只咳嗽了一声,把嗓子恢复原状,方才答道:"邝彩珠和那个顶大的余小姐。"

峰仪道:"这点大的女孩子就抽烟,我顶不赞成。你不吃罢?"

小寒道:"不。"

许太太笑道:"小寒说小也不小了,做父母的哪里管得了那么许多?二十岁的人了——"

小寒道:"妈又来了!照严格的外国计算法,我要到明年的今天才二十岁呢!"

峰仪笑道:"又犯了她的忌!"

许太太笑道:"好好好,算你十九岁,算你九岁也行!九岁的孩子,早该睡觉了。还不赶紧上床去!"

小寒道:"就来了。"

许太太又向峰仪道:"你的洗澡水预备好了。"

峰仪道:"就来了。"

许太太把花瓶送出去换水,顺手把烟灰碟子也带了出去。小寒抬起头来,仰面看了峰仪一看,又把脸伏在他身上。

峰仪推她道:"去睡罢!"

小寒只是不应。良久，峰仪笑道："已经睡着了？"硬把她的头扶了起来，见她泪痕未干，眼皮儿抬不起来，泪珠还是不断的滚下来。峰仪用手替她拭了一下，又道："去睡罢！"

小寒捧着脸站起身来，绕过沙发背后去，待要走，又弯下腰来，两只手扣住峰仪的喉咙，下颏搁在他头上。峰仪伸出两只手来，交叠按住她的手，又过了半晌，小寒方才去了。

第二天，给小寒祝寿的几个同学，又是原班人马，去接小寒一同去参观毕业典礼。龚海立是本年度毕业生中的佼佼者，拿到了医科成绩最优奖，在课外活动中他尤其出过风头，因此极为女学生们注意。小寒深知他倾心于自己，只怪她平时对于她的追求者，态度过于决裂，他是个爱面子的人，惟恐讨个没趣，所以迟迟的没有表示。这一天下午，在欢送毕业生的茶会里，小寒故意走到龚海立跟前，伸出一只手来，握了他一下，笑道："恭喜！"

海立道："谢谢你。"

小寒道："今儿你是双喜呀！听说你跟波兰……订婚了，是不是？"

海立道："什么？谁说的？"

小寒拨转身来就走，仿佛是忍住两泡眼泪，不让他瞧见似的。海立呆了一呆，回过味来，赶了上去，她早钻到人丛中，一混就不见了。

她种下了这个根，静等着事情进一步发展。果然一切都不出她所料。

第二天，她父亲办公回来了，又是坐在沙发上看报，她坐在一旁，有意无意的说道："你知道那龚海立？"

她父亲弹着额角道："我知道——他父亲是龚某人——名字一

时记不起来了。"

小寒微笑道："大家都以为他要跟余公使的大女儿订婚了。昨天我不该跟他开玩笑，贺了他一声，谁知他就急疯了，找我理论，我恰巧走开了。当着许多人，他抓住了波兰的妹妹，问这谣言是谁造的。亏得波兰脾气好，不然早同他翻了脸了！米兰孩子气，在旁边说：'我姐姐没着急，倒要你跳得三丈高！'他就说：'别的不要紧，这话不能吹到小寒耳朵里去！'大家觉得他这话稀奇，迫着问他。他瞒不住了，老实吐了出来。这会子嚷嚷得谁都知道了。我再也想不到，他原来背地里爱着我！"

峰仪笑道："那他可就倒霉了！"

小寒斜睨了他一眼道："你怎见得他一定是没有希望？"

峰仪笑道："你若喜欢他，你也不会把这些事源源本本告诉我了。"

小寒低头一笑，捏住一绺子垂在面前的鬓发，编起小辫子来，编了又拆，拆了又编。

峰仪道："来一个丢一个，那似乎是你的一贯政策。"

小寒道："你就说得我那么狠。这一次我很觉得那个人可怜。"

峰仪笑道："那就有点危险性质。可怜是近于可爱呀！"

小寒道："男人对于女人的怜悯，也许是近于爱。一个女人决不会爱上一个她认为楚楚可怜的男人。女人对于男人的爱，总得带点崇拜性。"

峰仪这时候，却不能继续看他的报了，放下了报纸向她半皱着眉毛一笑，一半是喜悦，一半是窘。

隔了一会，他又问她道："你可怜那姓龚的，你打算怎样？"

小寒道："我替他做媒，把绫卿介绍给他。"

峰仪道："哦！为什么单拣中绫卿呢？"

小寒道："你说过的，她像我。"

峰仪笑道："你记性真好！……那你不觉得委屈了绫卿么？你把人家的心弄碎了，你要她去拾破烂，一小片一小片耐心的给拼起来，像孩子们玩拼图游戏似的——也许拼个十年八年也拼不全。"

小寒道："绫卿不是傻子。龚海立有家产，又有作为，刚毕业就找到了很好的事。人虽说不漂亮，也很拿得出去，只怕将来羡慕绫卿的人多着呢！"

峰仪不语。过了半日，方笑道："我还是说：'可怜的绫卿！'"

小寒睇着他道："可是你自己说的：可怜是近于可爱！"

峰仪笑了一笑，又拿起他的报纸来，一面看，一面闲闲的道："那龚海立，人一定是不错，连你都把他夸得一枝花似的！"小寒瞪了他一眼，他只做没看见，继续说下去道："你把这些话告诉我，我知道你有你的用意。"

小寒低声道："我不过要你知道我的心。"

峰仪道："我早已知道了。"

小寒道："可是你会忘记的，如果不常常提醒你。男人就是这样！"

峰仪道："我的记性不至于坏到这个田地罢？"

小寒道："不是这么说。"她牵着他的袖子，试着把手伸进袖口里去，幽幽的道："我是一生一世不打算离开你的。有一天我老了，人家都要说：她为什么不结婚？她根本没有过结婚的机会！没有人爱过她！谁都这样想——也许连你也这样想。我不能不防到这一天，所以我要你记得这一切。"

峰仪郑重地掉过身来，面对面注视着她，道："小寒，我常常使你操心么？我使你痛苦么？"

小寒道："不，我非常快乐。"

峰仪嘘了一口气道："那么，至少我们三个人之中，有一个是快乐的！"

小寒嗔道："你不快乐？"

峰仪道："我但凡有点人心，我怎么能快乐呢！我眼看着你白耽搁了自己。你牺牲了自己，于我又有什么好处？"

小寒只是瞪大了眼睛望着他。他似乎是转念一想，又道："当然哪，你给了我精神上的安慰！"他嘿嘿的笑了几声。

小寒锐声道："你别这么笑，我听了，浑身的肉都紧了一紧！"她站起身来，走到阳台上去，将背靠在玻璃门上。

峰仪忽然软化了，他跟到门口去，可是两个人一个在屋子里面，一个在屋子外面。他把一只手按在玻璃门上，垂着头站着，简直不像一个在社会上混了多年的有权力有把握的人。他嗫嚅说道："小寒，我们不能这样下去了。我……我们得想个办法，我打算把你送到你三舅母那儿去住些时……"

小寒背向着他，咬着牙微笑道："你当初没把我过继给三舅母，现在可太晚了……你呢？你有什么新生活的计画？"

峰仪道："我们也许到莫干山去过夏天。"

小寒道："'我们'？你跟妈？"

峰仪不语。

小寒道："你要是爱她，我在这儿你也一样的爱她，你要是不爱她，把我充军到西伯利亚去你也还是不爱她。"

隔着玻璃，峰仪的手按在小寒的胳膊上——象牙黄的圆圆的手臂，袍子是幻丽的花洋纱，朱漆似的红底子，上面印着青头白脸的孩子，无数的孩子在他的指头缝里蠕动。小寒——那可爱的大孩子，有着丰泽的，象牙黄的肉体的大孩子……峰仪猛力掣回他的手，仿佛给火烫了一下，脸色都变了，掉过身去，不看她。

天渐渐暗了下来，阳台上还有点光，屋子里可完全黑了。他们背对着背说话。小寒道："她老了，你还年轻——这能够怪在我身上？"

峰仪低声道："没有你在这儿比着她，处处显得她不如你，她不会老得这么快。"

小寒扭过身来，望着他笑道："嚇！你这话太不近情理了。她憔悴了，我使她显得憔悴，她就更憔悴了。这未免有点不合逻辑。我也懒得跟你辩了。反正你今天是生了我的气，怪我就怪我罢！"

峰仪斜签在沙发背上，两手插在袴袋里，改用了平静的，疲倦的声音说道："我不怪你。我谁也不怪，只怪我自己太糊涂了。"

小寒道："听你这口气，仿佛你只怨自己上了我的当似的！仿佛我有意和母亲过不去，离间了你们的爱！"

峰仪道："我并没有说过这句话。事情是怎样开头的，我并不知道。七八年了——你才那么一点高的时候……不知不觉的……"

啊，七八年前……那是最可留恋的时候，父母之爱的黄金时期，没有猜忌，没有试探，没有嫌疑……小寒叉着两手搁在胸口，缓缓走到阳台边上。沿着铁阑干，编着一带短短的竹篱笆，木槽里种了青藤，爬在篱笆上，开着淡白的小花。夏季的黄昏，充满了回忆。

峰仪跟了出来，静静的道："小寒，我决定了。你不走开，我走开。我带了你母亲走。"

小寒道："要走我跟你们一同走。"

他不答。

她把手插到阴凉的绿叶子里去，捧着一球细碎的花，用明快的，唱歌似的调子，笑道："你早该明白了，爸爸——"她嘴里的这一声"爸爸"满含着轻亵与侮辱，"我不放弃你，你是不会放弃我的！"

篱上的藤努力往上爬，满心只想越过篱笆去，那边还有一个新的宽敞的世界。谁想到这不是寻常的院落，这是八层楼上的阳台。过了篱笆，什么也没有，空荡荡的，空得令人眩晕。她爸爸就是这条藤，他躲开了她又怎样？他对于她母亲的感情，早完了，一点也不剩。至于别的女人……她爸爸不是那样的人！

她回过头去看看，峰仪回到屋子里去了，屋子里黑洞洞的。

可怜的人！为了龚海立，他今天真有点不乐意呢！他后来那些不愉快的话，无疑地，都是龚海立给招出来的！小寒决定采取高压手腕给龚海立与段绫卿做媒，免得她爸爸疑心她。

事情进行得非常顺利。龚海立发觉他那天错会了她的意思，正在深自忏悔，只恨他自己神经过敏，太冒失了。对于小寒他不但没有反感，反而爱中生敬，小寒说一是一，说二是二。她告诉他，他可以从绫卿那里得到安慰，他果然就觉得绫卿和她有七八分相像。绫卿那一方面自然是不成问题的，连她那脾气疙瘩的母亲与嫂子都对于这一头亲事感到几分热心。海立在上海就职未久，他父亲又给他在汉口一个著名的医院里谋到了副主任的位置，一两个月内就要离开上海。他父母不放心他单身出门，逼着他结了婚再动身。海立与绫卿二人，一个要娶，一个要嫁，在极短的时间里，已经到了相当的程度了。小寒这是生平第一次为人拉拢，想不到第一炮就这么的响，自然是很得意。

这一天傍晚，波兰打电话来。小寒明知波兰为了龚海立的事对她存了很深的芥蒂。波兰那一方面，自然是有点误会，觉得小寒玩弄了龚海立，又丢了他。破坏了波兰与他的友谊不算，另外又介绍了一个绫卿给他，也难怪波兰生气。波兰与小寒好久没来往过了，两人在电话上却是格外的亲热。寒暄之下，波兰问道："你近来看见过绫卿没有？"

小寒笑道："她成天忙着应酬她的那一位，哪儿腾得出时间来敷衍我们呀？"

波兰笑道："我前天买东西碰见了她，也是在国泰看电影。"

小寒笑道："怎么叫'也'是？"

波兰笑道："可真巧，你记得，你告诉过我们，你同你父亲去看电影，也是在国泰，人家以为他是你男朋友——"

小寒道："绫卿——她没有父亲——"

波兰笑道："陪着她的，不是她的父亲，是你的父亲。"波兰听那边半晌没有声音，便叫道："喂！喂！"

小寒那边也叫道："喂！喂！怎么电话绕了线？你刚才说什么来着？"

波兰笑道："没说什么。你饭吃过了么？"

小寒道："菜刚刚放在桌上。"

波兰道："那我不耽搁你了，再会罢！有空打电话给我，别忘了！"

小寒道："一定！一定！你来玩啊！再见！"她刚把电话挂上，又朗朗响了起来。小寒摘下耳机来一听，原来是她爸爸。他匆匆的道："小寒么？叫你母亲来听电话。"

小寒待要和他说话，又咽了下去，向旁边的老妈子道："太太的电话。"自己放下耳机，捧了一本书，坐在一旁。

许太太挟一卷桃花枕套进来了，一面走，一面低着头把针插在大襟上。她拿起了听筒："喂……噢……唔，唔……晓得了。"便挂断了。

小寒抬起头来道："他不回来吃饭？"

许太太道："不回来。"

小寒笑道："这一个礼拜里，倒有五天不在家里吃饭。"

许太太笑道："你倒记得这么清楚！"

小寒笑道："爸爸渐渐的学坏了！妈，你也不管管他！"

许太太微笑道："在外面做事的人，谁没有一点应酬！"她从身上摘掉一点线头儿，向老妈子道："开饭罢！就是我跟小姐两个人。中上的那荷叶粉蒸肉，用不着给老爷留着了，你们吃了它罢！我们两个人都嫌腻。"

小寒当场没再说下去，以后一有了机会，她总是劝她母亲注意她父亲的行踪。许太太只是一味的不闻不问。有一天，小寒实在忍不住了，向许太太道："妈，你不趁早放出两句话来，等他的心完全野了，你要干涉就太迟了！你看他这两天，家里简直没有看见他的人。难得在家的时候，连脾气都变了。你看他今儿早上，对您都是粗声大气的……"

许太太叹息道："那算得了什么？比这个难忍的，我也忍了这些年了。"

小寒道："这些年？爸爸从来没有这么荒唐过。"

许太太道："他并没有荒唐过，可是……一家有一家的难处。我要是像你们新派人脾气，跟他来一个钉头碰铁头，只怕你早就没有这个家了！"

小寒道："他如果外头有了女人，我们还保得住这个家么？保全了家，也不能保全家庭的快乐！我看这情形，他外头一定有了人。"

许太太道："女孩子家，少管这些事罢！你又懂得些什么？"

小寒赌气到自己屋里去了，偏偏仆人又来报说有一位龚先生来看她。小寒心里扑通扑通跳着，对着镜子草草用手拢了一拢头发，就出来了。

那龚海立是茁壮身材，低低的额角，黄黄的脸，鼻直口方，虽然年纪很轻，却带着过度的严肃气氛，背着手在客室里来回的走。见了小寒，便道："许小姐，我是给您辞行来的。"

小寒道："你——这么快就要走了？你一个人走？"

海立道："是的。"

小寒道："绫卿……"

海立向她看了一眼，又向阳台上看了一眼。小寒见她母亲在凉棚底下捉花草上的小虫，便掉转口气来，淡淡的谈了几句。海立起身道辞。小寒道："我跟你一块儿下去。我要去买点花。"

在电梯上，海立始终没开过口。到了街上，他推着脚踏车慢慢的走，车夫在他们两人之间。小寒心慌意乱的，路也不会走了，不住的把脚绊到车上。强烈的初秋的太阳晒在青浩浩的长街上。已经是下午五点钟了。一座座白色的，糙黄的住宅，在蒸笼里蒸了一天，像馒头似的胀大了一些。什么都胀大了——车辆、行人、邮筒、自来水筒……街上显得异常的拥挤。小寒躲开了肥胖的绿色邮筒，躲开了红衣的胖大的俄国妇人，躲开了一辆硕大无朋的小孩子的卧车，头一阵阵的晕。

海立自言自语似的说："你原来不知道。"

小寒舔了一舔嘴唇道："不知道。……你跟绫卿闹翻了么？"

海立道："闹翻倒没有闹翻。昨天我们还见面来着。她很坦白的告诉我，她爱你的父亲。他们现在正忙着找房子。"

小寒把两只手沉重地按在脚踏车的扶手上，车停了，他们俩就站定了。小寒道："她发了疯了！这……这不行的！你得拦阻她。"

海立道："我没有这个权利，因为我所给她的爱，是不完全的。她也知道。"

他这话音里的暗示，似乎是白费了。小寒简直没听见，只顾说她的："你得拦阻她！她疯了。可怜的绫卿，她还小呢，她才跟我同年！她不懂这多么危险。她跟了我父亲，在法律上一点地位也没有，一点保障也没有……谁都看不起她！"

海立道："我不是没劝过她，社会上像她这样的女人太多了，为了眼前的金钱的诱惑——"

小寒突然叫道："那倒不见得！我爸爸喜欢谁，就可以得到谁，倒用不着金钱的诱惑！"

海立想不到这句话又得罪了她，招得她如此激烈地袒护她爸爸。他被她堵得紫胀了脸道："我……我并不是指着你父亲说的。他们也许是纯粹的爱情的结合。唯其因为这一点，我更没有权利干涉他们了，只有你母亲可以站出来说话。"

小寒道："我母亲不行，她太软弱了。海立，你行，你有这个权利，绫卿不过是一时的糊涂，她实在是爱你的。"

海立道："但是那只是顶浮泛的爱。她自己告诉过我，这一点爱，别的不够，结婚也许够了。许多号称恋爱结婚的男女，也不过如此罢了。"

小寒迅速地，滔滔不绝地说道："你信她的！我告诉你！绫卿骨子里是老实人，可是她有时候故意发惊人的论调，她以为是时髦呢。我认识她多年了。我知道她。她爱你的！她爱你的！"

海立道："可是……我对她……也不过如此。小寒，对于你，我一直是……"

小寒垂下头去，看着脚踏车上的铃。海立不知不觉伸过手去掩住了铃上的太阳光，小寒便抬起眼来，望到他眼睛里去。

海立道："我怕你，我一直没敢对你说，因为你是我所见到的最天真的女孩子，最纯洁的。"

小寒微笑道："是吗？"

海立道："还有一层，你的家庭太幸福，太合乎理想了。我纵使把我的生命里最好的一切献给你，恐怕也不能够使你满意。现在，你爸爸这么一来……我知道我太自私了，可是我不由得替我自己高兴，也许你愿意离开你的家……"

小寒伸出一只手去抓住他的手。她的手心里满是汗，头发里也是汗，连嗓子里都仿佛是汗，水汪汪的堵住了。眼睛里一阵烫，满脸都湿了。她说："你太好了！你待我太好了！"

海立道："光是好，有什么用？你还是不喜欢我！"

小寒道："不，不，我……我真的……"

海立还有点疑疑惑惑的道："你真的……"

小寒点点头。

海立道："那么……"

小寒又点点头。她抬起手擦眼泪，道："你暂时离开了我罢。我……我不知道为什么，你如果在我跟前，我忍不住要哭……街上……不行……"

海立忙道："我送你回去。"

小寒哆嗦道："不……不……你快走！我这就要……管不住我自己了！"

海立连忙跨上自行车走了。小寒竭力捺住了自己，回到公寓里来，恰巧误了电梯，眼看着它冉冉上升。小寒重重的揿铃，电梯又下来了。门一开，她倒退了一步，里面的乘客原来是她父亲！她木木地走进电梯，在黯黄的灯光下，她看不见他脸上有任何表情。这些天了，他老是躲着她，不给她一个机会与他单独谈话。她不能错过了这一刹那，二楼……三楼……四楼。她低低的向他道："爸爸，我跟龚海立订婚了。"

他的回答也是顶低顶低的，仅仅是嘴唇的翕动，他们从前常常在人丛中用这种方式进行他们的秘密谈话。他道："你不爱他。你再仔细想想。"

小寒道："我爱他。我一直瞒着人爱着他。"

峰仪道："你再考虑一下。"

八楼。开电梯的哗喇喇拉开了铁栅栏，峰仪很快的走了出去，掏出钥匙来开门。小寒赶上去，急促地道："我早考虑过了。我需要一点健康的，正常的爱。"

峰仪淡淡的道："我是极其赞成健康的，正常的爱。"一面说，一面走了进去，穿过客堂，往他的书房里去了。

小寒站在门口，楞了一会，也走进客室里来。阳台上还晒着半边太阳，她母亲还蹲在凉棚底下修剪盆景。小寒三脚两步奔到阳台上，豁朗一声，把那绿磁花盆踢到水沟里去。许太太吃了一惊，扎煞着两手望着她，还没说出话来，小寒顺着这一踢的势子，倒在竹篱笆上，待要哭，却哭不出来，脸挣得通红，只是干咽气。

许太太站起身来，大怒道："你这算什么？"

小寒回过一口气来，咬牙道："你好！你纵容得他们好！爸爸跟段绫卿同居了，你知道不知道？"

许太太道："我知道不知道，干你什么事？我不管，轮得着你来管？"

小寒把两手反剪在背后，颤声道："你别得意！别以为你帮着他们来欺负我，你就报了仇——"

许太太听了这话，脸也变了，刷的打了她一个嘴巴子，骂道："你胡说些什么？你犯了失心疯了？你这是对你母亲说话么？"

小寒挨了打，心地却清楚了一些，只是嘴唇还是雪白的，上牙忔楞楞打着下牙。她是有生以来第一次看见她母亲这样发脾气，因此一时也想不到抗拒。两手捧住腮颊，闭了一会眼睛，再一看，母亲不在阳台上，也不在客室里。她走进屋里去，想到书房里去见她父亲，又没有勇气。她知道他还在里面，因为有人在隔壁窸窸窣窣翻抽斗，清理文件。

她正在犹疑，她父亲提了一只皮包从书房里走了出来。小寒很快的抢先跑到门前，把背抵在门上。峰仪便站住了脚。

小寒望着他。都是为了他，她受了这许多委屈！她不由得滚下泪来。在他们之间，隔着地板，隔着柠檬黄与珠灰方格子的地席，隔着睡熟的狸花猫、痰盂、小撮的烟灰、零乱的早上的报纸……她的粉碎了的家！……短短的距离，然而满地似乎都是玻璃屑，尖利的玻璃片，她不能够奔过去。她不能够近他的身。

她说："你以为绫卿真的爱上了你？她告诉我过的，她是'人尽可夫'！"

峰仪笑了，像是感到了兴趣，把皮包放在沙发上道："哦，是吗？她有过这话？"

小寒道："她说她急于结婚，因为她不能够忍受家庭的痛苦。她嫁人的目的不过是换个环境，碰到谁就是谁！"

峰仪道："但是她现在碰到了我！"

小寒道："她先遇见了龚海立，后遇见了你。你比他有钱，有地位——"

峰仪道："但是我有妻子！她不爱我到很深的程度，她肯不顾一切地跟我么？她敢冒这个险么？"

小寒道："啊，原来你自己也知道你多么对不起绫卿！你不打算娶她。你爱她，你不能害了她！"

峰仪笑道："你放心。现在的社会上的一般人不像从前那么严格了。绫卿不会怎样吃苦的。你刚刚说过：我有钱，我有地位。你如果为绫卿担忧的话，大可以不必了！"

小寒道："我才不为她担忧呢！她是多么有手段的人！我认识她多年了，我知道她，你别以为她是个天真的女孩子！"

峰仪微笑道："也许她不是一个天真的女孩子。天下的天真的女孩子，大约都跟你差不多罢！"

小寒跳脚道："我有什么不好？我犯了什么法？我不该爱我父亲，可是我是纯洁的！"

峰仪道："我没说你不纯洁呀！"

小寒哭道："你看不起我，因为我爱你！你哪里有点人心哪——你是个禽兽！你——你看不起我！"

她扑到他身上去，打他，用指甲抓他。峰仪捉住她的手，把她摔到地上去。她在挣扎中，尖尖的长指甲划过了她自己的腮，血往下直淌。穿堂里一阵细碎的脚步声。峰仪沙声道："你母亲来了。"

小寒在迎面的落地大镜中瞥见了她自己，失声叫道："我的脸！"她脸上又红又肿，泪痕狼藉，再加上鲜明的血迹。

峰仪道："快点！"他把她从地上曳过这边来，使她伏在他膝盖上，遮没了她的面庞。

许太太推门进来，问峰仪道："你今儿回家吃饭么？"

峰仪道："我正要告诉你呢。我有点事要上天津去一趟，耽搁多少时候却说不定。"

许太太道："噢。几时动身？"

峰仪道："今儿晚上就走。我说，我不在这儿的时候，你有什么事，可以找行里的李慕仁，或是我的书记。"

许太太道："知道了。我去给你打点行李去。"

峰仪道："你别费事了，让张妈她们动手好了。"

许太太道："别的没有什么，最要紧的就是医生给你配的那些药，左一样，右一样，以后没人按时弄给你吃，只怕你自己未必记得。我还得把药方子跟服法一样一样交代给你。整理好了，你不能不过一过目。"

峰仪道："我就来了。"

许太太出去之后，小寒把脸揿在她父亲腿上，虽然极力抑制着，依旧肩膀微微耸动着，在那里静静的啜泣。峰仪把她的头搬到沙发上，站起身来，抹了一抹裤子上的绉纹，提起皮包，就走了出去。

小寒伏在沙发上，许久许久，忽然跳起身来，炉台上的钟指着七点半。她决定去找绫卿的母亲。这是她最后的一着。绫卿曾告诉过她，段老太太是怎样的一个人——糊涂而又暴躁，固执起来非常的固执。既然绫卿的嫂子能够支配这老太太，未见得小寒不能够支配她！她十有八九没有知道绫卿最近的行动。知道了，她决不会答应的。绫卿虽然看穿了她的为人，母女的感情很深。她的话一定有相当的力量。

小寒匆匆的找到她的皮夹子，一刻也不耽搁，就出门去了。她父亲想必早离开了家。母亲大约在厨房里，满屋子鸦雀无声，只隐隐听见厨房里油锅的爆炸。

小寒赶上了一部公共汽车。绫卿的家，远虽不远，却是落荒的地方。小寒在暮色苍茫中一家一家挨次看过，认门牌认了半天，好容易寻着了。是一座阴惨惨的灰泥住宅，洋铁水管上生满了青黯的霉苔。只有一扇窗里露出灯光，灯上罩着破报纸，仿佛屋里有病人似的。小寒到了这里，却踌躇起来，把要说的话，在心上盘算了又盘算。天黑了，忽然下起雨来。那雨势来得猛，哗哗泼到地上，地上起了一层白烟。小寒回头一看，雨打了她一脸，淋得她透不过气来。她掏出手绢子来擦干了一只手，举手揿铃。揿不了一会，手又是湿淋淋的。她怕触电，只得重新揩干了手，再揿。铃想必坏了，没有人来开门。小寒正待敲门，段家的门口来了一辆黄包车。一个妇人跨出车来，车上的一盏灯照亮了她那桃灰细格子绸衫的稀湿的下角。小寒一呆，看清了这是她母亲，正待闪过一边去，却来不及了。

她母亲慌慌张张迎上前来，一把拉住了她道："你还不跟我来！你爸爸——在医院里——"

小寒道："怎么？汽车出了事？还是——"

她母亲点了点头，向黄包车夫道："再给我们叫一部。"

不料这地方偏僻，又值这倾盆大雨，竟没有第二部黄包车。车夫道："将就点，两个人坐一部罢。"

许太太与小寒只得钻进车去。兜起了油布的篷。小寒道："到底是怎么一回事？爸爸怎么了？"

许太太道:"我从窗户里看见你上了公共汽车。连忙赶了下来,跳上了一部黄包车,就追了上来。"

小寒道:"爸爸怎么会到医院里去的?"

许太太道:"他好好在那里。我不过是要你回来,哄你的。"

小寒听了这话,心头火起,攀开了油布就要往下跳,许太太扯住了她,喝道:"你又发疯了?趁早给我安静点!"

小寒闹了一天,到了这个时候,业已筋疲力尽,竟扭不过她母亲。雨下得越发火炽了,啪啊啦溅在油布上。油布外面是一片滔滔的白,油布里面是黑沉沉的。视觉的世界早已消灭了,留下的仅仅是嗅觉的世界——雨的气味,打潮了的灰土的气味,油布的气味,油布上的泥垢的气味,水滴滴的头发的气味。她的腿紧紧压在她母亲的腿上——自己的骨肉!她突然感到一阵强烈的厌恶与恐怖。怕谁?恨谁?她母亲?她自己?她们只是爱着同一个男子的两个女人。她憎嫌她自己的肌肉与那紧紧挤着她的,温暖的,他人的肌肉。呵,她自己的母亲!

她痛苦地叫唤道:"妈,你早也不管管我!你早在那儿干什么?"

许太太低声道:"我一直不知道……我有点知道,可是我不敢相信——一直到今天,你逼着我相信……"

小寒道:"你早不管!你——你装着不知道!"

许太太道:"你叫我怎么能够相信呢?——总拿你当个小孩子!有时候我也疑心。过后我总怪我自己小心眼儿,'门缝里瞧人,把人都瞧扁了'。我不许我自己那么想,可是我还是一样的难受。有些事,多半你早忘了:我三十岁以后,偶然穿件美丽点的衣裳,或是对他稍微露一点感情,你就笑我。……他也跟着笑……我怎么能恨你呢?你不过是一个天真的孩子!"

小寒剧烈地颤抖了一下，连她母亲也感到那震动。她母亲也打了个寒战，沉默了一会，朗声道："现在我才知道你是有意的。"

小寒哭了起来。她犯了罪，她将她父母之间的爱慢慢吞吞的杀死了，一块一块割碎了——爱的凌迟！雨从帘幕下面横扫进来，大点大点寒飕飕落在腿上。

许太太的声音空而远。她说："过去的事早已过去了。好在现在只剩了我们两个人了。"

小寒急道："你难道就让他们去？"

许太太道："不让他们去，又怎么样？你爸爸不爱我，又不能够爱你——留得住他的人，留不住他的心。他爱绫卿。他眼见得就要四十了，人活在世上，不过短短的几年。爱，也不过短短的几年。由他们去罢！"

小寒道："可是你——你预备怎么样？"

许太太叹了口气道："我么？我一向就是不要紧的人，现在也还是不要紧。要紧的倒是你——你年纪轻着呢。"

小寒哭道："我只想死！我死了倒干净！"

许太太道："你怪我没早管你，现在我虽然迟了一步，有一分力，总得出一分力。你明天就动身，到你三舅母那儿去。"

小寒听见"三舅母"那三个字，就觉得肩膀向上一耸一耸的，煞不住要狂笑。把她过继出去？

许太太又道："那不过是暂时的事。你在北方住几个月，定下心来，仔细想想。你要到哪儿去继续念书，或是找事，或是结婚，你计画好了，写信告诉我。我再替你布置一切。"

小寒道："我跟龚海立订了婚了。"

许太太道："什么，你就少胡闹罢！你又不爱他，你惹他做什么？"

小寒道："有了爱的婚姻往往是痛苦的。你自己知道。"

许太太道："那也不能一概而论。你的脾气这么坏，你要是嫁个你所不爱的人，你会给他好日子过？你害苦了他，也就害苦了你自己。"

小寒垂头不语。许太太道："明天，你去你的。这件事你丢给我好了。我会对他解释的。"

小寒不答。隔着衣服，许太太觉得她身上一阵一阵细微的颤栗，便问道："怎么了？"

小寒道："你——你别对我这么好呀！我受不了！我受不了！"

许太太不言语了。车里静悄悄的，每隔几分钟可以听到小寒一声较高的呜咽。

车到了家。许太太吩咐女佣道："让小姐洗了澡，喝杯热牛奶，赶紧上床睡罢！明天她还要出远门呢。"

小寒在床上哭了一会，又迷糊一会。半夜里醒了过来，只见屋里点着灯，许太太蹲在地上替她整理衣箱，雨还淅淅地下着。

小寒在枕上撑起胳膊，望着她。许太太并不理会，自顾自拿出几双袜子，每一双打开来看过了，没有洞，没有撕裂的地方，重新卷了起来，安插在一叠一叠的衣裳里。头发油、冷霜、雪花膏、漱盂，都用毛巾包了起来。小寒爬下床来，跪在箱子的一旁，看着她做事。看了半日，突然弯下腰来，把额角抵在箱子的边沿上，一动也不动。

许太太把手搁在她头发上，迟钝地说道："你放心。等你回来的时候，我一定还在这儿……"

小寒伸出手臂来，攀住她母亲的脖子，哭了。

许太太断断续续的道："你放心……我……我自己会保重的……等你回来的时候……"

一九四三年七月

*初载一九四三年八月、九月上海《万象》第三年第二期、第三期，收入《传奇》。

封　锁

　　开电车的人开电车。在大太阳底下，电车轨道像两条光莹莹的，水里钻出来的曲蟮，抽长了，又缩短了；抽长了，又缩短了，就这么样往前移——柔滑的，老长老长的曲蟮，没有完，没有完……开电车的人眼睛钉住了这两条蠕蠕的车轨，然而他不发疯。

　　如果不碰到封锁，电车的进行是永远不会断的。封锁了。摇铃了。"叮玲玲玲玲玲，"每一个"玲"字是冷冷的一小点，一点一点连成一条虚线，切断了时间与空间。

　　电车停了，马路上的人却开始奔跑，在街的左面的人们奔到街的右面，在右面的人们奔到左面。商店一律的沙啦啦拉上铁门。女太太们发狂一般扯动铁栅栏，叫道："让我们进来一会儿！我这儿有孩子哪，有年纪大的人！"然而门还是关得紧腾腾的。铁门里的人和铁门外的人眼睁睁对看着，互相惧怕着。

　　电车里的人相当镇静。他们有座位可坐，虽然设备简陋一点，和多数乘客的家里的情形比较起来，还是略胜一筹。街上渐渐的也安静下来，并不是绝对的寂静，但是人声逐渐渺茫，像睡梦里所听到的芦花枕头里的窸窣声。这庞大的城市在阳光里盹着了，重重的把头搁在人们的肩上，口涎顺着人们的衣服缓缓流下去，不能想像的巨大的重量压住了每一个人。上海似乎从来没有这么静过——大白天里！一个乞丐趁着鸦雀无声的时候，提高了喉咙唱将起来："阿有老爷太太先生小姐做做好事救救我可怜人哇？阿有老爷太太……"然而他不久就停了下来，被这不经见的沉寂吓噤住了。

还有一个较有勇气的山东乞丐，毅然打破了这静默。他的嗓子浑圆嘹亮："可怜啊可怜！一个人啊没钱！"悠久的歌，从一个世纪唱到下一个世纪。音乐性的节奏传染上了开电车的，开电车的也是山东人。他长长的叹了一口气，抱着胳膊，向车门上一靠，跟着唱了起来："可怜啊可怜！一个人啊没钱！"

电车里，一部份的乘客下去了。剩下的一群中，零零落落也有人说句把话。靠近门口的几个公事房里回来的人继续谈讲下去。一个人撒喇一声抖开了扇子，下了结论道："总而言之，他别的毛病没有，就吃亏在不会做人。"另一个鼻子里哼了一声，冷笑道："说他不会做人，他对上头敷衍得挺好的呢！"

一对长得颇像兄妹的中年夫妇把手吊在皮圈上，双双站在电车的正中。她突然叫道："当心别把裤子弄脏了！"他吃了一惊，抬起他的手，手里拈着一包熏鱼。他小心翼翼使那油汪汪的纸口袋与他的西装裤子维持二寸远的距离。他太太兀自絮叨道："现在干洗是什么价钱？做一条裤子是什么价钱？"

坐在角落里的吕宗桢，华茂银行的会计师，看见了那熏鱼，就联想到他夫人托他在银行附近一家面食摊子上买的菠菜包子。女人就是这样！弯弯扭扭最难找的小胡同里买来的包子必定是价廉物美的！她一点也不为他着想——一个齐齐整整穿着西装戴着玳瑁边眼镜提着公事皮包的人，抱着报纸里的热腾腾的包子满街跑，实在是不像话！然而无论如何，假使这封锁延长下去，耽误了他的晚饭，至少这包子可以派用场。他看了看手表，才四点半。该是心理作用罢？他已经觉得饿了。他轻轻揭开报纸的一角，向里面张了一张。一个个雪白的，喷出淡淡的麻油气味。一部份的报纸黏住了包子，他谨慎地把报纸撕了下来，包子上印了铅字，字都是反的，像镜子里映出来的，然而他有这耐心，低下头去逐个认了出来："讣告……申请……华股动态……隆重登场候教……"都是得用的字眼儿，不知道为什么转载到包子上，就带点开玩笑性质。也许因为"吃"是太严重的一件事了，相形之下，其他的一切都成了笑话。吕宗桢看着也觉得不顺眼，可是他并没有笑，他是一个老实人。他从包子上的文章看到报纸上的文章，把半页旧报纸读完了，若是翻过来看，包子就得跌出来，只得罢了。他在这里看报，全车的人都学了样，有报的看报，没有报的看发票，看章程，看名片。任何印刷物都没有的人，就看街上的市招。他们不能不填满这可怕的空虚——不然，他们的脑子也许会活动起来。思想是痛苦的一件事。

只有吕宗桢对面坐着一个老头子，手心里骨碌碌骨碌碌搓着两只油光水滑的核桃，有板有眼的小动作代替了思想。他剃着光头，红黄皮色，满脸浮油。打着皱，整个的头像一个核桃。他的脑子就像核桃仁，甜的，滋润的，可是没有多大意思。

老头子右首坐着吴翠远，看上去像是一个教会派的少奶奶，但是还没有结婚。她穿着一件白洋纱旗袍，滚一道窄窄的蓝边——深蓝与白，很有点讣闻的风味。她携着一把蓝白格子小遮阳伞。头发梳成千篇一律的式样，惟恐唤起公众的注意。然而她实在没有过分触目的危险。她长得不难看，可是她那种美是一种模棱两可的，仿佛怕得罪了谁的美，脸上一切都是淡淡的，松弛的，没有轮廓。连她自己的母亲也形容不出她是长脸还是圆脸。

在家里她是一个好女儿，在学校里她是一个好学生。大学毕了业后，翠远就在母校服务，担任英文助教。她现在打算利用封锁的时间改改卷子。翻开了第一篇，是一个男生作的，大声疾呼抨击都市的罪恶，充满了正义感的愤怒，用不很合文法的，吃吃艾艾的句子，骂着："红嘴唇的卖淫妇……大世界……下等舞场与酒吧间。"翠远略略沉吟了一会，就找出红铅笔来批了一个"A"字。若在平时，批了也就批了，可是今天她有太多的考虑的时间，她不由得要质问自己，为什么她给了他这么好的分数？不问倒也罢了，一问，她竟胀红了脸。她突然明白了：因为这学生是胆敢这么毫无顾忌地对她说这些话的唯一的一个男子。

他拿她当作一个见多识广的人看待；他拿她当作一个男人，一个心腹。他看得起她。翠远在学校里老是觉得谁都看不起她——从校长起，教授、学生、校役……学生们尤其愤慨得厉害："申大越来越糟了！一天不如一天！用中国人教英文，照说，已经是不应当，何况是没有出过洋的中国人！"翠远在学校里受气，在家里也受气。吴家是一个新式的，带着宗教背景的模范家庭。家里竭力鼓励女儿用功读书，一步一步往上爬，爬到了顶儿尖儿上——一个二十几岁的女孩子在大学里教书！打破了女子职业的新纪录。然而家长渐渐对她失掉了兴趣，宁愿她当初在书本上马虎一点，匀出点时间来找一个有钱的女婿。

她是一个好女儿，好学生。她家里都是好人，天天洗澡，看报，听无线电向来不听申曲滑稽京戏什么的，而专听贝多芬、瓦格涅的交响乐，听不懂也要听。世界上的好人比真人多……翠远不快乐。

生命像《圣经》，从希伯来文译成希腊文，从希腊文译成拉丁文，从拉丁文译成英文，从英文译成国语。翠远读它的时候，国语又在她脑子里译成了上海话。那未免有点隔膜。

翠远搁下了那本卷子，双手捧着脸。太阳滚热的晒在她背脊上。

隔壁坐着个奶妈，怀里躺着小孩，孩子的脚底心紧紧抵在翠远的腿上。小小的老虎头红鞋包着柔软而坚硬的脚……这至少是真的。

电车里，一个医科学生拿出一本图画簿，孜孜修改一张人体骨骼的简图。其他的乘客以为他在那里速写他对面盹着的那个人。大家闲着没事干，一个一个聚拢来，三三两两，撑着腰，背着手，围绕着他，看他写生。拈着熏鱼的丈夫向他妻子低声道："我就看不惯现在兴的这种立体派，印象派！"他妻子附耳道："你的裤子！"

那医科学生细细填写每一根骨头、神经、筋络的名字。有一个公事房里回来的人将摺扇半掩着脸，悄悄向他的同事解释道："中国画的影响。现在的西洋画也时行题字了，倒真是'东风西渐'！"

吕宗桢没凑热闹，孤零零的坐在原处。他决定他是饿了。大家都走开了，他正好从容地吃他的菠菜包子。偏偏他一抬头，瞥见了三等车厢里有他一个亲戚，是他太太的姨表妹的儿子。他恨透了这董培芝。培芝是一个胸怀大志的清寒子弟，一心只想要个略具资产的小姐，作为上进的基础。吕宗桢的大女儿今年方才十三岁，已经被培芝看在眼里，心里打着如意算盘，脚步儿越发走得勤了。吕宗桢一眼望见了这年轻人，暗暗叫声不好，只怕培芝看见了他，要利用这绝好的机会向他进攻。若是在封锁期间和这董培芝困在一间屋子里，这情形一定是不堪设想！他匆匆收拾起公事皮包和包子，一阵风奔到对面一排座位上，坐了下来。现在他恰巧被隔壁的吴翠远挡住了,他表侄绝对不能够看见他。翠远回过头来,微微瞪了他一眼。糟了!这女人准是以为他无缘无故换了一个座位,不怀好意。他认得出那被调戏的女人的脸谱——脸板得纹丝不动,眼睛里没有笑意,嘴角也没有笑意,连鼻洼里都没有笑意,然而不知道什么地方有一点颤巍巍的微笑,随时可以散布开来。觉得自己是太可爱了的人,是煞不住要笑的。

该死,董培芝毕竟看见了他,向头等车厢走过来了,谦卑地,老远的就躬着腰,红喷喷的长长的面颊,含有僧尼气息的灰布长衫——一个吃苦耐劳,守身如玉的青年,最合理想的乘龙快婿。宗桢迅疾地决定将计就计,顺手推舟,伸出一只手臂来搁在翠远背后的窗台上,不声不响宣布了他的调情的计画。他知道他这么一来,并不能吓退了董培芝,因为培芝眼中的他素来是一个无恶不作的老年人。由培芝看来,过了三十岁的人都是老年人,老年人都是一肚子的坏。培芝今天亲眼看见他这样下流,少不得一五一十去报告给他太太听——气气他太太也好!谁叫她给他弄上这么一个表侄!气,活该气!

他不怎么喜欢身边这女人。她的手臂,白倒是白的,像挤出来的牙膏。她的整个的人像挤出来的牙膏,没有款式。

他向她低声笑道:"这封锁,几时完哪?真讨厌!"翠远吃了一惊,掉过头来,看见了他搁在她身后的那只胳膊,整个身子就僵了一僵。宗桢无论如何不能容许他自己抽回那只胳膊。他的表侄正在那里双眼灼灼望着他,脸上带着点会心的微笑。如果他夹忙里跟他表侄对一对眼光,也许那小子会怯怯地低下头去——处女风的窘态;也许那小子会向他挤一挤眼睛——谁知道?

他咬一咬牙,重新向翠远进攻。他道:"你也觉着闷罢?我们说两句话，总没有什么要紧！我们——我们谈谈！"他不由自主的，声音里带着哀恳的调子。翠远重新吃了一惊，又掉回头来看了他一眼。他现在记得了，他瞧见她上车的——非常戏剧化的一刹那，但是那戏剧效果是碰巧得到的呢，并不能归功于她。他低声道："你知道么？我看见你上车，车前头的玻璃上贴的广告，撕破了一块，从这破的地方我看见你的侧面，就只一点下巴。"是乃络维奶粉的广告，画着一个胖孩子，孩子的耳朵底下突然出现了这女人的下巴，仔细想起来是有点吓人的。"后来你低下头去从皮包里拿钱，我才看见你的眼睛、眉毛、头发。"拆开来一部份一部份的看，她未尝没有她的一种风韵。

翠远笑了，看不出这人倒也会花言巧语——以为他是个靠得住的生意人模样！她又看了他一眼。太阳红红地晒穿他鼻尖下的软骨。他搁在报纸上的那只手，从袖口里伸出来，黄色的，敏感的——一个真的人！不很诚实，也不很聪明，但是一个真的人！她突然觉得炽热、快乐，她背过脸去，细声道："这种话，少说些罢！"

宗桢道："嗯？"他早忘了他说了些什么。他眼睛钉着他表侄的背影——那知趣的青年觉得他在这儿是多余的，他不愿得罪了表叔，以后他们还要见面呢，大家都是快刀斩不断的好亲戚；他竟退回三等车厢去了。董培芝一走，宗桢立刻将他的手臂收回，谈吐也正经起来。他搭讪着望了一望她膝上摊着的练习簿，道："申光大学……您在申光读书？"

他以为她这么年轻？她还是一个学生？她笑了，没作声。

宗桢道："我是华济毕业的。华济。"她颈子上有一粒小小的棕色的痣，像指甲刻的印子。宗桢下意识地用右手捻了一捻左手的指甲，咳嗽了一声，接下去问道："您读的是哪一科？"

　　翠远注意到他的手臂不在那儿了，以为他态度的转变是由于她端凝的人格潜移默化所致。这么一想，倒不能不答话了，便道："文科。你呢？"宗桢道："商科。"他忽然觉得他们的对话，道学气太浓了一点，便道："当初在学校里的时候，忙着运动。出了学校，又忙着混饭吃。书，简直没念多少！"翠远道："你公事忙么？"宗桢道："忙得没头没脑。早上乘车上公事房去，下午又乘车回来，也不知道为什么去，为什么来！我对于我的工作一点也不感到兴趣。说是为了挣钱罢，也不知道是为谁挣的！"翠远道："谁都有点家累。"宗桢道："你不知道——我家里——咳，别提了！"翠远暗道："来了！他太太一点都不同情他！世上有了太太的男人，似乎都是急切需要别的女人的同情。"宗桢迟疑了一会，方才吞吞吐吐，万分为难地说道："我太太——一点都不同情我。"

　　翠远皱着眉毛望着他，表示充分了解。宗桢道："我简直不懂我为什么天天到了时候就回家去。回哪儿去？实际上我是无家可归的。"他褪下眼镜来，迎着亮，用手绢子拭去上面的水渍，道："咳，混着也就混下去了，不能想——就是不能想！"近视眼的人当众摘下眼镜子，翠远觉得有点秽亵，仿佛当众脱衣服似的，不成体统。宗桢继续说道："你——你不知道她是怎么样的一个女人！"翠远道："那么，你当初……"宗桢道："当初我也反对来着。她是我母亲给订下的。我自然是愿意让自己拣，可是……她从前非常的美……我那时又年轻……年轻的人，你知道……"翠远点点头。

　　宗桢道："她后来变成了这么样的一个人——连我母亲都跟她闹翻了，倒过来怪我不该娶了她！她——她那脾气——她连小学都没有毕业。"翠远不禁微笑道："你仿佛非常看重那一纸文凭！

其实，女子受教育也不过是那么一回事！"她不知道为什么说出这句话来，伤了她自己的心。宗桢道："当然哪，你可以在旁边说风凉话，因为你是受过高等教育的。你不知道她是怎么样的一个——"他顿住了口，上气不接下气，刚戴上了眼镜子，又褪下来擦镜片。翠远道："你说得太过分了一点罢？"宗桢手里捏着眼镜，艰难地做了一个手势道："你不知道她是——"翠远忙道："我知道，我知道。"她知道他们夫妇不和，决不能单怪他太太。他自己也是一个思想简单的人。他需要一个原谅他，包涵他的女人。

街上一阵乱，轰隆轰隆来了两辆卡车，载满了兵。翠远与宗桢同时探头出去张望；出其不意地，两人的面庞异常接近。在极短的距离内，任何人的脸部和寻常不同，像银幕上特写镜头一般的紧张。宗桢和翠远突然觉得他们俩还是第一次见面。在宗桢的眼中，她的脸像一朵淡淡几笔的白描牡丹花，额角上两三根吹乱的短发便是风中的花蕊。

他看着她，她红了脸。她一脸红，让他看见了，他显然是很愉快。她的脸就越发红了。

宗桢没有想到他能够使一个女人脸红，使她微笑，使她背过脸去，使她掉过头来。在这里，他是一个男子。平时，他是会计师，他是孩子的父亲，他是家长，他是车上的搭客，他是店里的主顾，他是市民。可是对于这个不知道他的底细的女人，他只是一个单纯的男子。

他们恋爱着了。他告诉她许多话，关于他们银行里，谁跟他最好，谁跟他面和心不和，家里怎样闹口舌，他的秘密的悲哀，他读书时代的志愿……无休无歇的话，可是她并不嫌烦。恋爱着的男子向来是喜欢说，恋爱着的女人破例地不大爱说话，因为下意识地她知道：男人彻底地懂得了一个女人之后，是不会爱她的。

宗桢断定了翠远是一个可爱的女人——白，稀薄，温热，像冬天里你自己嘴里呵出来的一口气。你不要她，她就悄悄的飘散了。她是你自己的一部份，她什么都懂，什么都宽宥你。你说真话，她为你心酸；你说假话，她微笑着，仿佛说："瞧你这张嘴！"

宗桢沉默了一会，忽然说道："我打算重新结婚。"翠远连忙做出惊慌的神气，叫道："你要离婚？那……恐怕不行罢？"宗桢道："我不能够离婚。我得顾全孩子们的幸福。我大女儿今年十三岁了，才考进了中学，成绩很不错。"翠远暗道："这跟当前的问题又有什么关系？"她冷冷的道："哦，你打算娶妾。"宗桢道："我预备将她当妻子看待。我——我会替她安排好的。我不会让她为难。"翠远道："可是，如果她是个好人家的女孩子，只怕她未见得肯罢？种种法律上的麻烦……"宗桢叹了口气道："是的，你这话对。我没有权利。我根本不该起这种念头……我年纪太大了。我已经三十五岁了。"翠远缓缓的道："其实，照现在的眼光来看，那倒也不算大。"宗桢默然，半晌方说道："你……几岁？"翠远低下头去道："二十五。"宗桢顿了一顿，又道："你是自由的么？"翠远不答。宗桢道："你不是自由的。即使你答应了，你家里人也不会答应的，是不是？……是不是？"

翠远抿紧了嘴唇。她家里的人——那些一尘不染的好人——她恨他们！他们哄够了她。他们要她找个有钱的女婿，宗桢没有钱而有太太——气气他们也好！气！活该气！

车上的人又渐渐多了起来，外面许是有了"封锁行将开放"的谣言，乘客一个一个上来，坐下，宗桢与翠远给他们挤得紧紧的，坐近一点，再坐近一点。

宗桢与翠远奇怪他们刚才怎么这样的糊涂，就想不到自动的坐近一点。宗桢觉得他太快乐了，不能不抗议。他用苦楚的声音向她说："不行！这不行！我不能让你牺牲了你的前程！你是上等人，你受过这样好的教育……我——我又没有多少钱，我不能坑了你的一生！"可不是，还是钱的问题。他的话有理。翠远想道："完了。"以后她多半会嫁人的，可是她的丈夫决不会像一个萍水相逢的人一般的可爱——封锁中的电车上的人……一切再也不会像这样自然。再也不会……呵，这个人，这么笨！这么笨！她只要他的生命中的一部份，谁也不希罕的一部份。他白糟蹋了他自己的幸福。多么愚蠢的浪费！她哭了，可是那不是斯斯文文的，淑女式的哭。她简直把她的眼泪唾到他脸上。他是个好人——世界上的好人又多了一个！

向他解释有什么用？如果一个女人必须倚仗着她的言语来打动一个男人，她也就太可怜了。

宗桢一急，竟说不出话来，连连用手去摇撼她手里的阳伞。她不理他，他又去摇撼她的手，道："我说——我说——这儿有人哪！别！别这样！待会儿我们在电话上仔细谈。你告诉我你的电话。"翠远不答。他逼着问道："你无论如何得给我一个电话号码。"翠远飞快的说了一遍道："七五三六九。"宗桢道："七五三六九？"她又不作声了。宗桢嘴里喃喃重复着："七五三六九，"伸手在上下的口袋里掏摸自来水笔，越忙越摸不着。翠远皮包里有红铅笔，但是她有意的不拿出来。她的电话号码，他理该记得，记不得，他是不爱她，他们也就用不着往下谈了。

封锁开放了。"叮玲玲玲玲玲"摇着铃，每一个"玲"字是冷冷的一点，一点一点连成一条虚线，切断时间与空间。

一阵欢呼的风刮过这大城市，电车哐哐哐往前开了。宗桢突然站起身来，挤到人丛中，不见了。翠远偏过头去，只做不理会。他走了，对于她，他等于死了。电车加足了速力前进，黄昏的人行道上，卖臭豆腐干的歇下了担子，一个人捧着文王神的匣子，闭着眼霍霍的摇。一个大个子的金发女人，背上背着大草帽，露出大牙齿来向一个义大利水兵一笑，说了句玩话。翠远的眼睛看到了他们，他们就活了，只活那么一刹那。车往前哐哐的跑，他们一个个的死去了。

　　翠远烦恼地合上了眼。他如果打电话给她，她一定管不住自己的声音，对他分外的热烈，因为他是一个死去了又活过来的人。

　　电车里点上了灯，她一睁眼望见他遥遥坐在他原来的位子上。她震了一震——原来他并没有下车去！她明白他的意思了：封锁期间的一切，等于没有发生。整个的上海打了个盹，做了个不近情理的梦。

　　开电车的放声唱道："可怜啊可怜！一个人啊没钱！可怜啊可——"一个缝穷婆子慌里慌张掠过车头，横穿过马路。开电车的大喝道："猪猡！"

一九四三年八月

---

*初载一九四三年十一月上海《天地》第二期，收入《传奇》。

倾城之恋

上海为了"节省天光"，将所有的时钟都拨快了一小时，然而白公馆里说："我们用的是老钟，"他们的十点钟是人家的十一点。他们唱歌唱走了板，跟不上生命的胡琴。

胡琴咿咿哑哑拉着，在万盏灯的夜晚，拉过来又拉过去，说不尽的苍凉的故事——不问也罢！……胡琴上的故事是应当由光艳的伶人来搬演的，长长的两片红胭脂夹住琼瑶鼻，唱了、笑了，袖子挡住了嘴……然而这里只有白四爷单身坐在黑沉沉的破阳台上，拉着胡琴。

正拉着，楼底下门铃响了。这在白公馆是一件稀罕事，按照从前的规矩，晚上绝对不作兴出去拜客。晚上来了客，或是凭空里接到一个电报，那除非是天字第一号的紧急大事，多半是死了人。

四爷凝身听着，果然三爷三奶奶四奶奶一路嚷上楼来，急切间不知他们说些什么。阳台后面的堂屋里，坐着六小姐、七小姐、八小姐，和三房四房的孩子们，这时都有些皇皇然，四爷在阳台上，暗处看亮处，分外眼明，只见门一开，三爷穿着汗衫短裤，揸开两腿站在门槛上，背过手去，啪啦啪啦打股际的蚊子，远远的向四爷叫道："老四你猜怎么着？六妹离掉的那一位，说是得了肺炎，死了！"四爷放下胡琴往房里走，问道："是谁来给的信？"三爷道："徐太太。"说着，回过头用扇子去撑三奶奶道："你别跟上来凑热闹呀，徐太太还在楼底下呢，她胖，怕爬楼，你还不去陪陪她！"三奶奶去了，四爷若有所思道："死的那个不是徐太太的亲戚么？"三爷道："可不是。看这样子，是他们家特为托了徐太太来递信给我们的，当然是有用意的。"四爷道："他们莫非是要六妹去奔丧？"三爷用扇子柄刮了刮头皮道："照说呢，倒也是应该……"他们同时看了六小姐一眼，白流苏坐在屋子的一角，慢条斯理绣着一双拖鞋，方才三爷四爷一递一声说话，仿佛是没有她发言的余地，这时她便淡淡的道："离过婚了，又去做他的寡妇，让人家笑掉了牙齿！"她若无其事地继续做她的鞋子，可是手头上直冒冷汗，针涩了，再也拔不过去。

三爷道："六妹，话不是这样说。他当初有许多对不起你的地方，我们全知道。现在人已经死了，难道你还记在心里？他丢下的那两个姨奶奶，自然是守不住的。你这会子堂堂正正的回去替他戴孝主丧，谁敢笑你？你虽然没生下一男半女，他的侄子多着呢，随你挑一个，过继过来。家私虽然不剩什么了，他家是个大族，就是拨你看守祠堂，也饿不死你母子。"白流苏冷笑道："三哥替我想得真周到，就可惜晚了一步，婚已经离了这么七八年了。依你说，当初那些法律手续都是糊鬼不成？我们可不能拿着法律闹着玩哪！"三爷道："你别动不动就拿法律来吓人，法律呀，今天改，明天改，我这天理人情，三纲五常，可是改不了！你生是他家的人，死是他家的鬼，树高千丈，落叶归根——"流苏站起身来道："你这话，七八年前为什么不说？"三爷道："我只怕你多了心，只当我们不肯收容你。"流苏道："哦？现在你就不怕我多了心？你把我的钱用光了，你就不怕我多心了？"三爷直问到她脸上道："我用了你的钱？我用了你几个大钱？你住在我们家，吃我们的，喝我们的，从前还罢了，添个人不过添双筷子，现在你去打听打听看，米是什么价钱？我不提钱，你倒提起钱来了！"

四奶奶站在三爷背后，笑了一声道："自己骨肉，照说不该提钱的话。提起钱来，这话可就长了！我早就跟我们老四说过——我说：老四你去劝劝三爷，你们做金子，做股票，不能用六姑奶奶的钱呐，没的沾上了晦气！她一嫁到了婆家，丈夫就变成了败家子。回到娘家来，眼见得娘家就要败光了——天生的扫帚星！"三爷道："四奶奶这话有理。我们那时候，如果没让她入股子，决不至于弄得一败涂地！"

流苏气得浑身乱颤，把一双绣了一半的拖鞋面子抵住了下颔，下颔抖得仿佛要落下来。三爷又道："想当初你哭哭啼啼回家来，闹着要离婚，怪只怪我是个血性汉子，眼见你给他打成那个样子，心有不忍，一拍胸脯子站出来说：'好！我白老三穷虽穷，我家里短不了我妹子这一碗饭！'我只道你们年少夫妻，谁没有个脾气？大不了回娘家来个三年五载的，两下里也就回心转意了。我若知道你们认真是一刀两断，我会帮着你办离婚么！拆散人家夫妻，是绝子绝孙的事。我白老三是有儿子的人，我还指望着他们养老呢！"流苏气到了极点，反倒放声笑了起来道："好，好，都是我的不是，你们穷了，是我把你们吃穷了。你们亏了本，是我带累了你们。你们死了儿子，也是我害了你们伤了阴骘！"四奶奶一把揪住了她儿子的衣领，把她儿子的头去撞流苏，叫道："赤口白舌的咒起孩子来了！就凭你这句话，我儿子死了，我就得找着你！"流苏连忙一闪身躲过了，抓住了四爷道："四哥你瞧，你瞧——你——你倒是评评理看！"四爷道："你别着急呀，有话好说，我们从长计议。三哥这都是为你打算——"流苏赌气撒开了手，一径进里屋去了。

屋里没有灯，影影绰绰的只看见珠罗纱帐子里，她母亲躺在红木大床上，缓缓挥动白团扇。流苏走到床跟前，双膝一软，就跪了下来，伏在床沿上，哽咽道："妈。"白老太太耳朵还好，外间屋里说的话，她全听见了。她咳嗽了一声，伸手在枕边摸索到了小痰罐子，吐了一口痰，方才说道："你四嫂就是这样碎嘴子，你可不能跟她一样的见识。你知道，各人有各人的难处，你四嫂天生的强要性儿，一向管着家，偏生你四哥不争气，狂嫖滥赌，玩出一身病来不算，不该挪了公账上的钱，害得你四嫂面上无光，只好让你三嫂当家，心里咽不下这口气，着实不舒坦。你三嫂精神又不济，支持这份家，可不容易！种种地方，你得体谅他们一点。"流苏听她母亲这话风，一味的避重就轻，自己觉得没意思，只得一言不发。白老太太翻身朝里睡了，又道："先两年，东拼西凑的，卖一次田，还够两年吃的。现在可不行了。我年纪大了，说声走，一撒手就走了，可顾不得你们。天下没有不散的筵席，你跟着我，总不是长久之计。倒是回去是正经。领个孩子过活，熬个十几年，总有你出头之日。"

正说着，门帘一动，白老太太道："是谁？"四奶奶探头进来道："妈，徐太太还在楼下呢，等着跟您说七妹的婚事。"白老太太道："我这就起来，你把灯捻开。"屋里点上了灯，四奶奶扶着老太太坐起身来，伺候她穿衣下床。白老太太问道："徐太太那边找到了合适的人？"四奶奶道："听她说得怪好的，就是年纪大了几岁。"白老太太咳了一声道："宝络这孩子，今年也二十四了，真是我心上一个疙瘩。白替她操了心，还让人家说我：她不是我亲生的，我

163

存心耽搁了她！"四奶奶把老太太搀到外房去，老太太道："你把我那儿的新茶叶拿出来，给徐太太泡一碗，绿洋铁筒子里的是大姑奶奶去年带来的龙井，高罐儿里的是碧螺春，别弄错了。"四奶奶答应着，一面叫喊道："来人哪！开灯！"只听见一阵脚步响，来了些粗手大脚的孩子们，帮着大妈子把老太太搬运下楼去了。

四奶奶一个人在外间屋里翻箱倒柜找寻老太太的私房茶叶，忽然笑道："咦！七妹，你打哪儿钻出来了，吓我一跳！我说怎么的，刚才你一晃就不见影儿了！"宝络细声道："我在阳台上乘凉。"四奶奶格格笑道："害臊呢！我说，七妹，赶明儿你有了婆家，凡事可得小心一点，别那么由着性儿闹。离婚岂是容易的事？要离就离了，稀松平常！果真那么容易，你四哥不成材，我干嘛不离婚哪！我也有娘家呀，我不是没处可投奔的。可是这年头儿，我不能不给他们划算划算，我是有点人心的，就得顾着这一点，不能靠定了人家，把人家拖穷了。我还有三分廉耻呢！"

白流苏在她母亲床前凄凄凉凉跪着，听见了这话，把手里的绣花鞋帮子紧紧按在心口上，戳在鞋上的一枚针，扎了手也不觉得疼。小声道："这屋子里可住不得了！……住不得了！"她的声音灰暗而轻飘，像断断续续的尘灰吊子。她仿佛做梦似的，满头满脸都挂着尘灰吊子，迷迷糊糊向前一扑，自己以为是枕住了她母亲的膝盖，呜呜咽咽哭了起来道："妈，妈，你老人家给我做主！"她母亲呆着脸，笑嘻嘻的不作声。她搂住她母亲的腿，使劲摇撼着，哭道："妈！妈！"恍惚又是多年前，她还只十来岁的时候，看了戏出来，在倾盆大雨中和家里人挤散了。她独自站在人行道上，瞪着眼看人，人也瞪着眼看她，隔着雨淋淋的车窗，隔着一层层无形的玻璃罩——无数的陌生人。人人都关在他们自己的小世界里，她撞破了头也撞不进去，她似乎是魇住了。忽然听见背后有脚步声，猜着是她母亲来了。便竭力定了一定神，不言语。她所祈求的母亲与她真正的母亲根本是两个人。

那人走到床前坐下了，一开口，却是徐太太的声音。徐太太劝道："六小姐，别伤心了，起来，起来，大热的天……"流苏撑着床勉强站了起来，道："姊子，我……我在这儿再也待不下去了。早就知道人家多嫌着我，就只差明说。今儿当面锣，对面鼓，发过话了，我可没有脸再住下去了！"徐太太扯她在床沿上一同坐下，悄悄的道："你也太老实了，不怪人家欺侮你，你哥哥们把你的钱盘来盘去盘光了！就养活你一辈子也是应该的。"流苏难得听见这几句公道话，且不问她是真心还是假意，先就从心里热起来，泪如雨下，道："谁叫我自己糊涂呢！就为了这几个钱，害得我要走也走不开。"徐太太道："年纪轻轻的人，不怕没有活路。"流苏道："有活路，我早走了！我又没念过两年书，肩不能挑，手不能提，我能做什么事？"徐太太道："找事，都是假的，还是找个人是真的。"流苏道："那怕不行，我这一辈子早完了。"徐太太道："这句话，只有有钱的人，不愁吃，不愁穿，才有资格说。没钱的人，要完也完不了哇！你就剃了头发当姑子去，化个缘罢，也还是尘缘——离不了人！"流苏低头不语。徐太太道："你这件事，早两年托了我，又要好些。"流苏微微一笑道："可不是，我已经二十八了。"徐太太道："放着你这样好的人才，二十八也不算什么，我替你留心着。说着我又要怪你，离了婚七八年了，你早点儿拿定了主意，远走高飞，少受多少气！"流苏道："姊子你又不是不知道，像我们这样的家庭，哪儿肯放我们出去交际？倚仗着家里人罢，别说他们根本不赞成，就是赞成了，我底下还有两个妹妹没出阁，三哥四哥的几个女孩子也渐渐的长大了,张罗她们还来不及呢!还顾得到我?"

徐太太笑道:"提起你妹妹,我还等着他们的回话呢。"流苏道:"七妹的事,有希望么?"徐太太道:"说得有几分眉目了。刚才我有意的让娘儿们自己商议商议,我说我上去瞧瞧六小姐就来;现在可该下去了。你送我下去,成不成?"流苏只得扶着徐太太下楼,楼梯又旧,徐太太又胖,走得吱吱格格一片响。到了堂屋里,流苏欲待开灯,徐太太道:"不用了,看得见。他们就在东厢房里。你跟我来,大家说说笑笑,事情也就过去了,不然,明儿吃饭的时候免不了要见面的,反而僵得慌。"流苏听不得"吃饭"这两个字,心里一阵刺痛,哽着嗓子,强笑道:"多谢嫂子——可是我这会子身子有点不舒服,实在不能够见人,只怕失魂落魄的,说话闯了祸,反而辜负了您待我的一片心。"徐太太见流苏一定不肯,也就罢了,自己推门进去。

门掩上了,堂屋里暗着,门的上端的玻璃格子里透进两方黄色的灯光,落在青砖地上。朦胧中可以看见堂屋里顺着墙高高下下堆着一排书箱,紫檀匣子,刻着绿泥款识。正中天然几上,玻璃罩子里,搁着珐蓝自鸣钟,机括早坏了,停了多年。两旁垂着朱红对联,闪着金色寿字团花,一朵花托住一个墨汁淋漓的大字。在微光里,一个个的字都像浮在半空中,离着纸老远。流苏觉得自己就是对联上的一个字,虚飘飘的,不落实地。白公馆有这么一点像神仙的洞府:这里悠悠忽忽过了一天,世上已经过了一千年。可是这里过了一千年,也同一天差不多,因为每天都是一样的单调与无聊。流苏交叉着胳膊,抱住她自己的颈项。七八年一霎眼就过去了。你年轻么?不要紧,过两年就老了,这里,青春是不希罕的。他们有的是青春——孩子一个个的被生出来，新的明亮的眼睛，新的红嫩的嘴，新的智慧。一年又一年的磨下来，眼睛钝了，人钝了，下一代又生出来了。这一代便被吸收到朱红洒金的辉煌的背景里去，一点一点的淡金便是从前的人的怯怯的眼睛。

流苏突然叫了一声，掩住自己的眼睛，跌跌冲冲往楼上爬，往楼上爬……上了楼，到了她自己的屋子里，她开了灯，扑在穿衣镜上，端详她自己。还好，她还不怎么老。她那一类的娇小的身躯是最不显老的一种，永远是纤瘦的腰，孩子似的萌芽的乳。她的脸，从前是白得像磁，现在由磁变为玉——半透明的轻青的玉。上额起初是圆的，近年来渐渐的尖了，越显得那小小的脸，小得可爱。脸庞原是相当的窄，可是眉心很宽。一双娇滴滴，滴滴娇的清水眼。阳台上，四爷又拉起胡琴来了，依着那抑扬顿挫的调子，流苏不由得偏着头，微微飞了个眼风，做了个手势。她对镜子这一表演，那胡琴听上去便不是胡琴，而是笙箫琴瑟奏着幽沉的庙堂舞曲。她向左走了几步，又向右走了几步，她走一步路都仿佛是合着失了传的古代音乐的节拍。她忽然笑了——阴阴的，不怀好意的一笑，那音乐便戛然而止。外面的胡琴继续拉下去，可是胡琴诉说的是一些辽远的忠孝节义的故事，不与她相关了。

这时候，四爷一个人躲在那里拉胡琴，却是因为他自己知道楼下的家庭会议中没有他置喙的余地。徐太太走了之后，白公馆里少不得将她的建议加以研究和分析。徐太太打算替宝络做媒说给一个姓范的，那人最近和徐先生在矿务上有相当密切的联络，徐太太对于他的家世一向就很熟悉，认为绝对可靠。那范柳原的父亲是一个著名的华侨，有不少的产业分布在锡兰马来亚等处。范柳原今年三十二岁，父母双亡。白家众人质问徐太太，何以这样的一个标准夫婿到现在还是独身的，徐太太告诉他们范柳原从英国回来的时候，无数的太太们紧扯白脸的把女儿送上门来，硬要推给他，勾心斗角，各显神通，大大热闹过一番。这一捧却把他捧坏了，从此他把女人看成他脚底下的泥。由于幼年时代的特殊环境，他脾气本来就有点怪僻。他父母的结合是非正式的，他父亲一次出洋考察，在伦敦结识了一个华侨交际花，两人秘密地结了婚。原籍的太太也有点风闻。因为惧怕太太的报复，那二夫人始终不敢回国，范柳原就是在英国长大的。他父亲故世以后，虽然大太太有两个女儿，范柳原要在法律上确定他的身分，却有种种棘手之处。他孤身流落在英伦，很吃过一些苦，然后方才获得了继承权。至今范家的族人还对他抱着仇视的态度，因此他总是住在上海的时候多，轻易不回广州老宅里去。他年纪轻的时候受了些刺激，渐渐的就往放浪的一条路上走，嫖赌吃着，样样都来，独独无意于家庭幸福。白四奶奶就说："这样的人，想必喜欢是存心挑剔。我们七妹是庶出的只怕人家看不上眼。放着这么一门好亲戚，怪可惜了儿的！"三爷道："他自己也是庶出。"四奶奶道："可是人家多厉害呀，就凭我们七丫头那股子傻劲儿，还指望拿得住他？倒是我那个大女孩机灵些，别瞧她，人小心不小，真识大体！"三奶奶道："那似乎年岁差得太多了。"四奶奶道："哟！你不知道，越是那种人，越是喜欢那年纪轻的。我那个大的若是不成，还有二的呢。"三奶奶笑道："你那个二的比姓范的小二十岁。"四奶奶悄悄扯了她一把，正颜厉色的道："三嫂，你别那么糊涂！你护着七丫头，她是白家什么人？隔了一层娘肚皮，就差远了。嫁了过去，谁也别想在她身上得点什么好处！我这都是为了大家的好。"然而白老太太一心一意只怕亲戚议论她亏待了没娘的七小姐，决定照原来的计画，由徐太太择日请客，把宝络介绍给范柳原。

徐太太双管齐下，同时又替流苏物色到一个姓姜的，在海关里做事，新故了太太，丢下了五个孩子，急等着续弦，徐太太主张先忙完了宝络，再替流苏撮合，因为范柳原不久就要上新加坡去了。白公馆里对于流苏的再嫁，根本就拿它当一个笑话，只是为了要打发她出门，没奈何，只索不闻不问，由着徐太太闹去。为了宝络这头亲，却忙得鸦飞雀乱，人仰马翻。一样是两个女儿，一方面如火如荼，一方面冷冷清清，相形之下，委实使人难堪。白老太太将全家的金珠细软，尽情搜括出来，能够放在宝络身上的都放在宝络身上。三房里的女孩子过生日的时候，干娘给的一件巢丝衣料，也被老太太逼着三奶奶拿了出来，替宝络制了旗袍。老太太自己历年攒下的私房，以皮货居多，暑天里又不能穿着皮子，只得典质了一件貂皮大袄，用那笔款子去把几件首饰改镶得时新款式。珍珠耳坠子、翠玉手镯、绿宝戒指，自不必说，务必把宝络打扮得花团锦簇。

到了那天，老太太、三爷、三奶奶、四爷、四奶奶自然都是要去的。宝络辗转听到四奶奶的阴谋，心里着实恼着她，执意不肯和四奶奶的两个女儿同时出场，又不好意思说不要她们，便下死劲拖流苏一同去。一部出差汽车黑压压坐了七个人，委实再挤不下了，四奶奶的女儿金枝金蝉便惨遭淘汰。他们是下午五点钟出发的，到晚上十一点方才回家。金枝金蝉哪里放得下心，睡得着觉？眼睁睁盼着他们回来了，却又是大伙儿哑口无言。宝络沉着脸走到老太太房里，一阵风把所有的插戴全剥了下来，还了老太太，一言不发回房去了。金枝金蝉把四奶奶拖到阳台上，一叠连声追问怎么了。四奶奶怒道："也没有看见像你们这样的女孩子家，又不是你自己相亲，要你这样热辣辣的！"三奶奶跟了出来，柔声缓气说道："你这话，别让人家多了心去！"四奶奶索性冲着流苏的房间嚷道："我就是指桑骂槐，骂了她了，又怎么着？又不是千年万代没见过男子汉，怎么一闻见生人气，就痰迷心窍，发了疯了？"金枝金蝉被她骂得摸不着头脑，三奶奶做好做歹稳住了她们的娘，又告诉她们道："我们先去看电影的。"金枝诧异道："看电影？"三奶奶道："可不是透着奇怪，专为看人去的，倒去坐在黑影子里，什么也瞧不见。后来徐太太告诉我说是那范先生的主张，他在那里掏坏呢。他要把人家搁个两三个钟头，脸上出了油，胭脂花粉褪了色，他可以看得亲切些。那是徐太太的猜想。据我看来，那姓范的始终就没有诚意。他要看电影，就为着懒得跟我们应酬。看完了戏，他不是就想溜么？"四奶奶忍不住插嘴道："哪儿的话，今儿的事，一上来挺好的，要不是我们自己窝儿里的人在里头捣乱，准有个七八成！"金枝金蝉齐声道："三妈，后来呢？后来呢？"三奶奶道："后来徐太太拉住了他，要大家一块儿去吃饭。他就说他请客。"四奶奶拍手道："吃饭就吃饭，明知我们七小姐不会跳舞，上跳舞场去干坐着，算什么？不是我说，这就要怪三哥了，他也是外面跑跑的人，听见姓范的吩咐汽车夫上舞场去，也不拦一声！"三奶奶忙道："上海这么多的饭店，他怎么知道哪一个饭店有跳舞，哪一个饭店没有跳舞？他可比不得四爷是个闲人哪，他没那么多的工夫去调查这个！"金枝金蝉还要打听此后的发展，三奶奶给四奶奶几次一打岔，兴致索然。只道："后来就吃饭，吃了饭，就回来了。"

金蝉道："那范柳原是怎样的一个人？"三奶奶道："我哪儿知道？统共没听见他说过三句话。"又寻思了一会，道："跳舞跳得不错罢！"金枝咦了一声道："他跟谁跳来着？"四奶奶抢先答道："还有谁，还不是你那六姑！我们诗礼人家，不准学跳舞的，就只她结婚之后跟她那不成材的姑爷学会了这一手！好不害臊，人家问你，说不会跳不就结了？不会也不是丢脸的事。像你三妈，像我，都是大户人家的小姐，活过这半辈子了，什么世面没见过？我们就不会跳！"三奶奶叹了口气道："跳了一次，说是敷衍人家的面子，还跳第二次，第三次！"金枝金蝉听到这里，不禁张口结舌。四奶奶又向那边喃喃骂道："猪油蒙了心，你若是以为你破坏了你妹子的事，你就有指望了，我叫你早早的歇了这个念头！人家连多少小姐都看不上眼呢，他会要你这败柳残花？"

流苏和宝络住着一间屋子，宝络已经上床睡了，流苏蹲在地下摸着黑点蚊烟香，阳台上的话听得清清楚楚，可是她这一次却非常的镇静，擦亮了洋火，眼看着它烧过去，火红的小小三角旗，在它自己的风中摇摆着，移，移到她手指边，她噗的一声吹灭了它，只剩下一截红艳的小旗杆，旗杆也枯萎了，垂下灰白蜷曲的鬼影子。她把烧焦的火柴丢在烟盘子里。今天的事，她不是有意的，但无论如何，她给了她们一点颜色看看。她们以为她这一辈子已经完了么？早哩！她微笑着。宝络心里一定也在骂她，骂得比四奶奶的话还要难听。可是她知道宝络恨虽恨她，同时也对她刮目相看，肃然起敬。一个女人，再好些，得不着异性的爱，也就得不着同性的尊重。女人们就是这点贱。

范柳原真心喜欢她么？那倒也不见得。他对她说的那些话，她一句也不相信。她看得出他是对女人说惯了谎的，她不能不当心——她是个六亲无靠的人，她只有她自己了。床架子上挂着她脱下来的月白蝉翼纱旗袍。她一歪身坐在地上，搂住了长袍的膝部，郑重地把脸偎在上面。蚊香的绿烟一蓬一蓬浮上来，直薰到脑子里去。她的眼睛里，眼泪闪着光。

隔了几天，徐太太又来到白公馆。四奶奶早就预言过："我们六姑奶奶这样的胡闹，眼见得七丫头的事是吹了。徐太太岂有不恼的？徐太太怪了六姑奶奶，还肯替她介绍人么？这叫做偷鸡不着蚀把米。"徐太太果然不像先前那么一盆火似的了，远兜远转先解释她这两天为什么没上门。家里老爷有要事上香港去接洽，如果一切顺利，就打算在香港租下房子，住个一年半载的，所以她这两天忙着打点行李，预备陪他一同去。至于宝络的那件事，姓范的已经不在上海了，暂时只得搁一搁。流苏的可能的对象姓姜的，徐太太打听了出来，原来他在外面有了人，若要拆开，还有点麻烦。据徐太太看来，这种人不甚可靠，还是算了罢。三奶奶四奶奶听了这话，彼此使了个眼色，撇着嘴笑了一笑。

徐太太接下去皱眉说道："我们的那一位，在香港倒有不少的朋友，就可惜远水救不着近火……六小姐若是能够到那边去走一趟，倒许有很多的机会。这两年，上海人在香港的，真可以说是人才济济。上海人自然是喜欢上海人，所以同乡的小姐们在那边听说是很受欢迎。六小姐去了，还愁没有相当的人？真可以抓起一把来拣拣！"众人觉得徐太太真是善于辞令。前两天轰轰烈烈闹着做媒，忽然烟消火灭了，自己不得下场，便姑作遁辞，说两句风凉话，白老太太便叹了口气道："到香港去一趟，谈何容易！单讲——"不料徐太太很爽快的一口剪断了她的话道："六小姐若是愿意去，我请她，我答应帮她忙，就得帮到底。"大家不禁面面相觑，连流苏都怔住了。她估计着徐太太当初自告奋勇替她做媒，想必倒是一时仗义，真心同情她的境遇。为了她跑跑腿寻寻门路，治一桌酒席请请那姓姜的，这点交情是有的。但是出盘缠带她到香港去，那可是所费不赀。为什么徐太太凭空的要在她身上花这些钱？世上的好人虽多，可没有多少傻子愿意在银钱上做好人。徐太太一定是有背景的，难不成是那范柳原的鬼计？徐太太曾经说过她丈夫与范柳原在营业上有密切接触，夫妇两个大约是很热心地捧着范柳原。牺牲一个不相干的孤苦的亲戚来巴结他，也是可能的事。流苏在这里胡思乱想着，白老太太便道："那可不成呀，总不能让您——"徐太太打了个哈哈道："没关系，这点小东，我还做得起！再说，我还指望着六小姐帮我的忙呢。我拖着两个孩子，血压又高，累不得，路上有了她，凡事也有个照应。我是不拿她当外人的，以后还要她多多的费神呢！"白老太太忙代流苏客气一番。徐太太掉过头来，单刀直入的问道："那么六小姐，你一准跟我们跑一趟罢！就算是逛逛，也值得。"流苏低下头去，微笑道："您待我太好了。"她迅速地盘算了一下，姓姜的那件事是无望了，以后即使有人替她做媒，也不过是和那姓姜的不相上下，也许还不如他。流苏的父亲是一个有名的赌徒，为了赌而倾家荡产，第一个领着他们往破落户的路上走。流苏的手没有沾过骨牌和骰子，然而她也是喜欢赌的，她决定用她的前途来下注。如果她输了，她声名扫地，没有资格做五个孩子的后母。如果赌赢了，她可以得到众人虎视眈眈的目的物范柳原，出净她胸中这一口气。

她答应了徐太太，徐太太在一星期内就要动身。流苏便忙着整理行装。虽说家无长物，根本没有什么可整理的，却也乱了几天。变卖了几件零碎东西，添制了几套衣服。徐太太在百忙中还腾出时间来替她做顾问。徐太太这样的笼络流苏，被白公馆里的人看在眼里，渐渐的也就对流苏发生了新的兴趣，除了怀疑她之外，又存了三分顾忌，背后叽叽咕咕议论着，当面却不那么指着脸子骂了，偶然也还叫声"六妹"、"六姑"、"六小姐"，只怕她当真嫁到香港的阔人，衣锦荣归，大家总得留个见面的余地，不犯着得罪她。

徐太太徐先生带着孩子一同乘车来接了她上船，坐的是一只荷兰船的头等舱。船小，颠簸得厉害，徐先生徐太太一上船便双双睡倒，吐个不休，旁边儿啼女哭，流苏倒着实服侍了他们好几天。好容易船靠了岸，她方才有机会到甲板上看看海景，那是个火辣辣的下午，望过去最触目的便是码头上围列着的巨型广告牌，红的、橘红的、粉红的，倒映在绿油油的海水里，一条条，一抹抹刺激性的犯冲的色素，窜上落下，在水底下厮杀得异常热闹。流苏想着，在这夸张的城市里，就是栽个跟斗，只怕也比别处痛些，心里不由得七上八下起来。忽然觉得有人奔过来抱住她的腿，差一点把她推了一跤，倒吃了一惊，再看原来是徐太太的孩子，连忙定了定神，过去助着徐太太照料一切，谁知那十来件行李与两个孩子，竟不肯被归着在一堆，行李齐了，一转眼又少了个孩子，流苏疲于奔命，也就不去看野眼了。

上了岸，叫了两部汽车到浅水湾饭店。那车驰出了闹市，翻山越岭，走了多时，一路只见黄土崖，红土崖，土崖缺口处露出森森绿树，露出蓝绿色的海。近了浅水湾，一样是土崖与丛林，却渐渐的明媚起来。许多游了山回来的人，乘车掠过他们的车，一汽车一汽车载满了花，风里吹落了零乱的笑声。

到了旅馆门前，却看不见旅馆在哪里。他们下了车，走上极宽的石级，到了花木萧疏的高台上，方见再高的地方有两幢黄色房子。徐先生早定下了房间，仆欧们领着他们沿着碎石小径走去，进了昏黄的饭厅，经过昏黄的穿堂，往二层楼上走，一转弯，有一扇门通着一个小阳台，搭着紫藤花架，晒着半壁斜阳。阳台上有两个人站着说话，只见一个女的，背向着他们，披着一头漆黑的长发直垂到脚踝上，脚踝上套着赤金扭麻花镯子，光着腿，底下看不仔细是否趿着拖鞋，上面微微露出一截印度式窄脚裤。被那女人挡住的一个男子，却叫了一声："咦！徐太太！"便走了过来，向徐先生徐太太打招呼，又向流苏含笑点头。流苏见是范柳原，虽然早就料到这一着，一颗心依旧不免跳得厉害。阳台上的女人一闪就不见了。柳原伴着他们上楼。一路上大家仿佛他乡遇故知似的，不断的表示惊讶与愉快。那范柳原虽然够不上称做美男子，粗枝大叶的，也有他的一种风度。徐先生夫妇指挥着仆欧们搬行李，柳原与流苏走在前面，流苏含笑问道："范先生，你没有上新加坡去？"柳原轻轻的答道："我在这儿等着你呢。"流苏想不到他这样直爽，倒不便深究，只怕说穿了，不是徐太太请她上香港而是他请的，自己反而下不落台，因此只当他说玩话，向他笑了一笑。

柳原问知她的房间是一百三十号，便站住了脚道："到了。"仆欧拿钥匙开了门，流苏一进门便不由得向窗口笔直走过去，那整个的房间像暗黄的画框，镶着窗子里一幅大画。那澎湃的海涛，直溅到窗帘上，把帘子的边缘都染蓝了。柳原向仆欧道："箱子就放在橱跟前。"流苏听他说话的声音就在耳根子底下，不觉震了一震，回过脸来，只见仆欧已经出去了，房门却没有关上。柳原倚着窗台，伸出一只手来撑在窗格子上，挡住了她的视线，只管望着她微笑。流苏低下头去。柳原笑道："你知道么？你的特长是低头。"流苏抬头笑道："什么？我不懂。"柳原道："有人善于说话，有的人善于笑，有的人善于管家，你是善于低头的。"流苏道："我什么都不会，我是顶无用的人。"柳原笑道："无用的女人是最最厉害的女人。"流苏笑着走开了道："不跟你说了，到隔壁去看看罢。"柳原道："隔壁？我的房还是徐太太的房？"流苏又震了一震道："你就住在隔壁？"柳原已经替她开了门道："我屋里乱七八糟的，不能见人。"

他敲了一敲一百三十一号的门，徐太太开着门放他们进来道："在我们这边吃茶罢，我们有个起坐间。"便揿铃叫了几客茶点。徐先生从卧室里走了出来道："我打了个电话给老朱，他闹着要接风，请我们大伙儿上香港饭店。就是今天。"又向柳原道："连你在内。"徐太太道："你真有兴致，晕了几天的船，还不趁早歇歇？今儿晚上，算了罢。"柳原笑道："香港饭店，是我所见过的顶古板的舞场。建筑、灯光、布置、乐队，都是老英国式，四五十年前顶时髦的玩意儿，现在可不够刺激了。实在没有什么可看的，除非是那些怪模怪样的西崽，大热的天，仿着北方人穿着扎脚袴——"流苏道："为什么？"柳原道："中国情调呀！"徐先生笑道："既然来到此地，总得去看看。就委屈你做做陪客罢！"柳原笑道："我可不能说准，别等我。"流苏见他不像要去的神气，徐先生并不是常跑舞场的人，难得这么高兴，似乎是认真要替她介绍朋友似的，心里倒又疑惑起来。

然而那天晚上，香港饭店里为他们接风一班人，都是成双捉对的老爷太太，几个单身男子都是二十岁左右的年轻人。流苏正跳着舞，范柳原忽然出现了，把她从另一个男子手里接了过来，在那荔枝红的灯光里，她看不清他的黝暗的脸，只觉得他异常沉默。流苏笑道："怎么不说话呀？"柳原笑道："可以当着人说的话，我完全说完了。"流苏噗哧一笑道："鬼鬼祟祟的有什么背人的话？"柳原道："有些傻话，不但是要背着人说，还得背着自己。让自己听了也怪难为情的。譬如说，我爱你，我一辈子都爱你。"流苏别过头去，轻轻啐了一声道："偏有这些废话！"柳原道："不说话又怪

176

我不说话了，说话，又嫌唠叨！"流苏笑道："我问你，你为什么不愿意我上跳舞场去？"柳原道："一般的男人，喜欢把女人教坏了，又喜欢去感化坏女人，使她变为好女人。我可不像那么没事找事做。我认为好女人还是老实些的好。"流苏瞟了他一眼道："你以为你跟别人不同么？我看你也是一样的自私。"柳原笑道："怎样自私？"流苏心里想着："你最高明的理想是一个冰清玉洁而又富于挑逗性的女人。冰清玉洁，是对于他人。挑逗，是对于你自己。如果我是一个彻底的好女人，你根本就不会注意到我！"她向他偏着头笑道："你要我在旁人面前做一个好女人，在你面前做一个坏女人。"柳原想了一想道："不懂。"流苏又解释道："你要我对别人坏，独独对你好。"柳原笑道："怎么又颠倒过来了？越发把人家搞糊涂了！"他又沉吟了一会道："你这话不对。"流苏笑道："哦，你懂了。"柳原道："你好也罢，坏也罢，我不要你改变。难得碰见像你这样的一个真正的中国女人。"流苏微微叹了一口气道："我不过是一个过了时的人罢了。"柳原道："真正的中国女人是世界上最美的，永远不会过了时。"流苏笑道："像你这样的一个新派人——"柳原道："你说新派，大约就是指的洋派。我的确不能算一个真正的中国人，直到最近几年才渐渐的中国化起来。可是你知道，中国化的外国人，顽固起来，比任何老秀才都要顽固。"流苏笑道："你也顽固，我也顽固。你说过的，香港饭店又是最顽固的跳舞场……"他们同声笑了起来，音乐恰巧停了。柳原扶着她回到座上，对众人笑道："白小姐有些头痛，我先送她回去罢。"流苏没提防他有这一着，一时想不起怎样对付，又不愿意得罪了他，因为交情还不够深，没有到吵嘴的程度，只得由他替她披上外衣，向众人道了歉，一同走了出来。

迎面遇见一群洋绅士，众星捧月一般簇拥着一个女人。流苏先就注意到那人的漆黑的长发，结成双股大辫，高高盘在头上。那印度女人，这一次虽然是西式装束，依旧带着浓厚的东方色彩。玄色轻纱氅底下，她穿着金鱼黄紧身长衣，盖住了手，只露出晶亮的指甲。领口挖成极狭的 V 形，直开到腰际，那是巴黎最新的款式，有个名式，唤做"一线天"。她的脸色黄而油润，像飞了金的观音菩萨，然而她的影沉沉的大眼睛里躲着妖魔。古典型的直鼻子，只是太尖，太薄一点。粉红的厚重的小嘴唇，仿佛肿着似的。柳原站住了脚，向她微微鞠了一躬。流苏在那里看她，她也昂然望着流苏，那一双骄矜的眼睛，如同隔着几千里地，远远的向人望过来。柳原便介绍道："这是白小姐。这是萨黑荑妮公主。"流苏不觉肃然起敬。萨黑荑妮伸出一只手来，用指尖碰了一碰流苏的手，问柳原道："这位白小姐，也是上海来的？"柳原点点头。萨黑荑妮微笑道："她倒不像上海人。"柳原笑道："像哪儿的人呢？"萨黑荑妮把一只食指按在腮帮子上，想了一想，翘着十指尖尖，仿佛是要形容而又形容不出的样子，耸肩笑了一笑，往里走去。柳原扶着流苏继续往外走，流苏虽然听不大懂英文，鉴貌辨色，也就明白了，便笑道："我原是个乡下人。"柳原道："我刚才对你说过了，你是个道地的中国人，那自然跟她所谓的上海人有点不同。"

　　他们上了车，柳原又道："你别看她架子搭得十足。她在外面招摇，说是克力希纳·柯兰姆帕王公的亲生女，只因王妃失宠，赐了死，她也就被放逐了，一直流浪着，不能回国。其实，不能回国倒是真的，其余的，可没有人能够证实。"流苏道："她到上海去过么？"柳原道："人家在上海也是很有名的。后来她跟着一个英国人上香港来。你看见她背后那个老头子么？现在就是他养活着她。"流苏笑道:"你们男人就是这样。当面何尝不奉承着她,背后就说得她一个钱不值。像我这样一个穷遗老的女儿,身分还不及她高的人,不知道你对别人怎样的说我呢!"柳原笑道:"谁敢一口气把你们两人的名字说在一起?"流苏撇了撇嘴道:"也许因为她的名字太长了。一口气念不完。"柳原道:"你放心。你是什么样的人,我就拿你当什么样的人看待,准没错。"流苏做出安心的样子,向车窗上一靠,低声道:"真的?"他这句话,似乎并不是挖苦她的,因为她渐渐发觉了,他们单独在一起的时候,他总是斯斯文文的,君子人模样。不知道为什么,他背着人这样稳重,当众却喜欢放肆。她一时摸不清那到底是他的怪脾气,还是他另有作用。

到了浅水湾,他挽着她下车,指着汽车道旁郁郁的丛林道:"你看那种树,是南边的特产。英国人叫它'野火花'。"流苏道:"是红的么?"柳原道:"红!"黑夜里,她看不出那红色,然而她直觉地知道它是红得不能再红了,红得不可收拾,一蓬蓬一蓬蓬的小花,窝在参天大树上,壁栗剥落燃烧着,一路烧过去;把那紫蓝的天也薰红了。她仰着脸望上去。柳原道:"广东人叫它'影树',你看这叶子。"叶子像凤尾草,一阵风过,那轻纤的黑色剪影零零落落颤动着,耳边恍惚听见一串小小的音符,不成腔,像檐前铁马的叮当。

柳原道:"我们到那边去走走。"流苏不作声。他走,她就缓缓的跟了过去。时间横竖还早,路上散步的人多着呢——没关系。从浅水湾饭店过去一截子路,空中飞跨着一座桥梁,桥那边是山,桥这边是一堵灰砖砌成的墙壁,拦住了这边的山。柳原靠在墙上,流苏也就靠在墙上,一眼看上去,那堵墙极高极高,望不见边。墙是冷而粗糙,死的颜色。她的脸,托在墙上,反衬着,也变了样——红嘴唇、水眼睛、有血、有肉、有思想的一张脸。柳原看着她道:"这堵墙,不知为什么使我想起地老天荒那一类的话。……有一天,我们的文明整个的毁掉了,什么都完了——烧完了、炸完了、坍完了,也许还剩下这堵墙。流苏,如果我们那时候在这墙根底下遇见了……流苏,也许你会对我有一点真心,也许我会对你有一点真心。"

流苏嗤道:"你自己承认你爱装假,可别拉扯上我! 你几时捉出我说谎来着?"柳原嗤的一笑道:"不错,你是再天真也没有的一个人。"流苏道:"得了,别哄我了!"

柳原静了半晌,叹了口气。流苏道:"你有什么不称心的事?"柳原道:"多着呢。"流苏叹道:"若是像你这样自由自在的人,也要怨命,像我这样的,早就该上吊了。"柳原道:"我知道你是不快乐的。我们四周的那些坏事、坏人,你一定是看够了。可是,如果你这是第一次看见他们,你一定更看不惯,更难受。我就是这样,我回中国来的时候,已经二十四了。关于我的家乡,我做了好些梦。你可以想像到我是多么的失望。我受不了这个打击,不由自主的就往下溜。你……你如果认识从前的我,也许你会原谅现在的我。"流苏试着想像她是第一次看见她四嫂。她猛然叫道:"还是那样的好,初次瞧见,再坏些,再脏些,是你外面的人。你外面的东西。你若是混在那里头长久了,你怎么分得清,哪一部份是他们,哪一部份是你自己?"柳原默然,隔了一会方道:"也许你是对的。也许我这些话无非是藉口,自己糊弄自己。"他突然笑了起来道:"其实我用不着什么藉口呀! 我爱玩——我有这个钱,有这个时间,还得去找别的理由?"他思索了一会,又烦躁起来,向她说道:"我自己也不懂得我自己——可是我要你懂得我! 我要你懂得我！"他嘴里这么说着，心里早已绝望了，然而他还是固执地，哀恳似的说着："我要你懂得我！"

流苏愿意试试看。在某种范围内，她什么都愿意。她侧过脸去向着他，小声答应着："我懂得，我懂得。"她安慰着他，然而她不由得想到了她自己的月光中的脸，那娇脆的轮廓，眉与眼，美得不近情理，美得渺茫，她缓缓垂下头去。柳原格格的笑了起来，他换了一副声调，笑道："是的，别忘了，你的特长是低头。可是也有人说，只有十来岁的女孩子们适宜于低头。适宜于低头的，往往一来就喜欢低头。低了多年的头，颈子上也许要起皱纹的。"流苏变了脸，不禁抬起手来抚摸她的脖子，柳原笑道："别着急，你决不会有的。待会儿回到房里去，没有人的时候，你再解开衣领上的钮子，看个明白。"流苏不答，掉转身就走，柳原追了上去，笑道："我告诉你为什么你保得住你的美。萨黑荑妮上次说：她不敢结婚，因为印度女人一闲下来，待在家里，整天坐着，就发胖了。我就说：中国女人呢，光是坐着，连发胖都不肯发胖——因为发胖至少还需要一点精力。懒倒也有懒的好处！"

流苏只是不理他，他一路陪着小心，低声下气，说说笑笑，她到了旅馆里，面色方才和缓下来，两人也就各自归房安置。流苏自己忖量着，原来范柳原是讲究精神恋爱的。她倒也赞成，因为精神恋爱的结果永远是结婚，而肉体之爱往往就停顿在某一阶段，很少结婚的希望，精神恋爱只有一个毛病：在恋爱过程中，女人往往听不懂男人的话。然而那倒也没有多大关系。后来总还是结婚、找房子、置家具、雇佣人——那些事上，女人可比男人在行得多。她这么一想，今天这点小误会，也就不放在心上。

第二天早晨，她听徐太太屋里鸦雀无声，知道她一定起来得很晚。徐太太仿佛说过的，这里的规矩，早餐叫到屋里来吃，另外要付费，还要给小账，因此流苏决定替人家节省一点，到食堂里去吃。她梳洗完了，刚跨出房门，一个候守在外面的仆欧，看见了她，便去敲范柳原的门。柳原立刻走了出来，笑道："一块儿吃早饭去。"一面走，他一面问道："徐先生徐太太还没升帐？"流苏笑道："昨儿他们玩得太累了罢！我没听见他们回来，想必一定是近天亮。"他们在餐室外面的走廊上拣了个桌子坐下。石阑干外生着高大的棕榈树，那丝丝缕缕披散着的叶子在太阳光里微微发抖，像光亮的喷泉。树底下也有喷水池子，可没有那么伟丽。柳原问道："徐太太他们今天打算怎么玩？"流苏道："听说是要找房子去。"柳原道："他们找他们的房子，我们玩我们的。你喜欢到海滩上去还是到城里去看看？"流苏前一天下午已经用望远镜看了看附近的海滩，红男绿女，果然热闹非凡，只是行动太自由了一点，她不免略具戒心，因此便提议进城去。他们赶上了一辆旅馆里特备的公共汽车，到了市中心区。

柳原带她到大中华去吃饭。流苏一听，仆欧们是说上海话的，四座也是乡音盈耳，不觉诧异道："这是上海馆子？"柳原笑道："你不想家么？"流苏笑道："可是……专诚到香港来吃上海菜，总似乎有点傻。"柳原道："跟你在一起，我就喜欢做各种的傻事。甚至于乘着电车兜圈子，看一张看过了两次的电影……"流苏道："因为你被我传染上了傻气，是不是？"柳原笑道："你爱怎么解释，就怎么解释。"

吃完了饭，柳原举起玻璃杯来将里面剩下的茶一饮而尽，高高的擎着那玻璃杯，只管向里看着。流苏道："有什么可看的，也让我看看。"柳原道："你迎着亮瞧瞧，里头的景致使我想起马来的森林。"

杯里的残茶向一边倾过来，绿色的茶叶黏在玻璃上，横斜有致，迎着光，看上去像一棵生生的芭蕉。底下堆积着的茶叶，蟠结错杂，就像没膝的蔓草和蓬蒿。流苏凑在上面看，柳原就探身来指点着。隔着那绿阴阴的玻璃杯，流苏忽然觉得他的一双眼睛似笑非笑的瞅着她，她放下了杯子，笑了。柳原道："我陪你到马来亚去。"流苏道："做什么？"柳原道："回到自然。"他转念一想，又道："只是一件，我不能想像你穿着旗袍在森林里跑。……不过我也不能想像你不穿着旗袍。"流苏连忙沉下脸来道："少胡说。"柳原道："我这是正经话。我第一次看见你，就觉得你不应当光着膀子穿这种时髦的长背心，不过你也不应当穿西装。满洲的旗袍，也许倒合适一点，可是线条又太硬。"流苏道："总之，人长得难看，怎么打扮着也不顺眼！"柳原笑道："别又误会了，我的意思是：你看上去不像这世界上的人。你有许多小动作，有一种罗曼蒂克的气氛，很像唱京戏。"流苏抬起了眉毛，冷笑道："唱戏，我一个人也唱不成呀！我何尝爱做作——这也是逼上梁山。人家跟我要心眼儿，我不跟人家要心眼儿，人家还拿我当傻子呢，准得找着我欺侮！"柳原听了这话，倒有点黯然，他举起了空杯，试着喝了一口，又放下了，叹道："是的，都怪我。我装惯了假，也是因为人人都对我装假。只有对你，我说过句把真话，你听不出来。"流苏道："我又不是你肚里的蛔虫。"柳原道："是的，都怪我。可是我的确为你费了不少的心机。在上海第一次遇见你，我想着，离开了你家里那些人，你也许会自然一点。好容易盼着你到了香港……现在，我又想把你带到马来亚，到原始人的森林里去……"他笑他自己，声音又哑又涩，不等笑完他就喊仆欧拿账单来。他们付了账出来，他已经恢复原状，又开始他的上等的情调——顶文雅的一种。

他每天伴着她到处跑，什么都玩到了，电影、广东戏、赌场、格罗士打饭店、思豪酒店、青鸟咖啡馆、印度绸缎庄、九龙的四川菜……晚上他们常常出去散步，直到深夜，她自己都不能够相信，他连她的手都难得碰一碰。她总是提心吊胆，怕他突然摘下假面具，对她做冷不防的袭击，然而一天又一天的过去了，他维持着他的君子风度，她如临大敌，结果毫无动静。她起初倒觉得不安，仿佛下楼梯的时候踏空了一级似的，心里异常怔忡，后来也就惯了。

只有一次，在海滩上。这时候流苏对柳原多了一层认识，觉得到海边上去去也无妨，因此他们到那里去消磨了一个上午，他们并排坐在沙上，可是一个面朝东，一个面朝西，流苏嚷有蚊子。柳原道："不是蚊子，是一种小虫，叫沙蝇，咬一口，就是个小红点，像朱砂痣。"流苏又道："这太阳真受不了。"柳原道："稍微晒一会儿，我们可以到凉棚底下去，我在那边租了一个棚。"那口渴的太阳汩汩地吸着海水，漱着、吐着，哗哗的响，人身上的水分全给它喝干了，人成了金色的枯叶子，轻飘飘的。流苏渐渐感到那怪异的眩晕与愉快，但是她忍不住又叫了起来："蚊子咬！"她扭过头去，一巴掌打在她裸露的背脊上。柳原笑道："这样好吃力。我来替你打罢，你来替我打。"流苏果然留心着，照准他臂上打去，叫道："哎呀，让它跑了！"柳原也替她留心着。两人噼噼啪啪打着，笑成一片。流苏突然被得罪了，站起身来往旅馆里走，柳原这一次并没有跟上来。流苏走到树阴里，两座芦席棚之间的石径上，停了下来，抖一抖短裙子上的沙，回头一看，柳原还在原处，仰天躺着，两手垫在颈项底下，显然是又在那里做着太阳里的梦了，人又晒成了金叶子。流苏回到了旅馆里，又从窗户里用望远镜望出来，这一次，他的身边躺着一个女人，辫子盘在头上。就把那萨黑荑妮烧了

184

灰，流苏也认识她。

从这天起柳原整日价的和萨黑荑妮厮混着，他大约是下了决心把流苏冷一冷。流苏本来天天出去惯了，忽然闲了下来，在徐太太面前交代不出理由，只得说伤了风，在屋里坐了两天。幸喜天公识趣，又下起缠绵雨来，越发有了藉口，用不着出门。有一天下午，她打着伞在旅舍的花园里兜了个圈子回来，天渐渐黑了，约摸徐太太他们看房子也该回来了，她便坐在廊檐上等候他们，将那把鲜明的油纸伞撑开了横搁在阑干上，遮住了脸。那伞是粉红地子，石绿的荷叶图案，水珠一滴滴从筋纹下滑下来。那雨下得大了。雨中有汽车泼喇泼喇行驶的声音，一群男女嘻嘻哈哈推着挽着上阶来，打头的便是范柳原。萨黑荑妮被他挽着，却是够狼狈的，裸腿上溅了一点点的泥浆。她脱去了大草帽，便洒了一地的水。柳原瞥见流苏的伞，便在扶梯口上和萨黑荑妮说了几句话，萨黑荑妮单独上楼去了，柳原走了过来，掏出手绢子来不住的擦他身上脸上的水渍子。流苏和他不免寒暄了几句。柳原坐了下来道："前两天听说有点不舒服？"流苏道："不过是热伤风。"柳原道："这天气真闷得慌。刚才我们到那个英国人的游艇上去野餐的，把船开到了青衣岛。"流苏顺口问问他青衣岛的景致。正说着，萨黑荑妮又下楼来了，已经换了印度装，兜着鹅黄披肩，长垂及地，披肩上是二寸来阔的银丝堆花镶滚。她也靠着阑干，远远的拣了个桌子坐下，一只手闲闲搁在椅背上，指甲上涂着银色蔻丹。流苏笑向柳原道："你还不过去？"柳原笑道："人家是有了主儿的人。"流苏道："那老英国人，哪儿管得住她？"柳原笑道："他管不住她，你却管得住我呢。"流苏抿着嘴笑道："哟！我就是香港总督，香港的城隍爷，管这一方的百姓，我也管不到你头上呀！"柳原摇摇头道："一个不吃醋的女人，多少有点病态。"流苏噗哧一笑，隔了一会，流苏问道："你看着我做什么？"柳原笑道："我看你从今以后是不是预备待我好一点。"流苏道："我待你好一点，坏一点，你又何尝放在心上？"柳原拍手道："这还像句话！话音里仿佛有三分酸意。"流苏掌不住放声笑了起来道："也没有看见你这样的人，死七白咧的要人吃醋！"

　　两人当下言归于好，一同吃了晚饭。流苏表面上虽然和他热了些，心里却怙惙着：他使她吃醋，无非是用的激将法，逼着她自动的投到他的怀里去。她早不同他好，晚不同他好，偏拣这个当口和他好了，白牺牲了她自己，他一定不承情，只道她中了他的计。她做梦也休想他娶她。……很明显的，他要她，可是他不愿意娶她。然而她家里虽穷，也还是个望族，大家都是场面上的人，他担当不起这诱奸的罪名。因此他采取了那种光明正大的态度。她现在知道了，那完全是假撇清。他处处地方希图脱卸责任。以后她若是被抛弃了，她绝对没有谁可抱怨。

　　流苏一念及此，不觉咬了咬牙，恨了一声。面子上仍旧照常跟他敷衍着。徐太太已经在跑马地租下了房子，就要搬过去了。流苏欲待跟过去，又觉得白扰了人家一个多月，再要长住下去，实在不好意思。这样僵持下去，也不是事。进退两难，倒煞费踌躇。这一天，在深夜里，她已经上了床多时，只是翻来覆去，好容易朦胧了一会，床头的电话铃突然朗朗响了起来。她一听，却是柳原的声音，道："我爱你。"就挂断了。流苏心跳得扑通扑通，握住了耳机，发了一会楞，方才轻轻的把它放回原处，谁知才搁上去，又是铃声大作。她再度拿起听筒，柳原在那边问道："我忘了问你一声，你爱我么？"流苏咳嗽了一声再开口，喉咙还是沙哑的。她低声道："你早该知道了，我为什么上香港来？"柳原叹道："我早知道了，可是明摆着的是事实，我就是不肯相信。流苏，你不爱我。"流苏道："怎见得我不？"柳原不语，良久方道："《诗经》上有一首诗——"流苏忙道："我不懂这些。"柳原不耐烦道："知道你不懂，若你懂，也用不着我讲了！我念你听：'死生契阔——与子相悦，执子之手，与子偕老。'我的中文根本不行，可不知道解释得对不对。我看那是最悲哀的一首诗，生与死与离别，都是大事，不由我们支配的。比起外界的力量，我们人是多么小，多么小！可是我们偏要说：'我永远和你在一起；我们一生一世都别离开。' ——好像我们自己做得了主似的！"

　　流苏沉思了半晌，不由得恼了起来道："你干脆说不结婚，不就完了，还得绕着大弯子，什么做不了主？连我这样守旧的人家，也还说'初嫁从亲，再嫁从身'哩！你这样无拘无束的人，你自己不能做主，谁替你做主？"柳原冷冷的道："你不爱我，你有什么办法，你做得了主么？"流苏道："你若真爱我的话，你还顾得了这些？"柳原道："我不至于那么糊涂。我犯不着花了钱娶一个对我毫无感情的人来管束我。那太不公平了。对于你那也不公平。噢，也许你不在乎。根本你以为婚姻就是长期的卖淫——"流苏不等他说完，拍的一声把耳机掼下了，脸气得通红。他敢这样侮辱她，他敢！她坐在床上，炎热的黑暗包着她像葡萄紫的绒毯子。一身的汗，痒痒的，颈上与背脊上的头发梢也刺恼得难受，她把两只手按在腮颊上，手心却是冰冷的。

　　铃又响了起来。她不去接电话，让它响去。"的玲玲……的玲玲……"声浪分外的震耳，在寂静的房间里，在寂静的旅舍里，在寂静的浅水湾。流苏突然觉悟了，她不能吵醒整个的浅水湾饭店。

第一，徐太太就在隔壁。她战战兢兢拿起听筒来，搁在褥单上。可是四周太静了，虽是离了这么远，她也听得见柳原的声音在那里心平气和地说："流苏，你的窗子里看得见月亮么？"流苏不知道为什么，忽然哽咽起来。泪眼中的月亮大而模糊，银色的，有着绿的光棱。柳原道："我这边，窗子上面吊下一枝藤花，挡住了一半。也许是玫瑰，也许不是。"他不再说话了，可是电话始终没挂上。许久许久，流苏疑心他可是盹着了，然而那边终于扑秃一声，轻轻挂断了。流苏用颤抖的手从褥单上拿起她的听筒，放回架子上。她怕他第四次再打来，但是他没有。这都是一个梦——越想越像梦。

第二天早上她也不敢问他，因为他准会嘲笑她——"梦是心头想"，她这么迫切的想念他，连睡梦里他都会打电话来说"我爱你"？他的态度也和平时没有什么不同。他们照常出去玩了一天。流苏忽然发觉拿他们当做夫妇的人很多很多——仆欧们，旅馆里和她搭讪的几个太太老太太，原不怪他们误会。柳原跟她住在隔壁，出入总是肩并肩，夜深还到海岸上去散步，一点都不避嫌疑。一个保姆推着孩子的车走过，向流苏点点头，唤了一声"范太太。"流苏脸上一僵，笑也不是，不笑也不是，只得皱着眉向柳原睃了一眼，低声道："他们不知道怎么想着呢！"柳原笑道："唤你范太太的人，且不去管他们；倒是唤你做白小姐的人，才不知道他们怎么想呢！"流苏变色。柳原用手抚摸着下巴，微笑道："你别枉担了这个虚名！"

流苏吃惊地朝他望望，蓦地里悟到他这人多么恶毒。他有意的当着人做出亲狎的神气，使她没法可证明他们没有发生关系。她势成骑虎，回不得家乡，见不得爷娘，除了做他的情妇之外没有第二条路。然而她如果迁就了他，不但前功尽弃，以后更是万劫不复了。她偏不！就算她枉担了虚名，他不过口头上占了她一个便宜。归根究底，他还是没得到她。既然他没有得到她，或许他有一天还会回到她这里来，带了较优的议和条件。

她打定了主意，便告诉柳原她打算回上海去，柳原却也不坚留，自告奋勇要送她回去。流苏道："那倒不必了。你不是要到新加坡去么？"柳原道："反正已经耽搁了，再耽搁些时也不妨事。上海也有事等着料理呢。"流苏知道他还是一贯政策，惟恐众人不议论他们俩。众人越是说得凿凿有据，流苏越是百喙莫辩，自然在上海不能安身。流苏盘算着，即使他不送她回去，一切也瞒不了她家里的人。她是豁出去了，也就让他送她一程。徐太太见他们俩正打得火一般热，忽然要拆开了，诧异非凡，问流苏，问柳原，两人虽然异口同声的为彼此洗刷，徐太太哪里肯信。

在船上，他们接近的机会很多，可是柳原既能抗拒浅水湾的月色，就能抗拒甲板上的月色。他对她始终没有一句扎实的话。他的态度有点淡淡的，可是流苏看得出他那闲适是一种自满的闲适——他拿稳了她跳不出他的手掌心去。

到了上海，他送她到家，自己没有下车，白公馆里早有了耳报神，探知六小姐在香港和范柳原实行同居了。如今她陪人家玩了一个多月，又若无其事的回来了，分明是存心要丢白家的脸。

流苏勾搭上了范柳原，无非是图他的钱。真弄到了钱，也不会无声无臭的回家来了，显然是没得到他什么好处。本来，一个女人上了男人的当，就该死；女人给当给男人上，那更是淫妇；如果一个女人想给当给男人上而失败了，反而上了人家的当，那是双料的淫恶，杀了她也还污了刀。平时白公馆里，谁有了一点芝麻大的过失，大家便炸了起来。逢到了真正耸人听闻的大逆不道，爷奶奶们兴奋过度，反而吃吃艾艾，一时发不出话来，大家先议定了："家丑不可外扬"，然后分头去告诉亲戚朋友，迫他们宣誓保守秘密，然后再向亲友们一个个的探口气，打听他们知道了没有，知道了多少。最后大家觉得到底是瞒不住，爽性开诚布公，打开天窗说亮话，拍着腿感慨一番。他们忙着这种种手续，也忙了一秋天，因此迟迟的没向流苏采取断然行动。流苏何尝不知道，她这一次回来，更不比往日。她和这家庭早是恩断义绝了。她未尝不想出去找个小事，胡乱混一碗饭吃。再苦些，也强如在家里受气。但是寻了个低三下四的职业，就失去了淑女的身分。那身分，食之无味，弃之可惜。尤其是现在，她对范柳原还没有绝望，她不能先自贬身价，否则他更有了藉口，拒绝和她结婚了。因此她无论如何得忍些时。

熬到了十一月底，范柳原果然从香港来了电报。那电报，整个的白公馆里的人都传观过了。老太太方才把流苏叫去，递到她手里。只有寥寥几个字："乞来港。船票已由通济隆办妥。"白老太太长叹了一声道："既然是叫你去，你就去罢！"她就这样的下贱么？她眼里掉下泪来。这一哭，她突然失去了自制力，她发现她已经是忍无可忍了。一个秋天，她已经老了两年——她可禁不起老！于是第二次离开了家上香港来。这一趟，她早失去了上一次的愉快的冒险的感觉，她失败了。固然，人人是喜欢被屈服的，但是那只限于某种范围内。如果她是纯粹为范柳原的风仪与魅力所征服，那又是一说了，可是内中还掺杂着家庭的压力——最痛苦的成分。

范柳原在细雨迷濛的码头上迎接她。他说她的绿色玻璃雨衣像一只瓶，又注了一句："药瓶。"她以为他在那里讽嘲她的孱弱，然而他又附耳加了一句："你就是医我的药。"她红了脸，白了他一眼。

他替她定下了原先的房间。这天晚上，她回到房里来的时候，已经两点钟了。在浴室里晚妆，熄了灯出来，方才记起了，她房里的电灯开关装置在床头，只得摸着黑过来，一脚踩在地板上的一只皮鞋上，差一点栽了一交，正怪自己疏忽，没把鞋子收好，床上忽然有人笑道："别吓着了！是我的鞋。"流苏停了一会，问道："你来做什么？"柳原道："我一直想从你的窗户里看月亮。这边屋里比那边看得清楚些。"……那晚上的电话的确是他打来的——不是梦！他爱她。这毒辣的人，他爱她，然而他待她也不过如此！她不由得心寒，拨转身走到梳妆台前。十一月尾的纤月，仅仅是一钩白色，像玻璃窗上的霜花。然而海上毕竟有点月意，映到窗子里来，那薄薄的光就照亮了镜子。流苏慢腾腾摘下了发网，把头发一搅，搅乱了，夹叉叮铃哐啷掉下地来。她又戴上网子，把那发网的梢头狠狠的衔在嘴里，拧着眉毛，蹲下身去把夹叉一只一只捡了起来。柳原已经光着脚走到她后面，一只手搁在她头上，把她的脸倒扳了过来，吻她的嘴。发网滑下地去了。这是他第一次吻她，然而他们两人都疑惑不是第一次，因为在幻想中已经发生过无数次了。从前他们有过许多机会——适当的环境，适当的情调；他也想到过，她也顾虑到那可能性。然而两方面都是精刮的人，算盘打得太仔细了，始终不肯冒失。现在这忽然成了真的，两人都糊涂了。流苏觉得她的溜溜走了个圈子，倒在镜子上，背心紧紧抵着冰冷的镜子。他的嘴始终没有离开过她的嘴。他还把她往镜子上推，他们似乎是跌到镜子里面，另一个昏昏的世界里去了，凉的凉，烫的烫，野火花直烧上身来。

第二天，他告诉她，他一礼拜后就要上英国去。她要求他带她一同去，但是他回说那是不可能的。他提议替她在香港租下一幢房子住下，等到一年半载，他也就回来了。她如果愿意在上海住家，也听她的便。她当然不肯回上海。家里那些人——离他们越远越好。独自留在香港，孤单些就孤单些。问题却在他回来的时候，局势是否有了改变，那全在他了。一个礼拜的爱吊得住他的心么？可是从另一方面看来，柳原是一个没长性的人，这样匆匆的聚了又散了，他没有机会厌倦，未始不是于她有利的。一个礼拜往往比一年值得怀念。……他果真带着热情的回忆重新来找她，她也许倒变了呢！近三十的女人，往往有着反常的娇嫩，一转眼就憔悴了。总之，没有婚姻的保障而要长期抓住一个男人，是一件艰难的、痛苦的事，几乎是不可能的。啊，管它呢！她承认柳原是可爱的，他给她美妙的刺激，但是她跟他的目的究竟是经济上的安全。这一点，她知道她可以放心。

他们一同在巴丙顿道看了一所房子，坐落在山坡上。屋子粉刷完了，雇定了一个广东女佣，名唤阿栗。家具只置办了几件最重要的，柳原就该走了。其余的都丢给流苏慢慢的去收拾，家里还没有开火仓，在那冬天的傍晚，流苏送他上船时，便在船上的大餐间胡乱的吃了些三明治。流苏因为满心的不得意，多喝了几杯酒，被海风一吹，回来的时候，便带着三分醉。到了家，阿栗在厨房里烧水替她随身带着的那孩子洗脚。流苏到处瞧了一遍，到一处开一处的灯。客室里门窗上的绿漆还没干，她用食指摸着试了一试，然后把那黏黏的指尖贴在墙上，一贴一个绿迹子。为什么不？这又不犯法？这是她的家！她笑了，索性在那蒲公英的粉墙上打了一个鲜明的绿手印。

她摇摇晃晃走到隔壁房里去。空房，一间又一间——清空的世界。她觉得她可以飞到天花板上去。她在空荡荡的地板上行走，就像是在洁无纤尘的天花板上。房间太空了，她不能不用灯光来装满它。光还是不够，明天她得记着换上几只较强的灯泡。

她走上楼梯去。空得好，她急需着绝对的静寂。她累得很，取悦于柳原是太吃力的事，他脾气向来就古怪；对于她，因为是动了真感情，他更古怪了，一来就不高兴。他走了，倒好，让她松下这口气。现在她什么人都不要——可憎的人，可爱的人，她一概都不要。从小时候起，她的世界就嫌过于拥挤。推着，挤着，踩着，抱着，驮着，老的小的，全是人。一家二十来口，合住一幢房子，你在屋子里剪个指甲也有人在窗户眼里看着。好容易远走高飞，到了这无人之境。如果她正式做了范太太，她就有种种的责任，她离不了人。现在她不过是范柳原的情妇，不露面的，她份该躲着人，人也该躲着她。清静是清静了，可惜除了人之外，她没有旁的兴趣。她所仅有的一点学识，凭着这点本领，她能够做一个贤慧的媳妇，一个细心的母亲；在这里她可是英雄无用武之地。"持家"罢，根本无家可持。看管孩子罢，柳原根本不要孩子。省俭着过日子罢，她根本用不着为了钱操心。她怎样消磨这以后的岁月？找徐太太打牌去，看戏？然后渐渐的姘戏子，抽鸦片，往姨太太们的路子上走？她突然站住了，挺着胸，两只手在背后紧紧互扭着。那倒不至于！她不是那种下流人，她管得住她自己。但是……她管得住她自己不发疯么？楼上品字式的三间屋，楼下品字式的三间屋，全是堂堂地点着灯。新打了蜡的地板，照得雪亮。没有人影儿。一间又一间，呼喊着的空虚……流苏躺到床上去，又想下去关灯，又动弹不得。后来她听见阿栗拖着木屐上楼来，一路扑托扑托关着灯，她紧张的神经方才渐归松弛。

那天是十二月七日，一九四一年，十二月八日，炮声响了。一炮一炮之间，冬晨的银雾渐渐散开，山巅、山洼子里，全岛上的居民都向海面上望去，说"开仗了，开仗了。"谁都不能够相信，然而毕竟是开仗了。流苏孤身留在巴丙顿道，哪里知道什么。等到阿栗从左邻右舍探到了消息，仓皇唤醒了她，外面已经进入酣战阶段。巴丙顿道的附近有一座科学试验馆，屋顶上架着高射炮，流弹不停的飞过来，尖溜溜一声长叫："吱呦呃呃呃呃……"然后"砰"，落下地去。那一声声的"吱呦呃呃呃呃……"撕裂了空气，撕毁了神经。淡蓝的天幕被扯成一条一条，在寒风中簌簌飘动。风里同时飘着无数剪断了的神经尖端。

流苏的屋子是空的，心里是空的，家里没有置办米粮，因此肚子里也是空的。空穴来风，所以她感受恐怖的袭击分外强烈。打电话到跑马地徐家，久久打不通，因为全城装有电话的人没有一个不在打电话，询问哪一区较为安全，做避难的计画。流苏到下午方才接通了，可是那边铃尽管响着，老是没有人来听电话，想必徐先生徐太太已经匆匆出走，迁到平靖一些的地带。流苏没了主意，炮火却逐渐猛烈了。邻近的高射炮成为飞机注意的焦点。飞机蝇蝇地在顶上盘旋，"孜孜孜……"绕了一圈又绕回来，"孜孜……"痛楚地，像牙医的螺旋电器，直挫进灵魂的深处。阿栗抱着她的哭泣着的孩子坐在客室的门槛上，人仿佛入了昏迷状态，左右摇摆着，喃喃唱着呓语似的歌唱，哄着拍着孩子。窗外又是"吱呦呃呃呃呃……"一声，"砰"削去屋檐的一角，沙石哗啦啦落下来。阿栗怪叫一声，跳起身来，抱着孩子就往外跑。流苏在大门口追上了她，一把揪住她问道："你上哪儿去？"阿栗道："这儿登不得了！我——我带她到阴沟里去躲一躲。"流苏道："你疯了！你去送死！"阿栗连声道："你放我走！我这孩子——就只这么一个——死不得的……阴沟里躲一躲……"流苏拚命扯住了她，阿栗将她一推，她跌倒了，阿栗便闯出门去。正在这当口，轰天震地一声响，整个的世界黑了下来，像一只硕大无朋的箱子，拍地关上了盖。数不清的罗愁绮恨，全关在里面了。

流苏只道是没有命了，谁知道还活着。一睁眼，只见满地的玻璃屑，满地的太阳影子。她挣扎着爬起身来，去找阿栗，阿栗紧紧搂着孩子，垂着头，把额角抵在门洞子里的水泥墙上，人是震糊涂了。流苏拉了她进来，就听见外面喧嚷着隔壁落了个炸弹，花园里炸出一个大坑。这一次巨响，箱子盖关上了，依旧不得安静。继续的砰砰砰，仿佛在箱子盖上用锤子敲钉，捶不完地捶。从天明捶到天黑，又从天黑捶到天明。

流苏也想到了柳原，不知道他的船有没有驶出港口，有没有被击沉。可是她想起他便觉得有些渺茫，如同隔世。现在的这一段，与她的过去毫不相干，像无线电的歌，唱了一半，忽然受了恶劣的天气影响，噼噼啪啪炸了起来，炸完了，歌是仍旧要唱下去的，就只怕炸完了，歌已经唱完了，那就没得听了。

第二天，流苏和阿栗母子分着吃完了罐子里的几片饼干，精神渐渐衰弱下来，每一个呼啸着的子弹的碎片便像打在她脸上的耳刮子。街头轰隆轰隆驰来一辆军用卡车，意外地在门前停下了。铃一响，流苏自己去开门，见是柳原，她捉住他的手，紧紧的搂住他的手臂，像阿栗搂住孩子似的。人向前一扑，把头磕在门洞子里的水泥墙上。柳原用另外的一只手托住她的头，急促地道："受了惊吓罢？别着急，别着急。你去收拾点得用的东西，我们到浅水湾去。快点，快点！"流苏跌跌冲冲奔了进去，一面问道："浅水湾那边不要紧么？"柳原道："都说不会在那边上岸的。而且旅馆里吃的方面总不成问题，他们收藏得很丰富。"流苏道："你的船……"柳原道："船没开出去。他们把头等舱的乘客送到了浅水湾饭店。本来昨天就要来接你的，叫不到汽车，公共汽车又挤不上。好容易今天设法弄到了这部卡车。"流苏哪里还定得下心来整理行装，胡乱扎了个小包裹。柳原给了阿栗两个月的工钱，嘱咐她看家，两个人上了车，面朝下并排躺在运货的车厢里，上面蒙着黄绿色油布篷，一路颠簸着，把肘弯与膝盖上的皮都磨破了。

柳原叹道："这一炸，炸断了多少故事的尾巴！"流苏也怆然，半晌方道："炸死了你，我的故事就该完了。炸死了我，你的故事还长着呢！"柳原笑道："你打算替我守节么？"他们两人都有点神经失常，无缘无故，齐声大笑。而且一笑便止不住。笑完了，浑身只打颤。

卡车在"吱呦呃呃……"的流弹网里到了浅水湾。浅水湾饭店楼下驻扎着军队，他们仍旧住到楼上的老房间里。住定了，方才发现，饭店里储藏虽富，都是留着给兵吃的。除了罐头装的牛乳、牛羊肉、水果之外，还有一麻袋一麻袋的白面包，麸皮面包。分配给客人的，每餐只有两块苏打饼干，或是两块方糖，饿得大家奄奄一息。

先两日浅水湾还算平静，后来突然情势一变，渐渐火炽起来。楼上没有掩蔽物，众人容身不得，都来到楼下，守在食堂里，食堂里大开着玻璃门，门前堆着沙袋，英国兵就在那里架起了大炮往外打。海湾里的军舰摸准了炮弹的来源，少不得也一一还敬。隔着棕榈树与喷水池子，子弹穿梭般来往。柳原与流苏跟着大家一同把背贴在大厅的墙上。那幽暗的背景便像古老的波斯地毯，织出各色人物，爵爷、公主、才子、佳人。毯子被挂在竹竿上，迎着风扑打上面的灰尘，拍拍打着，下劲打，打得上面的人走投无路。炮子儿朝这边射来，他们便奔到那边；朝那边射来，便奔到这边。到后来一间敞厅打得千创百孔，墙也坍了一面，逃无可逃了，只得坐下地来，听天由命。

流苏到了这个地步，反而懊悔她有柳原在身边，一个人仿佛有了两个身体，也就蒙了双重危险。一弹子打不中她，还许打中他，他若是死了，若是残废了，她的处境更是不堪设想。她若是受了伤，为了怕拖累他，也只有横了心求死。就是死了，也没有孤身一个人死得干净爽利。她料着柳原也是这般想。别的她不知道，在这一刹那，她只有他，他也只有她。

停战了。困在浅水湾饭店的男女们缓缓向城中走去。过了黄土崖、红土崖，又是红土崖、黄土崖，几乎疑心是走错了道，绕回去了。然而不，先前的路上没有这炸裂的坑，满坑的石子。柳原与流苏很少说话。从前他们坐一截子汽车，也有一席话，现在走上几十里的路，反而无话可说了。偶然有一句话，说了一半，对方每每就知道了下文，没有往下说的必要。柳原道："你瞧，海滩上。"流苏道："是的。"海滩上布满了横七竖八割裂的铁丝网，铁丝网外面，淡白的海水汩汩吞吐淡黄的沙。冬季的晴天也是淡漠的蓝色。野火花的季节已经过去了。流苏道："那堵墙……"柳原道："也没有去看看。"流苏叹了口气道："算了罢。"柳原走得热了起来，把大衣脱下来搁在臂上，臂上也出了汗。流苏道："你怕热，让我给你拿着。"若在往日，柳原绝对不肯，可是他现在不那么绅士风了，竟交了给她。再走了一程子，山渐渐高了起来。不知道是风吹着树呢，还是云影的飘移，青黄的山麓缓缓地暗了下来。细看时，不是风也不是云，是太阳悠悠地移过山头，半边山麓埋在巨大的蓝影子里。山上有几座房屋在燃烧，冒着烟——山阴的烟是白的，山阳的是黑烟——然而太阳只是悠悠地移过山头。

到了家，推开了虚掩着的门，拍着膀翅飞出一群鸽子来。穿堂里满积着灰尘与鸽粪。流苏走到楼梯口，不禁叫了一声"哎呀。"二层楼上歪歪斜斜大张口躺着她新置的箱笼，也有两只顺着楼梯滚了下来，梯脚便淹没在绫罗绸缎的洪流里。流苏弯下腰来，捡起一件蜜合色衬绒旗袍，却不是她自己的东西，满是汗垢，香烟洞与贱价的香水气味。她又发现了许多陌生女人的用品，破杂志，开了盖的罐头荔枝，淋淋漓漓流着残汁，混在她的衣服一堆。这屋子里驻过兵过？——带有女人的英国兵？去得仿佛很仓促。挨户洗劫的本地的贫民，多半没有光顾过，不然，也不会留下这一切。柳原帮着她大声唤阿栗。末一只灰背鸽，斜刺里穿出来，掠过门洞子里的黄色的阳光，飞了出去。

阿栗是不知去向了。然而屋子里的主人们，少了她也还得活下去。他们来不及整顿房屋，先去张罗吃的，费了许多事，用高价买进一袋米。煤气的供给幸而没有断，自来水却没有。柳原提了铅桶到山里去汲了一桶泉水，煮起饭来。以后他们每天只顾忙着吃喝与打扫房间。柳原各样粗活都来得，扫地、拖地板、帮着流苏拧绞沉重的褥单。流苏初次上灶做菜，居然带点家乡风味。因为柳原忘不了马来菜，她又学会了做油炸"沙袋"、咖喱鱼。他们对于饭食上虽然感到空前的兴趣，还是极力的撙节着。柳原身边的港币带得不多，一有了船，他们还得设法回上海。

在劫后的香港住下去究竟不是久长之计。白天这么忙忙碌碌也就混了过去。一到晚上，在那死的城市里，没有灯，没有人声，只有那莽莽的寒风，三个不同的音阶，"喔……呵……呜……"无穷无尽地叫唤着，这个歇了，那个又渐渐响了，三条骈行的灰色的龙，一直线地往前飞，龙身无限制地延长下去，看不见尾。"喔……呵……呜……"叫唤到后来，索性连苍龙也没有了，只是一条虚无的气，真空的桥梁，通入黑暗，通入虚空的虚空。这里是什么都完了。剩下点断堵颓垣，失去记忆力的文明人在黄昏中跌跌跄跄摸来摸去，像是找着点什么，其实是什么都完了。

流苏拥被坐着，听着那悲凉的风。她确实知道浅水湾附近，灰砖砌的那一面墙，一定还屹然站在那里。风停了下来，像三条灰色的龙，蟠在墙头，月光中闪着银鳞。她仿佛做梦似的，又来到墙根下，迎面来了柳原，她终于遇见了柳原。……在这动荡的世界里，钱财、地产、天长地久的一切，全不可靠了。靠得住的只有她腔子里的这口气，还有睡在她身边的这个人。她突然爬到柳原身边，隔着他的棉被，拥抱着他。他从被窝里伸出手来握住她的手。他们把彼此看得透明透亮。仅仅是一刹那的彻底的谅解，然而这一刹那够他们在一起和谐地活个十年八年。

他不过是一个自私的男子，她不过是一个自私的女人。在这兵荒马乱的时代，个人主义者是无处容身的，可是总有地方容得下一对平凡的夫妻。

有一天，他们在街上买菜，碰着萨黑荑妮公主。萨黑荑妮黄着脸，把蓬松的辫子胡乱编了个麻花髻，身上不知从哪里借来一件青布棉袍穿着，脚下却依旧趿着印度式七宝嵌花纹皮拖鞋。她同他们热烈地握手，问他们现在住在哪里，急欲看看他们的新屋子。又注意到流苏的篮子里有去了壳的小蚝，愿意跟流苏学习烧制清蒸蚝汤。柳原顺口邀了她来吃便饭，她很高兴的跟了他们一同回去。她的英国人进了集中营，她现在住在一个熟识的，常常为她当点小差的印度巡捕家里。她有许久没有吃饱过。她唤流苏"白小姐。"柳原笑道:"这是我太太。你该向我道喜呢!"萨黑荑妮道:"真的么?你们几时结婚的?"柳原耸耸肩道:"就在中国报上登了个启事,你知道,战争期间的婚姻,总是潦草的……"流苏没听懂他们的话。萨黑荑妮吻了他又吻了她。然而他们的饭菜毕竟是很寒苦,而且柳原声明他们也难得吃一次蚝汤。萨黑荑妮从此没有再上门过。

当天他们送她出去,流苏站在门槛上,柳原立在她身后,把手掌合在她的手掌上,笑道:"我说,我们几时结婚呢?"流苏听了,一句话也没有,只低下了头,落下泪来。柳原拉住她的手道:"来来,我们今天就到报馆里去登报启事,不过你也许愿意候些时,等我们回到上海,大张旗鼓的排场一下,请请亲戚们。"流苏道:"呸!他们也配!"说着,嗤的笑了出来,往后顺势一倒,靠在他身上。柳原伸手到前面去羞她的脸道:"又是哭,又是笑!"

两人一同走进城去,走到一个峰回路转的地方,马路突然下泻,眼前只是一片空灵——淡墨色的,潮湿的天。小铁门口挑出一块洋磁招牌,写的是:"赵祥庆牙医"。风吹得招牌上的铁钩子吱吱响,招牌背后只是那空灵的天。

柳原歇下脚来望了半晌,感到那平淡中的恐怖,突然打起寒战来,向流苏道:"现在你可该相信了:'死生契阔',我们自己哪儿做得了主?轰炸的时候,一个不巧——"流苏嗔道:"到了这个时候,你还说做不了主的话!"柳原笑道:"我并不是打退堂鼓。我的意思是——"他看了看她的脸色,笑道:"不说了,不说了,"他们继续走路,柳原又道:"鬼使神差地,我们倒真的恋爱起来了!"流苏道:"你早就说过你爱我。"柳原笑道:"那不算。我们那时候太忙着谈恋爱了,哪里还有工夫恋爱?"

结婚启事在报上刊出了,徐先生徐太太赶了来道喜,流苏因为他们在围城中自顾自搬到安全地带去，不管她的死活，心中有三分不快，然而也只得笑脸相迎。柳原办了酒菜，补请了一次客。不久，港沪之间恢复了交通，他们便回上海来了。

白公馆里流苏只回去过一次，只怕人多嘴多，惹出是非来。然而麻烦是免不了的，四奶奶决定和四爷进行离婚，众人背后都派流苏的不是。流苏离了婚再嫁，竟有这样惊人的成就，难怪旁人要学她的榜样。流苏蹲在灯影里点蚊烟香。想到四奶奶，她微笑了。

柳原现在从来不跟她闹着玩了，他把他的俏皮话省下来说给旁的女人听。那是值得庆幸的好现象，表示他完全把她当作自家人看待——名正言顺的妻，然而流苏还是有点怅惘。

香港的陷落成全了她。但是在这不可理喻的世界里，谁知道什么是因，什么是果？谁知道呢？也许就因为要成全她，一个大都市倾覆了。成千上万的人死去，成千上万的人痛苦着，跟着是惊天动地的大改革……流苏并不觉得她在历史上的地位有什么微妙之点。她只是笑吟吟的站起身来，将蚊烟香盘踢到桌子底下去。

传奇里的倾国倾城的人大抵如此。

到处都是传奇，可不见得有这么圆满的收场。胡琴咿咿哑哑拉着，在万盏灯的夜晚，拉过来又拉过去，说不尽的苍凉的故事——不问也罢！

一九四三年九月

*初载一九四三年九月、十月《杂志》第十一卷第六期、第十二卷第一期，收入《传奇》。

琉璃瓦

姚先生有一位多产的太太，生的又都是女儿。亲友们根据着"弄瓦弄璋"的话，和姚先生打趣，唤他太太为"瓦窑"。姚先生并不以为忤，只微微一笑道："我们的瓦，是美丽的瓦，不能跟寻常的瓦一概而论。我们的是琉璃瓦。"

果然，姚先生大大小小七个女儿，一个比一个美。说也奇怪，社会上流行着古典型的美，姚太太生下的小姐便是鹅蛋脸。鹅蛋脸过了时，俏丽的瓜子脸取而代之，姚太太新添的孩子便是瓜子脸。西方人对于大眼睛，长睫毛的崇拜传入中土，姚太太便用忠实流利的译笔照样翻制了一下，毫不走样。姚家的模范美人，永远没有落伍的危险，亦步亦趋，适合时代的需要，真是秀气所钟，天人感应。

女儿是家累，是赔钱货，但是美丽的女儿向来不在此例。姚先生很明白其中的道理；可是要他靠女儿吃饭，他却不是那种人。固然姚先生手头并不宽裕。祖上遗下一点房产，他在一家印刷公司里做广告部主任，薪水只够贴补一部份家用。支持这一个大家庭，实在是不容易的事。然而姚先生对于他的待嫁的千金，并不是一味的急于脱卸责任。关于她们的前途，他有极周到的计画。

他把第一个女儿静静嫁给了印刷所大股东的独生子，这一头亲事静静原不是十分满意。她在大学里读了两年书，交游广阔，暂时虽没有一个人是她一心一意喜欢的，有可能性的却不少。自己拣的和父母拣的即使是不相上下的两个人，总是对自己拣的偏心一点。况且姚先生给她找的这一位，非但没有出洋留过学，在学校里的班级比她还低。她向姚先生有过很激烈的反对的表示，经姚先生再三敦劝，说得舌敝唇焦，又拍着胸脯担保："以后你有半点不顺心，你找我好了！"静静和对方会面过多次，也觉得没有什么地方可挑剔，只得委委曲曲答应了下来。姚先生依从了她的要求，一切都按照最新式的办法，不替她置嫁妆，把钱折了现。对方既然是那么富有的人家，少了实在拿不出手，姚先生也顾不得心疼那三万元了。

结婚戒指、衣饰、新房的家具都是静静和她的未婚夫亲自选择的。报上登的：

"熊致章　小儿启奎
　　　　　为　　　　　结婚启事"
姚源甫　长女静静

却是姚先生精心撰制的一段花团锦簇的四六文章。为篇幅所限，他未能畅所欲言，因此又单独登了一条"姚源甫为长女于归山阴熊氏敬告亲友"。启奎嫌他噜苏，怕他的同学看见了要笑，静静劝道："你就随他去罢！八十岁以下的人，谁都不注意他那一套。"

三朝回门，静静卸下了青狐大衣，里面穿着泥金缎短袖旗袍。人像金瓶里的一朵栀子花。淡白的鹅蛋脸；虽然是单眼皮，而且眼泡微微有点肿，却是碧清的一双妙目。夫妇俩向姚先生姚太太双双磕下头去，姚先生姚太太连忙扶着。

才说了几句话，佣人就来请用午餐。在筵席上，姚太太忙着敬菜，静静道："妈，别管他了。他脾气古怪得很，鱼翅他不爱吃。"

姚太太道："那么这鸭子……"

静静道："鸭子，红烧的他倒无所谓。"

静静站起身来布菜给妹妹们，姚先生道："你自己吃罢！别尽张罗别人！"

静静替自己夹了一只虾子，半路上，启奎伸出筷子来，拦住了她，从她的筷子上接了过去。筷子碰着了筷子，两人相视一笑，竟发了一会呆。静静红了脸，轻轻地抱怨道："无缘无故抢我的东西！"

启奎笑道："我当你是夹菜给我呢！"

姚先生见他们这如胶似漆的情形，不觉眉开眼笑。只把胳膊去推他太太道："你瞧这孩子气，你瞧这孩子气！"

旧例新夫妇回门，不能逗留到太阳下山之后。启奎与静静，在姚家谈得热闹，也就不去顾忌这些，一直玩到夜里十点钟方才告辞。两人坐了一部三轮车。那时候正在年下，法租界僻静的地段，因为冷，分外的显得洁净。霜浓月薄的银蓝的夜里，惟有一两家店铺点着强烈的电灯，晶亮的玻璃窗里品字式堆着一堆一堆黄肥皂，像童话里金砖砌成的堡垒。

启奎吃多了几杯酒，倦了，把十指交叉着，搁在静静肩上，又把下巴搁在手背上，闲闲的道："你爸爸同妈妈，对我真是不搭长辈架子！"他一说话，热风吹到静静的耳朵底下，有点痒。她含笑把头偏了一偏，并不回答。

启奎又道："静静，有人说，你爸爸把你嫁到我家里来，是为了他职业上的发展。"

静静诧异道："这是什么话？"

启奎忙道："这话可不是我说的！"

静静道："你在哪儿听来的？"

启奎道："你先告诉我……"

静静怒道："我有什么可告诉你的？我爸爸即使是老糊涂，我不至于这么糊涂！我爸爸的职业是一时的事，我这可是终身大事，我会为了他芝麻大的前程牺牲我自己吗？"

启奎把头靠在她肩上，她推开了他，大声道："你想我就死人似的让他把我当礼物送人么？你也太看不起我了！"

启奎笑道："没敢看不起你呀！我以为你是个孝女。"

静静道："我家里虽然倒运，暂时还用不着我卖身葬父呢！"

启奎连忙掩住她的嘴道："别嚷了——冷风咽到肚子里去，仔细招凉。"

静静背过脸去，噗哧一笑道："叫我别嚷，你自己也用不着嚷呀！"

启奎又凑过来问道："那么，你结婚，到底是为了什么？"

静静恨一声道："到现在，你还不知道，为来为去是为了谁？"

启奎柔声道："为了我？"

静静只管躲着他，半个身子挣到车外去，头向后仰着，一头的鬈发，给风吹得乱飘，差上一点卷到车轮上去。启奎伸手挽了她的头发，道："仔细弄脏了！"静静猛把头发一甩，发梢扫到他眼睛里去，道："要你管！"

启奎嗳唷了一声，揉了揉眼，依旧探过身来，脱去了手套为她理头发。理了一会，把手伸进皮大衣里面去，拦在她脖子后面。静静叫道："别！别！冷哪！"

启奎道："给我渥一渥。"

静静扭了一会，也就安静下来了。启奎渐渐的把手移到前面，两手扣住了她的咽喉，轻轻地抚弄着她的下颔。静静只是不动。启奎把她向这面揽了一下，她就靠在他身上。

良久，静静问道："你还是不相信？"

启奎道："不相信。"

静静咬着牙道："你往后瞧罢！"

从此静静有意和娘家疏远了。除了过年过节，等闲不肯上门。姚太太来看女儿，十次倒有八次叫人回说少奶奶陪老太太出门打牌去了。熊致章几番要替亲家公谋一个较优的位置，却被儿媳妇三言两语拦住了。姚先生消息灵通，探知其中情形，气得暴跳如雷。不久，印刷所里的广告部与营业部合并了，姚先生改了副主任。老太爷赌气就辞了职。

经过了这番失望，姚先生对于女儿们的婚事，早就把心灰透了，决定不闻不问，让她们自由处置。他的次女曲曲，更不比静静容易控制。曲曲比静静高半个头，体态丰艳，方圆脸盘儿，一双宝光璀璨的长方形的大眼睛，美之中带着点犷悍。姚先生自己知道绝对管束不住她，打算因势利导，使她自动的走上正途。这也是做父母的一番苦心。

一向反对女子职业的他，竟把曲曲荐到某大机关去做女秘书。那里，除了她的头顶上司是个小小的要人之外，其余的也都是少年新进。曲曲的眼界虽高，在这样的人才济济中，也不难挑一个乘龙快婿。选择是由她自己选择！

然而曲曲不争气，偏看中了王俊业，一个三等书记。两人过从甚密。在这生活程度奇高的时候，随意在咖啡馆舞场里坐坐，数目也就可观了。王俊业是靠薪水吃饭的人，势不能天天带她出去，因此也时常的登门拜访她。姚先生起初不知底细，待他相当的客气，一旦打听明白了，不免冷言冷语，不给他好脸子看。王俊业却一味的做小伏低，曲意逢迎。这一天晚上，他顺着姚先生口气，谈到晚近的文风浇薄。曲曲笑道："我大姊出嫁，我爸爸做的骈文启事，你读过没有？我去找来给你看。"

王俊业道："正要拜读老伯的大作。"

姚先生摇摇头道："算了，算了，登在报上，错字很多，你未必看得懂。"

王俊业道："那是排字先生与校对的人太没有知识的缘故。现在的一般人，对于纯粹的美文，太缺乏理解力了。"

曲曲霍地站起身来道："就在隔壁的旧报纸堆里，我去找。"她一出门，王俊业便夹脚跟了出去。

姚先生端起宜兴紫泥茶壶来，就着壶嘴呷了两口茶。回想到那篇文章，不由得点头播脑的背诵起来。他站起身来，一只手抱着温暖的茶壶，一只手按在上面，悠悠地抚摸着，像农人抱着鸡似的。身上穿着湖色熟罗对襟褂，拖着铁灰排穗裤带。摇摇晃晃在屋里转了几个圈子，口里低低吟哦着。背到末了，却有两句记不清楚了。他嘘溜溜吸了一口气，放下茶壶，就向隔壁的餐室里走来。一面高声问道："找到了没有？是十二月份的。"一语未完，只听见隔壁的木器砰碰有声，一个人逃，一个人追，笑成一片。姚先生这时候，却不便进去了，只怕撞见了不好看相，急得只用手拍墙。

那边仿佛是站住了脚。王俊业抱怨道："你搽了什么嘴唇膏！苦的！"

曲曲笑道："是香料。我特为你这种人，拣了这种胭脂——越苦越有效力！"

王俊业道："一点点苦，就吓退了我？"说着，只听见撒啦一声，仿佛是报纸卷打在人身上。

姚先生没法子，唤了小女儿瑟瑟过来，嘱咐了几句话，瑟瑟推门进去，只见王俊业面朝外，背着手立在窗前，旧报纸飞了一地，曲曲蹲在地上收拾着，嘴上油汪汪的杏黄胭脂，腮帮子上也抹了一搭，她穿着乳白冰纹绉的单袍子，黏在身上，像牛奶的薄膜。肩上也染了一点胭脂晕。

瑟瑟道："二姊，妈叫你上楼去给她找五斗橱的钥匙。"曲曲一言不发，上楼去了。

这一去，姚太太便不放她下来。曲曲笑道："急什么！我又不打算嫁给姓王的，一时高兴，开开玩笑是有的，让你们摇铃打鼓这一闹，外头人知道了，可别怪我！"

姚先生这时也上来了，接口冷笑道："哦！原来还是我们的错！"

曲曲掉过脸来向他道："不，不，不，是我的错，玩玩不打紧，我不该挑错了玩伴。若是我陪着上司玩，那又是一说了！"

姚先生道："你就是陪着皇帝老子，我也要骂你！"

曲曲耸肩笑道："骂归骂，欢喜归欢喜，发财归发财。我若是发达了，你们做皇亲国戚；我若是把事情弄糟了，那是我自趋下流，败坏你的清白家风，你骂我，比谁都骂在头里！你道我摸不清楚你弯弯扭扭的心肠！"

姚先生气得身子软了半截，倒在藤椅子上，一把揪住他太太，颤巍巍说道："太太你看看你生出这样的东西，你——你也不管管她！"

姚太太便揪住曲曲道："你看你把你爸爸气成这样！"

曲曲笑道："以后我不许小王上门就是了！免得气坏爸爸。"

姚太太道："这还像个话！"

曲曲接下去说道："横竖我们在外面，也是一样的玩，丢丑便丢在外面，也不干我事。"姚先生喝道："你敢出去！"

曲曲从他身背后走过，用鲜红的指甲尖在他耳朵根子上轻轻刮了一刮，笑道："爸爸，你就少管我的事罢！别又让人家议论你用女儿巴结人，又落一个话柄子！"

这两个"又"字，直钻到姚先生心里去，他紫胀了脸，一时挣不出话来，眼看着曲曲对着镜子掠了掠鬓发，开橱取出一件外套，翩然下楼去了。

从那天起，王俊业果然没到姚家来过。可是常常有人告诉姚先生说看见二小姐在咖啡馆里和王俊业握着手，一坐坐上几个钟头。姚先生的人缘素来不差，大家知道他是个守礼君子，另有些不入耳的话，也就略去不提了。然而他一转背，依旧是人言籍籍。到了这个地步，即使曲曲坚持着不愿嫁给王俊业，姚先生为了她底下的五个妹妹的未来的声誉，也不能不强迫她和王俊业结婚。

曲曲倒也改变了口气，声言："除了王俊业，也没有人拿得住我。钱到底是假的，只有情感是真的——我也看穿了，天下没有十全十美的事。"

她这一清高，抱了恋爱至上主义，别的不要紧，吃亏了姚先生，少不得替她料理一切琐屑的俗事。王俊业手里一个钱也没有攒下来。家里除了母亲还有哥嫂弟妹，分租了人家楼上几间屋子住着，委实再安插不下一位新少奶奶。姚先生只得替曲曲另找一间房子，买了一堂家具，又草草置备了几件衣饰，也就所费不赀了。曲曲嫁了过去，生活费仍旧归姚先生负担。姚先生只求她早日离了眼前，免得教坏了其他的孩子们，也不能计较这些了。

幸喜曲曲底下的几个女儿，年纪都还小，只有三小姐心心，已经十八岁了，然而心心柔驯得出奇，丝毫没染上时下的习气。恪守闺范，一个男朋友也没有。姚先生倒过了一阵安静日子。

姚太太静极思动，因为前头两个女儿一个嫁得不甚得意，一个得意的又太得意了，都于娘家面子有损。一心只想在心心身上争回这一口气，成天督促姚先生给心心物色一个出类拔萃的夫婿。姚先生深知心心不会自动地挑人，难得这么一个听话的女儿，不能让她受委屈，因此勉强地打起精神，义不容辞地替她留心了一下。

做媒的虽多，合格的却少。姚先生远远地注意到一个杭州富室嫡派单传的青年，名唤陈良栋。姚先生有个老同事，和陈良栋的舅父是干亲家，姚先生费了大劲间接和那舅父接洽妥当，由舅父出面请客，给双方一个见面的机会。姚先生预先叮嘱过男方，心心特别的怕难为情，务必要多请几个客，凑七八个人，免得僵得慌。还有最重要的一点，宴席的座位，别把陈良栋排在心心贴隔壁。初次见面吧，双方多半有些窘，不如让两人对面坐着，看得既清晰，又没有谈话的必要。姚先生顾虑到这一切，无非是体谅他第三个女儿不善交际应酬，怕她过于羞人答答的，犯了小家子气的嫌疑。并且心心的侧影，因为下额太尖了，有点单薄相，不如正面美。

到了介绍的那天晚上，姚先生放出手段来：把陈良栋的舅父敷衍得风雨不透，同时匀出一只眼睛来看住陈良栋，一只眼睛管住了心心，眼梢里又带住了他太太，惟恐姚太太没见过大阵仗，有失仪的地方。散了席，他不免筋疲力尽。一回家便倒在藤椅上，褪去了长衫、衬衣，只剩下一件汗衫背心，还嚷热。

姚太太不及卸妆，便赶到浴室里逼着问心心："你觉得怎么样？"

心心对着镜子，把头发挑到前面来。漆黑地罩住了脸，左一梳，右一梳，只是不开口。隔着她那藕色镂花纱旗袍，胸脯子上隐隐约约闪着一条绝细的金丝项圈。

姚太太发急道："你说呀！有什么不满意的地方，尽管说！"

心心道："我有什么可说的！"

姚先生在那边听见了，撩起裤脚管，一拍膝盖，呵呵笑了起来道："可不是！他有什么可批评的？家道又好，人又老实，人品又大方，打着灯笼都没处找去！"

姚太太望着女儿，乐得不知说什么才好，搭讪着伸出手来，摸摸心心的胳膊，嘴里咕哝道："偏赶着这两天打防疫针！你瞧，还肿着这么一块！"

心心把头发往后一撩，露出她那尖尖的脸来，腮上也不知道是不是胭脂，一直红到鬓角里去。乌浓的笑眼，笑花溅到眼睛底下，凝成一个小酒涡。姚太太见她笑了，越发煞不住要笑。

心心低声道："妈，他也喜欢看话剧跟电影；他也不喜欢跳舞。"

姚太太道："喜欢就喜欢，不喜欢就不喜欢，怎么老是'也'呀'也'的！"

姚先生在那边房里接口道："人家是志同道合呀！"

心心道："他不赞成太新式的女人。"

姚太太笑道："你们倒仿佛是说了不少的话！"

姚先生也笑道："真的，我倒不知道我们三丫头这么鬼精灵，隔得老远的，眉毛眼睛都会传话！早知道她有这一手儿，我也不那么提心吊胆的——白操了半天心！"

心心放下了桃红赛璐珞梳子，掉过身来，倚在脸盆边上，垂着头，向姚太太笑道："妈，只是有一层，他不久就要回北京去了，我……我……我怪舍不得您的！"

姚先生在脱汗衫，脱了一半，天灵盖上打了个霹雳，汗衫套在头上，就冲进浴室，叫道："你见了鬼罢？胡说八道些什么？陈良栋是杭州人，一辈子不在杭州就在上海，他到北京去做什么？"

心心吓怔住了，张口结舌答不出话来。

姚先生从汗衫领口里露出一只眼睛，亮晶晶地盯住他女儿，问道："你说的，是坐在你对面的姓陈的么？"

心心两手护住了咽喉，沙声答道："姓陈，可是他坐在我隔壁。"

姚先生下死劲啐了她一口，不想全啐在他汗衫上。他的喉咙也沙了，说道："那是程惠荪。给你介绍的是陈良栋，耳东陈。好不要脸的东西，一厢情愿，居然到北京去定了，舍不得妈起来！我都替你害臊！"

姚太太见他把脖子都气紫了，怕他动手打人，连忙把他往外推。他走了出去，一脚踢在门上，门"砰"的一声关上了，震得心心索索乱抖，哭了起来。姚太太连忙拍着哄着，又道："认错人了，也是常事，都怪你爸爸没把话说明白了，罚他请客就是了！本来他也应当回请一次。这一趟不要外人了，就是我们家里几个和陈家自己人。"

姚先生在隔壁听得清楚，也觉得这话有理，自己的确莽撞了一点。因又走了回来，推浴室的门推不开，仿佛心心伏在门上呜呜咽咽哭着呢。便从另一扇门绕道进去。他那件汗衫已经从头上扯了下来，可是依旧在颈上，像草裙舞的花圈。他向心心正色道："别哭了，该歇歇了。我明天回报他们，就说你愿意再进一步，做做朋友。明后天我邀大家看电影吃饭，就算回请。他们少爷那方面，我想绝对没有问题。"

心心哭得越发嘹亮了，索性叫喊起来，道："把我作弄得还不够！我——我就是木头人，我也受不住了哇！"

姚先生姚太太面面相觑。姚太太道："也许她没有看清楚陈良栋的相貌，不放心。"

心心蹬脚道："没有看清楚，倒又好了，那个人，椰子似的圆滚滚的头。头发朝后梳，前面就是脸，头发朝前梳，后面就是脸——简直没有分别！"

姚先生指着她骂："人家不靠脸子吃饭！人家再丑些，不论走到那里，一样的有面子！你别以为你长得五官端正些，就有权利挑剔人家面长面短！你大姊枉为生得整齐，若不是我替她从中张罗，指不定嫁到什么人家！你二姊就是个榜样！"

心心双手抓住了门上挂衣服的铜钩子，身体全部的重量都吊在上面，只是号啕痛哭。背上的藕色纱衫全汗透了，更兼在门上揉来揉去，揉得稀绉。

姚太太扯了姚先生一把，耳语道："看她这样子，还是为了那程惠荪。"

姚先生咬紧了牙关，道："你要是把她嫁了程惠荪哪！以后你再给我添女儿，养一个我淹死一个！还是乡下人的办法顶彻底！"

程惠荪几次拖了姚先生的熟人，一同上门来谒见，又造了无数的藉口，谋与姚家接近，都被姚先生挡住了。心心成天病奄奄的，脸色很不好看，想不到姚先生却赶在她头里，先病倒了。中医诊断就是郁愤伤肝。

这一天，他发热发得昏昏沉沉，一睁眼看见一个蓬头女子，穿一身大红衣裳，坐在他床沿上。他两眼直瞪瞪望着她，耳朵里嗡嗡乱响，一阵阵的轻飘飘朝上浮，差一点晕厥了过去。

姚太太叫道："怎么连静静也不认识了？"

他定睛一看，可不是静静！烫鬈的头发，多天没有梳过，蟠结在头上，像破草席子似的。敞着衣领，大襟上钮扣也没有扣严，上面胡乱罩了一件红色绒线衫，双手捧着脸，哭道："爸爸！爸爸！爸爸你得替我做主！你——若是一撒手去了，叫我怎么好呢？"

姚太太站在床前，听了这话，不由得生气，骂道："多大的人了，怎么这张嘴，一点遮拦也没有！就是我们不嫌忌讳，你也不能好端端的咒你爸爸死！"

静静道："妈，你不看我急成这个模样，你还挑我的眼儿！启奎外头有了人，成天不回来，他一家子一条心，齐打伙儿欺负我。我这一肚子冤，叫我往哪儿诉去！"

姚太太冷笑道："原来你这个时候就记起娘家来了！我只道雀儿拣旺处飞，爬上高枝儿去了，就把我们撇下了。"

静静道："什么高枝儿矮枝儿，反正是你们把我送到那儿去的，活活的坑死了我！"

姚太太道："送你去，也要你愿意！难不成'牛不喝水强按头'！当初的事你自己心里有数。你但凡待你父亲有一二分好处，这会子别说他还没死，就是死了，停在棺材板上，只怕他也会一骨碌坐了起来，挺身出去替你调停！"

静静道："叫我别咒他，这又是谁咒他了？"说着，放声大哭起来，扑在姚先生身上道："啊！爸爸！爸爸！你要有个三长两短，可怜你这苦命的女儿，叫她往哪儿去投奔？我的事，都是爸爸给安排的，只怕爸爸九泉之下也放不下这条心！"

姚先生听她们母女俩一递一声拌着嘴，心里只恨他太太窝囊不济事，辩不过静静。待要插进嘴去，狠狠的驳静静两句，自己又有气无力的，实在费劲，赌气翻身朝里睡了。

静静把头枕在他腿上，一面哭，一面噜噜叨叨诉说着，口口声声咬定姚先生当初有过这话：她嫁到熊家去，有半点不顺心，尽管来找爸爸，一切由爸爸负责任。姚先生被她絮聒得五中似沸，也不知过了多少时辰，好容易朦胧睡去。一觉醒来，静静不在了，褥单上被她哭湿了一大块，冰凉的，像孩子溺脏了床。问姚太太静静到哪儿去了，姚太太道："启奎把她接回去了。"

姚先生这一场病，幸亏身体底子结实，支撑过去了，渐渐复了元，可是精神大不如前了。病后发现他太太曾经陪心心和程惠荪一同去看过几次电影，而且程惠荪还到姚家来吃过便饭。姚先生也懒得查问这笔帐了，随他们闹去。

但是第四个女儿纤纤，还有再小一点的端端、簌簌、瑟瑟，都渐渐的长成了——一个比一个美。姚太太肚子又大了起来，想必又是一个女孩子。亲戚都说："来得好！姚先生明年五十大庆，正好凑一个八仙上寿！"可是姚先生只怕他等不及。

他想他活不长了。

一九四三年十月

* 初载一九四三年十一月《万象》第三年第五期，收入《传奇》。

金锁记

　　三十年前的上海，一个有月亮的晚上……我们也许没赶上看见三十年前的月亮。年轻的人想着三十年前的月亮该是铜钱大的一个红黄的湿晕，像朵云轩信笺上落了一滴泪珠，陈旧而迷糊。老年人回忆中的三十年前的月亮是欢愉的，比眼前的月亮大、圆、白；然而隔着三十年的辛苦路望回看，再好的月色也不免带点凄凉。

　　月光照到姜公馆新娶的三奶奶的陪嫁丫头凤箫的枕边。凤箫睁眼看了一看，只见自己一只青白色的手搁在半旧高丽棉的被面上，心中便道："是月亮光么？"凤箫打地铺睡在窗户底下。那两年正忙着换朝代，姜公馆避兵到上海来，屋子不够住的，因此这一间下房里横七竖八睡满了底下人。

　　凤箫恍惚听见大床背后有窸窸窣窣的声音，猜着有人起来解手，翻过身去，果见布帘子一掀，一个黑影趿着鞋出来了，约摸是伺候二奶奶的小双，便轻轻叫了一声"小双姐姐"。小双笑嘻嘻走来，踢了踢地上的褥子道："吵醒了你了。"她把两手抄在青莲色旧绸夹袄里。下面系着明油绿裤子。凤箫伸手捻了那裤脚，笑道："现在颜色衣服不大有人穿了，下江人时兴的都是素净的。"小双笑道："你不知道，我们家哪比得旁人家？我们老太太古板，连奶奶小姐们尚且做不得主呢，何况我们丫头？给什么，穿什么——一个个打扮得庄稼人似的！"她一蹲身坐在地铺上，拣起凤箫脚头一件小袄来，问道："这是你们小姐出阁，给你们新添的？"凤箫摇头道："三季衣裳，就只外场上看见的两套是新制的，余下的还不是拿上头人穿剩下的贴补贴补！"小双道："这次办喜事，偏赶着革命党造反，可委屈了你们小姐！"凤箫叹道："别提了。就说省些罢，总得有个谱子！也不能太看不上眼了。我们那一位，嘴里不言语，心里岂有不气的？"小双道："也难怪三奶奶不乐意。你们那边的嫁妆，也还凑付着，我们这边的排场，可太凄惨了。就连那一年娶咱们二奶奶，也还比这一趟强些！"凤箫楞了一楞道："怎么？你们二奶奶……"

小双脱下了鞋，赤脚从凤箫身上跨过去，走到窗户跟前，笑道："你也起来看看月亮。"凤箫一骨碌爬起来，低声问道："我早就想问你了，你们二奶奶……"小双弯腰拾起那件小袄来替她披上了，道："仔细着了凉。"凤箫一面扣钮子，一面笑道："不行，你得告诉我！"小双笑道："是我说话不留神，闯了祸！"凤箫道："咱们这都是自家人了，干嘛这么见外呀？"小双道："告诉你，你可别告诉你们小姐去！咱们二奶奶家里是开麻油店的。"凤箫哟了一声道："开麻油店！打哪儿想起他？像你们大奶奶，也是公侯人家小姐，我们那一位虽比不上大奶奶，也还不是低三下四的人——"小双道："这里头自然有个缘故。咱们二爷你也见过了，是个残废，做官人家的女儿谁肯给他？老太太没奈何，打算替二爷置一房姨奶奶，做媒的给找了这曹家的，是七月里生的，就叫七巧。"凤箫道："哦，是姨奶奶。"小双道："原来是姨奶奶的，后来老太太想着，既然不打算替二爷另娶了，二房里没个当家的媳妇，也不是事，索性聘了来做正头奶奶，好教她死心塌地服侍二爷。"凤箫把手扶着窗台，沉吟道："怪道呢！我虽是初来，也瞧料了两三分。"小双道："龙生龙，凤生凤，这话是有的。你还没听见她的谈吐呢！当着姑娘们，一点忌讳也没有。亏得我们家一向内言不出，外言不人，姑娘们什么都不懂。饶是不懂，还臊得没处躲！"凤箫噗哧一笑道："真的？她这些村话，又是从哪儿听来的？就连我们丫头——"小双抱着胳膊道："麻油店的活招牌，站惯了柜台，见多识广的，我们拿什么去比人家？"凤箫道："你是她陪嫁过来的么？"小双冷笑说："她也配！我原是老太太跟前的人，二爷成天的吃药，行动都离不了人，屋里几个丫头不够使，把我拨了过去。怎么着？你冷哪？"凤箫摇摇头。小双道："瞧你缩着脖子这娇模样儿！"一语未完，凤箫打了个喷嚏，小双忙推她道："睡罢！睡罢！快窝一窝。"凤箫跪了下来脱袄子，笑道："又不是冬天，哪儿就至于冻着了？"小双道："你别瞧这窗户关着，窗户眼儿里吱溜溜的钻风。"

两人各自睡下，凤箫悄悄的问道："过来了也有四五年了罢？"小双道："谁？"凤箫道："还有谁？"小双道："哦，她，可不是有五年了。"凤箫道："也生男育女的——倒没闹出什么话柄儿？"小双道："还说呢！话柄儿就多了！前年老太太领着合家上下到普陀山进香去，她坐月子没去，留着她看家。舅爷脚步儿走得勤了些，就丢了一票东西。"凤箫失惊道："也没查出个究竟来？"小双道："问得出什么好的来？大家面子上下不去！那些首饰左不过将来是归大爷二爷三爷的。大爷大奶奶碍着二爷，没好说什么。三爷自己在外头流水似的花钱，欠了公账上不少，也说不响嘴。"

她们俩隔着丈来远交谈。虽是极力的压低了喉咙，依旧有一句半句声音大了些，惊醒了大床上睡着的赵嬷嬷。赵嬷嬷唤道："小双。"小双不敢答应。赵嬷嬷道："小双，你再混说，让人家听见了，明儿仔细揭你的皮！"小双还是不作声。赵嬷嬷又道："你别以为还是从前住的深堂大院哪，由得你疯疯癫癫！这儿可是挤鼻子挤眼睛的，什么事瞒得了人？趁早别讨打！"屋里顿时鸦雀无声。赵嬷嬷害眼，枕头里塞着菊花叶子，据说是使人眼目清凉的。她欠起头来按了一按髻上横绾的银簪，略一转侧，菊叶便沙沙作响。赵嬷嬷翻了个身，吱吱格格牵动了全身的骨节，她唉了一声道："你们懂得什么！"小双与凤箫依旧不敢接嘴。久久没有人开口，也就一个个的朦胧睡去了。

天就快亮了。那扁扁的下弦月，低一点，低一点，大一点，像赤金的脸盆，沉了下去。天是森冷的蟹壳青，天底下黑漆漆的只有些矮楼房，因此一望望得很远。地平线上的晓色，一层绿、一层黄、又一层红，如同切开的西瓜——是太阳要上来了。渐渐马路上有了小车与塌车辘辘推动，马车蹄声得得。卖豆腐花的挑着担子悠悠吆喝着，只听见那漫长的尾声："花……呕！花……呕！"再去远些，就只听见"哦……呕！哦……呕！"

屋子里丫头老妈子也起身了，乱着开房门、打脸水、叠铺盖、挂帐子、梳头。凤箫伺候三奶奶兰仙穿了衣裳，兰仙凑到镜子前面仔细望了一望，从腋下抽出一条水绿洒花湖纺手帕，擦了擦鼻翅上的粉，背对着床上的三爷道："我先去替老太太请安罢。等你，准得误了事。"正说着大奶奶玳珍来了，站在门槛上笑道："三妹妹，咱们一块儿去。"兰仙忙迎了出去道："我正担心着怕晚了，大嫂原来还没上去。二嫂呢？"玳珍笑道："她还有一会儿耽搁呢。"兰仙道："打发二哥吃药？"玳珍四顾无人，便笑道："吃药还在其次——"她把大拇指抵着嘴唇，中间的三个指头握着拳头，小指头翘着，轻轻的"嘘"了两声。兰仙诧异道："两人都抽这个？"玳珍点头道："你二哥是过了明路的，她这可是瞒着老太太的，叫我们夹在中间为难，处处还得替她遮盖遮盖，其实老太太有什么不知道？有意的装不晓得，照常的派她差使，零零碎碎给她罪受，无非是不肯让她抽个痛快罢了。其实也是的，年纪轻轻的妇道人家，有什么了不得的心事，要抽这个解闷儿？"

玳珍兰仙挽手一同上楼，各人后面跟着贴身丫鬟，来到老太太卧室隔壁的一间小小的起坐间里。老太太的丫头榴喜迎了出来，低声道："还没醒呢。"玳珍抬头望了望挂钟，笑道："今儿老太太也晚了。"榴喜道："前两天说是马路上人声太杂，睡不稳。这现在想是惯了，今儿补足了一觉。"

紫榆百龄小圆桌上铺着红毡条，二小姐姜云泽一边坐着，正拿着小钳子磕核桃呢，因丢下了站起来相见。玳珍把手搭在云泽肩上，笑道："还是云妹妹孝心，老太太昨儿一时高兴，叫做糖核桃，你就记住了。"兰仙玳珍便围着桌子坐下了，帮着剥核桃衣子。云泽手酸了，放下了钳子，兰仙接了过来。玳珍道："当心你那水葱似的指甲，养得这么长了，断了怪可惜的！"云泽道："叫人去拿金指甲套子去。"兰仙笑道："有这些麻烦的，倒不如叫他们拿到厨房里去剥了！"

众人低声说笑着，榴喜打起帘子，报道："二奶奶来了。"兰仙云泽起身让坐，那曹七巧且不坐下，一只手撑着门，一只手撑住腰，窄窄的袖口里垂下一条雪青洋绉手帕，身上穿着银红衫子，葱白线镶滚，雪青闪蓝如意小脚裤子，瘦骨脸儿，朱口细牙，三角眼，小山眉，四下里一看，笑道："人都齐了，今儿想必我又晚了！怎怪我不迟到——摸着黑梳的头！谁教我的窗户冲着后院子呢？单单就派了那么间房给我，横竖我们那位眼看是活不长的，我们净等着做孤儿寡妇了——不欺负我们，欺负谁？"玳珍淡淡的并不接口，兰仙笑道："二嫂住惯了北京的房子，怪不得嫌这儿憋闷得慌。"云泽道："大哥当初找房子的时候，原该找个宽敞些的，不过上海像这样，只怕也算敞亮的了。"兰仙道："可不是！家里人实在多，挤是挤了点——"七巧挽起袖口，把手帕子掖在翡翠镯子里，瞟了兰仙一眼，笑道："三妹妹原来也嫌人太多了。连我们都嫌人太多，像你们没满月的自然更嫌人多了！"兰仙听了这话，还没有怎么，玳珍先红了脸，道："玩是玩，笑是笑，也得有个分寸。三妹妹新来乍到的，你让她想着咱们是什么样的人家？"七巧扯起手绢子的一角掩住了嘴唇道："知道你们都是清门净户的小姐，你倒跟我换一换试试，只怕你一晚上也过不惯。"玳珍啐道："不跟你说了，越说你越上头上脸的。"七巧索性上前拉住玳珍的袖子道："我可以赌得咒——这五年里头我可以赌得咒！你敢赌么？你敢赌么？"玳珍也撑不住噗哧一笑，咕噜了一句道："怎么你孩子也有了两个？"七巧道："真的，连我也不知道这孩子是怎么生出来的！越想越不明白！"玳珍摇手道："够了，够了，少说两句罢。就算你拿三妹妹当自己人，没有什么背讳，现放着云妹妹在这儿呢，待会儿老太太跟前一告诉，管叫你吃不了兜着走！"

云泽早远远的走开了，背着手站在阳台上，撮尖了嘴逗芙蓉鸟。姜家住的虽然是早期的最新式洋房，堆花红砖大柱支着巍峨的拱门，楼上阳台却是木板铺的地。黄杨木阑干里面，放着一溜篦箩子，晾着笋干。敝旧的太阳弥漫在空气里像金的灰尘，微微呛人的金灰，揉进眼睛里去，昏昏的。街上小贩遥遥摇着博浪鼓，那懵懂的“不楞登……不楞登”里面有着无数老去的孩子们的回忆。包车叮叮的跑过，偶尔也有一辆汽车叭叭叫两声。

七巧自己也知道这屋子里的人都瞧不起她，因此和新来的人分外亲热些，倚在兰仙的椅背上问长问短，携着兰仙的手左看右看，夸赞了一会她的指甲，又道：“我去年小拇指上养的比这个足足还长半寸呢，掐花给弄断了。”兰仙早看穿了七巧的为人和她在姜家的地位，微笑尽管微笑着，也不大答理她。七巧自觉无趣，踅到阳台上来，拾起云泽的辫梢来抖了一抖，搭讪着笑道：“呦！小姐的头发怎么这样稀朗朗的？去年还是乌油油的一头好头发，该掉了不少罢？”云泽闪过身去护着辫子，笑道：“我掉两根头发，也要你管！”七巧只顾端详她，叫道：“大嫂你来看看，云妹妹的确瘦多了，小姐莫不是有了心事了？”云泽啪的一声打掉了她的手，恨道：“你今儿个真的发了疯了！平日还不够讨人嫌的？”七巧把两手筒在袖子里，笑嘻嘻的道：“小姐脾气好大！”

玳珍探出头来道：“云妹妹，老太太起来了。”众人连忙扯扯衣襟，摸摸鬓脚，打帘子进隔壁房里去，请了安，伺候老太太吃早饭。婆子们端着托盘从起坐间穿了过去，里面的丫头接过碗碟，婆子们依旧退到外间来守候着。里面静悄悄的，难得有人说句把话，只听见银筷子头上的细银链条窸窣颤动。老太太信佛，饭后照例要做两个时辰的功课，众人退了出来，云泽背地里向玳珍道：“二嫂不忙着过瘾去，还挨在里面做什么？”玳珍道：“想是有两句私房话要说。”云泽不由得笑了起来道：“她的话，老太太哪里听得进？”玳珍冷笑道：“那倒也说不定。老年人心思总是活动的，成天在耳边聒絮着，十句里头相信一两句，也未可知。”

兰仙坐着磕核桃，玳珍和云泽便顺着脚走到阳台上，虽不是存心偷听正房里的谈话，老太太上了年纪，有点聋，喉咙特别高些，有意无意之间不免有好些话吹到阳台上的人的耳朵里来。云泽把脸气得雪白，先是握紧了拳头，又把两只手使劲一洒，便向走廊的另一头跑去。跑了两步，又站住了，身子向前伛偻着，捧着脸呜呜哭起来。玳珍赶上去扶着劝道："妹妹快别这么着！快别这么着！不犯着跟她这样的人计较！谁拿她的话当桩事！"云泽甩开了她，一径往自己屋里奔去。玳珍回到起坐间里来，一拍手道："这可闯出祸来了！"兰仙忙道："怎么了？"玳珍道："你二嫂去告诉了老太太，说女大不中留，让老太太写信给彭家，叫他们早早把云妹妹娶过去罢。你瞧，这算什么话？"兰仙也怔了一怔道："女家说出这种话来，可不是自己打脸么？"玳珍道："姜家没面子，还是一时的事，云妹妹将来嫁了过去，叫人家怎么瞧得起她？她这一辈子还要做人呢！"兰仙道："老太太是明白人——不见得跟那一位一样的见识。"玳珍道："老太太起先自然是不爱听，说咱们家的孩子，决不会生这样的心。她就说：'哟！您不知道现在的女孩子跟您从前做女孩子时候的女孩子，哪儿能够打比呀？时世变了，要不怎么天下大乱呢？'你知道，年岁大的人就爱听这一套，说得老太太也有点疑疑惑惑起来。"兰仙叹道："好端端怎么想起来的，造这样的谣言！"玳珍两肘支在桌子上，伸着小指剔眉毛，沉吟了一会，嗤的一笑道："她自己以为她是特别的体贴云妹妹呢！要她这样体贴我，我可受不了！"兰仙拉了她一把道："你听——不能是云妹妹罢？"后房似乎有人在那里大放悲声，蹬得铜床柱子一片响，嘈嘈杂杂还有人在那里解劝，只是劝不住。玳珍站起身来道："我去看看，别瞧这位小姐好性儿，逼急了她，也不是好惹的。"

玳珍出去了，那姜三爷姜季泽却一路打着呵欠进来了。季泽是个结实小伙子，偏于胖的一方面，脑后拖一根三股油松大辫，生得天圆地方，鲜红的腮颊，往下坠着一点，青湿眉毛，水汪汪的黑眼睛里永远透着三分不耐烦，穿一件竹根青窄袖长袍，酱紫芝麻地一字襟珠扣小坎肩，问兰仙道："谁在里头吱吱喳喳跟老太太说话？"兰仙道："二嫂。"季泽抿着嘴摇摇头，兰仙笑道："你也怕了她？"季泽一声儿不言语，拖过一把椅子，将椅背抵着桌缘，把袍子高高的一撩，骑着椅子坐下来，下巴搁在椅背上，手里只管把核桃仁一个一个拈来吃，兰仙睐了他一眼道："人家剥了这一晌午，是专诚孝敬你的么？"正说着，七巧掀着帘子出来了，一眼看见了季泽，身不由主的就走了过来，绕到兰仙椅子背后，两手兜在兰仙脖子上，把脸凑了下去，笑道："这么一个人才出众的新娘子！三弟你还没谢谢我哪！要不是我催着他们早早替你办了这件事，这一耽搁，等打完了仗，指不定要十年八年呢！可不把你急坏了！"兰仙生平最大的憾事便是出阁的日子正赶着非常时期，潦草成了家，诸事都欠齐全，因此一听见这不入耳的话，她那小长挂子脸便往下一沉。季泽望了兰仙一眼，微笑道："二嫂，自古好心没有好报，谁都不承你的情！"七巧道："不承情也罢！我也惯了。我进了你们姜家的门，别的不说，单只守着你二哥这些年，衣不解带的服侍他，也就是个有功无过的人——谁见我的情来？谁有半点好处到我头上？"季泽道："你一开口就是满肚子的牢骚！"七巧长长的吁了一口气，只管拨弄兰仙衣襟上扣着的金三事儿和钥匙。半晌，忽道："总算你这一个来月没出去胡闹过。真亏了新娘子留住了你。旁人跪下地来求你也留不住！"季泽笑道："是吗？嫂子并没有留过我，怎见得留不住？"一面笑，一面向兰仙使了个眼色。七巧笑得直不起腰道："三妹妹，你也不管管他！这么个猴儿崽子，我眼看他长大的，他倒占起我的便宜来了！"

她嘴里说笑着，心里发烦，一双手也不肯闲着，把兰仙揣着捏着，捶着打着，恨不得把她挤得走了样才好。兰仙纵然有涵养，也忍不住要恼了；一性急，磕核桃使差了劲，把那二寸多长的指甲齐根折断，七巧哟了一声道："快拿剪刀来修一修。我记得这屋里有一把小剪子的。"便唤："小双！榴喜！来人哪！"兰仙立起身来道："二嫂不用费事，我上我屋里铰去。"便抽身出去。七巧就在兰仙的椅子上坐下了，一手托着腮，抬高了眉毛，斜睨着季泽道："她跟我生了气么？"季泽笑道："她干嘛生你的气？"七巧道："我正要问呀！我难道说错了话不成？留你在家倒不好？她倒愿意你上外头逛去？"季泽笑道："这一家子从大哥大嫂起，齐了心管教我，无非是怕我花了公账上的钱罢了。"七巧道："阿弥陀佛，我保不定别人不安着这个心，我可不那么想。你就是闹了亏空，押了房子卖了田，我若皱一皱眉头，我也不是你二嫂了。谁叫咱们是骨肉至亲呢？我不过是要你当心你的身子。"季泽嗤的一笑道："我当心我的身子，要你操心？"七巧颤声道："一个人，身子第一要紧。你瞧你二哥弄得那样儿，还成个人吗？还能拿他当个人看？"季泽正色道："二哥比不得我，他一下地就是那样儿，并不是自己作践的。他是个可怜的人，一切全仗二嫂照护他了。"七巧直挺挺的站了起来，两手扶着桌子，垂着眼皮，脸庞的下半部抖得像嘴里含着滚烫的蜡烛油似的，用尖细的声音逼出两句话道："你去挨着你二哥坐坐！你去挨着你二哥坐坐！"她试着在季泽身边坐下，只搭着他的椅子的一角，她将手贴在他腿上，道："你碰过他的肉没有？是软的、重的，就像人的脚有时发麻了，摸上去那感觉……"季泽脸上也变了色，然而他仍旧轻佻地笑了一声，俯下腰，伸手去捏她的脚道："倒要瞧瞧你的脚现在麻不麻？"七巧道："天哪，你没挨着他的肉，你不知道没病的身子是多好的……多好的……"她顺着椅子溜下去，蹲在地上，脸枕着袖子，听不见她哭，只看见发鬓上插的风凉针，针头上的一粒钻石的光，闪闪掣动着。发鬓的心子里扎着一小截粉红丝线，反映在金刚钻微红的光焰里。她的背影一挫一挫，俯伏了下去。她不像在哭，简直像在翻肠搅胃地呕吐。

季泽先是愣住了，随后就立起来道："我走就是了。你不怕人，我还怕人呢。也得给二哥留点面子！"七巧扶着椅子站了起来，呜咽道："我走。"她扯着衫袖里的手帕子揾了揾脸，忽然微微一笑道："你这样护卫二哥！"季泽冷笑道："我不护卫他，还有谁护卫他？"七巧向门走去，哼了一声道："你又是什么好人？趁早不用在我跟前假撇清！且不提你在外头怎样荒唐，只单在这屋里……老娘眼睛里揉不下沙子去！别说我是你嫂子了，就是我是你奶妈，只怕你也不在乎。"季泽笑道："我原是个随随便便的人，哪禁得起你挑眼儿？"七巧待要出去，又把背心贴在门下，低声道："我就不懂，我什么地方不如人？我有什么地方不好……"季泽笑道："好嫂子，你有什么不好？"七巧笑了一声道："难不成我跟了个残废的人，就过上了残废的气，沾都沾不得？"她睁着眼直勾勾朝前望着，耳朵上的实心小金坠子像两只铜钉把她钉在门上——玻璃匣子里蝴蝶的标本，鲜艳而凄怆。

季泽看着她，心里也动了一动。可是那不行，玩尽管玩，他早抱定了宗旨不惹自己家里人，一时的兴致过去了，躲也躲不掉，踢也踢不开，成天在面前，是个累赘。何况七巧的嘴这样敞，脾气这样躁，如何瞒得了人？何况她的人缘这样坏，上上下下谁肯代她包涵一点，她也许是豁出去了，闹穿了也满不在乎。他可是年纪轻轻的，凭什么要冒那个险，他侃侃说道："二嫂，我虽年纪小，并不是一味胡来的人。"

仿佛有脚步声，季泽一撩袍子，钻到老太太屋子里去了，临走还抓了一大把核桃仁。七巧神志还不很清楚，直到有人推门，她方才醒了过来，只得将计就计，藏在门背后，见玳珍走了进来，她便夹脚跟出来，在玳珍背上打了一下。玳珍勉强一笑道："你的兴致越发好了！"又望了望桌上道："咦？那么些个核桃，吃得差不多了。再也没有别人，准是三弟。"七巧倚着桌子，面向阳台立着，只是不言语。玳珍坐了下来，嘟囔道："害人家剥了一早上，便宜他享现成的！"七巧捏着一片锋利的胡桃壳，在红毡条上狠命刮着，左一刮，右一刮，看看那毡子起了毛，就要破了。她咬着牙道："钱上头何尝不是一样？一味的叫咱们省，省下来让人家拿出去大把的花！我就不伏这口气！"玳珍看了她一眼，冷冷的道："那可没办法了。人多了，明里不去，暗里也不见得不去。管得了这个，管不了那个。"七巧觉得她话中有刺，正待反唇相讥，小双进来了，鬼鬼祟祟走到七巧跟前，嗫嚅道："奶奶，舅爷来了。"七巧骂道："舅爷来了，又不是背人的事，你嗓子眼里长了疔是怎么着？蚊子哼哼似的！"小双倒退了一步，不敢言语。玳珍道："你们舅爷原来也到上海来了，咱们这儿亲戚倒都全了。"七巧移步出房道："不许他到上海来？内地兵荒马乱的，穷人也一样的要命呀！"她在门槛子上站住了，问小双道："回过老太太没有？"小双道："还没呢。"七巧想了一想，毕竟不敢去告诉一声，只得悄悄下楼去了。

玳珍问小双道："舅爷一个人来的？"小双道："还有舅奶奶，携着四只提篮盒。"玳珍格的一笑道："倒破费了他们。"小双道："大奶奶不用替他们心疼。装得满满的进来，一样装得满满的出去。

别说金的银的圆的扁的，就连零头鞋面儿裤腰都是好的！"玳珍笑道："别那么缺德了！你下去罢。她娘家人难得上门，伺候不周到，又该大闹了。"

小双赶了出去，七巧正在楼梯口盘问榴喜老太太可知道这件事。榴喜道："老太太念佛呢，三爷爬在窗口看野景，说大门口来了客。老太太问是谁，三爷仔细看了看，说不知是不是曹家舅爷，老太太就没追问下去。"七巧听了，心头火起，跺了跺脚，喃喃呐呐骂道："敢情你装不知道就算了！皇帝还有草鞋亲呢！这会子有这么势利的，当初何必三媒六聘的把我抬过来？快刀斩不断的亲戚，别说你今儿是装死，就是你真死了，他也不能不到你的灵前磕三个头，你也不能不受着他的！"一面说，一面下去了。

她那间房，一进门便有一堆金漆箱笼迎面拦住，只隔开几步见方的空地。她一掀帘子，只见她嫂子蹲下身去将提篮盒上面的一屉盒子卸了下来，检视下面一屉里的菜可曾泼出来。她哥哥曹大年背着手弯着腰看着。七巧止不住一阵心酸，倚着箱笼，把脸偎在那沙蓝棉套子上，纷纷落下泪来。她嫂子慌忙站直了身子，抢步上前，两只手捧住她一只手，连连叫着姑娘。曹大年也不免抬起袖子来擦眼睛。七巧把那只空着的手去解箱套子上的钮扣，解了又扣上，只是开不得口。

她嫂子回过头去睃了她哥哥一眼道："你也说句话呀！成日家念叨着，见了妹妹的面，又像锯了嘴的葫芦似的！"七巧颤声道："也不怪他没有话——他哪儿有脸来见我！"又向她哥哥道："我只道你这一辈子不打算上门了！你害得我好！你扔崩一走，我可走不了。你也不顾我的死活。"曹大年道："这是什么话？旁人这么说还罢了，你也这么说！你不替我遮盖遮盖，你自己脸上也不见得光鲜。"七巧道:"我不说,我可禁不住人家不说。就为你,我气出了一身病在这里。今日之下,亏你还拿这话来堵我!"她嫂子忙道:"是他的不是!是他的不是!姑娘受了委屈了。姑娘受委屈也不止这一件,好歹忍着罢,总有个出头之日。"她嫂子那句"姑娘受的委屈也不止这一件"的话却深深打进她心坎儿里去。七巧哀哀哭了起来,急得她嫂子直摇手道:"看吵醒了姑爷。"房那边暗昏昏的紫楠大床上,寂寂吊着珠罗纱帐子。七巧的嫂子又道:"姑爷睡着了罢?惊动了他,该生气了。"七巧高声叫道:"他要有点人气,倒又好了。"她嫂子吓得掩住她的嘴道:"姑奶奶别!病人听见了,心里不好受!"七巧道:"他心里不好受,我心里好受吗?"她嫂子道:"姑爷还是那软骨症?"七巧道:"就这一件还不够受了,还禁得起添什么?这儿一家子都忌讳痨病这两个字,其实还不就是骨痨!"她嫂子道:"整天躺着,有时候也坐起来一会儿么?"七巧嗤嗤的笑了起来道:"坐起来,脊梁骨直溜下去,看上去还没有我那三岁的孩子高哪!"她嫂子一时想不出劝慰的话,三个人都楞住了。七巧猛的蹬脚道:"走罢,走罢,你们!你们来一趟,就害得我把前因后果重新在心里过一过。我禁不起这么掀腾!你快给我走!"

曹大年道:"妹妹你听我一句话。别说你现在心里不舒坦,有个娘家走动着,多少好些,就是你有了出头之日了,姜家是个大族,长辈动不动就拿大帽子压人,平辈小辈一个个如狼似虎的,哪一个是好惹的?替你打算,也得要个帮手。将来你用得着你哥哥你侄儿的时候多着呢。"七巧啐了一声道:"我靠你帮忙,我也倒了楣了!我早把你看得透里透——斗得过他们,你到我跟前来邀功要钱,斗不过他们,你往那边一倒。本来见了做官的就魂都没有了,头一缩，死活随我去。"大年胀红了脸冷笑道："等钱到了你手里，你再防着你哥哥分你的，也还不迟。"七巧道："你既然知道钱还没到我手里，你来缠我做什么？"大年道："路远迢迢赶来看你，倒是我们的不是了！走！我们这就走！凭良心说，我就用你两个钱，也是该的，当初我若贪图财礼，问姜家多要几百两银子，把你卖给他们做姨太太，也就卖了。"七巧道："奶奶不胜似姨奶奶吗？长线放远鹞，指望大着呢！"大年待要回嘴，他媳妇拦住他道："你就少说一句罢！以后还有见面的日子呢。将来姑奶奶想到你的时候，才知道她就只这一个亲哥哥了！"大年督促他媳妇整理了提篮盒，拎起就待走。七巧道："我希罕你？等我有了钱了，我不愁你不来，只愁打发你不开。"嘴里虽然硬着，熬不住那呜咽的声音，一声响似一声，憋了一上午的满腔幽恨，借着这因由尽情发泄了出来。

她嫂子见她分明有些留恋之意，便做好做歹劝住了她哥哥，一面半搀半拥把她引到花梨炕上坐下了，百般譬解，七巧渐渐收了泪。兄妹姑嫂叙了些家常。北方情形还算平靖，曹家的麻油铺还照常营业着。大年夫妇此番到上海来，却是因为他家没过门的女婿在人家当账房，光复的时候恰巧在湖北，后来辗转跟主人到上海来了，因此大年亲自送女儿来完婚，顺便探望妹子。大年问候了姜家阖宅上下，又要参见老太太，七巧道："不见也罢了，我正跟她呕气呢。"大年夫妇都吃了一惊，七巧道："怎么不呕气呢？一家子都往我头上踩，我若是好欺负的，早给作践死了，饶是这么着，还气得我七病八痛！"她嫂子道："姑娘近来还抽烟不抽，倒是鸦片烟，平肝导气，比什么药都强。姑娘自己千万保重，我们又不在跟前，谁是个知疼着热的人？"

七巧翻箱子取出几件新款尺头送与她嫂子，又是一副四两重

230

的金镯子，一对披霞莲蓬簪，一床丝棉被胎，侄女们每人一只金挖耳，侄儿们或是一只金锞子，或是一顶貂皮暖帽，另送了她哥哥一只珐蓝金蝉打簧表，她哥嫂道谢不迭。七巧道："你们来得不巧，若是在北京，我们正要上路的时候，带不了的东西，分了几箱给丫头老妈子，白便宜了他们。"说得她哥嫂讪讪的。临行的时候，她嫂子道："忙完了闺女，再来瞧姑奶奶。"七巧笑道："不来也罢，我应酬不起！"

大年夫妇出了姜家的门，她嫂子便道："我们这位姑奶奶怎么换了个人？没出嫁的时候不过要强些，嘴头上琐碎些，就连后来我们去瞧她，虽是比前暴躁些，也还有个分寸，不似如今疯疯傻傻，说话有一句没一句，就没一点儿得人心的地方。"

七巧立在房里，抱着胳膊看小双祥云两个丫头把箱子抬回原处，一只一只叠了上去。从前的事又回来了：临着碎石子街的馨香的麻油店，黑腻的柜台，芝麻酱桶里竖着木匙子，油缸上吊着大大小小的铁匙子。漏斗插在打油的人的瓶里，一大匙再加上两小匙正好装满一瓶，——一斤半。熟人呢，算一斤四两。有时她也上街买菜，蓝夏布衫裤，镜面乌绫镶滚。隔着密密层层的一排吊着猪肉的铜钩，她看见肉铺里的朝禄。朝禄赶着她叫曹大姑娘。难得叫声巧姐儿，她就一巴掌打在钩子背上，无数的空钩子荡过去锥他的眼睛，朝禄从钩子上摘下尺来宽的一片生猪油，重重的向肉案一抛，一阵温风扑到她脸上，腻滞的死去的肉体的气味……她皱紧了眉毛。床上睡着的她的丈夫，那没有生命的肉体……

风从窗子里进来，对面挂着的回文雕漆长镜被吹得摇摇晃晃，磕托磕托敲着墙。七巧双手按住了镜子。镜子里反映着的翠竹帘子和一副金绿山水屏条依旧在风中来回荡漾着，望久了，便有一种晕船的感觉。再定睛看时，翠竹帘子已经褪了色，金绿山水换为一张她丈夫的遗像，镜子里的人也老了十年。

去年她戴了丈夫的孝，今年婆婆又过世了。现在正式挽了叔公九老太爷出来为他们分家，今天是她嫁到姜家来之后一切幻想的集中点。这些年了，她戴着黄金的枷锁，可是连金子的边都啃不到，这以后就不同了。七巧穿着白香云纱衫，黑裙子，然而她脸上像抹了胭脂似的，从那揉红了的眼圈儿到烧热的颧骨。她抬起手来揾了一揾脸，脸上烫，身子却冷得打颤。她叫祥云倒了杯茶来。（小双早已嫁了，祥云也配了个小厮。）茶给喝了下去，沉重地往腔子里流，一颗心便在热茶里扑通扑通跳。她背向着镜子坐下了，问祥云道：“九老太爷来了这一下午，就在堂屋里跟马师爷查账？”祥云应了一声是。七巧又道：“大爷大奶奶三爷三奶奶都不在跟前？”祥云又应了声是。七巧道：“还到谁的屋里去过？”祥云道：“就到哥儿们的书房里兜了一兜。”七巧道：“好在咱们白哥儿的书倒不怕他查考……今年这孩子就吃亏在他爸爸他奶奶接连着出了事，他若还有心念书，他也不是人养的！”她把茶吃完了，吩咐祥云下去看看堂屋里大房三房的人可都齐了，免得自己去早了，显得性急，被人耻笑。恰巧大房里也差了一个丫头出来探看，和祥云打了个照面。

七巧终于款款下楼来了。堂屋里临时布置了一张镜面乌木大餐台，九老太爷独当一面坐了，面前乱堆着青布面，梅红签的账簿，又搁着一只瓜楞茶碗。四周除了马师爷之外，又有特地邀请的“公亲”，近于陪审员的性质。各房只派了一个男子做代表，大房是大爷，二房二爷没了，是二奶奶，三房是三爷。季泽很知道这总清算的日子于他没有什么好处，因此他到得最迟。然而来既来了，他决不愿意露出焦灼懊丧的神气。腮帮子上依旧是他那点丰肥的，红色的笑。眼睛里依旧是他那点潇洒的不耐烦。

九老太爷咳嗽了一声，把姜家的经济状况约略报告了一遍，又翻着账簿子读出重要的田地房产的所在与按年的收入。七巧两手紧紧扣在肚子上，身子向前倾着，努力向她自己解释他的每一句话，与她往日调查所得一一印证。青岛的房子、天津的房子、北京城外的地、上海的房子……三爷在公账上拖欠过巨，他的一部份遗产被抵销了之后，还净欠六万，然而大房二房也只得就此算了，因为他是一无所有的人。他仅有的那一幢花园洋房，他为一个姨太太买了，也已经抵押了出去。其余只有女太太陪嫁过来的首饰，由兄弟三人均分，季泽的那一份也不便充公，因为是母亲留下的一点纪念。七巧突然叫了起来道："九老太爷，那我们太吃亏了！"

堂屋里本就肃静无声，现在这肃静却是沙沙有声，直锯进耳朵里去，像电影配音机器损坏之后的锈轧。九老太爷睁了眼望着她道："怎么？你连他娘丢下的几件首饰也舍不得给他？"七巧道："亲兄弟，明算账，大哥大嫂不言语，我可不能不老着脸开口说句话。我须比不得大哥大嫂——我们死掉的那个若是有能耐出去做两任官，手头活便些，我也乐得放大方些，哪怕把从前的旧账一笔勾销呢？可怜我们那一个病病哼哼一辈子，何尝有过一文半文进账，丢下我们孤儿寡妇，就指着这两个死钱过活。我是个没脚蟹，长白还不满十四岁，往后苦日子有得过呢！"说着，流下泪来。九老太爷道："依你便怎样？"七巧呜咽道："哪儿由得我出主意呢？只求九老太爷替我们做主！"季泽冷着脸只不作声，满屋子的人都觉不便开口。九老太爷按捺不住一肚子的火，哼了一声道："我倒想替你出主意呢，只怕你不爱听！二房里有田地没人照管，三房里有人没有地，我待要叫三爷替你照管，你多少贴他些，又怕你不要他！"七巧冷笑道："我倒想依你呢，只怕死掉的那个不依！来人哪！祥云你把白哥儿给我找来！长白，你爹好苦呀！一下地就是一身的病，为人一场，一天舒坦日子也没过着，临了丢下你这点骨血，人家还看不得你，千方百计图谋你的东西！长白谁叫你爹拖着一身病，活着人家欺负他，死了人家欺负他的孤儿寡妇！我还不打紧，我还能活个几十年么？至多我到老太太灵前把话说明白了，把这条命跟人拚了。长白你可是年纪小着呢，就是喝西北风你也得活下去呀！"九老太爷气得把桌子一拍道："我不管了！是你们求爹爹拜奶奶邀了我来的，你道我喜欢自找麻烦么？"站起来一脚踢翻了椅子，也不等人搀扶，一阵风走得无影无踪，众人面面相觑，一个个悄没声儿溜走了。惟有那马师爷忙着拾掇账簿子，落后了一步，看看屋里人全走光了，单剩下二奶奶一个人在那里捶着胸脯号啕大哭，自己若无其事的走了，似乎不好意思，只得走上前去，打拱作揖叫道："二太太！二太太！……二太太！"七巧只顾把袖子遮住脸，马师爷又不便把她的手拿开，急得把瓜皮帽摘下来扇着汗。

维持了几天的僵局，到底还是无声无息照原定计画分了家。孤儿寡妇还是被欺负了。

七巧带着儿子长白，女儿长安另租了一幢屋子住下了，和姜家各房很少来往。隔了几个月，姜季泽忽然上门来了。老妈子通报上来，七巧怀着鬼胎，想着分家的那一天得罪了他，不知他有什么手段对付。可是兵来将挡，她凭什么要怕他？她家常穿着佛青实地纱袄子，特地系上一条玄色铁线纱裙，走下楼来。季泽却是满面春风的站起来问二嫂好，又问白哥儿可是在书房里，安姐儿的湿气可大好了。七巧心里便疑惑他是来借钱的，加意防备着，坐下笑道："三弟你近来又发福了。"季泽笑道："看我像一点心事都没有的人。"七巧笑道："有福之人不在忙吗！你一向就是无牵无挂的。"季泽笑道："等我把房子卖了，我还要无牵无挂呢！"七巧道："就是你做了押款的那房子，你要卖？"季泽道："当初造它的时候，很费了点心思，有许多装置都是自己心爱的，当然不愿意脱手。后来你是知道的，那块地皮值钱了，前年把它翻造了弄堂房子，一家一家收租，跟那些住小家的打交道，我实在嫌麻烦，索性打算卖了它，图个清净。"七巧暗地里说道："口气好大！我是知道你的底细的，你在我跟前充什么阔大爷！"

虽然他不向她哭穷，但凡谈到银钱交易，她总觉得有点危险，便岔了开去道："三妹妹好么？腰子病近来发过没有？"季泽笑道："我也有许久没见过她的面了。"七巧道："这是什么话？你们吵了嘴么？"季泽笑道："这些时我们倒也没吵过嘴。不得已在一起说两句话，也是难得的，也没那闲情逸致吵嘴。"七巧道："何至于这样？我就不相信！"季泽两肘撑在藤椅的扶手上，交叉十指，手搭凉棚，影子落在眼睛上，深深的唉了一声。七巧笑道："没有别的，要不就是你在外头玩得太厉害了。自己做错了事，还唉声叹气的仿佛谁害了你似的。你们姜家就没有一个好人！"说着，举起白团扇，作势要打。季泽把那交叉着的十指往下移了一移，两只大拇指按在嘴唇上，两只食指缓缓抚摸着鼻梁，露出一双水汪汪的眼睛来。那眼珠却是水仙花缸底的黑石子，上面汪着水，下面冷冷的没有表情。看不出他在想什么。七巧道："我非打你不可！"季泽的眼睛里突然冒出一点笑泡儿，道："你打，你打！"七巧待要打，又掣回手去，重新一鼓作气道："我真打！"抬高了手，一扇子劈下来，又在半空中停住了，吃吃笑起来，季泽带笑将肩膀耸了一耸，凑了上去道："你倒是打我一下罢！害得我浑身骨头痒着，不得劲儿！"七巧把扇子向背后一藏，越发笑得格格的。

季泽把椅子换了个方向，面朝墙坐着，人向椅背上一靠，双手蒙住了眼睛，又是长长的叹了口气。七巧啃着扇子柄，斜瞟着他道："你今儿是怎么了？受了暑吗？"季泽道："你哪里知道？"半晌，他低低的一个字一个字说道："你知道我为什么跟家里的那个不好，为什么我拚命的在外头玩，把产业都败光了？你知道这都是为了谁？"七巧不知不觉有点胆寒，走得远远的，倚在炉台上，脸色慢慢的变了。季泽跟了过来。七巧垂着头，肘弯撑在炉台上，手里擎着团扇，扇子上的杏黄穗子顺着她的额角拖下来。季泽在她对面站住了，小声道："二嫂！……七巧！"

七巧背过脸去淡淡笑道："我要相信你才怪呢！"季泽便也走开了，道："不错。你怎么能够相信我？自从你到我家来，我在家一刻也待不住，只想出去。你没来的时候我并没有那么荒唐过，后来那都是为了躲你。娶了兰仙来，我更玩得凶了，为了躲你之外又要躲她。见了你，说不了两句话我就要发脾气——你哪儿知道我心里的苦楚？你对我好，我心里更难受——我得管着我自己——我不能平白的坑坏了你，家里人多眼杂，让人知道了，我是个男子汉，还不打紧。你可了不得！"七巧的手直打颤，扇柄上的杏黄须子在她额上苏苏摩擦着。季泽道："你信也罢！不信也罢！信了又怎样？横竖我们半辈子已经过去了，说也是白说。我只求你原谅我这一片心。我为你吃了这些苦，也就不算冤枉了。"

七巧低着头，沐浴在光辉里，细细的音乐，细细的喜悦……这些年了，她跟他捉迷藏似的，只是近不得身，原来还有今天！可不是，这半辈子已经完了——花一般的年纪已经过去了。人生就是这样的错综复杂，不讲理。当初她为什么嫁到姜家来？为了钱么？不是的，为了要遇见季泽，为了命中注定她要和季泽相爱。她微微抬起脸来，季泽立在她跟前，两手合在她扇子上，面颊贴在她扇子上。他也老了十年了，然而人究竟还是那个人呵！他难道是哄她么？他想她的钱——她卖掉她的一生换来的几个钱？仅仅这一转念便使她暴怒起来。就算她错怪了他，他为她吃的苦抵得过她为他吃的苦么？好容易她死了心了，他又来撩拨她，她恨他。他还在看着她。他的眼睛——虽然隔了十年，人还是那个人呵！就算他是骗她的，迟一点儿发现不好么？即使明知是骗人的，他太会演戏了，也跟真的差不多罢？

不行！她不能有把柄落在这厮手里。姜家的人是厉害的，她的钱只怕保不住。她得先证明他是真心不是。七巧定了一定神，向门外瞧了一瞧，轻轻惊叫道："有人！"便三脚两步赶出门去，到下房里吩咐潘妈替三爷弄点心去，快些端了来，顺便带芭蕉扇进来替三爷打扇。七巧回到屋里来，故意皱着眉道："真可恶，老妈子在门口探头探脑的，见了我抹过头去就跑，被我赶上去喝住了。若是关上了门说两句话，指不定造出什么谣言来呢！饶是独门独户住了，还没个清净。"潘妈送了点心与酸梅汤进来，七巧亲自拿筷子替季泽拣掉了蜜层糕上的玫瑰与青梅，道："我记得你是不爱吃红绿丝的。"有人在跟前，季泽不便说什么，只是微笑。七巧似乎没话找话说似的，问道："你卖房子，接洽得怎样了？"季泽一面吃，一面答道："有人出八万五，我还没打定主意呢。"七巧沉吟道："地段倒是好的。"季泽道："谁都不赞成我脱手，说还要涨呢。"七巧又问了些详细情形，便道："可惜我手头没有这一笔现款，不然我倒想买。"季泽道:"其实呢,我这房子倒不急,倒是咱们乡下你那些田,早早脱手的好。自从改了民国,接二连三的打仗,何尝有一年闲过,把地面上糟蹋得不成样子,中间还被收租的、师爷、地头蛇一层一层勒啃着,莫说这两年不是水就是旱,就遇着了丰年,也没有多少进账轮到我们头上。"七巧寻思着,道:"我也盘算过来,一直挨着没有办。先晓得把它卖了,这会子想买房子,也不至于钱不凑手了。"季泽道:"你那田要卖趁现在就得卖,听说直鲁又要开仗了。"七巧道:"急切间你叫我卖给谁去?"季泽顿了一顿道:"我去替你打听打听,也成。"七巧耸了耸眉毛笑道:"得了,你那些狐群狗党里头,又有谁是靠得住的?"季泽把咬开的饺子在小碟里蘸了点醋,闲闲说出两个靠得住的人名,七巧便认真仔细盘问他起来,他果然回答得有条不紊,显然他是筹之已熟的。

七巧虽是笑吟吟的,嘴里发干,上嘴唇黏在牙仁上,放不下来。她端起盖碗来吸了一口茶,舐了舐嘴唇,突然把脸一沉,跳起身来,将手里的扇子向季泽头上滴溜溜掷过去,季泽向左偏了一偏,那团扇敲在他肩膀上,打翻了玻璃杯,酸梅汤淋淋漓漓溅了他一身。七巧骂道:"你要我卖了田去买你的房子?你要我卖田?钱一经你的手,还有得说么?你哄我——你拿那样的话来哄我——你拿我当傻子——"她隔着一张桌子探身过去打他,然而她被潘妈下死劲抱住了。潘妈叫唤起来,祥云等人都奔了来,七手八脚按住了她,七嘴八舌求告着。七巧一头挣扎,一头叱喝着,然而她的一颗心直往下坠——她很明白她这举动太蠢——太蠢——她在这儿丢人出丑。

季泽脱下了他那湿濡的白云纱长衫,潘妈绞了毛巾来代他揩擦,他理也不理,把衣服夹在手臂上,竟自扬长出门去了,临行的时候向祥云道："等白哥儿下了学，叫他替他母亲请个医生来看看。"祥云吓糊涂了，连声答应着，被七巧兜脸给她一个耳刮子。

季泽走了。丫头老妈子也给七巧骂跑了。酸梅汤沿着桌子一滴一滴朝下滴，像迟迟的夜漏——一滴，一滴……一更，二更……一年，一百年。真长，这寂寂的一刹那。七巧扶着头站着候地掉转身来上楼去，提着裙子，性急慌忙，跌跌跄跄，不住的撞到那阴暗的绿粉墙上，佛青袄子上沾了大块的淡色的灰。她要在楼上的窗户里再看他一眼。无论如何，她从前爱过他。她的爱给了她无穷的痛苦。单只是这一点，就使她值得留恋。多少回了，为了要按捺她自己，她进得全身的筋骨与牙根都酸楚了。今天完全是她的错。他不是个好人，她又不是不知道。她要他，就得装糊涂，就得容忍他的坏。她为什么要戳穿他？人生在世，还不就是那么一回事？归根究底，什么是真的？什么是假的？

她到了窗前，揭开了那边上缀有小绒球的墨绿洋式窗帘，季泽正在弄堂里望外走，长衫搭在臂上，晴天的风像一群白鸽子钻进他的纺绸裤褂里去，哪儿都钻到了，飘飘拍着翅子。

七巧眼前仿佛挂了冰冷的珍珠帘，一阵热风来了，把那帘子紧紧贴在她脸上，风去了，又把帘子吸了回去，气还没透过来，风又来了，没头没脸包住她——一阵凉一阵热，她只是流着眼泪。

玻璃窗的上角隐隐约约反映出弄堂里一个巡警的缩小的影子，晃着膀子踱过去。一辆黄包车静静在巡警身上辗过。小孩把袍子掖在裤腰里，一路踢着球，奔出玻璃的边缘。绿色的邮差骑着自行车，复印在巡警身上，一溜烟掠过。都是些鬼，多年前的鬼，多年后的没投胎的鬼……什么是真的？什么是假的？

过了秋天又是冬天，七巧与现实失去了接触。虽然一样的使性子，打丫头，换厨子，总有些失魂落魄的。她哥哥嫂子到上海来探望了她两次，住不上十来天，末了永远是给她絮叨得站不住脚，然而临走的时候她也没有少给他们东西。她侄子曹春熹上城来找事，耽搁在她家里。那春熹虽是个浑头浑脑的年轻人，却也本本分分的。七巧的儿子长白，女儿长安，年纪到了十三四岁，只因身材瘦小，看上去才只七八岁的光景。在年下，一个穿着品蓝摹本缎棉袍，一个穿着葱绿遍地锦棉袍，衣服太厚了，直挺挺撑开了两臂，一般都是薄薄的两张白脸，并排站着，纸糊的人儿似的。这一天午饭后，七巧还没起身，那曹春熹陪着他兄妹俩掷骰子，长安把压岁钱输光了，还不肯歇手。长白把桌上的铜板一搂，笑道："不跟你来了。"长安道："我们用糖莲子来赌。"春熹道："糖莲子揣在口袋里，看脏了衣服。"长安道："用瓜子也好，柜顶上就有一罐。"便搬过一张茶几来，踩了椅子爬上去拿。慌得春熹叫道："安姐儿你可别摔交，回头我担不了这干系！"正说着，只见长安猛可里向后一仰，若不是春熹扶住了，早是个倒栽葱。长白在旁拍手大笑，春熹嘟嘟囔囔骂着，也撑不住要笑，三人笑成一片。春熹将她抱下地来，忽然从那红木大橱的穿衣镜里瞥见七巧蓬着头叉着腰站在门口，不觉一怔，连忙放下了长白，回身道："姑妈起来了。"七巧汹汹奔了过来，将长安向自己身后一推，长安立脚不稳，跌了一交。七巧只顾将身子挡住了她，向春熹厉声道："我把你这狼心狗肺的东西！我三茶六饭款待你这狼心狗肺的东西，什么地方亏待了你，你欺负我女儿？你那狼心狗肺，你道我揣摩不出么？你别以为你教坏了我女儿，我就不能不捏着鼻子把她许配给你，你好霸占我们的家产！我看你这浑蛋，也还想不出这等主意来，敢情是你爹娘把着手儿教的！那两个狼心狗肺忘恩负义的老浑蛋！齐了心想我的钱，一计不成，又生一计！"春熹气得白瞪眼，欲待分辩，七巧道："你还有脸顶撞我！你还不给我快滚，别等我乱棒打出去！"说着，把儿女们推推撞撞送了出去，自己也喘吁吁扶着个丫头走了。春熹究竟年纪轻火性大，赌气卷了铺盖，顿时离了姜家的门。

七巧回到起坐间里，在烟榻上躺下了。屋里暗昏昏的，拉上了丝绒窗帘。时而窗户缝里漏了风进来，帘子动了，方在那墨绿小绒球底下毛茸茸地看见一点天色，除此只有烟灯和烧红的火炉的微光。长安吃了吓，呆呆坐在火炉边一张小凳上。七巧道："你过来。"长安只道是要打，只是延捱着，搭讪把火炉边的洋铁围屏上晾着的小红格子法布衬衫翻了一翻，道："快烤糊了。"衬衫发出热烘烘的毛气。

七巧却不像要责打她的光景，只数落了一番，道："你今年过了年也有十三岁了，也该放明白些。表哥虽不是外人，天下的男子都是一样混账。你自己要晓得当心，谁不想你的钱？"一阵风过，窗帘上的绒球与绒球之间露出白色的寒天，屋子里暖热的黑暗给打上了一排小洞。烟灯的火焰往下一挫，七巧脸上的影子仿佛更深了一层。她突然坐起身来，低声道："男人……碰都碰不得！谁不想你的钱？你娘这几个钱不是容易得来的，也不是容易守得住。轮到你们手里，我可不能眼睁睁看着你们上人的当——叫你以后提防着些，你听见了没有？"长安垂着头道："听见了。"

七巧的一只脚有点麻，她探身去捏一捏她的脚。仅仅是一刹那，她眼睛里蠢动着一点温柔的回忆。她记起了想她的钱的一个男人。

她的脚是缠过的，尖尖的缎鞋里塞了棉花，装成半大的文明脚。她瞧着那双脚，心里一动，冷笑一声道："你嘴里尽管答应着，我怎么知道你心里是明白还是糊涂？你人也有这么大了，又是一双大脚，哪里去不得？我就是管得住你，也没那个精神成天看着你。按说你今年十三了，裹脚已经嫌晚了，原怪我耽误了你。马上这就替你裹起来，也还来得及。"长安一时答不出话来，倒是旁边的老妈子们笑道："如今小脚不时兴了，只怕将来给姐儿定亲的时候麻烦。"七巧道："没有扯淡！我不愁我的女儿没人要，不劳你们替我担心！真没人要，养活她一辈子，我也养得起！"当真替长安裹起脚来，痛得长安鬼哭神号的。这时连姜家这样守旧的人家，缠过脚的也都已经放了脚了，别说是没缠过的，因此都拿长安的脚传作笑话奇谈。裹了一年多，七巧一时的兴致过去了，又经亲戚们劝着，也就渐渐放松了，然而长安的脚可不能完全恢复原状了。

姜家大房三房里的儿女都进了洋学堂读书，七巧处处存心跟他们比赛着，便也要送长白去投考。长白除了打小牌之外，只喜欢跑跑票房，正在那里朝夕用功吊嗓子，只怕进学校要耽搁了他的功课，便不肯去。七巧无奈，只得把长安送到沪范女中，托人说了情，插班进去。长安换上了蓝爱国布的校服，不上半年，脸色也红润了，胳膊腿腕也粗了一圈。住读的学生洗换衣服，照例是送到学校里包着的洗衣作里去的。长安记不清自己的号码，往往失落了枕套手帕种种零件，七巧便闹着说要去找校长说话。这一天放假回家，检点了一下，又发现有一条褥单是丢了。七巧暴跳如雷，准备明天亲自上学校去大兴问罪之师。长安着了急，拦阻了一声，七巧便骂道："天生的败家精，拿你的钱不当钱。你娘的钱是容易得来的？——将来你出嫁，你看我有什么陪送给你！——给也是白给！"长安不敢作声，却哭了一晚上。她不能在她的同学跟前丢这个脸。对于十四岁的人，那似乎有天大的重要。她母亲去闹一场，她以后拿什么脸去见人？她宁死也不到学校里去了。她的朋友们，她所喜欢的音乐教员，不久就会忘记了有这么一个女孩子，来了半年，又无缘无故悄悄的走了。走得干净。她觉得她这牺牲是一个美丽的，苍凉的手势。

半夜里她爬下床来，伸手到窗外试试，漆黑的，是下了雨么？没有雨点。她从枕头边摸出一只口琴，半蹲半坐在地上，偷偷吹了起来。犹疑地，Long Long Ago 的细小的调子在庞大的夜里袅袅漾开，不能让人听见了。为了竭力按捺着，那呜呜的口琴忽断忽续，如同婴儿的哭泣。她接不上气来，歇了半晌。窗格子里，月亮从云里出来了。墨灰的天，几点疏星，模糊的状月，像石印的图画，下面白云蒸腾，树顶上透出街灯淡淡的圆光。长安又吹起口琴。"告诉我那故事，往日我最心爱的那故事，许久以前，许久以前……"

第二天她大着胆子告诉她母亲："娘，我不想念下去了。"七巧睁着眼道："为什么？"长安道："功课跟不上，吃的太苦了，我过不惯。"七巧脱下一只鞋来，顺手将鞋底抽了她一下，恨道："你爹不如人，你也不如人？养下你来又不是个十不全，就不肯替我争口气！"长安反剪着一双手，垂着眼睛，只是不言语。旁边老妈子们便劝道："姐儿也大了，学堂里人杂，的确有些不方便。其实不去也罢了。"七巧沉吟道："学费总得想法子拿回来。白便宜了他们不成？"便要领了长安一同去索讨，长安抵死不肯去，七巧带着两个老妈子去了一趟回来了，据她自己补叙，钱虽然没收回来，却也着实羞辱了那校长一场。长安以后在街上遇着了同学，脸上红一阵白一阵，无地自容，只得装做不看见，急急走了过去。朋友寄了信来，她拆也不敢拆，原封退了回去，她的学校生活就此告一结束。

有时她也觉得牺牲得有点不值得，暗自懊悔着，然而也来不及挽回了。她渐渐放弃了一切上进的思想，安分守己起来。她学会了挑是非，使小坏，干涉家里的行政。她不时的跟母亲呕气，可是她的言谈举止越来越像她母亲了。每逢她单叉着裤子，搓开了两腿坐着，两只手按在胯间露出的凳子上，歪着头，下巴搁在心口上凄凄惨惨瞅住了对面的人说道："一家有一家的苦处呀，表嫂———一家有一家的苦处！"———谁都说她是活脱的一个七巧。她打了一根辫子，眉眼的紧俏有似当年的七巧，可是她的小小的嘴过于瘪进去，仿佛显老一点。她再年轻些也不过是一棵较嫩的雪里红———盐腌过的。

也有人来替她做媒。若是家境推扳一点的，七巧总疑心人家是贪她们的钱。若是那有财有势的，对方却又不十分热心，长安不过是中等姿色，她母亲出身既低，又有个不贤慧的名声，想必没有什么家教。因此高不成，低不就，一年一年耽搁了下去。那长白的婚事却不容耽搁。长白在外面赌钱，捧女戏子，七巧还没甚话说，后来渐渐跟着他三叔姜季泽逛起窑子来，七巧方才着了慌，手忙脚乱替他定亲，娶了一个袁家的小姐，小名芝寿。

行的是半新式的婚礼，红色盖头是蠲免了，新娘戴着蓝眼镜，粉红喜纱，穿着粉红彩绣裙袄，进了洞房，除去了眼镜，低着头坐在湖色帐幔里。闹新房的人围着打趣，七巧只看了一看便出来了。长安在门口赶上了她，悄悄笑道："皮色倒还白净，就是嘴唇太厚了些。"七巧把手撑着门，拔下一只金挖耳来搔搔头，冷笑道："还说呢！你新嫂子这两片嘴唇，切切倒有一大碟子。"旁边一个太太便道："说是嘴唇厚的人天性厚哇！"七巧哼了一声，将金挖耳指住了那太太，倒剔起一只眉毛，歪着嘴微微一笑道："天性厚，并不是什么好话。当着姑娘们，我也不便多说———但愿咱们白哥儿这条命别送在她手里！"七巧天生着一副高爽的喉咙，现在因为苍老了些，不那么尖了，可是肩肩的依旧四面刮得人疼痛，像剃刀片。这两句话，说响不响，说轻也不轻。人丛里的新娘子的平板的脸与胸震了一震——多半是龙凤烛的火光的跳动。

三朝过后，七巧嫌新娘子笨，诸事不如意，每每向亲戚们诉说着。便有人劝道："少奶奶年纪轻，二嫂少不得要费点心教导教导她。谁叫这孩子没心眼儿呢！"七巧啐道："你们瞧咱们新少奶奶老实呀——一见了白哥儿，她就得去上马桶！真的！你信不信？"这话传到芝寿耳朵里，急得芝寿只待寻死。然而这还是没满月的时候，七巧还顾些脸面，后来索性这一类的话当着芝寿的面也说了起来，芝寿哭也不是，笑也不是，若是木着脸装不听见，七巧便一拍桌子嗟叹起来道："在儿子媳妇手里吃口饭，可真不容易！动不动就给人脸子看！"

这天晚上，七巧躺着抽烟，长白盘踞在烟铺跟前的一张沙发椅上嗑瓜子，无线电里正唱着一出冷戏，他捧着戏考，一个字一个字跟着哼，哼上了劲，甩过一条腿去骑在椅背上，来回摇着打拍子。七巧伸过脚去踢他一下道："白哥儿你来替我装两筒。"长白道："现放着烧烟的，偏要支使我！我手上有蜜是怎么着？"说着，伸了个懒腰，慢腾腾移身坐到烟灯前的小凳上，卷起了袖子。七巧笑道："我把你这不孝的奴才！支使你，是抬举你！"她眯缝着眼望着他。这些年来她的生命里只有这一个男人。只有他，她不怕他想她的钱——横竖钱都是他的。可是，因为他是她的儿子，他这一个人还抵不了半个……现在，就连这半个人她也保留不住——他娶了亲。他是个瘦小白皙的年轻人，背有点驼，戴着金丝眼镜，有着工细的五官，时常茫然地微笑着，张着嘴，嘴里闪闪发着光的不知道是太多的唾沫水还是他的金牙。他敞着衣领，露出里面的珠羔里子和白小褂。七巧把一只脚搁在他肩膀上，不住的轻轻踢着他的脖子，低声道："我把你这不孝的奴才！打几时起变得这么不孝了？"长安在旁答道："娶了媳妇忘了娘吗！"七巧道："少胡说！我们白哥儿倒不是那们样的人！我也养不出那们样的儿子！"长白只是笑。七巧斜着眼看定了他，笑道："你若还是我从前的白哥儿，你今儿替我烧一夜的烟！"长白笑道："那可难不倒我！"七巧道："盹着了，看我捶你！"

起坐间的帘子撤下送去洗濯了。隔着玻璃窗望出去，影影绰绰乌云里有个月亮，一搭黑，一搭白，像个戏剧化的狰狞的脸谱。一点，一点，月亮缓缓的从云里出来了，黑云底下透出一线炯炯的光，是面具底下的眼睛。天是无底洞的深青色。久已过了午夜了。长安早去睡了，长白打着烟泡，也前仰后合起来。七巧斟了杯浓茶给他，两人吃着蜜饯糖果，讨论着东邻西舍的隐私。七巧忽然含笑问道："白哥儿你说，你媳妇儿好不好？"长白说道："这有什么可说的？"七巧道："没有可批评的，想必是好的了？"长白笑着不作声。七巧道："好，也有个怎么个好呀！"长白道："谁说她好来着？"七巧道："她不好？哪一点不好？说给娘听。"长白起初只是含糊对答，禁不起七巧再三盘问，只得吐露一二。旁边递茶递水的老妈子们都背过脸去笑得格格的，丫头们都掩着嘴忍着笑回避出去了。七巧又是咬牙，又是笑，又是喃喃咒骂，卸下烟斗来狠命磕里面的灰，敲得托托一片响，长白说溜了嘴，止不住要说下去，足足说了一夜。

次日清晨，七巧吩咐老妈子取过两床毯子来打发哥儿在烟榻上睡觉。这时芝寿也已经起了身，过来请安。七巧一夜没合眼，却是精神百倍，邀了几家女眷来打牌，亲家母也在内。在麻将桌上一五一十将她儿子亲口招供的她媳妇的秘密宣布了出来，略加渲染，越发有声有色。众人竭力的打岔，然而说不出两句闲话，七巧笑嘻嘻的转了个弯，又回到她媳妇身上来了。逼得芝寿的母亲脸皮紫胀，也无颜再见女儿，放下牌，乘了包车回去了。

七巧接连着要长白为她烧了两晚上的烟。芝寿直挺挺躺在床上，搁在肋骨上的两只手蜷曲着像死去的鸡的脚爪。她知道她婆婆又在那里盘问她丈夫，她知道她丈夫又在那里叙述一些什么事，可是天知道他还有什么新鲜的可说！明天他又该涎着脸到她跟前来了。也许他早料到她会把满腔怨毒都结在他身上，就算她没本领跟他拚命，最不济也得质问他几句，闹上一场。多半他准备先声夺人，借酒盖住了脸，找点岔子，摔上两件东西。她知道他的脾气。末后他会坐到床沿上来，耸起肩膀，伸手到白绸小褂里面去抓痒，出人意料之外地一笑。他的金丝眼镜上抖动着一点光，他嘴里抖动着一点光，不知道是唾沫还是金牙。他摘去了他的眼镜。……芝寿猛然坐起身来，哗喇揭开了帐子。这是个疯狂的世界，丈夫不像个丈夫，婆婆也不像个婆婆。不是他们疯了，就是她疯了。今天晚上的月亮比哪一天都好，高高的一轮满月，万里无云，像是黑漆的天上一个白太阳。遍地的蓝影子，帐顶上也是蓝影子，她的一双脚也在那死寂的影子里。

芝寿待要挂起帐子来，伸手去摸索帐钩，一只手臂吊在那铜钩上，脸偎住了肩膀，不由得就抽噎起来。帐子自动的放了下来。昏暗的帐子里除了她之外没有别人，然而她还是吃了一惊，仓皇地再度挂起了帐子。窗外还是那使人汗毛凛凛的反常的明月——漆黑的天上一个灼灼的小而白的太阳。屋里看得分明那玫瑰紫绣花椅披桌布，大红平金五凤齐飞的围屏，水红软缎对联，绣着盘花篆字。梳妆台上红绿丝网络着银粉缸、银漱盂、银花瓶，里面满满盛着喜果，帐檐上垂下五彩攒金绕绒花球、花盆、如意、粽子，下面滴溜溜坠着指头大的琉璃珠和尺来长的桃红穗子。偌大一间房里充塞着箱笼、被褥、铺陈，不见得她就找不出一条汗巾子来上吊，她又倒到床上去。月光里，她脚没有一点血色——青、绿、紫、冷去的尸身的颜色。她想死，她想死。她怕这月亮光，又不敢开灯。明天她婆婆会说："白哥儿给我多烧了两口烟，害得我们少奶奶一宿没睡觉，半夜三更点着灯等着他回来——少不了他吗！"芝寿的眼泪顺着枕头不停的流。她不用手帕去擦眼睛，擦肿了，她婆婆又该说了："白哥儿一晚上没回房去睡，少奶奶就把眼睛哭得桃儿似的！"

七巧虽然把儿子媳妇描摹成这样热情的一对，长白对于芝寿却不甚中意，芝寿也把长白恨得牙痒痒的。夫妻不和，长白渐渐又往花街柳巷里走动。七巧把一个丫头绢儿给了他做小，还是牢笼不住他。七巧又变着方儿哄他吃烟。长白一向就喜欢玩两口，只是没上瘾，现在吸得多了，也就收了心不大往外跑了，只在家守着母亲和新姨太太。

他妹子长安二十四岁那年生了痢疾，七巧不替她延医服药，只劝她抽两筒鸦片，果然减轻了不少痛苦。病愈之后，也就上了瘾。那长安更与长白不同，未出阁的小姐，没有其他的消遣，一心一意的抽烟，抽的倒比长白还要多。也有人劝阻，七巧道："怕什么！莫说我们姜家还吃得起，就是我今天卖了两顷地给他们姐儿俩抽烟，又有谁敢放半个屁？姑娘赶明儿聘了人家，少不得有她这一份嫁妆。她吃自己的，喝自己的，姑爷就是舍不得，也只好干望着她罢了！"

话虽如此说，长安的婚事毕竟受了点影响。来做媒的本来就不十分踊跃，如今竟绝迹了。长安到了近三十的时候，七巧见女儿注定了是要做老姑娘的了，便又换了一种论调，道："自己长得不好，嫁不掉，还怨我做娘的耽搁了她！成天挂搭着个脸，倒像我该还她二百钱似的。我留她在家里吃一碗闲茶闲饭，可没打算留她在家里给我气受呢！"

姜季泽的女儿长馨过二十岁生日，长安去给她堂房妹子拜寿。那姜季泽虽然穷了，幸喜他交游广阔，手里还算兜得转。长馨背地里向她母亲道："妈想法子给安姐姐介绍个朋友罢，瞧她怪可怜的，还没提起家里的情形，眼圈儿就红了。"兰仙慌忙摇手道："罢！罢！这个媒我不敢做！你二妈那脾气是好惹的？"长馨年少好事，哪里理会得？歇了些时，偶然与同学们说起这件事，恰巧那同学有个表叔新从德国留学回来，也是北方人，仔细攀认起来，与姜家还沾着点老亲。那人名唤童世舫，叙起来比长安略大几岁。长馨竟自作主张，安排了一切，由那同学的母亲出面请客。长安这边瞒得家里铁桶相似。

七巧身子一向硬朗，只因她媳妇芝寿得了肺痨，七巧嫌她乔张做致，吃这个，吃那个，累又累不得，比寻常似乎多享了一些福，自己一赌气便也病了。起初不过是气虚血亏，却也将阖家支使得团团转，哪儿还能够兼顾到芝寿？后来七巧认真得了病，卧床不起，越发鸡犬不宁。长安乘乱里便走开了，把裁缝唤到她三叔家里，由长馨出主意替她制了新装。赴宴的那天晚上，长馨先陪她到理发店去用钳子烫了头发，从天庭到鬓角一路密密的贴着细小的发圈，耳朵上戴了二寸来长的玻璃翡翠宝塔坠子，又换上了苹果绿乔琪纱旗袍，高领圈，荷叶边袖子，腰以下是半西式的百褶裙。一个小大姐蹲在地上为她扣揿钮，长安在穿衣镜里端详着自己，忍不住将两臂虚虚的一伸，裙子一踢，摆了个葡萄仙子的姿势，一扭头笑了起来道："把我打扮得天女散花似的！"长馨在镜子里向那小大姐做了个眉眼，两人不约而同也都笑了起来。长安妆罢，便向高椅上端端正正坐下了。长馨道："我去打电话叫车。"长安道："还早呢！"长馨看了看表道："约的是八点，已经八点过五分了。"长安道："晚个半个钟头，想必也不碍事。"长馨猜他是存心要搭点架子，心中又好气又好笑，打开银丝手提皮包来检点了一下，藉口说忘了带粉镜子，径自走到她母亲屋里来，如此这般告诉了一遍，又道："今儿又不是姓童的请客，她这架子是冲着谁搭的？我也懒得去劝她，由她挨到明儿早上去，也不干我事。"兰仙道："瞧你这糊涂！人是你约的，媒是你做的，你怎么卸得了这干系？我埋怨过你多少回了——你早该知道了，安姐儿就跟她娘一样的小家子气，不上台盘。待会儿出乖露丑的，说起来是你姐姐，你丢人也是活该，谁叫你把这些是是非非，揽上身来，敢是闲疯了？"长馨唧嘟着嘴在她母亲屋里坐了半晌。兰仙笑道："看这情形，你姐姐是等着人催请呢。"长馨道："我才不去催她呢！"兰仙道："傻丫头，要你催，中甚么用？她等着那边来电话哪！"长馨失声笑道："又不是新娘子，要三请四催的，逼着上轿！"兰仙道："好歹你打个电话到饭店里去，叫他们打个电话来，不就结了？快九点了，再挨下去，事情可真要崩了！"长馨只得依言做去，这边方才动了身。

　　长安在汽车里还是兴兴头头，谈笑风生的，到了菜馆子里，突然矜持起来，跟在长馨后面，悄悄掩进了房间，怯怯的褪去了苹果绿鸵鸟毛斗篷，低头端坐，拈了一只杏仁，每隔两分钟轻轻啃去了十分之一，缓缓咀嚼着。她是为了被看而来的。她觉得她浑身的装束，无懈可击，任凭人家多看两眼也不妨事，可是她的身体完全是多余的，缩也没处缩，她始终缄默着，吃完了一顿饭。等着上甜菜的时候，长馨把她拉到窗子跟前去观看街景，又托故走开了，那童世舫便踱到窗前，问道："姜小姐这儿来过么？"长安细声道："没有。"童世舫道："我也是第一次，菜倒是不坏，可是我还是吃不大惯。"长安道："吃不惯？"世舫道："可不是！外国菜比较清淡些，中国菜要油腻得多。刚回来，连着几天亲戚朋友们接风，很容易的就吃坏了肚子。"长安反覆地看她的手指，仿佛一心一意要数数一共有几个指纹是螺形的，几个是簸箕……

玻璃窗上面，没来由了小小的一朵霓虹灯的花——对过一家店面里反映过来的，绿心红瓣，是尼罗河祀神的莲花，又是法国王室的百合徽章……

世舫多年没见过故国的姑娘，觉得长安很有点楚楚可怜的韵致，倒有几分欢喜。他留学以前早就定了亲，只因他爱上了一个女同学，抵死反对家里的亲事，路远迢迢，打了无数的笔墨官司，几乎闹翻了脸，他父母曾经一度断绝了他的接济，使他吃了不少的苦，方才依了他，解了约。不幸他的女同学别有所恋，抛下了他，他失意之余，倒埋头读了七八年的书。他深信妻子还是旧式的好，也是由于反应作用。

和长安见了这一面之后，两下里都有了意。长馨想着送佛送到西天，自己再热心些，也没有资格出来向长安的母亲说话，只得央及兰仙。兰仙执意不肯道："你又不是不知道，你爹跟你二妈仇人似的，向来是不见面的。我虽然没有跟她红过脸，再好些也有限，何苦去自讨没趣？"长安见了兰仙，只是垂泪，兰仙却不过情面，只得答应去走一遭。妯娌相见，问候了一番，兰仙便说明了来意。七巧初听见了，倒也欣然，因道："那就拜托三妹妹罢！我病病哼哼的，也管不得了，偏劳了三妹妹。这丫头就是我的一块心病。我做娘的也不能说是对不起她了，行的是老法规矩，我替她裹脚；行的是新派规矩，我送她上学堂——还要怎么着？照我这样扒心扒肝调理出来的人，只要她不疤不麻不瞎，还会没人要吗？怎奈这丫头天生的是扶不起的阿斗，恨得我只嚷嚷；多咱我一闭眼去了，男婚女嫁，听天由命罢！"

当下议妥了，由兰仙请客，两方面相亲。长安与童世舫只做没见过面模样，只会晤了一次。七巧病在床上，没有出场，因此长安便风平浪静的订了婚。在筵席上，兰仙与长馨强拉着长安的手，递到童世舫手里，世舫当众替她套上了戒指。女家也回了礼，文房四宝虽然免了，却用新式的丝绒文具盒来代替，又添上了一只手表。

订婚之后，长安遮遮掩掩竟和世舫独出去了几次。晒着秋天的太阳，两人并排在公园里走，很少说话，眼角里带着一点对方的衣服与移动着的脚，女子的粉香，男子的淡巴菰气，这单纯而可爱的印象便是他们身边的阑干，阑干把他们与众人隔开了。空旷的绿草地上，许多人跑着、笑着、谈着，可是他们走的是寂寂的绮丽的回廊——走不完的寂寂的回廊。不说话，长安并不感到任何缺陷。她以为新式的男女间的交际也就"尽于此矣"。童世舫呢，因为过去的痛苦的经验，对于思想的交换根本抱着怀疑的态度。有个人在身边，他也就满足了。从前，他顶讨厌小说上的男人，向女人要求同居的时候，只说："请给我一点安慰。"安慰是纯粹精神上的，这里却做了肉欲的代名词。但是他现在知道精神与物质的界限不能分得这么清。言语究竟没有用。久久的握手，就是妥协的安慰，因为会说话的人很少，真正有话说的人还要少。

有时在公园里遇着了雨，长安撑起了伞，世舫为她擎着。隔着半透明的蓝绸伞，千万粒雨珠闪着光，像一天的星。一天的星到处跟着他们，在水珠银烂的车窗上，汽车驰过了红灯、绿灯，窗子外营营飞着一窠红的星，又是一窠绿的星？

长安带了点星光下的乱梦回家来，人变得异常沉默了。时时微笑着。七巧见了，不由得有气，便冷言冷语道："这些年来，多多急慢了姑娘，不怪姑娘难得开个笑脸。这下子跳出了姜家的门，称了心愿了，再快活些，可也别这么摆在脸上呀——叫人寒心！"依着长安素日的性子，就要回嘴，无如长安近来像换了个人似的，听了也不计较，自顾自努力去戒烟。七巧也奈何她不得。

长安订婚那天，大奶奶玳珍没去，隔了些天来补道喜。七巧悄悄唤了声大嫂，道："我看咱们还是在外头打听打听哩，这事可冒失不得！前天我耳朵里仿佛刮着一点，说是乡下有太太，外洋还有一个。"玳珍道："乡下的那个没过门就退了亲。外洋那个也是这样，说是做了几年的朋友了，不知怎么又没成功。"七巧道："哪还有个为什么？男人的心，说声变，就变了，他连三媒六聘的还不认账，何况那不三不四的歪辣货？知道他在外洋还有旁人没有？我就只这一个女儿，可不能糊里糊涂断送了她的终身，我自己是吃过媒人的苦的！"

长安坐在一旁用指甲去掐手掌心，手掌心掐红了，指甲却挣得雪白。七巧一抬眼望见了她，便骂道："死不要脸的丫头，竖着耳朵听呢！这话是你听得的吗？我们做姑娘的时候，一声提起婆婆家，来不迭的躲开了。你姜家枉为世代书香，只怕你还要到你开麻油店的外婆家去学点规矩哩！"长安一头哭一头奔了出去。七巧拍着枕头嗳了一声道："姑娘急着要嫁，叫我也没法子。腥的臭的往家里拉。名为是她三婶给找的人，其实不过是拿她三婶做个幌子。多半是生米煮成了熟饭了，这才挽了三婶出来做媒。大家齐打伙儿糊弄我一个人……糊弄着也好！说穿了，叫做娘的做哥哥的脸往哪儿放？"

又一天，长安托辞溜了出去，回来的时候，不等七巧查问，待要报告自己的行踪，七巧叱道："得了，得了，少说两句罢！在我前面糊什么鬼？有朝一日你让我抓着了真凭实据——哼！别以为你大了，订了亲了，我打不得你了！"长安急了道："我给馨妹妹送鞋样子去，犯了法了？娘不信，娘问三婶去！"七巧道："你三婶替你寻了个汉子来，就是你的重生父母，再养爹娘！也没见你这样的轻骨头！……一转眼就不见你的人了。你家里供养了你这些年，就只差买个小厮伺候你，哪一处对你不住了，你在家里一刻也坐不稳？"长安红了脸，眼泪直掉下来。七巧缓过一口气来，又道："当初多少好的都不要，这会子去嫁个不成器的，人家拣剩下来的，岂不是自己打嘴？他若是个人，怎么活到三十来几，飘洋过海的，跑上十万里地，一房老婆还没弄到手？"

然而长安一味的执迷不悟。因为双方的年纪都不小了，订了婚不上几月，男方便托了兰仙来议定婚期。七巧指着长安道："早不嫁，迟不嫁，偏赶着这两年钱不凑手！明年若是田上收成好些，嫁妆也还整齐些。"兰仙道："如今新式结婚，倒也不讲究这些了。就照新派办法，省着点也好。"七巧道："什么新派旧派？旧派无非排场大些，新派实惠些，一样还是娘家的晦气！"兰仙道："二嫂看着办就是了，难道安姐儿还会争多论少不成？"一屋子的人全笑了，长安也不觉微微一笑。七巧破口骂道："不害臊！你是肚子里有了搁不住的东西是怎么着？火烧眉毛，等不及的要过门！嫁妆也不要——你情愿，人家倒许不情愿呢？你就拿准了他是图你的人？你好不自量。你有哪一点叫人看得上眼？趁早别自骗自了！姓童的还不是看中了姜家的门第！别瞧你们家轰轰烈烈，公侯将相的，其实全不是那么回事！早就是外强中干，这两年连空架子也撑不起了。人呢，一代坏似一代，眼里哪儿还有天地君亲？少爷们是什么都不懂，小姐们就知道霸钱要男人——猪狗都不如！我娘家当初千不该万不该跟姜家结了亲，坑了我一世，我待要告诉那姓童的趁早别像我似的上了当！"

自从吵闹过这一番，兰仙对于这头亲事便洗手不管了。七巧的病渐渐痊愈，略略下床走动，便逐日骑着门坐着，遥遥向长安屋里叫喊道："你要野男人你尽管去找，只别把他带上门来认我做丈母娘，活活的气死了我！我只图个眼不见，心不烦。能够容我多活两年，便是姑娘的恩典了！"颠来倒去几句话，嚷得一条街上都听得见。亲戚丛中自然更将这事沸沸扬扬传了开去。

七巧又把长安唤到跟前，忽然滴下泪来道："我的儿，你知道外头人把你怎么长怎么短糟蹋得一个钱也不值！你娘自从嫁到姜家来，上上下下谁不是势利的，狗眼看人低，明里暗里我不知受了他们多少气。就连你爹，他有什么好处到我身上，我要替他守寡？我千辛万苦守了这二十年，无非是指望你姐儿俩长大成人，替我争回一点面子来。不承望今日之下，只落得这等的收场！"说着，呜咽起来。

长安听了这话，如同轰雷掣顶一般。她娘尽管把她说得不成人，外头人尽管把她说得不成人，她管不了这许多。唯有童世舫——他——他该怎么想？他还要她么？上次见面的时候，他的态度有点改变吗？很难说……她太快乐了，小小的不同的地方她不会注意到……被戒烟期间身体上的痛苦与种种刺激两面夹攻着，长安早就有点受不了，可是硬撑着也就撑了过去，现在她突然觉得浑身的骨骼都脱了节，向他解释么？他不比她的哥哥，他不是她母亲的儿女，他决不能彻底明白她母亲的为人。他果真一辈子见不到她母亲，倒也罢了，可是他迟早要认识七巧。这是天长地久的事，只有千年做贼的，没有千年防贼的——她知道她母亲会放出什么手段来？迟早要出乱子，迟早要决裂。这是她的生命里顶完美的一段，与其让别人给它加上一个不堪的尾巴，不如她自己早早结束了它。一个美丽而苍凉的手势……她知道她会懊悔的，她知道她会懊悔的，然而她抬了抬眉毛，做出不介意的样子，说道："既然娘不愿意结这个亲，我去回掉他们就是了。"七巧正哭着，忽然住了声，停了一停，又抽答抽答哭了起来。

长安定了一定神，就去打了个电话给童世舫。世舫当天没有空，约了明天下午。长安所最怕的就是中间隔的这一晚，一分钟，一刻、一刻，啃进她心里去。次日，在公园里的老地方，世舫微笑着迎上前来，没跟她打招呼——这在他是一种亲昵的表示。他今天仿佛是特别的注意她，并肩走着的时候，屡屡望着她的脸。太阳煌煌的照着，长安越发觉得眼皮肿得抬不起来了。趁他不在看她的时候把话说了罢。她用哭哑了的喉咙轻轻唤了一声"童先生"，世舫没听见。那么，趁他看她的时候把话说了罢。她诧异她脸上还带着点笑，小声道："童先生，我想——我们的事也许还是——还是再说罢。对不起得很。"她褪下戒指来塞在他手里，冷涩的戒指，冷湿的手。她放快了步子走去，他楞了一会，便追上来，问道："为什么呢？对于我有不满意的地方么？"长安笔直向前望着，摇了摇头。世舫道："那么，为什么呢？"长安道："我母亲……"世舫道："你母亲并没有看见过我。"长安道："我告诉过你了，不是因为你。跟你完全没有关系。我母亲……"世舫站定了脚。这在中国是很充分的理由了罢?他这么略一踌躇,她已经走远了。

园子在深秋的日头里晒了一上午又一下午,像烂熟的水果一般,往下坠着,坠着,发出香味来。长安悠悠忽忽听见了口琴的声音,迟钝地吹出了Long Long Ago——"告诉我那故事,往日我最心爱的那故事。许久以前,许久以前……"这是现在,一转眼也就变了许久以前了,什么都完了。长安着了魔似的,去找那吹口琴的人——去找她自己。迎着阳光走着,走到树底下,一个穿着黄短裤的男孩骑在树桠枝上颠颠着,吹着口琴,可是他吹的是另一个调子,她从来没听见过的。不大的一棵树,稀稀朗朗的梧桐叶在太阳里摇着像金的铃铛。长安仰面看着,眼前一阵黑,像骤雨似的,泪珠一串串的披了一脸,世舫找到了她,在她身边悄悄站了半晌,方道:"我尊重你的意见。"长安举起了她的皮包来遮住了脸上的阳光。

他们继续来往了一些时。世舫要表示新人物交女朋友的目的不仅限于择偶,因此虽然与长安解除了婚约,依旧常常的邀她出去。至于长安呢,她是抱着什么样的矛盾的希望跟着他出去,她自己也不知道——知道了也不肯承认。订着婚的时候,光明正大的一同出去,尚且要瞒了家里,如今更成了幽期密约了。世舫的态度始终是坦然的。固然,她略略伤害了他的自尊心,同时他对于她多少也有点惋惜,然而"大丈夫何患无妻?"男子对于女子最隆重的赞美是求婚。他割舍了他的自由,送了她这一份厚礼,虽然她是"心领璧还"了,他可是尽了他的心。这是惠而不费的事。

无论两人之间的关系是怎样的微妙而尴尬,他们认真的做起朋友来了。他们甚至谈起话来。长安的没见过世面的话每每使世舫笑起来，说道："你这人真有意思！"长安渐渐的也发现了她自己原来是个"很有意思"的人。这样下去，事情会发展到什么地步，连世舫自己也会惊奇。

然而风声吹到了七巧的耳朵里。七巧背着长安吩咐长白下帖子请童世舫吃便饭。世舫猜着姜家许是要警告他一声，不准他和他们小姐藕断丝连，可是他同长白在那阴森高敞的餐室里吃了两盅酒，说了一会话，天气、时局、风土人情，并没有一个字沾到长安身上。冷盘撤了下去，长白突然手按着桌子站了起来。世舫回过头去，只见门口背着光立着一个小身材的老太太，脸看不清楚，穿一件青灰团龙宫织缎袍，双手捧着大红热水袋，身边夹峙着两个高大的女仆。门外日色昏黄，楼梯上铺着湖绿花格子漆布地衣，一级一级上去，通入没有光的所在。世舫直觉地感到那是个疯子——无缘无故的，他只是毛骨悚然，长白介绍道："这就是家母。"

世舫挪开椅子站起来，鞠了一躬。七巧将手搭在一个佣妇的胳膊上，款款走了进来，客套了几句，坐下来便敬酒让菜。长白道："妹妹呢？来了客，也不帮着张罗张罗。"七巧道："她再抽两筒就下来了。"世舫吃了一惊，睁眼望着她。七巧忙解释道："这孩子就苦在先天不足，下地就得给她喷烟。后来也是为了病，抽上了这东西。小姐家，够多不方便哪！也不是没戒过，身子又娇，又是由着性儿惯了的，说丢，哪儿丢得掉呢！戒戒抽抽，这也有十年了。"世舫不由得变了色，七巧有一个疯子的审慎与机智。她知道，一不留心，人们就会用嘲笑的，不信任的眼光截断了她的话锋，她已经习惯了那种痛苦。她怕话说多了要被人看穿了。因此及早止住了自己，忙着添酒布菜。隔了些时，再提起长安的时候，她还是轻描淡写的把那几句话重复了一遍。她那平扁而尖利的喉咙四面割着人像剃刀片。

长安悄悄的走下楼来，玄色花绣鞋与白丝袜停留在日色昏黄的楼梯上。停了一会，又上去了，一级一级，走进没有光的所在。

七巧道："长白你陪童先生多喝两杯，我先上去了。"佣人端上一品锅来，又换上了新烫的竹叶青。一个丫头慌里慌张站在门口将席上伺候的小厮唤了出去，叽咕了一会，那小厮又进来向长白附耳说了几句，长白仓皇起身，向世舫连连道歉，说："暂且失陪，我去去就来，"三脚两步也上楼去了，只剩世舫一人独酌。那小厮也觉过意不去，低低的告诉了他："我们绢姑娘要生了。"世舫道："绢姑娘是谁？"小厮道："是少爷的姨奶奶。"

世舫拿上饭来胡乱吃了两口，不便放下碗来就走，只得坐在花梨炕上等着，酒酣耳热，忽然觉得异常的委顿，便躺了下来。卷着云头的花梨炕，冰凉的黄藤心子，柚子的寒香……姨奶奶添了孩子了。这就是他所怀念着的古中国……他的幽娴贞静的中国闺秀是抽鸦片的！他坐了起来，双手托着头，感到了难堪的落寞。

他取了帽子出门，向那个小厮道："待会儿请你对上头说一声，改天我再面谢罢！"他穿过砖砌的天井，院子正中生着树，一树的枯枝高高印在淡青的天上，像磁上的冰纹。长安静静的跟在他后面送了出来，她的藏青长袖旗袍上有着淡黄的雏菊。她两手交握着，脸上显出稀有的柔和。世舫回过身来道："姜小姐……"她隔得远远的站定了，只是垂着头。世舫微微鞠了一躬，转身就走了。长安觉得她是隔了相当的距离看这太阳里的庭院，从高楼上望下来，明晰、亲切，然而没有能力干涉，天井、树、曳着萧条的影子的两个人，没有话——不多的一点回忆，将来是要装在水晶瓶里双手捧着看的——她的最初也是最后的爱。

芝寿直挺挺躺在床上，搁在肋骨上的两只手蜷曲着像宰了的鸡的脚爪。帐子吊起了一半。不分昼夜她不让他们给她放下帐子来，她怕。

外面传进来说绢姑娘生了个小少爷。丫头丢下了热气腾腾的药罐子跑出去凑热闹。敞着房门，一阵风吹了进来，帐钩豁朗朗乱摇，帐子自动的放了下来，然而芝寿不再抗议了。她的头向右一歪，滚到枕头外面去。她并没有死——又挨了半个月光景才死的。

绢姑娘扶了正，做了芝寿的替身。扶了正不上一年就吞了生鸦片自杀了。长白不敢再娶了，只在妓院里走走。长安更是早就断了结婚的念头。

七巧似睡非睡横在烟铺上。三十年来她戴着黄金的枷。她用那沉重的枷角劈杀了几个人，没死的也送了半条命。她知道她儿子女儿恨毒了她，她婆家的人恨她，她娘家的人恨她。她摸索着腕上的翠玉镯子，徐徐将那镯子顺着骨瘦如柴的手臂往上推，一直推到腋下。她自己也不能相信她年轻的时候有过滚圆的胳膊。就连出了嫁之后几年，镯子里也只塞得进一条洋绉手帕。十八九岁做姑娘的时候，高高挽起了大镶大滚的蓝夏布衫袖，露出一双雪白的手腕，上街买菜去。喜欢她的有肉店里的朝禄，她哥哥的结拜弟兄丁玉根、张少泉，还有沈裁缝的儿子。喜欢她，也许只是喜欢跟她开开玩笑。然而如果她挑中了他们之中的一个，往后日子久了，生了孩子，男人多少对她有点真心。七巧挪了挪头底下的荷叶边小洋枕，凑上脸去揉擦了一下，那一面的一滴眼泪她就懒怠去揩拭，由它挂在腮上，渐渐自己干了。

七巧过世以后，长安和长白分了家搬出来住。七巧的女儿是不难解决她自己的问题的，谣言说她和一个男子在街上一同走，停在摊子跟前，他为她买了一双吊袜带。也许她用的是她自己的钱，可是无论如何是由男子的袋里掏出来的。……当然这不过是谣言。

三十年前的月亮早已沉下去，三十年前的人也死了，然而三十年前的故事还没完——完不了。

一九四三年十月

＊初载一九四三年十一月、十二月《杂志》第十二卷第二期、第三期，收入《传奇》。

连环套

赛姆生太太是中国人。她的第三个丈夫是英国人，名唤汤姆生，但是他不准她使用他的姓氏，另赠了她这个相仿的名字。从生物学家的观点看来，赛姆生太太曾经结婚多次，可是从律师的观点看来，她始终未曾出嫁。

我初次见到赛姆生太太的时候，她已经是六十开外的人了。那一天，是傍晚的时候，我到戏院里买票去，下午的音乐会还没散场，里面金鼓齐鸣，冗长繁重的交响乐正到了最后的高潮，只听得风狂雨骤，一阵紧似一阵，天昏地暗压将下来。仿佛有百十辆火车，呜呜放着汽，开足了马力，齐齐向这边冲过来，车上满载摇旗呐喊的人，空中大放焰火，地上花炮乱飞，也不知庆祝些什么，欢喜些什么。欢喜到了极处，又有一种凶狞的悲哀，凡哑林的弦子紧紧绞着，绞着，绞得扭麻花似的，许多凡哑林出力交缠，挤榨，哗哗流下千古的哀愁；流入音乐的总汇中，便乱了头绪——作曲的人编到末了，想是发疯了，全然没有曲调可言，只把一个一个单独的小音符叮铃当啷倾倒在巨桶里，下死劲搅动着，只搅得天崩地塌，震耳欲聋。

这一片喧声，无限制地扩大，终于胀裂了，微鳞中另辟一种境界。恍惚是睡梦中，居高临下，只看见下面一条小弄，疏疏点上两盏路灯，黑的是两家门面，黄的又是两家门面。弄堂里空无所有，半夜的风没来由地扫过来又扫过去。屋子背后有人凄凄吹军号，似乎就在衖堂里，又似乎是远着呢。

弦子又急了，铙钹又紧了。我买到了夜场的票子，掉转身来正待走，隔着那黑白大理石地板，在红黯的灯光里，远远看见天鹅绒门帘一动，走出两个人来。一个我认得是我的二表姊，一个看不仔细，只知道她披着皮领子的斗篷。场子里面，洪大的交响乐依旧汹汹进行，相形之下，外面越显得寂静，帘外的两个人越显得异常渺小。

我上前打招呼，笑道："没想到二婶也高兴来听这个！"二表姊笑道："我自己是决不会想到上这儿来的。今儿赛姆生太太有人送了她两张票，她邀我陪她走，我横竖无所谓，就一块儿来了。"我道："二婶不打算听完它？"二表姊道："赛姆生太太要盹着了。我们想着没意思，还是早走一步罢。"赛姆生太太笑道："上了臭当，只道是有跳舞呢！早知道是这样的——"正说着，穿制服的小厮拉开了玻璃门，一个男子大踏步走进来，赛姆生太太咦了一声道："那是陆医生罢？"慌忙迎上前去。二表姊悄悄向我笑道："你瞧！偏又撞见了他！就是他给了她那两张票，这会子我们听了一半就往外溜，怪不好意思的！"那男子果然问道："赛姆生太太，你这就要回去了么？"赛姆生太太双手握住他两只手，连连摇撼着，笑道："我哪儿舍得走呀！偏我这朋友坐不住——也不怪她，不大懂，就难免有点憋得慌。本来，音乐这玩意儿，有几个人是真正懂得的？"二表姊睃了我一眼，微微一笑。

隔了多时我没有再看见赛姆生太太。后来我到她家里去过一次。她在人家宅子里租了一间大房住着，不甚明亮，四下里放着半新旧的乌漆木几，五斗橱，碗橱。碗橱上，玻璃罩子里，有泥金的小弥陀佛。正中的圆桌上铺着白蕾丝桌布，搁着蚌壳式的橙红镂花大碗，碗里放了一撮子揿钮与拆下的软缎钮绊。墙上挂着她盛年时的照片；耶稣升天神像；四马路美女月份牌；商店里买来的西洋画，画的是静物，蔻利沙酒瓶与苹果，几只在篮内，几只在篮外。裸体的胖孩子的照片到处都是——她的儿女，她的孙子与外孙。

　　她特地开了箱子取出照相簿来，里面有她的丈夫们的单人相，可是他们从未与她合拍过一张，想是怕她敲诈。我们又看见她的大女儿的结婚照，小女儿的结婚照，大女儿离婚之后再度结婚的照片。照片这东西不过是生命的碎壳；纷纷的岁月已过去，瓜子仁一粒粒咽了下去，滋味各人自己知道，留给大家看的惟有那满地狼藉的黑白的瓜子壳。

　　赛姆生太太自己的照片最多。从十四岁那年初上城的时候拍起，渐渐的她学会了向摄影机做媚眼。中年以后她喜欢和女儿一同拍，因为谁都说她们像姊妹。摄影师只消说这么一句，她便吩咐他多印一打照片。

　　晚年的赛姆生太太不那么上照了，瞧上去也还比她的真实年龄年轻二十岁。染了头发，低低的梳一个漆黑的双心髻。体格虽谈不上美，却也够得上引用老舍夸赞西洋妇女的话："胳膊是胳膊，腿是腿。"皮肤也保持着往日的光润，她说那是她小时候吃了珍珠粉之故，然而根据她自己的叙述，她的童年时代是极其艰苦的，似乎自相矛盾。赛姆生太太的话原是靠不住的居多，可是她信口编的谎距离事实太远了，说不定远兜远转，"话又说回来了"的时候，偶尔也会迎头撞上了事实。

赛姆生太太将照相簿重新锁进箱子里去，嗟叹道："自从今年伏天晒了衣裳，到如今还没把箱子收起来。我一个人哪儿抬得动？年纪大了，儿女又不在跟前，可知苦哩！"我觉得义不容辞，自告奋勇帮她抬。她从床底下大大小小拖出七八只金漆箱笼，一面搬，一面向我格格笑道："你明儿可得找个推拿的来给你推推——只怕要害筋骨疼！"

她爬高上低，蹲在柜顶上接递物件，我不由得捏着一把汗，然而她委实身手矫捷，又稳又俐落。她的脚踝是红白皮色，踏着一双朱红皮拖鞋。她像一只大猫似的跳了下来，打开另一只箱子，弯着腰伸手进去掏摸，嘱咐我为她扶住了箱子盖。她的头突然钻到我的腋下，又神出鬼没地移开了。她的脸庞与脖子发出微微的气味，并不是油垢，也不是香水，有点肥皂味而不单纯是肥皂味，是一只洗刷得很干净的动物的气味。人本来都是动物，可是没有谁像她这样肯定地是一只动物。

她忙碌着，嘶嘶地从牙齿缝里吸气，仿佛非常寒冷。那不过是秋天，可是她那咻咻的呼吸给人一种凛冽的感觉。……也许她毕竟是老了。

箱子一只只叠了上去，她说："别忙着走呀，我下面给你吃。"言下，又拖出两只大藤篮来。我们将藤篮抬了过去之后，她又道："没有什么款待你，将就下两碗面罢！"我道："谢谢您，我该走了。打搅了这半天！"

次日，在哈同花园外面，我又遇见了她，站住在墙根下说了一会话。她挽着一只网袋，上街去为儿女们买罐头食物。她的儿女们一律跟她姓了赛姆生，因此都加入了英国籍，初时虽然风光，事变后全都进了集中营，撇下赛姆生太太孤孤零零在外面苦度光阴，按月将一些沙糖罐头肉类水果分头寄与他们。她攒眉道："每月张罗这五个包裹，怎不弄得我倾家荡产的？不送便罢，要送，便不能少了哪一个的。一来呢，都是我亲生的，十个指头，咬着都疼。二来呢，孩子们也会多心。养儿防老，积谷防饥，我这以后不指望着他们还指望谁？怎能不敷衍着他们？天下做父母的，做到我这步田地，也就惨了！前儿个我把包裹打点好了，又不会写字，央了两个洋行里做事的姑娘来帮我写。写了半日，便不能治桌酒给人家浇浇手，也得留她们吃顿便饭。做饭是小事，往日我几桌酒席也办得上来，如今可是巧媳妇做不出无米的饭。你别瞧我打扮得头光面滑的在街上踢跳，内里实在是五痨七伤的，累出了一身的病在这里！天天上普德医院打针去，药水又贵又难买。偏又碰见这陆医生不是个好东西，就爱占人便宜。正赶着我心事重重——还有这闲心同他打牙嗑嘴哩！我前世里不知作了什么孽，一辈子尽撞见这些馋嘴猫儿，到哪儿都不得清静！"

赛姆生太太还说了许多旁的话，我记不清楚了。哈同花园的篱笆破了，墙塌了一角，缺口处露出一座灰色小瓦房，炊烟濛濛上升，鳞鳞的瓦在烟中淡了，白了，一部份泛了色，像多年前的照片。

赛姆生太太小名霓喜。她不大喜欢提起她幼年的遭际，因此我们只能从她常说的故事里寻得一点线索。她有一肚子的凶残的古典，说给孩子们听，一半是吓孩子，一半是吓她自己，从恐怖的回忆中她得到一种奇异的满足。她说到广东乡下的一个妇人，家中养着十几个女孩。为了点小事，便罚一个女孩站在河里，水深至腰，站个一两天，出来的时候，湿气也烂到腰上。养女初进门，先给一个下马威，在她的手背上紧紧缚三根毛竹筷，筷子深深嵌在肉里，旁边的肉坟起多高。隔了几天，肿的地方出了脓，筷子生到肉里去，再让她自己一根根拔出来。直着嗓子叫喊的声音，沿河一里上下都听得见。即使霓喜不是这些女孩中的一个，我们也知道她的原籍是广东一个偏僻的村镇。广东的穷人终年穿黑的，抑郁的黑土布，黑拷绸。霓喜一辈子恨黑色，对于黑色有一种忌讳，因为它代表贫穷与磨折。霓喜有时候一高兴，也把她自己说成珠江的蛋家妹，可是那也许是她的罗曼蒂克的幻想。她的发祥地就在九龙附近也说不定。那儿也有的是小河。

十四岁上，养母把她送到一个印度人的绸缎店里，卖了一百二十元。霓喜自己先说是一百二十元，随后又觉得那太便宜了些，自高身价，改口说是三百五十元，又说是三百。

先后曾经领了好几个姑娘去，那印度人都瞧不中，她是第七个，一见她便把她留下了，这是她生平的一件得意的事。她还有一些传奇性的穿插，说她和她第一个丈夫早就见过面。那年轻的印度人为了生意上的接洽，乘船下乡。她恰巧在岸上洗菜，虽不曾搭话，两下里都有了心。他发了一笔小财，打听明白了她的来历，便路远迢迢托人找霓喜的养母给他送个丫头来，又不敢指名要她，只怕那妇人居为奇货，格外的难缠。因此上，看到第七个方才成交。这一层多半是她杜撰的。

霓喜的脸色是光丽的杏子黄。一双沉甸甸的大黑眼睛，碾碎了太阳光，黑里面揉了金。鼻子与嘴唇都嫌过于厚重，脸框似圆非圆，没有格式，然而她哪里容你看清楚这一切。她的美是流动的美，便是规规矩矩坐着，颈项也要动三动，真是俯仰百变，难画难描。

初上城时节，还是光绪年间，梳两个丫鬐，戴两支充银点翠凤嘴花，耳上垂着映红宝石坠子，穿一件烟里火回文缎大袄，娇绿四季花绸裤，跟在那妇人后面，用一块细缀穗白绫挑线汗巾半掩着脸，从那个绸缎店的后门进去，扭扭捏捏上了楼梯。楼梯底下，伙计们围着桌子吃饭，也有印度人，也有中国人，交头接耳，笑个不了。那老实些的，只怕东家见怪，便低着头扒饭。

那绸缎店主人雅赫雅·伦姆健却在楼上他自己的卧室里，红木架上搁着一盆热水，桌上支着镜子，正在剃胡子呢。他养着西方那时候最时髦的两撇小胡子，须尖用胶水捻得直挺挺翘起，临风微颤。他头上缠着白纱包头，身上却是极挺括的西装。年纪不上三十岁，也是个俊俏人物。听见脚步声，便抓起湿毛巾，揞着脸，迎了出来，向那妇人点了点头，大剌剌走回房去，自顾自坐下了。那黑衣黄脸的妇人先前来过几趟，早是熟门熟路了，便跟了进来。霓喜一进房便背过身去，低着头，抄着手站着。

雅赫雅打量了她一眼，淡淡的道："有砂眼的我不要。"那妇人不便多言，一只手探过霓喜的衣领，把她旋过身来，那只手便去翻她的下眼睑，道："你看看！你看看！你自己看去！"雅赫雅走上前来，妇人把霓喜的上下眼皮都与他看过了。霓喜疼得紧，眼珠子里裹着泪光，狠狠的睃了他一眼。

雅赫雅叉着腰笑了，又道："有湿气的我不要。"那妇人将霓喜向椅子上一推，弯下腰去，提起她的裤脚管，露出一双大红十样锦平底鞋，鞋尖上扣绣鹦鹉摘桃。妇人待要与她脱鞋，霓喜不肯，略略挣了一挣，妇人反手就给她一个嘴巴。常言道：熟能生巧。妇人这一巴掌打得灵活之至，霓喜的鬓角并不曾弄毛一点。雅赫雅情不自禁，一把拉住妇人的手臂，叫道："慢来！慢来！是我的人了，要打我自己会打，用不着你！"妇人不由得笑了起来道："原来是你的人了！老板，你这才吐了口儿！难得这孩子投了你的缘，你还怕我拿班做势扣住不给你么？什么湿气不湿气的，混挑眼儿，像是要杀我的价似的——也不像你老板素日的为人了！老板你不知道，人便是你的人了，当初好不亏我管教她哩！这孩子诸般都好，就是性子倔一点。不怕你心疼的话，若不是我三天两天打着，也调理不出这么个斯斯文文上画儿的姑娘。换了个无法无天的，进了你家的门，抛你的米，撒你的面，怕不磕蹬得你七零八落的！"

雅赫雅笑道："打自由你打，打出一身的疤来，也不好看相！"妇人复又搂起霓喜的袖子来，把只胳膊送到雅赫雅眼前去。雅赫雅摇头道："想你也不会拣那看得见的所在拷打她！"妇人啐道："你也太啰唆了！难不成要人家脱光了脊梁看一看？"

霓喜重新下死劲瞅了他一眼。雅赫雅呵呵笑了起来，搭讪着接过霓喜手中的小包袱来，掂了一掂，向妇人道："这就是你给她的陪送么？也让我开开眼。"便要打开包袱，妇人慌忙拦住道："人家的衬衣鞋脚也要看！老板你怎么这样没有品？"雅赫雅道："连一套替换的衣裳也没有？"妇人道："嫁到绸缎庄上，还愁没有绫罗绸缎一年四季冬暖夏凉裹着她？身上这一套，老板你是识货的，你来摸摸。"因又弯下腰去拎起霓喜的袴脚道："是苏州捎来的尺头哩！进贡的也不过如此罢了！"又道："脚便是大脚。我知道你老板是外国脾气，脚小了反而不喜欢。若没有这十分人才，也配不上你老板。我多也不要你的，你给我两百块，再同你讨二十块钱喜钱。好不容易替你做了这个媒，腿也跑折了，这两个喜钱，也是份内的，老板可是王妈妈卖了磨，推不得了！"雅赫雅道："累你多跑了两趟，车钱船钱我跟你另外算便了。两百块钱可太多了，叫我们怎么往下谈去？"妇人道："你又来了！两百块钱卖给你，我是好心替她打算，图你个一夫一妻，青春年少的，作成她享个后半辈子的福，也是我们母女一场。我若是黑黑良心把她卖到堂子里去，那身价银子，少说些打她这么个银人儿也够了！"当下双方软硬兼施，磋商至再，方才议定价目。

雅赫雅是一个健壮热情的男子，从印度到香港来的时候，一个子儿也没有，白手起家，很不容易，因此将钱看得相当的重，年纪轻轻的，已经偏于悭吝。对于中年的阔太太们，他该是一个最合理想的恋人，可是霓喜这十四岁的女孩子所需要的却不是热情而是一点零用钱与自尊心。

她在绸缎店里没有什么地位。伙计们既不便称她为老板娘，又不便直呼她的名字，只得含糊的用"楼上"二字来代表她。她十八岁上为雅赫雅生了个儿子，取了个英国名字，叫做吉美。添了孩子之后，行动上比较自由了些，结识了一群朋友，拜了干姊妹，内中也有洋人的女佣，也有唱广东戏的，也有店东的女儿。霓喜排行第二，众人都改了口唤她二姑。

雅赫雅的绸缎店是两上两下的楼房，店面上的一间正房，雅赫雅做了卧室，后面的一间分租了出去。最下层的地窖子却是两家共用的，黑压压堆着些箱笼，自己熬制的成条的肥皂，南洋捎来的红纸封着的榴莲糕。丈来长的麻绳上串着风干的无花果，盘成老粗的一圈一圈，堆在洋油桶上。头上吊着熏鱼，腊肉，半干的裰袄。影影绰绰的美孚油灯。那是个冬天的黄昏，霓喜在地窖子里支了架子烫衣裳。三房客家里的一个小伙子下来开箱子取皮衣，两个嘲戏做一堆，推推搡搡，熨斗里的炭火将那人的袖子上烧了个洞，把霓喜笑得前仰后合。

正乱着，上面伙计在楼梯口叫道："二姑，老板上楼去了。"霓喜答应了一声，把熨斗收了，拆了架子，叠起架上的绒毯，跟着木屐踢踢踏踏上去。先到厨房里去拎了一桶煤，带到楼上去添在火炉里，问雅赫雅道："今儿个直忙到上灯？"雅赫雅道："还说呢！就是修道院来了两个葡萄牙尼姑，剪了几丈天鹅绒做圣台上的帐子，又嫌贵，硬叫伙计把我请出来，跟我攀交情，唠叨了这半天。"霓喜笑道："出家人的钱，原不是好赚的。"雅赫雅道："我还想赚她们的哩！不贴她几个就好了。满口子仁义道德，只会白嚼人。那梅腊妮师太还说她认识你呢。"霓喜哟了一声道："来的就是梅腊妮师太？她侄子是我大姐夫。"雅赫雅道："你才来的时候也没听说有什么亲戚，这会子就不清不楚弄上这些牵牵绊绊的！底下还有热水没有？烧两壶来，我要洗澡。"

霓喜又到灶下去沏水，添上柴，蹲在灶门前，看着那火渐渐红旺，把面颊也薰红了。站起来脱了大祆，里面只穿一件粉荷色万字绉紧身棉袄，又从墙上取下一条镂空衬白挖云青缎旧围裙系上了。先冲了一只锡制的汤婆子，用大祆裹了它，送了上去，顺手将一只朱漆浴盆带了上去，然后提了两壶开水上来，闩上门，伺候雅赫雅脱了衣服，又替他擦背。擦了一会，雅赫雅将两只湿淋淋的手臂伸到背后去，勾住了她的脖子，紧紧的搂了一搂。那青缎围裙的胸前便沾满了肥皂沫。

霓喜道："快洗罢，水要冷了。"雅赫雅又洗了起来，忽道："你入了教了，有这话没有？"霓喜道："哪儿呀？我不过在姐夫家见过这梅腊妮师太两面……"雅赫雅道："我劝你将就些，信信菩萨也罢了。便是年下节下，往庙里送油送米，布施几个，也还有限。换了这班天主教的姑子，那还了得，她们是大宅门里串惯了的，狮子大开口，我可招架不了！"霓喜笑道："你也知道人家是大宅门里串惯了的，打总督往下数，是个人物，都同她们有来往。除了英国官儿，就是她们为大。你虽是个买卖人，这两年眼看步步高升，树高招风，有个拉扯，诸事也方便些。"雅赫雅笑了起来道："原来你存心要结交官场。我的姐姐，几时养得你这么大了？"霓喜瞟了他一眼道："有道是水涨船高。你混得好了，就不许我妻随夫贵么？"

雅赫雅笑道："只怕你爬得太快了，我跟不上！"霓喜撇了撇嘴，笑道："还说跟不上呢！你现开着这爿店，连个老妈子都雇不起？什么粗活儿都是我一把儿抓，把个老婆弄得黑眉乌嘴上灶丫头似的，也叫人笑话，你枉为场面上的人，这都不省得？凭你这份儿聪明，也只好关起门来在店堂里做头脑罢了。"雅赫雅又伸手吊住她的脖子，仰着脸在她腮上啄了一下，昵声道："我也不要做头脑，我只要做你的心肝。"霓喜啐道："我是没有心肝的。"雅赫雅道："没心肝，肠子也行。中国人对于肠子不是有很多讲究么？一来就闹肠子断了。"霓喜在他颈项背后戳了一下道："可不是！早给你呕断了！"

她见雅赫雅今天仿佛是很兴头，便乘机进言，闲闲的道："你别说外国尼姑，也有个把好的。那梅腊妮师太，好不有道行哩！真是直言谈相，半句客套也没有，说得我一身是汗，心里老是不受用。"雅赫雅道："哦？她说你什么来？"霓喜道："她说我什么荤不荤，素不素的，往后日子长着呢，别说上天见怪，凡人也容不得我。"雅赫雅立在浴盆里，弯腰拧毛巾，笑道："那便如何是好？"霓喜背着手，垂着头，轻轻将脚去踢他的浴盆，道："她劝我结婚。"雅赫雅道："结婚么？同谁结婚呢？"霓喜恨得牙痒痒的，一掌将他打了个跟跄，差一点滑倒在水里，骂道："你又来呕人！"雅赫雅笑得格格的道："梅腊妮师太没替你做媒么？"霓喜别过身去，从袖子里掏出手帕来抹眼睛。

雅赫雅坐在澡盆边上，慢条斯理洗一双脚，热气蒸腾，像神龛前檀香的白烟，他便是一尊暗金色的微笑的佛。他笑道："怪道呢，她这一席话把你听了个耳满心满。你入了教，赶明儿把我一来二去的也劝得入了教，指不定还要到教堂里头补行婚礼呢！"霓喜一阵风旋过身来，一手叉腰，一手指着他道："你的意思我知道。我不配做你的女人，你将来还要另娶女人。我说在头里，谅你也听不进：旋的不圆砍的圆，你明媒正娶，花烛夫妻，未见得一定胜过我。"雅赫雅道："水凉了，你再给我对一点。"霓喜忽地提起水壶就把那滚水向他腿上浇，锐声叫道："烫死你！烫死你！"

雅赫雅吃了一吓，纵身跳起，虽没有塌皮烂骨，皮肤也红了，微微有些疼痛。他也不及细看，水淋淋的就出了盆，赶着霓喜踢了几脚。

霓喜坐在地下哭了，雅赫雅一个兜心脚飞去，又把她踢翻在地，叱道："你敢哭！"霓喜支撑着坐了起来道："我哭什么？我眼泪留着洗脚跟，我也犯不着为你哭！"说着，依旧哽咽个不住。

雅赫雅的气渐渐平了，取过毛巾来揩干了身上，穿上衣服，在椅上坐下了，把汤婆子拿过来渥着，道："再哭，我不喜欢了。"因又将椅子挪到霓喜跟前，双膝夹住霓喜的肩膀，把汤壶搁在她的脖子背后，笑道："烫死你！烫死你！"霓喜只是腾挪，并不理睬他。

雅赫雅笑道："怪不得姐儿急着想嫁人了，年岁也到了，私孩子也有了。"霓喜长长的叹了口气道："别提孩子了！抱在手里，我心里只是酸酸的，也不知明天他还是我的孩子不是。赶明儿你有了太太，把我打到赘字号里去了，也不知是留下我还是不留下我。便留下我，也得把我赶到后院子里去烧火劈柴。我这孩子长大了也不知还认我做娘不认？"

雅赫雅把手插到她衣领里去，笑道："你今儿是怎么了，一肚子的牢骚？"霓喜将他的手一摔，一个鲤鱼打挺，窜起身来，恨道："知道人心里不自在，尽自挓弄我待怎的？"雅赫雅望着她笑道："也是我自己不好，把你惯坏了，动不动就浪声颧气的。"霓喜跳脚道："你几时惯过了我？你替我多制了衣裳，多打了首饰，大捧的银子给我买零嘴儿吃来着？"雅赫雅沉下脸来道："我便没有替你打首饰，我什么地方亏待了你？少了你的吃还是少了你的穿？"霓喜冷笑道："我索性都替你说了罢！贼奴才小妇，才来时节，少吃没穿的，三分像人，七分像鬼，这会子吃不了三天饱饭，就惯得她忘了本了，没上没下的！——你就忘不了我的出身，你就忘不了我是你买的！"

雅赫雅吮着下嘴唇，淡淡的道："你既然怕提这一层，为什么你逢人就说：'我是他一百二十块钱买来的。'——唯恐人家不知道？"霓喜顿了一顿，方道："这也是你逼着我。谁叫你当着人不给我留面子，呼来叱去的。小姊妹们都替我气不伏，怪我怎的这么窝囊。人人有脸，树树有皮，我不是你买的，我就由着你欺负么？"说着，又要哭。雅赫雅道："对你干姊妹说说也罢了，你不该同男人勾勾搭搭的时候也挂在口上说：'我是他一百二十块钱买的，你当我是爱亲做亲么？'"霓喜兜脸彻腮胀得通红，道："贼砍头的，你几时见我同男人勾搭过？"

雅赫雅不答。霓喜蹲下身去，就着浴盆里的水搓洗毛巾，喃喃骂道："是哪个贼囚根子在你跟前嚼舌头，血口喷人？我把这条性命同他兑了罢！"雅赫雅侧着头瞅着她道："你猜是谁？"霓喜道："你这是诈我是不是？待要叫我不打自招。你就打死了我，我也还不出你一个名字来！"雅赫雅欠伸道："今儿个累了，不打你，只顾打呵欠。你去把饭端上来罢。"

霓喜将毛巾绞干了，晾在窗外的绳子上，浴盆也抬了出去，放在楼梯口的角落里，高声唤店里的学徒上来收拾，她自己且去揩抹房中地板上的水渍，一壁忙，一壁喊嚷道："把人支使得团团转，还有空去勾搭男人哩！也没见这昏君，听见风就是雨……"

学徒将孩子送了上来。那满了周岁的黄黑色的孩子在粉红绒布的襁褓中睡着了。霓喜道："大冷的天，你把他抱到哪儿去了？"学徒道："哥儿在厨房里看他们炖猪脚哩！"霓喜向空中嗅了一嗅道："又没有谁怀肚子，吃什么酸猪脚？"将孩子搁在床上，自去做饭。

悬在窗外的毛巾与衬衫裤，哪消一两个时辰，早结上了一层霜，冻得浆硬，暮色苍茫中，只看见一方一方淡白的影子。这就是南方的一点雪意了。

是清莹的蓝色的夜，然而这里的两个人之间没有一点同情与了解，虽然他们都是年轻美貌的，也贪恋着彼此的美貌与年轻，也在一起生过孩子。

梅腊妮师太路过雅赫雅的绸缎店，顺脚走进来拜访。霓喜背上系着兜，驮着孩子，正在厨下操作。寒天腊月，一双红手插在冷水里洗那铜吊子，铜钉的四周腻着雪白的猪油。两个说了些心腹话。霓喜只因手上脏，低下头去，抬起肩膀来，胡乱将眼泪在衣衫上搵了一搵，呜咽道："我还有什么指望哩？如今他没有别人，尚且不肯要我，等他有了人了，他家还有我站脚的地方么？鼓不打不响，话不说不明，我这才知道他的心了。"梅腊妮劝道："凡事都得往宽处想。你这些年怎么过来？也不急在这一时。你现守着个儿子，把得家定，怕怎的？"霓喜道："梅师父你不知道，贼强人一辈子不发迹，少不得守着个现成的老婆，将就着点。偏他这两年做生意顺手，不是我的帮夫运就是我这孩子脚硬——可是他哪里肯认账？你看他在外头轰轰烈烈，为人做人的，就不许我出头露面，唯恐人家知道他有女人。你说他安的是什么心？若说我天生的是这块料，不配见人，他又是什么好出身？提起他那点根基来，笑掉人大牙罢了！"梅腊妮忙道："我的好奶奶，你有什么见不得人的地方？场面上的太太小姐，我见过无其数，论相貌，论言谈，哪个及得上你一半？想是你人缘太好了，沾着点就黏上了，他只怕你让人撕了块肉去。"霓喜也不由得噗嗤一笑。

雅赫雅当初买霓喜进门，无非因为家里需要这么个女人，干脆买一个，既省钱，又省麻烦，对于她的身分问题并没有加以考虑。后来见她人才出众，也想把她作正头妻看待，又因她脾气不好，只怕越扶越醉，仗着是他太太，上头上脸的，便不敢透出这层意思。久而久之，看穿了霓喜的为人，更把这心来淡了。

霓喜小时候受了太多的折磨，初来的几年还觉形容憔悴，个子也瘦小，渐渐的越发出落得长大美丽，脸上的颜色，红的红，黄的黄，像揿了宝石粉似的，分外鲜焕。闲时在店门口一站，把里里外外的人都招得七颠八倒。惟有雅赫雅并不曾对她刮目相看。她受了雅赫雅的气，唯一的维持她的自尊心的方法便是随时随地的调情——在色情的圈子里她是个强者，一出了那范围，她便是人家脚底下的泥。

雅赫雅如何容得她由着性儿闹，又不便公然为那些事打她，怕她那张嘴，淮洪似的，嚷得尽人皆知；只得有的没的另找碴儿。雅赫雅在外面和一个姓于的青年寡妇有些不清不楚，被霓喜打听出来，也不敢点破了他，只因雅赫雅早就说在前："你管家，管孩子，只不准你管我！"霓喜没奈何，也借着旁的题目跟他呕气。两人三日一小吵，五日一大吵，只是不得宁静。

霓喜二十四岁那年又添了个女儿，抱到天主教修道院去领了洗，取名瑟梨塔，连那大些的男孩也一并带去受了洗礼。这时雅赫雅的营业蒸蒸日上，各方面都有他一手儿，绸缎庄不过是个幌子。梅腊妮师太固然来得更勤了，长川流水上门走动的也不止梅腊妮一个。霓喜怀胎的时候，家里找了个女佣帮忙，生产后便长期雇下了。霓喜嫌店堂楼上狭窄，要另找房子，雅赫雅不肯，只把三房客撵了，腾出一间房来，叫了工匠来油漆门窗，粉刷墙壁，全宅焕然一新。收拾屋子那两天，雅赫雅自己避到朋友家去住，霓喜待要住到小姊妹家去，他却又不放心。霓喜赌气带了两个孩子到修道院去找梅腊妮师太，就在尼僧主办的育婴堂里宿了一晚，虽然冷静些，也是齐整洋房，海风吹着，比闹市中的绸缎铺凉爽百倍。梅腊妮却没口子嚷热，道："待我禀明了院长，带两个师妹上山避暑去。"霓喜道："山中你们也造了别墅么？好阔！"梅腊妮笑道："哪儿呀？就是米耳先生送我的那幢房子。"霓喜咋舌道："房子也是送得的？"梅腊妮笑道："我没告诉过你么？真是个大笑话，我也是同他闹着玩，说：'米耳先生，你有这么些房子，送我一幢罢！'谁知我轻轻一句话，弄假成真，他竟把他住宅隔壁新盖的那一所施舍与我，说：'不嫌弃，我们做个邻居！'"霓喜啧啧道："你不说与我听也罢了。下次再化个缘，叫我们这出手小的，越发拿不出来了。"当下一力撺掇梅腊妮到新房子里逛去，又道："务必携带我去走走。"梅腊妮正要存心卖弄，便到老尼跟前请了示，次日清早，一行七八个人，霓喜两个孩子由女佣领着，乘了竹轿，上山游玩。

轿子经过新筑的一段平坦大道，一路上凤尾森森，香尘细细，只是人烟稀少，林子里一座棕黑色的小木屋，是警察局分所，窗里伸出一支竹竿，吊在树上，晾着印度巡捕的红色头巾。那满坑满谷的渊渊绿树，深一丛，浅一丛，太阳底下，鸦雀无声，偶尔拨剌作响，是采柴的人钻过了。从轿夫头上望下去，有那虾灰色的小小的香港城，有海又有天，青山绿水，观之不足，看之有余。霓喜却把一方素绸手帕搭在脸上，挡住了眼睛，道："把脸晒得黑炭似的，回去人家不认得我了。"又闹树枝子抓乱了头发，嗔那轿夫不看着点儿走，又把鬓边掖着的花摘了下来道："好烈的日头，晒了这么会子，就干得像茶里的茉莉。"梅腊妮道："你急什么？到了那儿，要一篮也有。"另一个姑子插嘴道："我们那儿的怕是日本茉莉罢？黄的，没这个香。"又一个姑子道："我们便没有，米耳先生那边有，也是一样。"梅腊妮道："多半他们家没人在，说是上莫干山避暑去了。"霓喜伸直了两条腿，偏着头端详她自己的脚，道："一双新鞋，才上脚，就给踩脏了。育婴堂里那些孩子，一个个野马似的，你们也不管管他！"又道："下回做鞋，鞋口上不镶这金辫子了，怪刺刺的！"

　　米耳先生这座房子，归了梅腊妮，便成了庙产，因此修道院里拨了两个姑子在此看守，听见梅腊妮一众人等来到，迎了出来，笑道："把轿子打发回去罢，今儿个就在这儿住一宿，没什么吃的，鸡蛋乳酪却都是现成的。"梅腊妮道："我们也带了火腿熏肉，吃虽够吃了，还是回去的好，明儿一早有神父来做礼拜，圣坛上是我轮值呢，只怕赶不及。"姑子们道："夜晚下山，恐有不便。"霓喜道："路上有巡警，还怕什么？"姑子们笑道："奶奶你不知道，为了防强盗，驻扎了些印度巡捕，这现在我们又得防着印度巡捕了！"

众人把一个年纪最大的英国尼姑铁烈丝往里搀。铁烈丝个子小而肥，白包头底下露出一张燥红脸，一对实心的蓝眼珠子。如果洋娃娃也有老的一天，老了之后便是那模样。别墅里养的狗蹿到人身上来，铁烈丝是英国人，却用法文叱喝道："走开！走开！"那狗并不理会，铁烈丝便用法文咒骂起来。有个年轻的姑子笑道："您老是跟它说法文！"铁烈丝直着眼望着她道："它又不通人性，它怎么懂得英国话？"小尼与花匠抿着嘴笑，被梅腊妮瞅了一眼，方才不敢出声。

那铁烈丝已是不中用了，梅腊妮正在壮年有为的时候，胖大身材，刀眉笑眼，八面玲珑，领着霓喜看房子，果然精致，一色方砖铺地，绿粉墙，金花雪地磁罩洋灯，竹屏竹榻，也有两副仿古劈竹对联匾额；家具虽是杂凑的，却也齐全。霓喜赞不绝口。

铁烈丝一到便催开饭，几个中国姑子上灶去了，外国姑子们便坐在厅堂里等候。吃过了，铁烈丝睡午觉去了，梅腊妮取出一副纸牌来，大家斗牌消遣，霓喜却闹着要到园子里去看看。梅腊妮笑道："也没见你——路上怕晒黑，这又不怕了。"霓喜站在通花园的玻璃门口，取出一面铜脚镜子，斜倚着门框，拢拢头发，摘摘眉毛，剔剔牙齿，左照右照，镜子上反映出的白闪闪的阳光，只在隔壁人家的玻璃窗上霍霍转。转得没意思了，把孩子抱过来刁着嘴和他说话，扮着鬼脸，一声呼哨，把孩子吓得哭了，又道："莫哭，莫哭，唱出戏你听！"曼声唱起广东戏来。姑子们笑道："伦家奶奶倒真是难得，吹弹歌唱，当家立计，样样都精。"梅腊妮问道："你有个干妹妹在九如坊新戏院，是跟她学的罢？听这声口，就像个内行。"霓喜带笑只管唱下去，并不答理。唱完了一节，把那阴凉的镜子合在孩子嘴上，弯下腰去叫道："啵啵啵啵啵，"教那孩子向镜子上吐唾沫，又道："冷罢？好冷，好冷，冻坏我的乖宝宝了！"说着，浑身大大的哆嗦了一阵。孩子笑了，她也笑了，丢下了孩子，混到人丛里来玩牌。

玩到日色西斜，铁烈丝起身，又催着吃点心，吃了整整一个时辰，看看黑上来了，众人方才到花园里换一换空气。一众尼僧都是黑衣黑裙，头戴白翅飞鸾帽，在黄昏中像一朵朵巨大的白蝴蝶花，花心露出一点脸来。惟有霓喜一人梳着时式的髻头，用一把梳子高高卷起顶心的头发，下面垂着月牙式的前刘海，连着长长的水鬓；身穿粉红杭纺衫袴，滚着金辫子；虽不曾缠过脚，一似站不稳，只往人身上靠。勾肩搭背走过一棵蛋黄花树——那蛋黄花白瓣黄心，酷肖剥了壳的鸡子，以此得名——霓喜见一朵采一朵，聚了一大把，顺手便向草窠里一抛。见了木瓜树，又要吃木瓜。梅腊妮双手护住那赤地飞霜的瘿瘤似的果子，笑道："还早呢，等熟了，一定请你吃。"

霓喜扯下一片叶子在自己下颔上苏苏搔着，斜着眼笑道："一年四季满街卖的东西，什么希罕？我看它，熟是没熟，大也不会再大了。"

正说着，墙上一个人探了一探头，是隔壁的花匠，向这边的花匠招呼道："阿金哥，劳驾接一接，我们米耳先生给梅腊妮师太送了一罐子鸡汤来。"梅腊妮忙道："折死我了，又劳米耳先生费心。早知你们老爷在家，早就来拜访了。"那堵墙是沿着土冈子砌的，绿累累满披着爬藤。那边的花匠立在高处，授过一只洋磁罐，阿金搬梯子上去接过来，墙头筑着矮矮的一带黄粉栏杆，米耳先生背倚着栏杆，正在指挥着小厮们搬花盆子。梅腊妮起先没看见他，及至看清楚了，连忙招呼。米耳先生掉转身向这边遥遥的点了个头道：

"你好呀，梅腊妮师太？"那米耳先生是个官，更兼是个中国地方的外国官，自是气度不凡。胡须像一只小黄鸟，张开翅膀托住了鼻子，鼻子便像一座山似的隔开了双目，唯恐左右两眼瞪人瞪惯了，对翻白眼，有伤和气。头顶已是秃了，然而要知道他是秃头，必得绕到他后面去方才得知，只因他下颏仰得太高了。

当下梅腊妮笑道："米耳太太跟两位小姐都避暑去了？"米耳先生应了一声。梅腊妮笑道："米耳先生，真亏你，一个人在家，也不出去逛逛。"米耳先生道："衙门里没放假。"梅腊妮道："衙门里没放假，太太跟前放了假啊！"米耳先生微微一笑："梅师父，原来你这么坏！"霓喜忍不住，大着胆子插嘴道："你以为尼姑都是好的么？你去做一年尼姑试试，就知道了。"她这两句英文，虽是文法比众不同一点，而且搀杂着广东话，米耳先生却听懂了，便道："我不是女人，怎么能做尼姑呢？"霓喜笑道："做一年和尚，也是一样。做了神父，就免不了要常常的向修道院里跑。"米耳先生哈哈大笑起来，架着鼻子的黄胡子向上一耸一耸，差点儿把鼻子掀到脑后去了。从此也就忘了翻白眼，和颜悦色的向梅腊妮道："这一位的英文说得真不错。"梅腊妮道："她家现开着香港数一数二的绸缎店，专做上等人的生意，怎不说得一口的好英文？"米耳先生道："哦，怪道呢！"梅腊妮便介绍道："米耳先生，伦姆健太太。"米耳先生背负着手，略略弯了弯腰。霓喜到了这个时候，却又扭过身去，不甚理会，只顾摘下一片柠檬叶，揉搓出汁来，窝在手心里，凑上去深深嗅着。

只听那米耳先生向梅腊妮说道："我要央你一件事。"梅腊妮问什么事。米耳先生道："我太太不在家，厨子没了管头，菜做得一天不如一天。你过来指点指点他，行不行？"梅腊妮一心要逞能，便道："有什么不行的？米耳先生，你没吃过我做的葡萄牙杂烩罢？管教你换换口味。"米耳先生道："好极了。时候也不早了，就请过来罢。就在我这儿吃晚饭。没的请你的，你自己款待自己罢。"又道："还有伦姆健太太，也请过来。你也没吃过梅腊妮师太做的葡萄牙杂烩罢？不能不尝尝。"说着，有仆欧过来回话，米耳先生向这边点了个头，背过身去，说话间便走开了。

梅腊妮自是胸中雪亮。若是寻常的老爷太太有点私情事，让她分担点干系，她倒也不甚介意。霓喜若能与雅赫雅白头到老，梅腊妮手里捏着她这把柄，以后告帮起来，不怕她不有求必应，要一奉十。可是看情形，雅赫雅与霓喜是决不会长久的。一旦拆散了，雅赫雅总难免有几分割舍不下，那时寻根究底，将往事尽情抖露出来，不说霓喜的不是，却怪到牵线人身上来，也是人之常情。梅腊妮是断断不肯得罪雅赫雅的，因此大费踌躇。看霓喜时，只是笑吟吟的，扯扯衣襟，扭过身去看看鞋后跟儿，仿佛是要决定要践约的样子。梅腊妮没奈何，咳嗽了一声道："你也高兴去走走？"霓喜笑道："就知道你还烧得一手的好菜！今儿吃到嘴，还是沾了人的光！"

梅腊妮道："我们要去就得去了。"当下叮咛众尼僧一番，便唤花匠点上灯笼相送，三人分花拂柳，绕道向米耳先生家走来。门首早有西崽迎着，在前引导。黑影里咻咻跑出几条狼狗，被西崽一顿吆喝，旁边走出人来将狗拴了去了。米耳先生换了晚餐服在客室里等候着。一到，便送上三杯雪梨酒来。梅腊妮吃了，自到厨房里照料去了。这里米耳先生与霓喜一句生，两句熟，然而谈不上两句话，梅腊妮却又走了回来，只说厨子一切全都明白，不消在旁监督。米耳先生知道梅腊妮存心防着他们，一时也不便支开她去。

筵席上吃的是葡萄酒。散了席，回到客室里来喝咖啡，又换上一杯威士忌。霓喜笑道："怎么来了一会儿，就没断过酒？"米耳先生道："我们英国人吃酒是按着时候的，再没错。"霓喜笑道："那么，什么时候你们不吃酒呢？"米耳先生想了一想道："早饭以前我是立下了规矩，一滴也不入口的。"

他吩咐西崽把钢琴上古铜烛台上的一排白蜡烛一齐点上了，向梅腊妮笑道："我们来点音乐罢。好久没听见你弹琴，想必比前越发长进了。"梅腊妮少不得谦逊一番。米耳先生道："别客气了。我那大女儿就是你一手教出来的。"梅腊妮背向着他们坐在琴凳上弹将起来，米耳先生特地点了一支冗长的三四折乐曲，自己便与霓喜坐在一张沙发上。那墙上嵌着乌木格子的古英国式的厅堂在烛光中像一幅黯淡的铜图，只有玻璃瓶里的几朵朱红的康乃馨，仿佛是浓浓的着了色，那红色在昏黄的照片上直凸出来。

霓喜伸手弄着花，米耳先生便伸过手臂去兜住她的腰，又是捏，又是掐。霓喜躲闪不迭。米耳先生便解释道："不然我也不知道你是天生的细腰。西洋女人的腰是用钢条跟鲸鱼骨硬束出来的，细虽细，像铁打的一般。"霓喜并不理睬他，只将两臂紧紧环抱着自己的腰，米耳先生便去拉她的手，她将手抄在短袄的衣襟下，他的手也跟过来。霓喜忍着笑正在撑拒，忽然低声叫道："咦？我的戒指呢？"米耳先生道："怎么？戒指丢了？"霓喜道："吃了水果在玻璃盅里洗手的时候我褪了下来攥在手心里的，都是你这么一搅糊，准是溜到沙发垫子底下去了。"便伸手到那宝蓝丝绒沙发里去掏摸。米耳先生道："让我来。"他一只手揿在她这边的沙发上，一只手伸到她那边沙发缝里，把她扣在他两臂之间，虽是皱着眉聚精会神的寻戒指，躬着腰，一张酒气醺醺的脸只管往她脸上凑。霓喜偏过脸去向后让着，只对他横眼睛，又朝梅腊妮努嘴儿。

米耳先生道："找到了。你拿什么谢我？"霓喜更不多言，劈手夺了过来，一看不觉啊呀了一声，轻轻的道："这算什么？"她托在手上的戒指，是一只独粒的红宝石，有指甲大。他在她一旁坐下，道："可别再丢了。再丢了可不给你找了。"霓喜小声道："我那只是翠玉的。"米耳先生道："你倒不放大方些，说：以后你在椅子缝里找到了，你自己留下做个纪念罢。"霓喜瞟了他一眼道："凭什么我要跟你换一个戴？再说，也谈不上换不换呀，我那一个还不定找得到找不到呢。"米耳先生道："只要有，是不会找不到的。只要有。"说着，笑了。他看准了她是故意的哄他，霓喜心里也有数，便噘着嘴把戒指撂了过来道："不行，我只要我自己的。"米耳先生笑道："你为什么不说你的是金刚钻的呢？"霓喜恨得咬牙切齿，一时也分辩不过来。这时候恰巧梅腊妮接连的回了两次头，米耳先生还待要亲手替她戴上戒指，霓喜恐被人看见了，更落了个痕迹，想了一想，还是自己套上了，似有如无的，淡淡将手搁在一边。

梅腊妮奏完了这支曲子便要告辞，道："明儿还得一早就赶回去当值呢，伦姆健太太家里也有事，误不得的。"米耳先生留不住，只得送了出来，差人打灯笼照路，二人带着几分酒意，踏月回来。梅腊妮与霓喜做一房歇宿，一夜也没睡稳，不时起来看视，疑心生暗鬼，只觉得间壁墙头上似乎有灯笼影子晃动。次日绝早起身，便风急火急的催着众人收拾下山。

竹轿经过米耳先生门首，米耳先生带着两匹狗立在千寻石级上，吹着口哨同她们打了个招呼，一匹狗泼剌剌跑了下来，又被米耳先生唤了上去。尼姑们在那里大声道别，霓喜只将眼皮撩了他一下，甚么也没说。黄粉栏杆上密密排列着无数的乌蓝磁花盆，像一队甲虫，顺着栏杆往上爬，盆里栽的是西洋种的小红花。

米耳先生那只戒指，霓喜不敢戴在手上，用丝绦拴了，吊在颈里，衬衫底下。轿子一摇晃，那有棱的宝石便在她心窝上一松一贴，像个红指甲，抓得人心痒痒的，不由得要笑出来。她现在知道了，做人做了个女人，就得做个规矩的女人。规矩的女人偶尔放肆一点，便有寻常的坏女人梦想不到的好处可得。

霓喜立志要成为一个有身分的太太。嫁丈夫嫁到雅赫雅，年轻漂亮，会做生意，还有甚不足处？虽不是正头夫妻，她替他养了两个孩子了。是梅腊妮的话：她"把得家定"，他待要往哪里跑？他只说她不是好出身，上不得台盘，他如何知道，连米耳先生那样会拿架子的一个官，一样也和她平起平坐，有说有笑的？米耳先生开起玩笑来有些不知轻重，可是当着她丈夫，那是决不至于的。……她既会应酬米耳先生，怎见得她应酬不了雅赫雅结识的那些买卖人？久后他方才知道她也是个膀臂。

霓喜一路寻思，轿子业已下山。梅腊妮吩咐一众尼僧先回修道院去，自己却待护送霓喜母子回家。霓喜说了声不劳相送，梅腊妮道："送送不打紧。你说你孩子做衣裳多下来一块天蓝软缎，正好与我们的一个小圣母像裁件披风，今儿便寻出来与我带去罢。"霓喜点头答应。

轿子看看走入闹市，倾斜的青石坂上被鱼贩子桶里的水冲得又腥又黏又滑。街两边夹峙着影沉沉的石柱，头上是阳台，底下是人行道，来往的都是些短打的黑衣人。穷人是黑色的；穷人的孩子，穷人的糖果，穷人的纸扎风车与鬓边的花却是最鲜亮的红绿——再红的红与他们那粉红一比也失了色，那粉红里仿佛下了毒。

雅赫雅的绸缎店在这嘈杂的地方还数它最嘈杂，大锣大鼓从早敲到晚，招徕顾客。店堂里挂着彩球，庆祝它这里的永久的新年。黑洞洞的柜台里闪着一匹一匹堆积如山的印度丝帛的宝光。通内进的小门，门上吊着油污的平金玉色缎大红里子的门帘，如同舞台的上场门。门头上悬着金框镜子，镜子上五彩堆花，描出一只画眉站在桃花枝上，题着"开张志喜"几个水钻字，还有上下款。

雅赫雅恰巧在柜台上翻阅新送来的花边样本，与梅腊妮寒暄了几句。霓喜心中未尝不防着梅腊妮在雅赫雅跟前搬嘴，因有意的在楼下延挨着，无奈两个孩子一个要溺尿，一个要喂奶，霓喜只得随同女佣上楼照看，就手给梅腊妮找那块零头料子。

霓喜就着阳台上的阴沟，弯腰为孩子把尿，一抬头看见栏杆上也搁着两盆枯了的小红花，花背后衬着辽阔的海，正午的阳光晒着，海的颜色是混沌的鸭蛋青。一样的一个海，从米耳先生家望出去，就大大的不同。楼下的锣鼓"亲狂亲狂"敲个不了，把街上的人声都压下去了。

晾着的一条拷绸裤子上滴下一搭水在她脸上。她耸起肩膀用衫子来揩，揩了又揩，揩的却是她自己的两行眼泪。凭什么她要把她最热闹的几年糟践在这爿店里？一个女人，就活到八十岁，也只有这几年是真正活着的。

孩子撒完了尿，闹起来了，她方才知道自己在发楞，摸摸孩子的屁股，已经被风吹得冰凉的。回到房里，梅腊妮上楼来向她告辞，取了缎子去了。那梅腊妮虽然千叮嘱万叮嘱叫雅赫雅不要发作，只需提防着点，不容霓喜与米耳先生继续来往，雅赫雅如何按捺得下？梅腊妮去了不多时，他便走上楼来，将花边的样本向床上一抛，一叠连声叫找去年加尔各答捎来的样本，不待人动手寻觅便骂将起来,只说这家里乱得狗窝似的,要什么没什么。

霓喜见他满面阴霾,早猜到了来由,蹲在地上翻抽屉,微微侧着脸,眼睛也不向他,叹了口气道:"你这脾气呀——我真怕了你了!我正有两句话说给你听哩,偏又赶上你不高兴的时候。"雅赫雅道:"你又有什么话?"霓喜道:"我都有点不好意思说的。修道院的那些尼姑,当初你叫我远着她们点,我不听,如今我岂不是自己打嘴么?"雅赫雅道:"尼姑怎么了?"霓喜道:"你不知道,昨儿晚上,要不是拖着两个孩子,我一个人摸黑也跑下山来了。"雅赫雅道:"怎么了?"霓喜叹道:"其实也没什么,就是梅腊妮师太有点叫人看不上眼。死活硬拉我到她一个外国朋友家吃饭。人家太太不在香港,总得避点嫌疑,她一来就走开了,可也不知道她是什么意思!当时我没跟她翻脸,可是我心里不痛快,她也看出来了。"雅赫雅坐在床沿上,双手按着膝盖,冷笑道:"原来如此。刚才她在这里,你怎么不当面跟她对一对词儿?"霓喜道:"哟,那成吗!你要是火上来了,一跳三丈高,真把她得罪了,倒又不好了。她这种人,远着她点不要紧,可不能得罪。你这霹雳火脾气……我真怕了你了!"

雅赫雅被她三言两语堵住了,当场竟发不出话来。过后一想,她的话虽不见得可靠,梅腊妮也不是个好人。再见到梅腊妮的时候,便道:"你们下次有什么集会,不用招呼我家里那了。她糊涂不懂事,外头坏人又多。"梅腊妮听出话中有话,情知是霓喜弄的鬼,气了个挣,从此断了往来,衔恨于心,不在话下。

这一日,也是合该有事。雅赫雅邀了一个新从印度上香港来的远房表亲来家吃便饭。那人名唤发利斯·佛拉,年纪不上二十二,个子不高,却生得肥胖扎实,紫黑面皮,瞪着一双黑白分明的微微凸出的大眼睛，一头乱蓬蓬乌油油的鬈发，身穿印度条纹布衬衫，西装裤子下面却赤着一双脚。霓喜如何肯放过他，在席上百般取笑。这发利斯纳着头只管把那羊脂烙饼蘸了咖哩汁来吃。雅赫雅嫌咖哩汁太辣，命霓喜倒杯凉水来。霓喜给了他一杯凉水，却倒一杯滚烫的茶奉与发利斯，发利斯喝了一口，舌头上越发辣得像火烧似的，不觉攒眉吸气。雅赫雅笑道："你只是撮弄他！还不另斟上来！"霓喜笑吟吟伸手待要泼去那茶，发利斯按住了茶杯，叫道："不用了，嫂子别费事！"两下里你争我夺，茶碗一歪，倒翻在桌上，霓喜慌忙取过抹布来揩拭桌布的渍子，道："这茶渍倒不妨事，咖哩滴在白桌布上，最是难洗。"发利斯盘子的四周淋淋漓漓溅了些咖哩汁，霓喜擦着，擦着，直擦到他身边来，发利斯侷促不安。雅赫雅笑道："大不了把桌布换了下来煮一煮，这会子你吃你的饭罢了，忙什么？别尽自欺负我这兄弟。"霓喜笑道："谁说他一句半句来着？也不怪他——没用惯桌布。"说得发利斯越发紫胀了面皮。

雅赫雅笑道："你别看我这兄弟老实，人家会做生意，眼看着就要得法了。"霓喜忙将一只手搭在发利斯肩上道："真的么？你快快的发财，嫂子给你做媒，说个标致小媳妇儿。"雅赫雅道："用不着你张罗，我们大兄弟一心一意只要回家乡去娶他的表妹。"发利斯听不得这话，急得抓头摸耳，央他住口。霓喜笑道："他定下亲了？"雅赫雅拿眼看着发利斯，笑道："定倒没有定下。"霓喜道："两个人私下里要好？"雅赫雅噗哧一笑道："你不知道我们家乡的规矩多么大，哪儿容得你私订终身？中国女人说是不见人，还不比印度防得紧。你叫发利斯告诉你，他怎样爬在树上看他表姊妹们去了面幕在园子里踢球，叫他表姊妹知道了，告诉舅舅去，害得他挨了一顿打。"霓喜笑不可仰，把发利斯的肩膀捏一捏，然后一推，道："你太痴心了！万一你回去的时候，表姊妹一个个都嫁了呢？"雅赫雅笑道："横竖还有表嫂——替他做媒。"霓喜瞟了雅赫雅一眼。

吃完了饭，雅赫雅擦了脸，便和发利斯一同出去。霓喜道："你们上哪儿去？可别把我们大兄弟带坏了！"雅赫雅笑道："与其让嫂子把他教坏了，不如让哥哥把他教坏了！他学坏了，也就不至于上嫂子的当了！"

霓喜啐了他一口，猜度着雅赫雅一定不是到什么好地方去，心中不快，在家里如何坐得稳，看着女佣把饭桌子收拾了，便换了件衣服，耳上戴着米粒大的金耳塞，牵着孩子上街。一路行来，经过新开的一家生药店，认了认招牌上三个字，似乎有些眼熟，便踩着门槛儿问道："你们跟坚道的同春堂是一家么？"里面的伙计答道："是的，是分出来的。"霓喜便跨进来，笑道："我在你们老店里抓过药，你们送了这么一小包杏脯，倒比外头买的强。给我秤一斤。"那伙计摇手道："那是随方赠送，预备吃了药过口的。单买杏脯，可没有这个规矩。"霓喜嗔道："也没有看见做生意这么呆的！难道买你的杏脯，就非得买你的药？买了药给谁吃？除非是你要死了——只怕医了你的病，也医不了你的命！"那伙计连腮带耳红了，道："你这位奶奶，怎么出口伤人？"霓喜道："上门买东西，还得冲着你陪小心不成？"

旁边一个年轻的伙计忙凑上来道："奶奶别计较他，他久惯得罪人。奶奶要杏脯，奶奶还没尝过我们制的梅子呢。有些人配药，就指明了要梅子过口。"说着，开了红木小抽斗，每样取了一把，用纸托着，送了过来。霓喜尝了，赞不绝口，道："梅子也给我秤半斤。"一头说着话，拿眼向那伙计上下打量，道："小孩儿家，嘴头子甜甘就好。"那店伙年纪不上二十，出落得唇红齿白，一表人才，只是有点刨牙。头发生得低，脑门子上剃光了，还隐隐现出一个花尖。这霓喜是在街头买一束棉线也要跟挑担的搭讪两句的人，见了这等人物，如何不喜？因道："你姓什么？"那人道："姓崔。"霓喜道："崔什么？"那人笑道："崔玉铭。"霓喜道："谁替你取的名字？"崔玉铭笑了起来道："这位奶奶问话，就仿佛我是个小孩儿似的。"霓喜笑道："不看你是个小孩儿，我真还不理你呢！"

那时又来了个主顾，药方子上开了高丽参、当归等十来味药，研碎了和蜜搓成小丸。伙计叫他七日后来取。霓喜便道："原来你们还有蜜。让我瞧瞧。"崔玉铭走到店堂里面，揭开一只大缸的木盖，道："真正的蜂蜜，奶奶买半斤试试？"霓喜跟过来笑道："大包小裹的，拿不了。"崔玉铭找了个小瓦罐子来道："拿不了我给你送去。"霓喜瞅着他道："你有七个头八个胆找到我家来！"这崔玉铭用铜勺抄起一股子蜜，霓喜凑上去嗅了一嗅道："怎么不香？也不知是什么东西混充的！"崔玉铭赌气将勺子里的一个头尾俱全的蜜蜂送到霓喜跟前道："你瞧这是什么？"霓喜嗳哟了一声道："你要作死哩！甩了我一身的蜜！"便抽出腋下的手绢子在衣襟上揩抹，又道："个把蜜蜂算得了什么？多捉两个放在缸里还不容易？捞出来给老主顾一看，就信了。"玉铭笑道："奶奶真会呕人！"当下连忙叫学徒打一盆脸水来，伺候霓喜揩净衣裳。霓喜索性在他们柜台里面一张金漆八仙桌旁边坐下，慢慢的绞手巾，擦了衣裳又擦手，一面和玉铭攀谈，问他家乡情形，店中待遇，又把自己的事说个不了。

她那八岁的儿子吉美，她抓了一把杏脯给他，由他自己在药店门首玩耍，却被修道院的梅腊妮师太看见了。梅腊妮白帽黑裙，挽着黑布手提袋，夹着大号黑洋伞，摇摇摆摆走过。吉美和她一向厮熟，便扑上去抱住膝盖，摩弄她裙腰上悬挂的乌木念珠，小银十字架。梅腊妮笑道："怎么放你一个人乱跑，野孩子似的？谁带你出来的？"吉美指着药店道："妈在这里头。"梅腊妮探了探头。一眼瞥见霓喜坐在店堂深处，八仙桌上放了一盆脸水，却又不见她洗脸，只管将热手巾把子在桌沿上敲打着，斜眼望着旁边的伙计，炀成一块。梅腊妮暗暗点头，自去报信不提。

霓喜在同春堂，正在得趣之际，忽闻一声咳嗽，里间踱出一个瘦长老儿，平平的一张黄脸，不曾留须，对襟玉色裰子上罩着红青夹背心，两层都敞着钮扣，露出直的一条黄胸脯与横的一条肚子，脚踏二蓝花缎双脸鞋，背着手转了一圈。众伙计一齐鸦雀无声。霓喜悄悄的问崔玉铭道："是你们老板？"玉铭略略点头，连看也不便朝她看。霓喜自觉扫兴，拾掇了所买的各色茶食，拉了孩子便走。到家正是黄昏时候。雅赫雅和发利斯做了一票买卖回来，在绸缎店店堂里面坐地，叫了两碗面来当点心。梅腊妮业已寻到店里来，如此这般将方才所见告诉了他，又道："论理，我出家人不该不知进退，再三的在你老板跟前搬是非，只是你家奶奶年轻，做事不免任性些，怕要惹外头人议论。这些时我虽没和她见面，往常我们一直是相好的，让人家疑心是我居心不正，带累了你们奶奶，我一个出家人，可担不起这一份罪名。再则我们修道院里也不止我一个人，砍一枝，损百枝，上头怪罪下来，我还想活着么？"雅赫雅听了这话，不问虚实，候霓喜来家，立意要寻非厮闹，一言不合，便一把采过头发来，揪着她两眼反插上去。发利斯在旁吓楞住了。霓喜缓过一口气来之后，自不肯善罢干休，丢盘摔碟，跳了一场，心中只道雅赫雅在外面相与了下流女人，故此一来家便乌眼鸡似的。

次日早晨，雅赫雅在楼上贮藏室里查点货色，伙计们随侍在旁，一个学徒在灶下燃火，一个打扫店面，女佣上街买菜去了。崔玉铭手提两包蜜饯果子，两罐子蜜，寻上门来，只说要寻楼上的三房客姓周的。学徒说已经搬了多时了，他问搬到哪里去了，那学徒却不知道。他便一路扬声问上楼来。霓喜乱挽乌云无精打采走出房来，见是他，吃了一吓，将手扪住了嘴，一时出不了声。雅赫雅从对房里走出来，别的没看见，先看见崔玉铭手里拎着的小瓦钵子，口上粘着桃红招牌纸，和霓喜昨日在药店买来的是一般，情知事出有因，不觉怒从心上起，恶向胆边生，兜脸一拳头，崔玉铭从半楼梯上直滚下去，一跤还没跌成，来不及地爬起来便往外跑。雅赫雅三级并一级追下楼去，踏在罐子滑腻的碎片上，嗤嗤一溜溜了几尺远，人到了店堂里，却是坐在地下，复又挣起身来，赶了出去。

霓喜在楼上观看，一个身子像撂在大海里似的，乱了主意。侧耳听外面，却没有嚷闹的声音，正自纳罕，再听时，仿佛雅赫雅和谁在那里说笑，越发大疑，撑着楼梯扶手，一步一步走下来，生怕那汪着的蜜糖脏了鞋。掩到门帘背后张了一张，却原来是于寡妇，和雅赫雅有些首尾的，来到店中剪衣料，雅赫雅气也消了，斜倚在柜台上，将一匹青莲色的印度绸打开了一半，披在身上，比给她看。

霓喜挫了挫牙，想道："他便如此明公张胆，我和那崔玉铭不合多说了两句话，便闹得一天星斗。昨儿那一出，想必就是为了崔玉铭——有人到他跟前捣了鬼。今天看情形也跑不了一顿打。为了芝麻大一点事，接连羞辱了我两回！"思想起来，满腔冤愤，一时捞不到得用器具，豁朗朗一扯，将门头上悬挂的"开张志喜"描花镜子绰在手中，掀开帘子，往外使劲一摔，镜子从他们头上飞过，万道霞光，落在街沿上，哗啦碎了，亮晶晶像泼了一地的水。

随着镜子，霓喜早蹿了出去，拳足交加，把于寡妇打得千疮百孔，打成了飞灰，打成了一蓬烟，一股子气，再从她那边打回来。雅赫雅定了定神，正待伸手去抓霓喜，霓喜双手举起柜台上摊开的那一匹青莲色印度绸，凭空横扫过去，那匹绸子，剪去了一大半，单剩下薄薄几层裹住了木板，好不厉害，咙嚓一声，于寡妇往后便倒，雅赫雅沾着点儿，也震得满臂酸麻。霓喜越发得了意，向柜台上堆着的三尺来高一叠绸缎拦腰扫去，整叠的匹头推金山倒玉柱塌将下来，千红万紫百玄色，闪花，暗花，印花，绣花，堆花，洒花，洒线，弹墨，椒盐点子，飞了一地上，霓喜跳在上面一阵践踏。雅赫雅也顾不得心疼衣料，认明霓喜的衣领，一把揪住，啪啪几巴掌，她的头歪到这边，又歪到那边。霓喜又是踢，又是抓，又是咬，他两个扭做一团，于寡妇坐在地下只是喘气，于家跟来的老妈子弯腰捡起于寡妇星散的钗环簪珥，顺手将霓喜的耳坠子和跌碎了的玉镯头也揣在袖子里。

旁边的伙计们围上来劝解，好不容易拉开了雅赫雅两口子。于寡妇一只手挽着头发，早已溜了。霓喜浑身青紫，扶墙摸壁往里走，柜台上有一把大剪刀，她悄悄的拿了，闪身在帘子里头，倒退两步，腾出地位，的溜溜把剪刀丢出去。丢了出去，自己也心惊胆战，在楼梯脚上坐下了，拍手拍脚大哭起来，把外面的喧哗反倒压了下去。

须臾，只见雅赫雅手握着剪刀口，立在她跟前道："你给我走！你这就走！你不走我锥瞎你眼睛！"霓喜哭道："你要我走到哪儿去？"雅赫雅道："我管你走到哪儿去？我不要你了。"霓喜道："有这么容易的事，说不要就不要了？我跟了你十来年，生儿养女，吃辛吃苦的，所为何来？你今日之下，说不要我就不要我了？"一头哭，一头叫起撞天屈来，雅赫雅发狠，将剪刀柄去砸她的头，道："你真不走？"霓喜顺势滚在地上撒起泼来，道："你好狠心！你杀了我罢！杀了我罢——不信你的心就这样狠！"

众人恐雅赫雅又要用强，上前劝解，雅赫雅冷冷的道："用不着劝我，倒是劝劝她，她是知趣的，把随身的东西收拾起来，多也不许带，孩子不许带，马上离了我的眼前，万事全休。不然的话，我有本事把当初领她的人牙子再叫了来把她卖了。看她强得过我！"说着，满脸乌黑，出去坐在柜台上。

霓喜听他口气，斩钉截铁，想必今番是动真气了，不犯着吃眼前亏，不如暂且出去避一避，等他明白过来再说。趁众人劝着，便一路哭上楼去，捡衣服，雅赫雅贵重些的物件都没有交给她掌管，更兼他过日子委实精明，霓喜也落不下多少体己来。她将箱子兜底一掀，哗啦把东西倒了一地，箱底垫着的却是她当日从乡下上城来随身带着的蓝地小白花土布包袱，她把手插到那粗糙的布里，一歪身坐在地下，从前种种仿佛潮水似的滚滚而来，她竟不知道身子在什么地方了。

水乡的河岸上，野火花长到四五丈高，在乌蓝的天上密密点着朱砂点子。终年是初夏。初夏的黄昏，家家户户站在白粉墙外捧着碗吃饭乘凉，虾酱炒菻菜拌饭吃。丰腴的土地，然而霓喜过的是挨饿的日子，采朵草花吸去花房里的蜜也要回头看看，防着脑后的爆栗。睡也睡不够，梦里还是挨打，挨饿，间或也吃着许多意想不到的食物。醒来的时候，黑房子里有潮湿的脚趾的气味，横七竖八睡的都是苦人。这些年来她竭力地想忘记这一切。因为这一部份的回忆从未经过掀腾,所以更为新鲜,更为亲切。霓喜忽然疑心她还是从前的她,中间的十二年等于没有过。

她索索抖着,在地板上爬过去,搂住她八岁的儿子吉美与两岁的女儿瑟梨塔,一手搂住一个,紧紧贴在身上。她要孩子来证明这中间已经隔了十二年了。她要孩子来挡住她的恐怖。在这一刹那,她是真心爱着孩子的。再苦些也得带着孩子走。少了孩子,她就是赤条条无牵挂的一个人,还是从前的她。……雅赫雅要把孩子留下,似乎他对子女还有相当的感情。那么,如果她坚持着要孩子,表示她是一个好母亲,他受了感动,竟许回心转意,也说不定。霓喜的手臂仍然紧紧箍在儿女身上,心里却换了一番较合实际的打算了。

她抱着瑟梨塔牵着吉美挽着个包裹下楼来,雅赫雅道:"你把孩子带走,我也不拦你。我也不预备为了这个跟你上公堂去打官司。只是一件:孩子跟你呢,我每月贴你三十块钱,直到你嫁人为止。孩子跟我呢,每月贴你一百三。"霓喜听了,知道不是十分决撒,他也不会把数目也筹划好了,可见是很少转圜的余地了,便冷笑道:"你这账是怎么算的? 三个人过日子倒比一个人省。"雅赫雅道:"你有什么不懂的? 我不要两个孩子归你。你自己酌量着办罢。"霓喜道:"我穷死了也还不至于卖孩子。你看错了人了。"雅赫雅耸了耸肩道:"都随你。"因将三十块港币撂了过来道:"以后我不经手了,按月有伙计给你送去。你也不必上门来找我——你这个月来,下个月的津贴就停了。"霓喜将洋钱掷在地上,复又扯散了头发大闹起来,这一次,毕竟是强弩之末,累很了,饶是个生龙活虎的人,也觉体力不支,被众人从中做好做歹,依旧把洋钱揣在她身上,把她送上了一辆洋车。霓喜心中到底还希冀破镜重圆,若是到小姊妹家去借宿，人头混杂，那班人雅赫雅素来是不放心的，倒不如住到修道院里去，虽与梅腊妮生了嫌隙，究竟那里是清门净户，再多疑些的丈夫也没的编派。

她在薄扶伦修道院一住十天，尼姑们全都仿佛得了个拙病，一个个变成了寡骨脸，尖嘴缩腮，气色一天比一天难看。霓喜只得不时拿出钱来添菜，打点底下人，又献着勤儿，帮着做点细活，不拿强拿，不动强动。闲时又到干姊妹家走了几遭，遇见的无非是些浮头浪子，没有一个像个终身之靠。在修道院里有一次撞见了当初赠她戒指的米耳先生，他触动前情，放出风流债主的手段，过后闻知她已经从伦姆健家出来了，现拖着两个孩子，没着没落的，又知她脾气好生难缠，他是个有身家的人，生怕被她讹上了，就撂开手了。尼姑们看准了霓喜气数已尽，几次三番示意叫她找房子搬家。霓喜没奈何，在英皇道看了一间房，地段既荒凉，兼又是与人合住，极是狭隘腌臜的去处，落到那里去，顿时低了身分，终年也见不着一个整齐上流人，再想个翻身的日子，可就难了。因此上，她虽付了定钱，只管俄延着不搬进去。正在替修道院圣台上缝一条细麻布挑花桌围，打算把角上的一朵百合花做得了再动身。

这一天，她坐在会客室里伴着两个小尼姑做活，玻璃门大敞着，望出去是绿草地，太阳雾沌沌的，像草里生出的烟——是香港所特有的潮湿的晴天。霓喜头发根子里痒梭梭的，将手里的针刮了刮头皮，忽见园子里有个女尼陪着个印度人走过，那人穿一身紧小的白色西装，手提金头手杖，不住的把那金头去叩着他的门牙，门牙仿佛也镶了一粒金的，远看看不仔细。霓喜失惊道："那是发利斯么？"小尼道："你认识他？是个珠宝客人，新近赚了大钱。爱兰师太带了他来参观我们的孤儿院，想要他捐一笔款子。"只见爱兰师太口讲指划，发利斯·佛拉让她一个人在煤屑路上行走，自己却退避到草地上。修道院的草皮地须不是轻易容人践踏的，可见发利斯是真有两个钱了。霓喜手里拿着活计就往外跑，到门口，又煞住了脚，向小尼拜了两拜道："多谢你，想法子把爱兰师太请进来，我要跟那人说两句话哩。我们原是极熟的朋友。"

霓喜一路唤着"发利斯，发利斯！"飞跑到他跟前。及至面对面站住了，却又开口不得，低下头又用指甲剔弄桌围上挑绣的小红十字架，又缓缓的随着线脚寻到了戳在布上的针，取下针来别在衣襟上。发利斯也仿佛是很窘，背过手去，把金头手杖磕着后腿。霓喜小拇指顶着挑花布，在眼凹里轻轻拭泪，呜咽道："发利斯……"发利斯道："我都知道了，嫂子。我也听说过。"

虽然他全知道了，霓喜依旧重新诉说一遍，道："雅赫雅听了娼妇的鬼话，把我休了，撇下我母子三个，没个倚傍。可怜我举目无亲的……发利斯，见了你就像见了亲人似的，怎叫我不伤心！"说着，越发痛哭起来。发利斯又不便批雅赫雅的不是，无法安慰她，只得从袴袋里取出一叠子钞票，待要递过去，又嫌冒昧，自己先把脸胀红了，捞了捞顶心的头发，还是送了过来。霓喜不去接他的钱，却双手捧住他的手，往怀里拉，欲待把他的手搁在她心口上，道："发利斯，我就知道你是个厚道人。好心有好报……"发利斯挣脱了手，在空中顿了一顿，似乎迟疑了一下，方才缩回手去；缩回去又伸了出来，把钱放在她手里的活计上，霓喜瞪了他一眼，眼锋未敛，紧跟着又从眼尾微微一瞟，低声道："谁要你的钱？只要你是真心顾怜我，倒不在乎钱。"

发利斯着了慌，一眼看见爱兰师太远远立在会客室玻璃门外，便向她招手高叫道："我走了，打搅打搅。"三脚两步往园子外面跑，爱兰师太赶上来相送，发利斯见有人来了，胆子一壮，觉得在霓喜面上略有点欠周到，因回头找补了一句道："嫂子你别着急，别着急。钱你先用着。"说着，人早已去远了。霓喜将钱点了一点，心中想道："他如此的怕我，却是为何？必定是动了情，只是碍在雅赫雅份上，不好意思的。"第二天，她访出了他寓所的地址，特地去看他，恰巧他出去了，霓喜留下了口信儿，叫他务必到修道院来一趟，有紧要的事与他商量。盼了几日，只不见他到来。

这一天傍晚，小尼传进话来说有人来找她，霓喜抱着瑟梨塔匆匆走将出来，灯光之下，看得亲切，却是崔玉铭。霓喜此番并没有哭的意思，却止不住纷纷抛下泪来，孩子面朝后爬在她肩上，她便扭过头去偎着孩子，借小孩的袍袴遮住了脸。崔玉铭青袍黑褂，头上红帽结，笑嘻嘻的问奶奶好。霓喜心中烦恼，抱着孩子走到窗户跟前，背倚窗台，仰脸看着窗外，玻璃的一角隐隐的从青天里泛出白来，想必是月亮出来了。靠墙地上搁着一盆绣球花，那绣球花白里透蓝，透紫，便在白昼也带三分月色；此时屋子里并没有月亮，似乎就有个月亮照着。霓喜对于崔玉铭，正是未免有情，只是在目前，安全第一，只得把情爱暂打靠后了。因颤声道："你还来做什么？你害得我还不够！"

崔玉铭道："那天都是我冒失的不是，求奶奶鉴谅。我也是不得已。"他咳嗽了一声，望望门外，见有人穿梭往来，便道："我有两句话大胆要和奶奶说。"霓喜看看肩上的孩子已是盹着了，便放轻了脚步把玉铭引到玻璃门外的台阶上。台阶上没有点灯，也不见有月光。一阵风来，很有些寒意。玉铭道："我自己知道闯下了祸，原不敢再见奶奶的面，无奈我们老板一定要我来。"霓喜诧异道："什么？"玉铭不语。霓喜怔了一会，问道："那天呢？也是你们老板差你来的么？"玉铭道："那倒不是。"说话之间，不想下起雨来了，酣风吹着饱饱的雨点，啪哒啪哒打在墙上，一打就是一个青钱大的乌渍子，疏疏落落，个个分明。

玉铭道："我们老板自从那一次看见了你。"按照文法，这不能为独立的一句话，可是听他的语气，却是到此就完了。他接下去道："他闻说你现在出来了，他把家眷送下乡去了。问你，你要是肯的话，可以搬进来住，你的两个孩子他当自己的一般看待。他今年五十七，坚道的同春堂是省城搬来的两百年老店，中环新近又开了支店。他姓窦，窦家在番禺是个大族，乡下还有田地。将来他决不会亏待了你的。"

玉铭这下半截话是退到玻璃门里面，立在霓喜背后说的，一面说，一面将手去拂掸肩膀上的水珠子。说罢，只不见霓喜答理。他呵哟了一声道："你怎么不进来？你瞧，孩子身上都潮了。"霓喜摸摸孩子衣服，解开自己的背心，把孩子没头没脸包住了。玉铭道："你怎么不进来？"随着他这一声呼唤，霓喜恍恍惚惚的进来了，身上头上淋得稀湿，怀里的孩子醒过来了，还有些迷糊，在华丝葛背心里面舒手探脚，乍看不知道里面藏着个孩子，但见她胸膛起伏不定，仿佛呼吸很急促。

瑟梨塔伸出一只小手来揪扯母亲的颈项。霓喜两眼笔直向前看着，人已是痴了，待要扳开瑟梨塔的手，在空中捞来捞去，只是捞不到。瑟梨塔的微黄的小手摸到霓喜的脸上，又摸到她耳根上。

霓喜跟了同春堂的老板窦尧芳。从绸缎店的店堂楼上她搬到了药材店的店堂楼上。

霓喜自从跟了窦尧芳，陡然觉得天地一宽。一样是店堂楼，这药材店便与雅赫雅的绸缎店大不相同，屋宇敞亮，自不待言，那窦尧芳业已把他妻女人等送回原籍去了，店里除却伙计，另使唤着一房人口，家下便是霓喜为大。窦尧芳有个儿子名唤银官。年方九岁，单把他留在身边，聘了先生教他读书记账。霓喜估量着窦尧芳已是风中之烛，要作个天长地久的打算，蓄意要把她女儿瑟梨塔配与银官，初时不过是一句戏言，渐渐认真起来，无日无夜口中嘟嘟嘟着，窦尧芳只得含糊应承了。当时两人虽是露水夫妻，各带着各的孩子，却也一心一意过起日子来。霓喜黄烘烘戴一头金首饰。她两个孩子，吉美与瑟梨塔，霓喜忌讳说是杂种人，与银官一般袍儿套儿打扮起来。修道院的尼僧，霓喜嫌她们势利，赌气不睬她们了。旧时的小姊妹，又觉出身忒低，来往起来，被店里的伙计瞧在眼里，连带的把老板娘也看扁了。窦家一班亲戚，怕惹是非，又躲得远远的，不去兜揽她，以此也觉寂寞。

霓喜日长无事，操作惯了的，如今呼奴使婢，茶来伸手，饭来张口，闲得不耐烦了，心里自有一宗不足处，此时反倒想起雅赫雅的好处来，幸得眼前有个崔玉铭，两个打得火一般热。霓喜暗地里贴他钱，初时偷偷的贴，出手且是爽快，落后见窦尧芳不恁的计较这些事，她倒又心疼钱起来。玉铭眼皮子浅，见什么要什么，要十回只与他一回，在霓喜已是慷慨万分了。她一辈子与人厮混，只有拿的，没有给的份儿；难得给一下，给得不漂亮，受之者心里也不舒服，霓喜却见不到这些。

玉铭手头有几个闲钱，里里外外连小衫裤都换了绸的，尖鞋净袜，扎括得自与众人不同，三天两天买了花生瓜子龙蜒甜姜请客，哄得吉美瑟梨塔赶着他只叫大哥。

霓喜对于自己的孩子们虽不避忌，有时不免嫌那银官碍眼。一日，窦尧芳在阳台上放张藤榻打中觉，霓喜手撑着玻璃门，看小丫头在风炉上煨菉豆汤，玉铭蹑手蹑脚走上楼来，向里屋一钻，霓喜便跟了进去。恰巧银官三不知撞了来问菉豆汤煮好了不曾，先生吃了点心要出去看朋友哩。丫头喝叫他禁声，道："你爹娘都在睡觉。"银官向屋里探了探头道："爹在阳台上，还有点风丝儿，娘在屋里，还放着帐子，不闷死了！"丫头拦他不及，霓喜听见他说话，只做解手模样，从帐子背后掀帘子出来，问他要什么。银官说了。霓喜道："看你五心烦躁的，恨不得早早的把先生打发走了完事。你这样念书，念一百年也不中用。把你妹妹许配给你，将来你不成器，辱没煞人！不长进的东西，叫我哪一个眼睛看得上你？"数落了一顿，又恐惊醒了尧芳，不敢扬声，暂且捺下一口气，候到天色已晚，银官下了学，得便又把他拘了来道："不是我爱管闲事，你不用功，人家说你不学好，倒要怪我那两个孩子带着你把心顽野了，我在你爹面上须过不去。我倒要考考你的书！"逼着他把书拿了出来，背与她听。她闲常看看唱本，颇识得几个字，当下认真做起先生来，背不出便打，背得出便打岔，把书劈面抛去，罚他跪在楼板上。尧芳心疼儿子，当面未和霓喜顶撞，只说这孩子天分差些，不叫他念书了，把他送到一个内侄的店铺里去学生意。霓喜此时却又舍不得丢开手，只怕银官跳出了她的掌握，日后她操纵不了窦家的产业，因又转过脸来，百般护惜，口口声声说他年纪太小了，不放心他出去。尧芳无奈，找了他那内侄来亲自与他说项。霓喜见是他老婆的侄子，存心要耍弄耍弄他，孩子便让他领去了，她拎着水果篮子替换衣裳，只做看孩子，一礼拜也要到他店里去走个五七遭。

　　喜得那两天崔玉铭下乡探母去了，不在跟前。玉铭回来的时候，如何容得下旁人。第一天到香港，伙计们沽了酒与他接风，他借酒盖住了脸，便在楼下拍桌子大骂起来，一脚踏在板凳上，说道："我们老板好欺负，我们穿青衣，抱黑柱，不是那吃粮不管事的人，拚着白刀子进去，红刀子出来，替我们老板出这口气！"尧芳那天不在家，他内侄在楼上听见此话，好生不安，霓喜忙替他穿衣戴帽，把他撮哄了出去，道："不知哪个伙计在外头喝醉了，回来发酒疯，等你姑丈回来了，看我不告诉他！"那内侄去了，玉铭歪歪斜斜走了上来，霓喜赶着他打，道："不要脸的东西，轮得着你吃醋！"心里却是喜欢的。

这霓喜在同春堂一住五年，又添了两个儿女。有话即长，无话即短，外间虽有些闲话，尧芳只是不作声，旁人也说不进话去。霓喜的境遇日渐宽绰，心地却一日窄似一日。每逢尧芳和乡下他家里有书信来往，或是趁便带些咸鱼腊肉，霓喜必定和他不依，唯恐他寄钱回家，每每把书信截了下来，自己看不完全，央人解与她听，又信不过人家。

这一日，乡下来了个人，霓喜疑心是尧芳的老婆差了来要钱的，心中不悦，只因尧芳身子有些不适，才吃了药躺下了，一时不便和他发作，走到厨房里来找碴儿骂人。碗橱上有个玻璃罐，插着几把毛竹筷子，霓喜抽出几支来看看道："叫你们别把筷子搁到油锅里去，把筷子头上都炙糊了，炙焦了又得换新的。想尽方法作践东西，你老板不说你们不会过日子，还当我开花账，昧下了私房钱哩！"其实这几双筷子，虽有些是黑了半截，却也有几支簇崭新的。霓喜诧异道："这新的是哪儿来的？我新买了一把收在那里，也不同我说一声，就混拖着用了？"那老妈子也厉害，当时并不作声，霓喜急忙拉开抽屉看时，新置的那一束毛竹筷依然原封未动。老妈子这才慢条斯理说道："是我把筷子烧焦了，怕奶奶生气，赔了你两双。"霓喜不得下台，顿时腮边一点红起，紫胀了面皮，指着她骂道："你赔，你赔，你拿钱来讹着我！你一个帮人家的，哪儿来的这么些钱？不是我管家，由得你们踢天弄井；既撞到我手里，道不得轻轻放过了你们！你们在窦家待了这些年，把他家的钱赚得肥肥的，今日之下倒拿钱来堵我的嘴！"那老妈子冷笑了一声道："原是呢，钱赚饱了，也该走了，再不走，在旧奶奶手里赚的钱，都要在新奶奶手里贴光了！"霓喜便叫她滚，她道："辞工我是要辞的，我到老板跟前辞去。"霓喜跳脚道："你别抬出老板来吓唬我，虽说一日为夫，终身是主，他哪，我要他坐着死，他不敢睡着死！你们一个个的别自以为你们来在我先，你看我叫你们都滚蛋。"

跳了一阵，逼那老妈子立时三刻卷铺盖。老妈子到下房去了半晌，霓喜待要去催，走到门首，听见这老妈子央一个同事的帮她打铺盖，两人一递一声说道："八辈子没用过佣人，也没见这样的施排！狂得通没个褶儿！可怜我们老板被迷得失魂落魄的，也是一把年纪，半世为人了，男人的事，真是难讲。你别说，他自己心里也明白，亲戚朋友，哪一个不劝？家乡的信一封一封的寄来，这边的事敢情那边比咱们还清楚。他看了信，把自己气病了，还抵死瞒着她，怕她生气。你说男人傻起来有多傻！"霓喜听了此话，倒是一楞，三脚两步走开了，靠在楼梯栏杆上，楼梯上横搭着竹竿，上面挂一只鸟笼，她把鸟笼格子里塞着的一片青菜叶拈在手中，逗那鸟儿，又听屋里说道："撑大了眼睛往后瞧罢，有本事在这门子里待一辈子！有一天恶贯满盈，大家动了公愤，也由不得老的做主了，少不得一条棒撵得她离门离户的！窦家的人还不曾死绝了。"

霓喜拨转身来往上房走，也忘了手里还拿着那青菜叶，叶子上有水，冰凉的贴在手心上，她心上也有巴掌大的冰凉的一块。走到房里，窦尧芳歪在床上，她向床上一倒，枕着他的腿哭了起来。尧芳推推她，她哭道："我都知道了，谁都恨我，恨不得拿长锅煮吃了我。我都知道了。"她一面哭，一面摇撼着，将手伸到怀里去，他衬衫口袋里有一叠硬硬的像个对摺的信封。她把手按在那口袋上，他把手按在她手上，两人半晌都不言语。尧芳低低的道："你放心。我在世一日，不会委屈了你。"霓喜哭道："我的亲人，有一天你要有个山高水低……"尧芳道："我死了，也不会委屈了你。当初你跟我的时候，我怎么说来？你安心便了，我自有处置。"霓喜呜咽道："我的亲人……"自此恩爱愈深。

尧芳的病却是日重一日，看看不起，霓喜衣不解带服侍他，和崔玉铭难得在黑楼梯上捏一捏手亲个嘴。这天晚上，尧芳半夜里醒来，唤了霓喜一声。霓喜把小茶壶里对了热水送过来，他摇摇头，执住她的手，未曾开言，先泪流满面。霓喜在他床沿上坐下了，只听见壁上的挂钟"滴答玳答，滴答玳答"走着，鸟笼上蒙着黑布罩子，电灯上蒙着黑布罩子，小黄灯也像在黑罩子里睡着了。玻璃窗外的月亮，暗昏昏的，也像是蒙上了黑布罩子。

尧芳道："我要去了，你自己凡事当心，我家里人多口杂，不是好相与的。银官同你女儿的亲事，只怕他们不依，你也就撂开手算了罢。就连我同你生的两个孩子，也还是跟着你的好，归他们抚养，就怕养不大。你的私房东西，保得住便罢，倘若保不住，我自有别的打算。我的儿，你做事须要三思，你年纪轻轻，拖着四个孩子，千斤重担都是你一个人挑。你的性子，我是知道的；凭你这份脾气，这份相貌，你若嫁个人，房里还有别的人的，人也容不得你，你也容不得人。我看你还是一夫一妻，拣个称心的跟了他。你不是不会过日子的，只要夫妻俩一心一计，不怕他不发达。"

一席话直说到霓喜心里去，不由得纷纷落泪，虽未放声，却哭得肝肠崩裂。尧芳歇过一口气来，又道："我把英皇道的支店给了玉铭。去年冬天在那边弄了个分店，就是这个打算。地段不大好，可是英皇道的地皮这两年也渐渐值钱了，都说还要涨。我立了张字据，算是盘给他了，我家里人决不能说什么话。"霓喜心头怦怦乱跳，一时没听懂他的意思，及至会过意来，又不知如何对答。她一只手撑在里床，俯下身去察看他的神色，他却别过脸去，叹口气，更无一语。

钟停了，也不知是什么时候了，霓喜在时间的荒野里迷了路。天还没有亮，远远听见鸡啼，歇半天，咯咯叫一声，然而城中还是黑夜，海上还是黑夜。床上这将死的人，还没死已经成了神，什么都明白，什么都原恕。

霓喜爬在他身上呜呜哭着，一直哭到天明。

第二天，尧芳许是因为把心头的话痛痛快快吐了出来了，反倒好了些。霓喜一夜不曾合眼，依旧强打精神，延医炖药。寻崔玉铭不见，店里人回说老板差他上铜锣湾支店去有事，霓喜猜他是去接收查账去了，心里只是不定，恨不得一把将他挝到跟前，问个清楚。午饭后，尧芳那内侄领了银官来探病，劝霓喜看两副寿木，冲冲喜。陆续又来了两个本家，霓喜见了他家的人，心里就有些嘀咕，偷空将几件值钱的首饰打了个小包裹，托故出去了一趟，只说到铜锣湾修道院去找外国大夫来与尧芳打针，径奔她那唱广东戏的小姊妹家，把东西寄在她那里。心中又放不下玉铭，趁便赶到支店里去找他。

黄包车拖到英皇道，果然是个僻静去处，新开的马路，沿街凭空起一带三层楼的房屋，孤零零的市房，后头也是土墩子，对街也是土墩子，干黄的土墩子上偶尔生一棵青绿多刺的瘦仙人掌。干黄的太阳照在土墩子上，仙人掌的影子渐渐歪了。

霓喜坐在黄包车上寻那同春堂的招牌，寻到末一幢房子，认明字号，跳下车来付钱，这荒凉地段，难得见到这么个妖娆女子，颇有几个人走出来观看。崔玉铭慌慌张张钻出来，一把将她扯到屋子背后，乱山丛里，埋怨道："我的娘，你怎么冒冒失失冲了来？窦家一个个摩拳擦掌要与你作对，你须不是不知道，何苦落个把柄在他们手里？"霓喜白了他一眼道："惦记着你嘛！记里你，倒记里错了？"两人就靠在墙上，黏做一处，难解难分。霓喜细语道："老的都告诉我了。究竟是怎么回事，我还是不懂。"玉铭道："我也是不懂。"霓喜道："当真写了字据？"玉铭点头。霓喜道："钥匙账簿都交给你了？"玉铭点头。霓喜道："他对你怎么说的？"玉铭道："他没说什么，就说他眼看着我成人的，把我当自家子侄看待，叫我以后好好的做生意。"霓喜点头道："别说了，说得我心里酸酸的。我对不起他。"不由得滴下泪来。

玉铭道："你今儿怎么得空溜了出来？"霓喜道："我只说我到修道院里去请大夫。我看他那神气，一时还不见得死哩，总还有几天耽搁。我急着要见你一面，和你说两句话。"两人又腻了一会，霓喜心里似火烧一般，拉着他道："我到店里看看去，也不知这地方住得住不得——太破烂了也不行。"玉铭道："今儿个你不能露面，店里的人，都是旧人，伙计们还不妨事，有个账房先生，他跟窦家侄儿们有来往的，让他看见你，不大方便。好在我们也不在乎这一时。"霓喜道："我看你趁早打发了他，免得生是非。"玉铭道："我何尝不这么想，一时抹不下面子来。"霓喜道："多给他两个月的钱，不就结了？"玉铭道："这两天乱糟糟的，手头竟拿不出这笔钱。"霓喜道："这个容易，明儿我拿根金簪子去换了钱给你。我正嫌它式样拙了些，换了它，将来重新打。"

当下匆匆别过了玉铭，赶到修道院的附属医院去，恰巧她那熟识的医生出诊去了，她不耐久候，乘机又到她那唱戏的干妹子家跑了一趟，意欲将那根金簪子拿了来。谁知她那小姊妹，一口赖得干干净净，咬准了说并不曾有甚物事寄在她那里。正是：莫信直中直，需防仁不仁。霓喜待要与她拼命，又不敢十分嚷出去，气得簌簌抖，走出门来，一时不得主意，正觉得满心委曲，万万不能回家去服侍那没断气的人，只有一个迫切的想头：她要把这原委告诉玉铭，即使不能问他讨主意，让他陪着她生气也好。

一念之下，立即叫了东洋车，拖到英皇道同春堂。此时天色已晚，土山与市房都成了黑影子，土墩子背后的天是柔润的青色，生出许多刺恼的小金星。这一排店铺，全都上了门板，惟有同春堂在门板上挖了个小方洞，洞上糊了张红纸，上写着"夜半配方，请走后门"。纸背后点着一碗灯，那点红色的灯光，却红得有个意思。

霓喜待要绕到后面去，听那荒地里的风吹狗叫，心里未免胆寒，因举手拍那门板，拍了两下，有人问找谁，霓喜道："找姓崔的。"隔了一会，玉铭的声音问是谁，霓喜道："是我。"玉铭楞了一楞道："就来了。"他从后门兜到前面来，顿脚道："你怎么还不回去？"霓喜道："我有要紧话同你说。"玉铭咳了一声道："你——你这是什么打算？非要在这儿过夜！又不争这一天。"霓喜一把揽住他的脖子，在红灯影里，双眼直看到他眼睛里去，道："我非要在这儿过夜。"

玉铭没奈何，说道："我去看看那管账的走了没有，你等一等。"他从后门进去，耽搁了一会，开了一扇板门，把霓喜放进去，说那人已是走了。他神色有异，霓喜不觉起了疑心，决定不告诉他丢了首饰的事，将错就错，只当是专诚来和他叙叙的。住了一晚上，男女间的事，有时候是假不来的，霓喜的疑心越发深了。

玉铭在枕上说道："我再三拦你，你不要怪我，我都是为你的好呀！老头子一死，窦家的人少不了总要和你闹一通，你让他们抓住了错处，不免要吃亏。别的不怕他，你总还有东西丢在家里，无论如何拿不出来了。"霓喜微笑道："要紧东西我全都存在干妹子家。"玉铭道："其实何必多费一道事，拿到这儿来也是一样。"霓喜将指头戳了他一下道："你这人，说你细心，原来也是个草包。这倒又不怕他们跑到这儿来混闹了！"玉铭顺势捏住她的手，她手腕上扎着一条手帕子，手帕子上拴着一串钥匙。玉铭摸索着道："硬帮帮的，手上杠出印子来了。"霓喜一翻身，把手塞到枕头底下去，道："烦死了！我要睡了。"

次日早起，玉铭下楼去催他们备稀饭，霓喜开着房门高声唤道："饭倒罢了，叫他们打洗脸水来。"玉铭在灶上问道："咦？刚才那一吊子开水呢？"一句话问出来，仿佛是自悔失言，学徒没有回答，他也没有追问，霓喜都听在肚里。须臾，玉铭张罗了一壶水来，霓喜弯腰洗脸，房门关着，门底下有一条缝，一眼看见缝里漏出一线白光，徐徐长了，又短了，没有了，想是有人轻轻推开了隔壁的房门，又轻轻掩上了。她不假思索，满脸挂着水，就冲了出去，玉铭不及拦阻，她早撞到隔壁房中，只见房里有个乡下打扮的年幼妇人，虽是黄黑皮色，却有几分容貌，缠得一双小脚，正自漱口哩。霓喜叱道："这谁？"玉铭答不出话来，这妇人却深深万福，叫了声姊姊，道："我是他妈给娶的，娶了有两年了。"霓喜向玉铭道："你妈哪儿有钱给你娶亲？"玉铭道："是老板帮忙，贴了我两百块钱。"

霓喜周身瘫软，玉铭央告道："都是我的不是，只因我知道你的脾气，怕你听见了生气，气伤了身子。你若不愿意她，明儿还叫她下乡服侍我母亲去。你千万别生气。"因叫那妇人快与姊姊见礼。那妇人插烛也似磕下头去。霓喜并不理会，朝崔玉铭一巴掌打过去，她手腕上沉甸甸拴着一大嘟噜钥匙，来势非轻，玉铭眼也打肿了，黑了半边脸。霓喜骂道："我跟你做大，我还嫌委屈了，我跟你做小？"更不多言，一阵风走了出去，径自雇车回家。

昏昏沉沉到得家中，只见店里凭空多了一批面生的人，将伙计们呼来叱去，支使得底下人个个慌张失措。更有一群黑衣大脚妇人，穿梭般来往，没有一个理睬她的。霓喜道："却又作怪！难道我做了鬼了，谁都看不见我？"她揪住一个伙计，厉声问道："哪儿来的这些野人？"伙计道："老板不好了，家里奶奶姑奶奶二爷二奶奶他们全都上城来了，给预备后事。"

霓喜走上楼去，只见几个大脚妇人在她屋里翻箱倒笼，将一块西洋织花台毯打了个大包袱，云母石座钟，衣裳衾枕，银蜡台，针线匣子，一样一样往里塞。更有一只罗钿填花百子图红木小拜匣，开不开锁，一个妇人蹲在地下，双手捧定，往床沿上狠命砸去，只一下，罗钿纷纷落将下来。霓喜心疼如割，扑上去便厮打起来，两个相扭相抱，打到多宝橱跟前，玻璃碎了，霓喜血流满面，叫道："他还没断气呢，你们这样作践他心爱的人！他还没断气呢，你有本事当着他的面作践我！"

横拖直曳把那妇人拉到尧芳床前，尧芳那内侄立在床头，霓喜指着他哭道："你也是个好良心的！你也不替我说句话儿！"那内侄如同箭穿雁嘴，钩搭鱼腮，作声不得。

霓喜捞起一只花瓶来待要揍他，一眼看见尧芳，蓦地事上心头，定睛看他看出了神。尧芳两眼虚开一线，蜡渣黄一张平平的脸，露在被外，盖一床大红锁绿妆花绫被，脚头拥着一床天蓝锦被，都是影像上的辉煌的颜色。这个人，活着的时候是由她摆布的，现在他就要死了，他不归她管了。清早的太阳微微照到他脸上，他就要死了。她要报复，她要报复，可是来不及了。他一点一点的去远了。

霓喜将花瓶对准了他砸过去，用力过猛，反而偏了一偏，花瓶呛啷啷滚到地上，窦尧芳两眼反插上去，咽了气。霓喜爬在他床前，嚎啕大哭，捏紧了拳头使劲的捶床，腕上挂的钥匙打到肉里去，出了血，捶红了床单，还是捶。

众妇女纷纷惊叫道："了不得！打死人了！这东西作死，把老板砸坏了！还不抓住她！还不叫巡警！捆起来，捆起来叫巡警！"将霓喜从床沿上拉了起来，她两条胳膊给扭到背后去，紧紧缚住了，麻绳咬啮着手腕的伤口。她低头看着自己突出的胸膛，觉得她整个的女性都被屈辱了，老头子骗了她，年轻的骗了她，她没有钱，也没有爱，从胀痛的空虚里她发出大喉咙来，高声叫喊道："清平世界，是哪儿来的强人，平白里霸占我的东西，还打我，还捆我？我是你打得的，捆得的？"众人七手八脚拆下了白绫帐子，与窦尧芳周身洗擦，穿上寿衣，并不理会霓喜。这边男人们抬过一张铺板，搭在凳上，停了尸，女人将一块红布掩了死者的脸，这才放声举起哀来。霓喜岂肯让人，她哭得比谁都响，把她们一个个都压了下去，哭的是："亲人哪，你尸骨未寒，你看你知心着意的人儿受的是什么罪！你等着，你等着，我这就赶上来了，我也不要这条命了，拚着一身剐，还把皇帝拉下了马——你瞧着罢！这是外国地

界，须不比他们乡下，尽着他们为非作歹的！到了巡捕房里，我懂
得外国话，我认得外国人，只有我说的，没他们开口的份儿！我是
老香港！看他们走得出香港去！天哪，我丈夫昨儿个还好好的，你
问丫头们，你问医生，昨儿个心里还清清楚楚，还说得话，还吃了
稀饭，我这一转背，生生的让你们把他给药死了！知道你们从哪儿
来的，打狼似的一批野人！生生把我丈夫摆布了，还打我，还捆
我，还有脸送我上巡捕房！你不上巡捕房，我还要上巡捕房呢！"
那内侄走了过来道："你闹些什么？"那班女人里面，也估不出谁
是尧芳的妻，一班都是烟熏火烤的赭黄脸，戴着淡绿玉耳环，内中
有一个便道："再闹，给她两个嘴巴子！"霓喜大喝道："你打！你
打！有本事打死了我，但凡留我一条命，终究是个祸害！你看我不
告你去！叫你们吃不了兜着走！"妇人们互相告勉道："做什么便
怕了她？左不过是个再婚的老婆，私奸上的，也见不得官！"霓喜
道："我便是趁了来的二婚头，秋胡戏，我替姓窦的添了两个孩子
了，除非你把孩子一个个宰了，有孩子为证！"她唤孩子们过来，
几个大些的孩子在房门外缩做一团，拿眼瞟着他娘，只是不敢近
身。妇人们把小孩子一顿赶了开去道："什么狗杂种，知道是谁生
的？"霓喜道："这话只有死鬼说得，你们须说不得！死鬼认了账，
你有本事替他赖！你们把我糟蹋得还不够！还要放屁辣臊糟蹋你
家死鬼！你看我放你们走出香港去！便走出了香港，我跟到番禺
也要拖你们上公堂！"那内侄故作好人，悄悄劝道："番禺的地方
官上上下下都是我们的通家至好，你去告我们，那是自讨苦吃。"
霓喜冷笑道："哪个鱼儿不吃腥，做官的知道你家有钱，巴不得你
们出事，平时再要好些也是白搭！你有那个时候孝敬他的，趁现在
对我拿出点良心来，好多着哩！"

窦家妇女们忙着取白布裁制孝衣孝带，只做不听见。还是那内侄，暗忖霓喜此话有理，和众人窃窃私议了一会，向他姑妈道："这婆娘说得到，做得到，却不能不防她这一着。据我看，不给她几个钱是决不肯善罢干休的。"他姑妈执意不肯。这内侄又来和霓喜说："你闹也是白闹。钱是没有的。这一份家，让你霸占了这些年，你钱也搂饱了，不问你要回来，已经是省事的打算了。"他过来说话，窦家几个男人一捉堆站着，交叉着胳膊，全都斜着眼朝她看来。霓喜见了，心中不由得一动。在这个破裂的，痛楚的清晨，一切都是生疏异样的，惟有男人眼里这种神情是熟悉的，仓皇中她就抓住了这一点，固执地抓住了。她垂着眼，望着自己突出的胸膛，低声道："钱我是不要的。"内侄道："那你闹些什么？"霓喜道："我要替死鬼守节，只怕人家容不得我。"内侄大大的诧异起来道："难不成你要跟我们下乡？"霓喜道："我就是要扶着灵榇下乡，我辛辛苦苦服侍你姑爹一场，犯了什么法，要赶我出门？"等她在乡下站住了脚，先把那几个男的收伏了，再收拾那些女人。她可以想像她自己，浑身重孝，她那红喷喷的脸上可戴不了孝……

那内侄沉吟半晌，与众人商议，他姑妈只是不开口。灵床布置既毕，放下拜垫，众人一个个上前磕头。银官磕过了，内侄做好做歹，把霓喜后添的两个孩子也抱了来磕头，又叫老妈子替霓喜松了绑，也让她磕个头。霓喜登时扑上前去，半中腰被众人紧紧拉住了，她只是往前挣。真让她扑到灵床上，她究竟打算搂住尸首放声大哭呢，还是把窦尧芳撕成一片一片的，她自己也不甚明白。被人扯住了，她只是哑着嗓子蹬脚叫唤着："我的人，我的人，你阴灵不远……"

哭了半日，把头发也颠散了，披了一脸。那内侄一头劝，一头

312

说："你且定下心来想一想。你要跟着下乡，你怎生安顿你那两个拖油瓶的孩子？我们窦家规矩大，却不便收留他们。"霓喜恨道："没的扯淡！等我上了公堂，再多出十个拖油瓶，你们也收留了！"内侄忙道："你别发急。乡下的日子只怕你过不惯。"霓喜道："我本是乡下出来的，还回到乡下去，什么过不惯？"两句话才说出口，她自己陡然吃了一惊。乡下出来的，还回到乡下去！……那无情的地方，一村都是一姓的；她不属于哪一家，哪一姓；落了单，在那无情的地方；野火花高高开在树上，大毒日头照下来，光波里像是有咚咚的鼓声，咚咚桩捣着太阳里的行人，人身上黏着汗酸的黑衣服；走几里路见不到可说话的人，闷臭了嘴；荒凉的岁月……非回去不可？霓喜对自己生出一种广大的哀悯。

内侄被他姑妈唤了去，叫他去买纸钱。霓喜看看自己的手腕，血还没干，肉里又戳进去了麻绳的毛刺。她将发髻胡乱挽了一挽，上楼去在床顶上的小藤篮里找出一瓶兜安氏药水来敷上了。整个的房里就只床顶上这只小藤篮没给翻动过。孩子们爬在地上争夺一条青罗汗巾子，一撒手，一个最小的跌了一跤，磕疼了后脑壳，哇哇哭起来，霓喜抱了他走到后阳台上。这一早上发生了太多的事，阳台上往下看，药材店的后门，螺旋形的石阶通下去，高下不齐立着窦家一门老小，围了一圈子，在马路上烧纸钱。锡箔的红火在午前的阳光里静静烧着，窦家的人静静低头望着，方才那是一帮打劫的土匪，现在则是原始性的宗族，霓喜突然有一种凄凉的"外头人"的感觉。她在人堆里打了个滚，可是一点人气也没沾。

她抬头看看肩上坐着的小孩，小孩不懂得她的心，她根本也没有心。小孩穿着橙黄花布袄，虎头鞋，虎头帽，伸手伸脚，淡白脸，张着小薄片嘴，一双凸出的大眼睛，发出玻璃样的光，如同深海底的怪鱼,沉甸甸坐在她肩头,是一块不通人情的肉,小肉儿……紧接着小孩,她自己也是单纯的肉,女肉,没多少人气。

她带着四个小孩走出同春堂,背一个,抱一个,一手牵一个,疲乏地向他的家人说道:"我走了。跟你们下乡的话,只当我没说。可别赖我卷逃,我就走了个光身子。事到如今,我就图个爽快了。"

她典了一只镯子,赁下一间小房,权且和孩子们住下了。她今年三十一,略有点显老了,然而就因为长相变粗糙了些,反而增加了刺戟性。身上脸上添了些肉,流烁的精神极力的想摆脱那点多余的肉,因而眼睛分外的活,嘴唇分外的红。家里儿啼女哭,乌糟糟乱成一片,身上依旧穿扎光鲜,逐日串门子。从前结拜的姊妹中有个在英国人家帮工的,住在山巅,霓喜拣了个晴天上山去看她,乔素梳妆,身穿玉色地白柳条夹袄,襟上扣一个茉莉花球,斯斯文文坐在外国人家厨房里吃茶说话。她那干姊姊是立志不嫁人的,脑后垂一条大辫子,手里结着绒绳。两个把别情形细叙一番,说到热闹之际,主人回来了,在上房揿铃,竟没有听见。隔了一会,汤姆生先生推门进来叫阿妈,阿妈方才跳起身来答应不迭。这工程师汤姆生年纪不过三十上下,高个子,脸面俊秀像个古典风的石像,只是皮色红剌剌的,是个吃牛肉的石像。霓喜把他睃在眼里,他也看了霓喜一眼,向阿妈道:"晚上预备两个人吃的饭,一汤两菜,不要甜菜。"说罢,又看了霓喜一眼,方始出去。阿妈便告诉霓喜,想必待会儿他有女朋友到此过夜,就是常来的那个葡萄牙人。霓喜诧异道:"你如何知道是哪一个?"阿妈笑向她解释,原来她主人向来有这规矩,第一次上门的女朋友,款待起来,是一道汤,三道菜,一样甜菜。第二三次来时,依例递减。今天这一个必定是常来的,因此享不到这初夜权。霓喜喷喷道:"年轻轻的,看不出他这么啬刻！"阿妈道："他倒也不是啬刻，他就是这个脾气，什么事都喜欢归得清清楚楚，整整齐齐。"霓喜道："有了太太没有？"阿妈道："还没呢。人才差一点的我看他也犯不上，自由自在的，有多好！弄个太太，连我也过不惯——外国女人顶疙瘩，我伺候不了。"

正说着，汤姆生又进来了，手执一杯威士忌，亲自开冰箱取冰块。阿妈慌忙上前伺候，他道："你坐下坐下，你有客在这儿，陪着客人说话罢。"阿妈笑道："倒的确是个稀客。您还没见过我这位干妹子哪。"汤姆生呵了呵腰道："贵姓？"阿妈代答道："这是窦太太，她家老板有钱着呢，新近故世了，家私都让人霸占了去，撇得我这妹子有上梢来没下梢。"汤姆生连声叹咤，霓喜敛手低声笑向阿妈道："你少说几句行不行？人家急等着会女朋友呢，有这工夫跟你聊天！"阿妈又道："她说的一口顶好听的英文。"汤姆生道："可是她这双眼睛说的是顶好听的中国话，就可惜太难懂。"霓喜不由得微微一笑，溜了他一眼，搭讪着取过阿妈织的大红绒线紧身来代她做了几针。头上的搁板，边沿钉着铜钩，挂着白铁漏斗，漏斗的影子正落在霓喜脸上，像细孔的淡墨障纱。纱里的眼睛暂时沉默下来了。

汤姆生延挨了一会，端着酒杯出去了。不一会，又走进来，叫阿妈替他预备洗澡水去，又看看霓喜手中的绒线，道："好鲜和的活计。窦太太打得真好。"阿妈忍笑道："这是我的，我做了这些时了。"汤姆生道："我倒没留心。"他把一只手托着头，胳膊肘子撑着搁板，立定身看看霓喜，向阿妈道："我早就想烦你打一件绒线背心，又怕你忙不过来。"阿妈笑道："哟，您跟我这么客气！"她顿了一顿，又道："再不，请我们二妹给打一件罢？人家手巧，要不了两天的工夫。"霓喜把一根毛竹针竖起来抵住嘴唇，扭了扭头道："我哪成哪？

白糟蹋了好绒线！"汤姆生忙道："窦太太，多多费神了，我就要这么一件，外头买的没这个好。阿妈你把绒绳拿来。"阿妈到后阳台上去转了一转，把拆洗的一卷旧绒绳收了进来。霓喜道："也得有个尺寸。"汤姆生道："阿妈你把我的背心拿件来做样子。"阿妈拍手道："也得我忙得过来呀！晚饭也得预备起来了，还得烧洗澡水。我看这样罢，二妹你打上一圈绒线，让他套上身去试一试大小。"她忙着烧水，霓喜低头只顾结绒线，一任汤姆生将言语来打动，她并不甚答理。结上了五六排，她含笑帮他从头上套下去，匆忙间，不知怎的，霓喜捽开手笑道："汤姆生先生，我只当你是个好人！"汤姆生把手扶着腰间围绕的四根针，笑道："怎么？我不懂这些话。"霓喜啐道："你不懂！你要我教你英文么？"她捏住毛竹针的一头，扎了他一下。他还要往下说，霓喜有意带着三分矜持，收拾了绒线，约好三天后交货，便告辞起身。

虽然约的是三天之后，她也自性急，当天做了一夜，次日便替他赶好了。正把那件绒线衫绷在膝上看视，一只脚晃着摇篮，谁知汤姆生和她一般性急，竟找到她家里去。他和楼下的房东房客言语不通，问不出一个究竟来，只因他是个洋人，大家见了他有三分惧怕，竟让他闯上楼来。东厢房隔成两间，外间住个走梳头的，板壁上挖了一扇小门，挂着花布门帘，他一掀帘子，把霓喜吓了一跳。她坐在床上，一张高柱木床，并没挂帐子，铺一领草席，床栏杆上晾着尿布手帕。桌上一只破热水瓶，瓶口罩着湖色洋磁漱盂。霓喜家常穿着蓝竹布袄，敞着领子，一面扣钮扣一面道歉道："汤姆生先生，亏你怎么找了来了？这地方也不是你来得的。真，我也没想到会落到这么个地方！"说着，眼圈儿便红起来。汤姆生也是相当的窘，两手抄在裤袋里，立在屋子正中央，连连安慰道："窦太太，窦太太……你再跟我这么见外，更叫我于心不安了。"霓喜顶大的女孩瑟梨塔牵着弟弟的手，攀着门帘向里张望。板桌底下有个小风炉，上面炖着一瓦钵子麦芽糖，糖里竖着一把毛竹筷。霓喜抽出一支筷子来，绞上一股子糖，送到瑟梨塔嘴里去，让她吮去一半，剩下的交与她弟弟，说道："乖乖出去玩去。"孩子们走了，霓喜低着头，把手伸到那件绒线衫里面去，拉住一只袖管，将它翻过来筒过去。

汤姆生笑道："哎呀，已经打好了，真快! 让我试试。"她送了过来，立在他跟前，他套了一半，头闷在绒线衫里面，来不及褪出来，便伸手来抱她，隔着绒线衫，他的呼吸热烘烘喷在她腮上，她颈子上。霓喜使劲洒开他，急道："你真是个坏人，坏人! "汤姆生褪出头来看时，她业已奔到摇篮那边去，凛然立着，颇像个受欺侮的年轻的母亲。然而禁不起他一看再看，她却又忍笑偏过头去，摇摆着身子，曲着一条腿，把膝盖在摇篮上衬来衬去。

汤姆生道："你知道么? 有种中国点心，一咬一口汤的，你就是那样。"霓喜啐道："胡说! "她低头看看自己身上，沾了许多绒线的毛衣子，便道："你从哪儿来的这绒线，净掉毛! "汤姆生笑道："是阿妈的，顺手给捞了来。"霓喜指着他道："你哪里要打什么背心? 诚心的……"说着，又一笑，垂着头她把她衣服上的绒毛，一点一点拣干净了，扑了扑灰，又道："瞧你，也弄了一身! "便走过来替他拣。汤姆生这一次再拥抱她，她就依了他。

她家里既不干净，又是耳目众多，他二人来往，总是霓喜到他家去。旅馆里是不便去的，只因香港是个小地方，英国人统共只有这几个，就等于一个大俱乐部，撞来撞去都是熟人。

霓喜自窦家出来的时候便带着一个月的身孕，渐渐害起喜来，卧床不起。汤姆生只得遮遮掩掩到她家来看她。这回事，他思想起来也觉得羞惭，如果她是个女戏子，足尖舞明星，或是驰名的荡妇，那就不丢脸，公开也无妨，然而霓喜只是一个贫困的中国寡妇，拖着四个孩子，肚里又怀着胎。她咬准这孩子是他的，要求他给她找房子搬家。把他们的关系固定化，是危险的拖累，而且也不见得比零嫖上算，可是不知道为什么，他还是天天来看她。有一天他来，她蒙头睡着，他探手摸她的额角，问道："发烧么？"她不作声，轻轻咬他的手指头。汤姆生伏在她床沿上，脸偎着棉被，听她在被窝里窸窸窣窣哭了起来。问她，问了又问，方道："我知道我这一回一定要死了。一定要死的。你给我看了房子，搬进去和你住一天，便死了我也甘心，死了也是你的人，为你的孩子死的。"

　　霓喜的世界一下子丰富了起来，跌跌绊绊满是东西，红木柚木的西式圆台，桌腿上生着爪子，爪子踏在圆球上；大餐台，整套的十二只椅子，雕有洋式云头，玫瑰花和爬藤的卷须，椅背的红皮心子上嵌着小铜钉；丝绒沙发，暗色丝绒上现出迷糊的玫瑰花和洋式云头；沙发扶手上搭着白蕾丝的小托子；织花窗帘里再挂一层白蕾丝纱幕；梳妆台上满是挖花的小托子不算，还系着一条绉褶粉红裙，连台灯与电话也穿着荷叶边的红纱裙子。五斗橱上有银盘，盘里是纯粹摆样的大号银漱盂，银粉缸，银把镜，大小三只银水罐。地下是为外国人织造的北京地毯。家里甚至连古董也有——专卖给外国人的小古董。屋觩角竖着芬芳馥郁的雕花檀木箱子。后院子里空酒瓶堆积如山，由着佣人成打地卖给收旧货的。东西是多得连霓喜自己也觉得诧异，连汤姆生也觉诧异。他当真为这粗俗的广东女人租下了一所洋房，置了这许多物件。她年纪已经过了三十，渐渐发胖了，在黑纱衫里闪烁着老粗的金链条，嘴唇红得悍然，浑身熟极而流的扭捏挑拨也带点悍然之气。汤姆生十分惊讶地发现了，他自己的爱好竟与普通的水手没有什么两样。

霓喜的新屋里什么都齐全，甚至还有书，皮面烫金的旅行杂志汇刊，西洋食谱，五彩精印的儿童课本，神仙故事。霓喜的孩子一律送入幼稚园，最大的女孩瑟梨塔被送入修道院附属女学校，白制服，披散着一头长发，乌黑鬈曲的头发，垂到股际，淡黑的脸与手，那小小的，结实的人，像白芦苇里吹出的一阵黑旋风。这半印度种的女孩子跟着她妈很吃过一些苦，便在顺心的时候也是被霓喜责打惯了的。瑟梨塔很少说话，微笑起来嘴抿得紧紧的。她冷眼看着她母亲和男人在一起。因为鄙薄那一套，她倾向天主教，背熟了祈祷文，出入不离一本小圣经，装在黑布套子里，套上绣了小白十字。有时她还向她母亲传教。她说话清晰而肯定，渐渐能说合文法的英文了。

霓喜初结识汤姆生时，肚里原有个孩子，跟了汤姆生不久便小产了。汤姆生差不多天天在霓喜处过宿，惟有每年夏季，他自己到青岛歇着，却把霓喜母子送到日本去。在长崎，霓喜是神秘的赛姆生太太，避暑的西方人全都很注意她，猜她是大人物的下堂妾，冒险小说中的不可思议的中国女人，夜礼服上满钉水钻，像个细腰肥肚的玻璃瓶，装了一瓶的萤火虫。

有时霓喜也穿中装，因为没裹过脚，穿的是满洲式的高底缎鞋。平金的，织金的，另有最新的款式，挖空花样，下衬浅色缎子，托出一行蟹行文，"早安"，或是"毋忘我"。在香港，上街坐竹轿，把一双脚搁得高高的，招摇过市。清朝换了民国，霓喜着了慌，只怕旗装闯祸，把十几双鞋子乱纷纷四下里送人，送了个干净。民国成立是哪年，霓喜记得极其清楚，便因为有过这番惊恐。

民国也还是她的世界。畅意的日子一个连着一个，饧化在一起像五颜六色的水果糖。

汤姆生问她可要把她那干姐姐调到新屋里去服侍她，她非但不要，而且怕那阿妈在她跟前居功，因而唆使汤姆生将那人辞歇了。老屋里，虽然她不是正式的女主人，轻易不露面的，她也还替那边另换了一批仆人，买通了做她的心腹，专门刺探汤姆生的隐私，宴客的时候可有未结婚的英国女宾在座。她闹着入了英国籍，护照上的名字是赛姆生太太，可是她与汤姆生的关系并不十分瞒人。修道院的尼姑又和她周旋起来。她也曾冷言冷语损了梅腊妮师太几句，然而要报复，要在她们跟前摆阔，就得与她们继续往来。霓喜把往事从头记起，桩桩件件，都要个恩怨分明。她乘马车到雅赫雅的绸缎店去挑选最新到的衣料，借故和伙计争吵起来，一定要请老板出来说话，汤姆生是政府里供职的工程师，沾着点官气，雅赫雅再强些也是个有色人种的商人，当下躲过了，只不敢露面，霓喜吵闹了一场，并无结果。

雅赫雅那表亲发利斯，此时也成了个颇有地位的珠宝商人。这一天，他经过一家花店，从玻璃窗里望进去，隔着重重叠叠的花山，看见霓喜在里面买花。她脖子上垂下粉蓝薄纱围巾，她那十二岁的女儿瑟梨塔偎在她身后，将那围巾牵过来兜在自己的头上。是炎夏，花店把门大开着，瑟梨塔正立在过堂风里，热风里的纱飘飘蒙住她的脸。她生着印度人的脸，虽是年轻，虽是天真，那尖尖的鼻子与浓泽的大眼睛里有一种过分刻划的残忍。也许因为她头上的纱，也许因为花店里吹出来的芳香的大风，发利斯一下子想起他的表姊妹们，在印度，日光的庭院里，满开着花。他在墙外走过，墙头树头跳出一只球来。他捡了球，爬上树，抛它进去，踢球的表姊妹们纷纷往里飞跑，红的蓝的淡色披纱赶不上她们的人。跑到里面，方才放声笑起来，笑着，然而去告诉他舅父，使他舅父转告他父亲，使他挨打了。因为发利斯永远记得这回事，他对于女人的爱总带有甘心为她挨打的感觉。

发利斯今年三十一了，还未曾娶亲。家乡的表姊妹早嫁得一个都不剩，这里的女人他不喜欢，脸色尽多白的白，红的红，头发粘成一团像黑膏药，而且随地吐痰。香港的女人，如同香港的一切，全都不愉快，因为他自从十八岁背乡离井到这里来，于秽恶欺压之中打出一条活路，也不知吃了多少苦。现在他过得很好，其实在中国也住惯了，放他回去他也不想回去了，然而他常常记起小时的印度。他本来就胖，钱一多，更胖了，满脸黑油，锐利的眼睛与鼻子埋在臃肿的油肉里，单露出一点尖，露出一点忧郁的芽。

他没同霓喜打招呼，霓喜倒先看见了他，含笑点头，从花店里迎了出来，大声问好，邀他到她家去坐坐。霓喜对于发利斯本来有点恨，因为当初他没让她牢笼住。现在又遇见了他，她倒愿意叫他看看，她的日子过得多么舒服，好让他传话与雅赫雅知闻。他到她家去了几次。发利斯是个老实人，始终不过陪她聊天而已。汤姆生知他是个殷实商人，也颇看得起他。发利斯从来没有空手上过门，总给孩子们带来一些吃食玩具。瑟梨塔小时候在绸缎店里叫他叔叔，如今已是不认得了，见了他只是淡淡的一笑，嘴角向一边歪着点。

霓喜过了五六年安定的生活，体重增加，人渐渐的呆了，常时眼睛里毫无表情像玻璃窗上涂上一层白漆。惟有和发利斯谈起她过去的磨难辛苦的时候，她的眼睛又活了过来。每每当着汤姆生的面她就兴高采烈说起她前夫雅赫雅，他怎样虐待她，她怎样忍耐着，为了瑟梨塔和吉美，后来怎样为了瑟梨塔和吉美她又跟了个中国人；为了瑟梨塔和吉美和那中国人的两个孩子她又跟了汤姆生。汤姆生侷促不安坐在一边，左脚跷在右脚上，又换过来，右脚跷在左脚上；左肘撑在藤椅扶手上，又换了个右肘。藤椅吱吱响了，分外使他发烦。然而只有这时候，霓喜的眼睛里有着旧日的光辉，还有吵架的时候。霓喜自己也知道这个，因此越发的喜欢吵架。

她新添了个女孩，叫做屏妮，栗色的头发，肤色白净，像纯粹的英国人，汤姆生以此百般疼爱。霓喜自觉地位巩固，对他防范略疏。政府照例每隔三年有个例假，英国人可以回国去看看。汤姆生上次因故未去，这一次，霓喜阻挡不住，只得由他去了。

去了两个月，霓喜要卖弄他们的轿式自备汽车，邀请众尼姑过海到九龙去兜风，元朗镇有个庙会，特去赶热闹。小火轮把汽车载到九龙，不料天气说变就变，下起牛毛雨来。霓喜抱着屏妮，带领孩子们和众尼僧冒雨看庙会，泥浆溅到白丝袜白缎高跟鞋上，口里连声顾惜，心里却有一种奢侈的快感。大树上高高开着野火花，猩红的点子密密点在鱼肚白的天上。地下摆满了摊子，油纸伞底下，卖的是扁鱼，直径一尺的滚圆的大鱼；切成段，白里泛红；凉帽，簸篮，小罐的油漆，面筋，豆腐渣的白山，堆成山的淡紫的虾酱，山上戳着筷子。霓喜一群人兜了个圈子，在市场外面一棵树下拣了块干燥的地方坐下歇脚，取出食物来野餐。四周立即围上了一圈乡下人，眼睁睁看着。霓喜用小锥子在一听凤尾鱼的罐头上锥眼儿，尽着他们在旁观看，她喜欢这种衣锦还乡的感觉。

尼姑中只有年高的铁烈丝师太，怕淋雨，又怕动弹，没有跟到市场里来，独自坐在汽车里读报纸。南华日报的社会新闻栏是铁烈丝与人间唯一的接触，里面记载着本地上等人的生，死，婚嫁，一个浅灰色的世界，于淡薄扁平之中有一种俐落的愉悦。她今天弄错了，读的是昨天的报，然而也还一路读到九龙，时时兴奋地说："你看见了没有，梅腊妮师太，玛利·爱石克劳甫德倒已经订婚了。你记得，她母亲从前跟我学琴的，我不许她留指甲。……古柏太太的脑充血，我说她过不了今年的！你看！……脾气大。古柏先生倒真是个数一数二的好人。每年的时花展览会里他们家的玫瑰总得奖，逢时遇节请我们去玩，把我们做蛋糕的方子抄了去……"

梅腊妮师太在树荫下向两个小尼姑道："你们做两块三明治给铁烈丝师太送去吧。不能少了她的。"小尼做了三明治，从旧报纸里抽出一张来包上，突然诧异道："咦？这不是今天的报么？"另一个小尼忙道："该死了，铁烈丝师太还没看过呢。报就是她的命。"这小尼把新报换了下来，拿在手中看了一看，那一个便道："快给她送去罢，她顶恨人家看报看在她之前。"这一个已是将新闻逐条念了出来，念到"桃乐赛，伯明罕的约翰·宝德先生与太太的令媛，和本地的威廉·汤姆生先生，"住了嘴，抬头掠了霓喜一眼，两个小尼彼此对看着，于惶恐之外，另带着发现了什么的欢喜。梅腊妮师太丁丁敲着罐头水果，并没有听见，霓喜耳朵里先是嗡的一声，发了昏，随即心里一静，听得清清楚楚，她自己一下一下在铁罐上凿小洞，有本事齐齐整整一路凿过去，凿出半圆形的一列。

然而这时候铁烈丝师太从汽车里走过来了，大约发觉她读着的报是昨天的，老远的发起急来，一手挥着洋伞，一手挥着报纸，细雨霏霏，她轮流的把报纸与洋伞挡在头上。在她的社会新闻栏前面，霓喜自己觉得是栏杆外的乡下人，扎煞着两只手，眼看着汤姆生与他的英国新娘，打不到他身上。她把她自己归到四周看他们吃东西的乡下人堆里去。整个的雨天的乡下蹦跳着扑上身来如同一群拖泥带水的野狗，大，重，腥气，鼻息咻咻，亲热得可怕，可憎。

霓喜一阵颤麻，抱着屏妮立将起来，在屏妮裤子上摸了一摸，假意要换尿布，自言自语道："尿布还在车上。"一径向汽车走去，唤齐了几个大些的孩子，带他们上车，吩咐车夫速速开车，竟把几个尼姑丢在元朗镇，不管了。

回到香港，买了一份南华日报，央人替她看明白了，果然汤姆生业于本月六日在英国结了婚。

又过了些时，汤姆生方才带着太太到中国来。中间隔的两个多月，霓喜也不知是怎么过的。家里还是充满了东西，但是一切都成了过去。就像站得远远的望见一座高楼，楼窗里有间房间堆满了老式的家具，代表某一个时代，繁丽，噜苏，拥挤；窗户紧对着后头另一个窗户，笔直的看穿过去，隔着床帐橱柜，看见屋子背后红通通的天，太阳落下去了。

汤姆生回香港之前先打了电报给发利斯，叫他转告霓喜，千万不可以到码头上去迎接他，否则他就永远不见她的面。霓喜听了此话，哭了一场，无计可施。等他到了香港，她到他办公处去找他，隔着写字台，她探身到他跟前，柔声痛哭道："比尔！"汤姆生两手按着桌子站立着，茫然看着她，就像是不记得她是谁。霓喜忽然觉得她自己的大腿肥唧唧地抵着写字台，觉得她自己一身肥肉，觉得她自己衣服穿得过于花俏，再打扮些也是个下等女人；汤姆生的世界是浅灰石的浮雕，在清平的图案上她是突兀地凸出的一大块，浮雕变了石像，高高突出双乳与下身。她嫌她自己整个地太大，太触目。汤姆生即刻意会到她这种感觉，她在他面前蓦地萎缩下去，失去了从前吸引过他的那种悍然的美。

他感到安全，签了一张五千元的支票，说道："这是你的，只要你答应从今以后不再看见我。"霓喜对于这数目感到不满，待要哭泣纠缠，汤姆生高声叫道："费德司东小姐！"汤姆生在这一点上染有中国人的习气，叫女书记的时候从不揿铃，单只哇啦一喊。女书记进来了，霓喜不愿当着人和他破脸争吵，要留个余地，只得就此走了。钱花光了，又去找他。几次三番有这么一个戴着梅花楞黑面网的女人在传达处，在大门口守着他，也哭过，也恐吓，也厮打过，也撒过赖，抱着屏妮给他看，当他的面掐得屏妮鬼哭神嚎，故意使汤姆生心疼。汤姆生给了几回的钱，不给了。霓喜又磨着发利斯去传话，发利斯于心不忍，常时自己掏腰包周济她，也不加以说明。霓喜只当汤姆生给的，还道他旧情未断，又去和他苦苦纠缠，汤姆生急得没法，托病请假，带了太太到青岛休养去了。

发利斯三天两天到她家去，忽然绝迹了一星期。霓喜向来认识的有个印度老妇人，上门来看她，婉转地说起发利斯，说他托她来做媒。霓喜蹲在地下整鞋带，一歪身坐下了，扑倒在沙发椅上，笑了起来道："发利斯这孩子真孩子气！"她伸直了两条胳膊，无限制地伸下去，两条肉黄色的满溢的河，汤汤流进未来的年月里。她还是美丽的，男人靠不住，钱也靠不住，还是自己可靠。窗子大开着，听见海上轮船放气，汤姆生离开香港了。走就走罢，去了一个又来一个。清冷的汽笛声沿着她的胳膊笔直流下去。

她笑道："发利斯比我小呢！年纪上头也不对。"那印度妇人顿了一顿，微笑道："年纪上是差得太远一点，他的意思是……瑟梨塔……瑟梨塔今年才十三，他已经三十一了，可是他情愿等着，等她长大。你要是肯呢，就让他们订了婚，一来好叫他放心，二来他可以出钱送她进学校，念得好好的不念下去，怪可惜的。当然弟弟妹妹也都得进学堂。你们结了这头亲，遇到什么事要他帮忙的，也有个名目，赛姆生太太你说是不是？"霓喜举起头来，正看见隔壁房里，瑟梨塔坐在藤椅上乘凉，想是打了个哈欠，伸懒腰，房门半掩着，只看见白漆门边凭空现出一只苍黑的小手，骨节是较深的黑色——仿佛是苍白的未来里伸出一只小手，在她心上摸了一摸。霓喜知道她是老了。她扶着沙发站起身来，僵硬的膝盖骨哓啦一响，她里面仿佛有点什么东西，就这样破碎了。

一九四四年

　　*初载一九四四年一月、二月、三月、四月、五月、六月《万象》第三年第七期、第八期、第九期、第十期、第十一期、第十二期，收入一九七六年三月香港文化·生活出版社《张看》。

著作权合同登记号　　图字：01-2011-6789

本书由皇冠文化集团授权，仅限于中国大陆地区发行，不得销售至包括港、澳等任何海外地区。

图书在版编目（CIP）数据

倾城之恋/张爱玲著.—北京：北京十月文艺出版社，2012.6

（张爱玲全集）

ISBN 978-7-5302-1116-8

Ⅰ.①倾… Ⅱ.①张… Ⅲ.①中篇小说—小说集—中国—现代②短篇小说—小说集—中国—现代 Ⅳ.①I246.7

中国版本图书馆CIP数据核字（2011）第077400号

倾城之恋
QINGCHENG ZHI LIAN

张爱玲 著

*

北 京 出 版 集 团 公 司
北 京 十 月 文 艺 出 版 社　出版

（北京北三环中路6号）

邮政编码：100120

网　　址：www.bph.com.cn

新 经 典 文 化 有 限 公 司 发 行

新 华 书 店 经 销

三 河 市 国 源 印 刷 厂 印 刷

*

850×1168　32开本　10.5印张　218千字

2012年6月第1版　2012年6月第1次印刷

ISBN 978-7-5302-1116-8

定价：29.80元

质量监督电话：010-58572393